Ellen Marie Wiseman

Ellen Marie Wiseman est une romancière d'origine allemande, née aux États-Unis. Elle est l'auteure de plusieurs romans, vendus en près de vingt langues, et best-sellers du *New York Times*.

La vie qu'on m'a choisie, paru en 2021 aux éditions Faubourg Marigny, est son premier roman traduit en français, suivi de *Ce qu'elle a laissé derrière elle*, paru en 2022, et de *Là où sont tes racines*, paru en 2023 chez le même éditeur. Elle vit avec son mari sur les rives du lac Ontario.

CE QU'ELLE A LAISSÉ DERRIÈRE ELLE

ÉGALEMENT CHEZ POCKET

La vie qu'on m'a choisie
Ce qu'elle a laissé derrière elle
Là où sont tes racines

ELLEN MARIE WISEMAN

CE QU'ELLE A LAISSÉ DERRIÈRE ELLE

Traduit de l'anglais (États-Unis)
par Typhaine Ducellier

Faubourg • Marigny

Titre original :
WHAT SHE LEFT BEHIND

ISBN : 978-2-266-32969-9
Dépôt légal : mars 2023

À Bill, mon mari,
qui ne cesse jamais de croire en moi.

CHAPITRE 1

Isabelle

Asile de Willard
1995

Quelques minutes après avoir mis les pieds dans l'asile abandonné de Willard, Isabelle Stone, du haut de ses 17 ans, sut que c'était une erreur. Personne n'aurait pu imaginer les horreurs qui envenimaient ses pensées en la voyant ainsi, au milieu de la chaussée déformée par les crevasses et les nids-de-poule de la vaste propriété bordée d'arbres.

En ce dimanche brumeux de la fin du mois d'août, la brise chaude sentait les roseaux et les algues. Des bourrasques occasionnelles agitaient le bosquet de pins situé sur la gauche du parc. Une vapeur scintillante montait du sol brûlé par le soleil et les cigales stridulaient dans les hautes herbes près des bois, tel un thermomètre vivant dont le bourdonnement se faisait plus perçant et plus insistant à mesure que la température augmentait.

Les pelouses parfaitement entretenues de Willard descendaient en pente douce jusqu'au rivage rocailleux du lac Seneca. Des voiliers voguaient à sa surface et une longue jetée s'étendait, telle une invitation à plonger dans l'eau.

Isabelle (mais tout le monde l'appelait Izzy) aurait dû se délecter de la chaleur offerte par les rayons du soleil et de la superbe vue. Au lieu de ça, elle serrait les dents et s'efforçait de faire sortir de son esprit l'image d'un trou sanglant dans le crâne de son père. Elle avait le sentiment d'être piégée dans un purgatoire. Trouverait-elle la paix un jour, ou resterait-elle à jamais cette petite fille de 7 ans condamnée à revivre la nuit horrible lors de laquelle son père avait été assassiné ?

Izzy sortit de l'ombre qu'offrait Chapin Hall, l'immense bâtiment principal de l'institution, et fit face au soleil. Les yeux clos, elle tenta de réprimer la moindre pensée. Mais lorsqu'elle se retourna pour regarder la construction victorienne en brique sur trois niveaux aux airs de cathédrale, le grondement du chagrin et de la peur retentit de nouveau à ses oreilles. Une énorme coupole à deux étages, aux fenêtres en forme de hublots, surplombait un toit mansardé noir aux nombreuses lucarnes, tourelles et cheminées. Un portique en pierre aux piliers croulants protégeait l'immense double porte de l'entrée principale. Des barreaux noirs obstruaient les hautes fenêtres à petits carreaux. Presque toutes étaient condamnées de l'intérieur, à l'exception des lucarnes du grenier et des hublots de la coupole. L'endroit ressemblait davantage à une maison hantée qu'à un lieu conçu pour aider des personnes malades.

Izzy se demanda de quelles horreurs ces murs avaient été témoins. Quels affreux souvenirs s'étaient attachés aux briques, au ciment et aux vitres, devenant pour l'éternité partie intégrante de cette structure, liée et scellée par le sang et les larmes ? À l'instar de la douleur et de l'angoisse qui feraient toujours partie d'elle, les souvenirs de milliers d'âmes torturées occupaient Chapin Hall et les édifices environnants de Willard. Comment cet endroit pourrait-il devenir autre chose qu'un rappel misérable de vies gâchées et de proches perdus ?

Elle déglutit péniblement et se tourna vers le lac, une main en visière. Elle se demanda si les occupants des bateaux à voile regardaient l'asile et supposaient que les bâtiments en brique et les pelouses bucoliques appartenaient à un country club ou à une université. Vu de loin, le lieu pouvait sembler ordonné et distingué. Mais Izzy savait qu'il n'en était rien. Elle imagina les patients dans la cour, assis dans des fauteuils roulants ou éparpillés sur la pelouse, les yeux vitreux, leurs silhouettes amaigries perdues dans des chemises de nuit d'hôpital. Elle s'imagina être l'un d'entre eux, en train de contempler les eaux bleues. Les patients avaient-ils conscience que, juste là, dans les petites communautés de l'autre côté de la baie, des gens faisaient des promenades en bateau, préparaient à dîner, tombaient amoureux, avaient des enfants ? Se demandaient-ils si on les relâcherait un jour, si on les autoriserait à retourner dans le monde « normal » ? Ou n'avaient-ils pas la moindre notion des tranches de vie à côté desquelles ils passaient ?

L'estomac d'Izzy se noua alors qu'une autre image clignotait dans son esprit : sa mère, Joyce, étendue sur un lit au centre psychiatrique d'Elmira, les cheveux ébouriffés, ses yeux hagards fixant le plafond sans le voir. Il régnait une chaleur étouffante, comme ce jour-là. Le mascara et l'eye-liner de sa mère avaient coulé et maculé ses joues pâles, tel un clown qu'on aurait laissé sous la pluie. Izzy avait enfoui son visage dans les plis de la jupe de sa grand-mère, la suppliant de rentrer à la maison. Elle n'oublierait jamais les couloirs blancs interminables, l'odeur d'urine et de javel, les pièces mal éclairées, les patients en fauteuil, les chambres aux murs de caoutchouc. Après cette visite, elle avait fait des cauchemars pendant des années. Elle avait demandé à sa grand-mère de ne pas l'obliger à y retourner et, par chance, celle-ci avait accepté.

Izzy referma ses bras autour d'elle et avança le long du trottoir. Comment s'était-elle retrouvée ici, à explorer une réplique géante de cet hôpital glauque ? Elle aurait pu feindre un mal de tête, de ventre, n'importe quoi pour ne pas avoir à être là. D'autres employés du musée auraient pu venir à sa place. Mais Peg, sa nouvelle mère d'accueil, était la conservatrice du musée, et Izzy ne voulait pas la décevoir. Pour la première fois depuis la mort de sa grand-mère, alors qu'Izzy avait 10 ans, sa famille d'accueil semblait se préoccuper de son bien-être.

Bien sûr, elle aurait 18 ans moins d'un an plus tard et elle était dans le système depuis assez longtemps pour savoir qu'un dix-huitième anniversaire était rarement synonyme de célébration. Lorsque les chèques cesseraient d'arriver, elle devrait se débrouiller toute seule. Être « trop vieux » pour une famille d'accueil revenait souvent à devenir sans-domicile. Elle avait entendu des histoires d'enfants qui avaient fini en prison ou aux urgences. Ils trafiquaient de la drogue, vivaient d'allocations et de bons alimentaires. Quel degré de désespoir fallait-il atteindre pour en arriver à violer la loi pour survivre ? Pour le moment, tout allait bien de son côté, et elle ne voulait surtout pas mettre cet équilibre en danger.

Plus tôt, Peg lui avait demandé de venir à l'asile pour l'aider à trier ce qui valait la peine d'être conservé avant que les bâtiments ne soient interdits d'accès. Izzy avait accepté, sans exprimer ses réserves. Elle avait été soulagée quand Peg l'avait autorisée à explorer les extérieurs d'abord, au lieu de la faire entrer avec les autres pour faire le tour des dizaines de chambres abandonnées. Mais elle se demanda ce qu'en penserait Peg si elle savait que le simple fait d'être ici lui donnait la nausée.

Elle traversa un pont de bois qui enjambait un lit asséché, puis suivit la rue à sens unique en direction du bosquet de pins. À sa gauche, une nuée d'oies noires cherchaient de la nourriture dans un champ en friche, leurs têtes sombres courbées au-dessus des solidages. À quelques mètres du bord de la route, trois oisons d'un jaune grisâtre étaient blottis dans un nid, leurs petits cous tendus vers la pelouse. Izzy s'arrêta pour les observer. Les yeux des petits étaient ouverts, mais ils ne bougeaient pas. Elle se rapprocha davantage, gardant un œil sur les adultes dans le champ voisin. En dépit de sa proximité grandissante, les oisons restaient au même endroit, immobiles comme des statues. Izzy avala sa salive, la gorge soudain brûlante. Soit ils étaient morts, soit ils n'en avaient plus pour longtemps.

Elle s'agenouilla et en attrapa un. Elle examina le petit corps inerte entre ses mains, palpant son abdomen et le dessous de ses ailes à la recherche d'une blessure. Elle inspecta délicatement son cou et ses pattes en quête d'un os cassé. Il ne présentait aucun signe de traumatisme et son ventre duveteux était encore chaud. Soudain, l'oison battit des paupières. Il était vivant. Peut-être qu'ils étaient malades, empoisonnés par des produits chimiques ou des médicaments en provenance de Willard répandus dans la nature ? Izzy examina les deux autres oisons. Ne constatant aucune blessure, elle les reposa.

L'espace d'un instant, elle se demanda si Peg l'autoriserait à les ramener à la maison et à s'en occuper jusqu'à ce qu'ils reprennent des forces. Puis elle se rappela qu'il valait mieux laisser les animaux sauvages dans leur milieu naturel. Peut-être que leur mère reviendrait bientôt et qu'elle comprendrait ce qui n'allait pas. Izzy se releva et reprit sa route, les larmes aux yeux. Elle jeta un regard par-dessus son épaule, dans l'espoir de voir les parents des oisons apparaître. Tout à coup, les petits bondirent hors du nid et traversèrent précipitamment le champ, tandis que leur mère cacardait et courait vers eux dans l'herbe. Izzy sourit de toutes ses dents et s'essuya les yeux. Si on lui avait dit que des oies savaient faire les mortes…

Elle poussa un soupir de soulagement et continua à avancer en direction du petit bois. D'un côté de la route, un bâtiment branlant, sur quatre niveaux, se dressait au milieu d'un champ. Ses fenêtres brisées étaient ornées de barreaux, le toit s'était effondré, les tuiles avaient verdi et la charpente en bois était recouverte de moisissure noire. C'était comme si l'édifice était tombé du ciel.

Il avait l'air d'un bateau qu'on aurait arraché à l'océan pour le jeter à des milliers de kilomètres de là. De l'autre côté de la rue, des rangées de stèles funéraires en fonte étaient alignées dans une clairière miteuse, inclinées, telles des dents grises de travers. Un goût amer envahit la bouche d'Izzy. Le cimetière de Willard. Elle tourna les talons et rebroussa chemin à pas rapides, en direction des immenses bâtiments en brique reliés à Chapin Hill : les ailes qui abritaient les chambres des patients.

Les escaliers de secours extérieurs étaient entourés de cages métalliques et les fenêtres sales étaient protégées par d'épais barreaux. Des rebords suintait un liquide noir qui coulait le long des murs en brique. La plupart des portes et des fenêtres étaient barricadées de l'intérieur, comme si les souvenirs de ce qui s'était passé là ne devaient surtout jamais réapparaître à la lumière du jour. Izzy frémit. Combien de patients avaient souffert et trouvé la mort dans cet horrible endroit ?

À cet instant, quelqu'un appela son nom, l'arrachant à ses sombres pensées. Elle tourna la tête et vit Peg qui trottinait vers elle, un grand sourire aux lèvres. À la seconde où Izzy avait rencontré sa mère d'accueil, elle lui avait évoqué une hippie des années 1960, et ce jour-là ne faisait pas exception à la règle : Peg portait une salopette en jean et un haut à fleurs, et sa masse de boucles indisciplinées flottait derrière elle.

— Cet endroit est incroyable, tu ne trouves pas ? Je ne savais pas que c'était aussi grand !

— C'est vrai que c'est immense, répondit Izzy en tentant d'être aussi agréable que possible.

— Est-ce que tu as vu le hangar à bateaux et le quai ? demanda Peg. C'est là que la première patiente de l'asile est arrivée, en bateau à vapeur, en octobre 1869. Elle s'appelait Mary Rote et souffrait de difformité et de démence. Avant d'être transférée à Willard, elle avait passé dix ans attachée, nue, dans une cellule sans lit de l'hospice de pauvres de Columbia County. Trois autres patients, des hommes, sont aussi arrivés ce jour-là, tous enchaînés. L'un d'entre eux était enfermé dans ce qui ressemblait à une cage de transport pour volaille.

Le regard d'Izzy se posa sur le quai. Sur la droite se dressait un hangar à bateaux sur deux niveaux, aux fenêtres cassées et aux bardeaux manquants. On aurait dit un visage tuméfié aux paupières closes.

— C'était complètement barbare ! s'indigna Izzy.

— C'est vrai. Et c'est précisément pour cette raison que Willard a été construit : pour accueillir les fous incurables qui occupaient des lits dans les hospices et les prisons. Peu après leur arrivée dans le nouvel asile, les patients étaient propres, habillés, nourris et, le plus souvent, en mesure de se reposer tranquillement dans leurs chambres.

— Alors les gens étaient bien traités ici ?

L'expression de Peg s'assombrit.

— Au début, je pense que oui. Mais au fil des années, l'asile est devenu surpeuplé et les conditions se sont détériorées. Malheureusement, près de la moitié des cinquante mille patients de Willard sont morts ici.

Izzy se mordit l'intérieur de la joue en se demandant comment dire à Peg qu'elle préférait attendre dans la voiture. Mais Peg sourit et lui prit la main.

— Viens ! l'invita-t-elle, les yeux pétillants. Une ancienne employée veut nous montrer quelque chose dans l'atelier. Ça a l'air important, je ne veux pas que tu rates ça !

Izzy grogna en son for intérieur et suivit Peg en essayant de trouver une excuse pour ne pas entrer, mais rien ne lui venait. Rien qui n'ait pas l'air ridicule ou farfelu, en tout cas. Et elle ne voulait pas que Peg la prenne pour une folle. L'été précédent, lorsqu'elle était arrivée chez Peg et Harry, elle était persuadée qu'ils seraient comme ses parents d'accueil précédents, qui prenaient en charge des enfants uniquement pour l'argent et la main-d'œuvre gratuite. Harry était le directeur artistique du musée d'État et Izzy avait eu le sentiment que, à eux deux, ils ne gagnaient pas beaucoup d'argent. Mais heureusement, cette fois, elle s'était trompée. C'étaient des gens bien, disposés à lui donner l'espace aussi bien physique qu'émotionnel dont avait besoin une jeune femme de son âge. Chez eux, dans leur maison à deux étages à Interlaken, elle avait sa propre chambre avec vue sur le lac, ainsi qu'une télévision, un lecteur DVD et un ordinateur. Ils lui avaient dit qu'ils lui faisaient confiance, et que cela ne dépendait que d'elle de la conserver. C'était la première fois que quelqu'un mettait la balle dans son camp, sans la juger d'abord. À présent, pour la première fois depuis longtemps, Izzy avait le sentiment de faire partie de quelque chose de « normal ».

Et pourtant, parfois, sa nouvelle situation lui paraissait trop belle pour être vraie. Dans un coin de sa tête, elle savait que quelqu'un ou quelque chose viendrait mettre la pagaille. C'était comme ça que sa vie fonctionnait.

Elle se rappela alors qu'il ne lui restait que quarante-huit heures avant son premier jour dans son nouveau lycée et son estomac se noua. C'était toujours difficile d'être la nouvelle.

Plus elles approchaient de l'atelier, plus Izzy avait chaud au niveau du cou et de la poitrine. Comme sa mère, elle avait des yeux bleu argenté, les cheveux noirs et un teint de porcelaine. Lorsqu'elle était nerveuse, des taches rouges marbraient la peau de son cou et de sa poitrine et, à cet instant, elle sentait qu'elle se couvrait de plaques. Être sur les pelouses de l'asile était une chose. Mais à présent, elle devait entrer à l'intérieur de l'un des bâtiments. L'envie de fuir grandissait dans son esprit, son cœur battait la chamade. *Ça fait partie de mon travail*, se dit-elle. *Ça n'a rien à voir avec moi, ni avec ma mère. Le moment est venu de laisser mes craintes d'enfant derrière moi.*

Elle attacha ses cheveux en chignon sur le sommet de sa tête, pour que la brise lui rafraîchisse la nuque.

— Tu n'as pas chaud avec ton tee-shirt à manches longues ? demanda Peg.

Izzy tira sur les extrémités de ses manches et les serra dans ses poings.

— Non, il n'est pas très épais.

— En pliant ton linge, j'ai remarqué que tu n'avais pas de tee-shirts à manches courtes. Peut-être qu'on pourrait aller faire les boutiques et t'acheter de nouveaux vêtements ?

Izzy tenta de sourire.

— Merci, mais j'aime bien les manches longues. Et tu n'es pas obligée de faire ma lessive.

— Ça ne me dérange pas, assura Peg. Simplement, je me demande qui peut bien avoir envie de porter des manches longues par une chaleur pareille…

Izzy haussa les épaules.

— Je suis un peu complexée par mes bras. Ils sont pâles et tout maigres.

— La plupart des filles adoreraient avoir de longs bras et de longues jambes minces comme les tiens, répondit Peg en riant.

Pas si elles pouvaient voir les cicatrices, songea Izzy.

Elle regarda en direction du lac et aperçut plusieurs groupes près du rivage, assis à des tables de pique-nique, se promenant, jouant au ballon ou au badminton. La plupart des personnes marchaient en traînant les pieds, comme si elles étaient hébétées par des médicaments.

— Qui sont ces gens ? demanda-t-elle à Peg.

Peg mit une main en visière et plissa les yeux pour mieux voir.

— Sans doute des patients du centre psychiatrique d'Elmira. Il y a un terrain de camping près du lac et, parfois, les employés y amènent les patients.

Les yeux d'Izzy se remplirent de larmes et elle se remit en route, le regard rivé au sol.

— Qu'est-ce qui se passe ? s'enquit Peg.

— C'est là qu'était ma mère. À Elmira.

Peg posa une main sur l'épaule d'Izzy.

— Je suis désolée. Je ne savais pas.

Izzy releva la tête et tenta d'esquisser un sourire.

— Ça ne fait rien. C'était il y a longtemps.

— J'espère que tu sais que je suis là pour toi si tu as besoin de parler.

— Je sais. Merci.

Mais non merci. Toutes les discussions du monde ne changeaient rien au fait qu'on traînait tous des casseroles. Avant la mort de sa grand-mère, sept ans plus tôt, Izzy avait consulté trois médecins différents dans l'espoir de se débarrasser de ses cauchemars récurrents. Rien n'y avait fait. Les docteurs ne connaissaient rien à rien. Une salle pleine de médecins avait déclaré sa mère saine de corps et d'esprit et apte à être jugée par un tribunal, alors qu'Izzy savait que la folie était le seul moyen d'expliquer que sa mère ait tiré sur son père pendant son sommeil. Et à présent, sa mère était en prison, au lieu de bénéficier de l'aide psychologique dont elle avait besoin.

Lorsqu'elles atteignirent l'atelier, l'ancienne employée déverrouilla la porte et escorta Izzy, Peg et deux autres membres du personnel du musée à l'intérieur.

— C'était ici que les patients emballaient des stylos et collaient des sacs en papier, expliqua joyeusement la femme, comme si elle leur montrait une collection de jetés de lit en patchwork lors d'une kermesse.

Des tables de travail trônaient au milieu de salles dépouillées. Des calendriers enroulés sur eux-mêmes et de vieux extincteurs étaient accrochés aux murs à la peinture craquelée et écaillée. Le monte-charge devait être hors service depuis des années. Izzy et les autres durent emprunter un escalier raide et étroit pour monter jusqu'au grenier, enjambant des marches cassées et des morceaux de plâtre, se frayant un chemin à travers les toiles d'araignée. Lorsqu'ils arrivèrent en haut, l'ancienne employée déverrouilla la porte et appuya dessus pour l'ouvrir, mais la porte restait obstinément fermée. Peg joignit ses efforts aux siens, poussant le panneau de bois à deux mains. Enfin, la porte s'entrouvrit en grinçant sur ses gonds. L'air poussiéreux et sentant le renfermé de l'escalier parut s'élever du sol, comme si le grenier prenait une immense inspiration.

Il régnait à l'intérieur une chaleur torride et étouffante, chargée d'odeurs de vieux bois, de poussière et de déjections d'oiseaux. Le plancher était parsemé, ici et là, de feuilles mortes qui étaient entrées par un carreau cassé. Une blouse blanche défraîchie était suspendue à un clou et plusieurs valises éventrées déversaient leur contenu sur le sol. Des trousseaux de clés et des photographies, des boucles d'oreilles et des ceintures, des chemisiers et des chaussures en cuir mélangés à des fientes et à des feuilles mortes, comme des biens en décomposition sortis d'une tombe. Au centre se trouvaient une sacoche de médecin et ce qui ressemblait à une carte déchirée, toutes deux couvertes d'une épaisse couche de crottes de pigeons.

Sous les poutres, des rangées démesurées d'étagères en bois occupaient presque toute la longueur du grenier. Étiquetées avec les mentions « Hommes » d'un côté et « Femmes » de l'autre, puis par ordre alphabétique, elles étaient séparées par un long couloir, semblable à l'allée principale d'un supermarché ou d'une bibliothèque. Sauf que, au lieu de nourriture ou de livres, les étagères accueillaient des centaines de valises, de caisses et de malles, couvertes de poussière.

— Qu'est-ce que c'est que tout ça ? demanda Peg, éberluée.

— C'était là qu'on conservait les bagages, indiqua l'ancienne employée. Toutes ces affaires appartenaient à des patients qui ont été internés et ne sont jamais ressortis. Personne n'y a touché depuis que leurs propriétaires les ont apportées, il y a des décennies, lors de leur arrivée à l'asile.

Izzy se mordit la lèvre et battit des paupières pour chasser les larmes qui lui montaient aux yeux. Elle imagina la valise de sa mère, ouverte sur la table au pied de son lit d'hôpital, un fatras de sous-vêtements et de chemises de nuit. Elle n'oublierait jamais la première fois qu'elle était retournée dans la chambre de ses parents après le drame. Sa grand-mère avait eu besoin d'aide pour trouver les affaires de sa mère et les emballer. Izzy avait ouvert la commode de ses parents au ralenti. L'odeur familière du parfum maternel qui s'était échappée de ses caracos et de ses nuisettes lui avait rappelé tout ce qu'elle avait perdu. Des relents de poudre et de sang flottaient encore dans l'air. Elle avait fixé le lit de ses parents, la tête de lit et le pied, appuyés contre le mur comme s'ils étaient enfin sur le point de déménager dans la plus grande maison dont sa mère avait toujours rêvé.

Izzy eut toutes les peines du monde à ne pas sortir du grenier en courant, à ne pas dévaler l'escalier et à ne pas se précipiter vers l'air frais de l'extérieur, loin des souvenirs de vies perdues et gâchées.

— C'est un véritable trésor ! dit Peg.

Elle longeait les étagères, effleurant délicatement les poignées en cuir des bagages et des malles-armoires, plissant les yeux pour lire les monogrammes passés et les noms sur les étiquettes.

— Que va-t-il advenir de tout cela ?

L'employée haussa les épaules.

— Ça va partir à la décharge, je suppose.

— Oh non ! On ne peut pas laisser ces objets finir à la poubelle. Il faut tout emporter à l'entrepôt du musée.

— Tout ? demanda un des employés du musée.

— Bien sûr ! Vous ne vous rendez pas compte que ces valises sont aussi importantes que des fouilles archéologiques ou des vieilles peintures. Ces gens n'ont jamais eu l'opportunité de raconter leur histoire à l'extérieur de l'enceinte de cet hôpital. Mais nous pouvons tenter de comprendre ce qui leur est arrivé en examinant leurs effets personnels. Nous tenons une chance rare d'essayer de recomposer le puzzle de leur vie avant leur arrivée à Willard. C'est excitant, non ?

Peg se tourna vers Izzy. Celle-ci fit de son mieux pour s'accrocher un sourire au visage, mais un bloc glacé d'effroi faisait pression sur sa poitrine.

CHAPITRE 2

Clara

Upper West Side, New York
Octobre 1929

Clara Elizabeth Cartwright, 18 ans, retenait son souffle. Les pieds enfoncés dans le tapis persan, légèrement penchée en avant, elle tentait de discerner les propos de ses parents de l'autre côté de la porte sculptée en chêne du bureau de son père. Lorsqu'elle était plus jeune, la décoration opulente du manoir familial (le couloir lambrissé, les planchers rutilants, les portraits encadrés et les miroirs dorés, le service à thé en argent sur le buffet en cerisier) lui donnait le sentiment d'être une princesse vivant dans un château. À présent, au milieu des boiseries massives et des lourds rideaux damassés, elle avait l'impression d'être retenue en prison, et pas seulement parce qu'elle n'avait pas été autorisée à sortir depuis trois semaines. La maison lui faisait l'effet d'un musée rempli de vieux meubles et d'objets démodés, empestant les idées surannées et les croyances archaïques. Elle lui évoquait un mausolée, la dernière demeure des morts et des mourants. Et elle n'avait aucune intention d'être la prochaine sur la liste.

Elle expira et tenta de se détendre. Son plan d'évasion n'avait rien de bien original, mais c'était tout ce qui lui restait. L'odeur de bois pourri du cigare de son père s'infiltrait sous la porte et se mêlait à celle, citronnée, de l'encaustique, lui rappelant les heures passées là-même, à attendre avec son grand frère leur « consultation » journalière avec leur père, Henry Earl Cartwright. Aussi loin qu'elle s'en souvienne, chaque vendredi, après l'école, après avoir fait leurs devoirs et une promenade dans le parc, ils attendaient devant son bureau jusqu'à l'heure du dîner, en prenant soin de s'amuser sans bruit afin de ne pas le déranger. Lorsque leur père était prêt, il les appelait l'un, puis l'autre, pour s'informer de leur semaine à l'école, étouffer dans l'œuf le moindre problème de comportement, leur expliquer ce qu'il attendait d'eux à leur âge respectif. Ils devaient se tenir de l'autre côté de l'immense bureau, le menton relevé et le regard fixe, et écouter sans gigoter jusqu'à ce que leur père hoche la tête et allume son cigare, signe qu'ils pouvaient disposer.

Leur mère, Ruth, leur avait bien fait comprendre que les conversations concernant la discipline et les résultats scolaires étaient trop éprouvantes pour sa sensibilité délicate. Elle faisait une sieste chaque après-midi à la même heure, pendant que son mari se chargeait de la tache déplaisante d'élever leurs enfants. Ce n'était qu'au cours des dernières années, alors que Clara était devenue une jeune femme et la cible potentielle des désirs des jeunes hommes, que Henry avait insisté pour que Ruth s'implique dans son éducation. Elle avait alors fourni un effort en demi-teinte, mais ce n'était que depuis trois semaines qu'elle avait décidé de prendre son rôle au sérieux. Clara se demanda ce que William aurait dit en sachant que leurs parents la gardaient enfermée comme une criminelle de bas étage.

En pensant à son grand frère, les yeux de Clara se remplirent de larmes et une chape de plomb enveloppa son cœur. Le corps de William avait été repêché dans le fleuve Hudson un an et demi plus tôt, mais c'était comme si c'était hier. Elle se rappelait le visage de son père en apprenant la nouvelle, les spasmes de sa mâchoire, ses joues rougies tandis qu'il comprenait que son aîné était mort. Et pourtant, ses yeux étaient restés secs. Clara avait résisté à l'envie de tambouriner sur son torse avec ses poings, de hurler que c'était sa faute. De toute façon, jamais il ne l'aurait crue. Son esprit était un livre clos et verrouillé, qui ne contenait que sa propre version de « la façon dont devait fonctionner le monde ». Elle n'avait pas serré son père dans ses bras (sa mère non plus, d'ailleurs) et avait souffert en silence pendant qu'ils endossaient le rôle des parents en deuil. Désormais, à défaut d'autre chose, elle était déterminée à ne pas être la prochaine victime de la poigne de fer de Henry Cartwright.

Si elle n'avait pas eu les samedis soir au *Cotton Club*, où elle pouvait être elle-même, rire et danser avec ses amies, elle était certaine qu'elle aurait perdu l'esprit depuis des mois. La dernière sortie avec ses amis remontait à trois semaines, et elle avait l'impression qu'une décennie s'était écoulée.

Petite fille, elle avait fait de son mieux pour satisfaire ses parents : elle obtenait d'excellentes notes à l'école, sa chambre était impeccablement rangée, elle ne coupait jamais la parole et, surtout, elle ne répondait jamais. En grandissant, elle avait compris que ses parents ne voulaient ni les voir, ni les entendre, William et elle. Les adultes du foyer nourrissaient et logeaient leurs enfants, rien de plus. Depuis deux ans, et plus encore depuis la disparition de William, c'était devenu de plus en plus facile pour Clara de mentir. Elle racontait qu'elle allait à la bibliothèque alors que, en réalité, elle assistait à une séance de matinée avec ses amis pour voir le dernier film de Charlie Chaplin, ou se rendait à Central Park pour regarder des garçons jouer au Skee-Ball ou s'affronter au stand de tir. Au début, elle avait été surprise de rentrer à la maison et de ne pas trouver sa mère l'attendant sur le seuil, les mains sur les hanches, prête à appeler son père pour lui administrer la correction qu'il aurait jugée appropriée. Clara imaginait la voix profonde de Henry dans sa tête, son visage déformé par la fureur. *Ta place est ici, à la maison, à apprendre à cuisiner et à élever des enfants, au lieu d'écumer la ville par monts et par vaux ! Que t'est-il passé par la tête ? Tu es une Cartwright, bon sang ! Et tu ferais mieux de commencer à te comporter comme telle, autrement tu finiras à la rue !*

Finalement, elle avait compris que ses parents ne se rendaient jamais compte de ses absences. Au début, elle avait cru qu'ils étaient trop occupés à se faire du souci pour William. Ils devaient se demander s'il lui était arrivé quelque chose ou s'il avait tout bonnement décidé de couper les ponts pour de bon après sa dispute avec

Henry. Clara avait commencé à se dire que sa mère avait peut-être un cœur, au bout du compte. Peut-être était-elle réellement d'une sensibilité démesurée et peut-être était-ce trop pour elle de se préoccuper de deux enfants. Mais ensuite, Clara avait constaté que, pendant que son fils avait disparu et que sa fille n'en faisait qu'à sa tête, Ruth recevait ses amies pour le thé, s'entretenait avec traiteurs et fleuristes pour organiser sa prochaine fête, feuilletait des magazines et buvait du whiskey de contrebande, commandait de nouvelles robes, de nouveaux bijoux et de nouvelles fourrures.

Après la découverte du corps de William, Ruth cessa d'organiser des fêtes. Mais elle continua à boire du whiskey jusqu'à perdre conscience presque chaque soir. Elle assurait que l'alcool l'aidait à se détendre, et Henry, qui passait ses journées à s'occuper de ses affaires et ne sortait de son bureau que pour manger et dormir, veillait à ce que sa femme, frappée par le chagrin, n'en manquât jamais. Il apparut clairement à Clara que ses parents étaient soulagés de ne pas l'avoir dans les pattes, tant qu'elle était de retour à la maison pour le souper. D'ailleurs, si elle n'était pas là à 17 h 30, elle avait plutôt intérêt à être morte ou mourante.

Chaque semaine, au cours des sept derniers mois, elle avait raconté la même histoire à ses parents : elle allait à un spectacle avec Julia, Mary et Lillian, puis elles dormaient toutes chez Lillian. Ruth la connaissait à peine, mais elle approuvait le fait que sa fille passe du temps avec elle et les autres, car leurs mères étaient membres de la ligue des femmes et allaient à la même église que Ruth. Dans l'esprit de la mère de Clara, il paraissait évident que si Julia et Mary étaient autorisées à passer la nuit chez Lillian, alors il n'y avait rien de mal à ça.

Sauf que, au lieu d'aller au théâtre, les filles se retrouvaient chez Lillian pour se torsader les cheveux et enfiler leurs robes perlées à franges. Elles roulaient leurs bas jusqu'aux genoux pour montrer qu'elles ne portaient pas de corsets, mettaient des chaussures à talons et à brides ainsi que de longs colliers de perles qui pendaient sur leurs poitrines. Puis, à 22 heures, le petit ami de Lillian venait les chercher dans sa Bentley et les emmenait dans le centre-ville, suivi de près par le frère de Lillian au volant de sa Rolls-Royce, dans laquelle s'entassaient un tas d'amis.

Leur endroit préféré, le *Cotton Club*, était un lieu de rendez-vous à la mode à l'intersection de la 142e Rue et de Lenox Avenue, dans le centre de Harlem, véritable terrain de jeux pour les riches. À l'intérieur du club tamisé, parmi les volutes de fumée, Clara et ses amis buvaient du gin de contrebande, mangeaient des cerises recouvertes de chocolat, fumaient des cigarettes et dansaient le charleston et le tango. Ils écoutaient le jazz de Louis Armstrong et s'enivraient jusqu'à ne plus tenir debout.

Mais surtout, c'était là que Clara retrouvait Bruno. Né en Italie, ce fils de cordonnier était venu seul en Amérique. Il n'était pas habitué à l'extravagance des clubs new-yorkais. Et pourtant, la première fois qu'elle l'avait aperçu, se frayant un chemin dans la foule avec son gilet de costume blanc, sa cravate blanche et sa queue-de-pie noire, il lui avait semblé parfaitement à sa place. Il avait frôlé sans les voir les filles qui l'invitaient à danser, ne manifestant pas le moindre intérêt pour le caviar et les plateaux de martini-gin, et avait traversé la pièce, ses yeux de braise rivés sur Clara. Elle dansait alors une valse avec Joe, le frère de Lillian, qui était ivre et jacassait sur son travail à la Bourse de New York et sa capacité à offrir à une femme tout le luxe dont elle pouvait rêver.

Lorsque Clara vit Bruno se diriger vers eux, son cœur se mit à cogner furieusement dans sa poitrine. Il avait l'air furieux, comme si quelqu'un draguait sa fiancée. Se demandant s'il ne la confondait pas avec une autre, elle s'était figée, prête à défendre le pauvre Joe éméché. Puis Joe s'était penché sur elle pour l'embrasser et elle avait détourné la tête tout en se dégageant de l'emprise de ses mains moites. Avant qu'elle ait compris ce qui se passait, Bruno s'était interposé et l'avait entraînée avec lui, laissant Joe hébété et chancelant au centre de la salle.

Bruno l'avait fixée tandis qu'ils dansaient. Son expression était sérieuse, sa main pesante dans le bas de son dos. De près, il ressemblait à un adonis, avec ses cheveux noirs plaqués en arrière et son visage ciselé à la peau douce et hâlée. Elle avait baissé la tête, troublée par l'intensité de son regard.

— J'espère que ce n'était pas votre petit ami.

Sa voix était profonde et son accent rendait chaque mot exotique.

Elle avait secoué la tête, sans quitter des yeux les gens qui les entouraient. Lillian et Julia étaient au bar, un verre de gin à la main. Lillian faisait tourner ses perles entre ses doigts pendant que Julia chatouillait un séduisant jeune homme avec l'une des plumes de sa coiffe.

— Je suis désolé de vous avoir dérobée à votre cavalier. Mais j'avais peur de vous inviter à danser et que vous ne refusiez. Saurez-vous me pardonner ?

Elle avait affronté son regard d'ébène et s'y était noyée. Elle avait dégluti, incapable de le quitter des yeux, puis avait souri en tâchant d'afficher un air amusé et nonchalant.

— Je suppose que oui.

Il avait légèrement souri à son tour.

— Vous me trouvez trop direct.

— Non. Mais je…

À cet instant, Joe réapparut. Il tapota sur l'épaule de Bruno, qui pivota sur lui-même. Joe leva le poing, son visage rougi et déformé par la colère.

— Arrête ! cria Clara en tendant le bras.

Joe se figea.

— Comment sais-tu que ce type n'est pas un voyou ? demanda-t-il en postillonnant. Il m'a tout l'air d'un habitué des bars.

— Tout va bien, assura Clara. On danse, c'est tout.

— Tu en es sûre ? insista Joe.

— Certaine. Nous discuterons tout à l'heure quand nous irons au café, d'accord ?

Joe examina Bruno, plissant ses yeux injectés de sang, puis il baissa le bras. Bruno sourit, lui tendit la main et se présenta.

— Je vous promets de ramener…

Il toucha le poignet de Clara de ses doigts chauds.

— Je suis navré, je ne connais même pas votre nom ?

— Clara, répondit-elle en se sentant rougir.

— Je vous promets de ramener Clara à ses amis en un seul morceau, garantit-il à Joe.

— J'espère pour vous que ce ne sont pas des belles paroles, autrement, mes amis et moi vous mettrons K.-O. en deux secondes chrono.

— Je vous assure que je suis un homme de parole.

Joe finit par rajuster sa cravate et saluer Bruno avant de s'éloigner. Bruno tendit alors la main à Clara.

— M'accordez-vous cette danse, belle Clara ?

Elle hocha la tête et il l'attira à elle. Les perles de sa robe se retrouvèrent pressées contre les muscles de son torse tandis que les plis de son pantalon effleuraient ses genoux dénudés. La chanson *Someone to Watch Over Me* était presque finie, mais elle éprouva soudain le besoin de s'asseoir. Elle avait les jambes en coton et le sentiment de trembler de l'intérieur. Elle avait dansé avec des dizaines d'hommes au *Cotton Club* ; certains connaissaient son père et espéraient accéder à sa fortune, d'autres avaient sincèrement envie de faire sa connaissance. Mais aucun homme n'avait jamais provoqué cela en elle. Elle serra sa main plus fort, sans savoir si c'était le gin ou le parfum musqué de l'eau de toilette de son cavalier qui lui donnait le tournis.

— Est-ce que tout va bien ? s'enquit-il. Souhaitez-vous prendre l'air ?

Elle secoua la tête.

— Ça va. L'alcool me rend un peu vaseuse, c'est tout.

— Je vous tiens.

Puis il inclina la tête et effleura son lobe d'oreille du bout du nez. Son souffle chaud la fit frémir. Au même moment, la chanson se termina et il cessa de danser. Néanmoins, il ne la lâcha pas.

— Aimeriez-vous nous accompagner au café, mes amis et moi ? proposa-t-elle d'une voix rauque. Nous y allons toujours après être venus ici…

— J'aimerais beaucoup.

Il caressa la ligne de sa mâchoire et lui fit relever le menton.

— Mais avant, j'ai juste une chose à régler.

Puis il pressa sa bouche contre la sienne, l'embrassant si fougueusement qu'elle crut que sa lèvre allait saigner. Elle résista l'espace d'une seconde, puis lui rendit son baiser, son corps fondant entre ses bras. Le bruit des rires et des verres qui s'entrechoquaient disparut. Elle ne distinguait plus que les battements furieux de son cœur. Des flashs de lumière blanche clignotaient derrière ses paupières closes et une vague de désir naissait dans son bas-ventre. Lorsqu'ils s'écartèrent, il la dévisagea, à bout de souffle.

— Vous voyez ? Parfois, c'est mieux de ne pas demander.

Elle acquiesça, incapable d'articuler un mot.

Plus tard, au café, ils s'assirent dans un box à l'écart pour partager une part de tarte aux pommes. Lillian, Julia et les autres discutaient et riaient dans deux grands box de l'autre côté de la salle, mais Clara et Bruno avaient à peine conscience de leur présence. Il lui parla de sa famille en Italie, de ses rêves de réussite en Amérique. Elle fut étonnée de s'entendre s'ouvrir davantage avec lui qu'avec quiconque, excepté William. Elle lui confia ses frustrations avec ses parents et se mit à pleurer lorsqu'elle évoqua son défunt frère adoré. Bruno lui prit la main et lui dit qu'il comprenait bien les problèmes de famille. Il souhaitait plus que tout en fonder une, au sein de laquelle tout le monde s'entendrait bien et s'aimerait, quoi qu'il arrive.

À la fin de la soirée, ils n'arrivaient pas à se lâcher. À la fin de la semaine, ils se retrouvaient à l'appartement de Bruno. À la fin du mois, Bruno faisait partie de leur petit groupe, et même Joe le trouvait absolument génial.

À présent, plantée devant la porte du bureau de son père, Clara entendait la voix de baryton de ce dernier, ainsi que les gémissements et les reniflements de sa mère entre deux échanges chargés de colère. Ils ne se disputaient pas, néanmoins : ils parlaient de Clara. Et tous deux étaient furieux de constater que, pour une fois, elle refusait de se plier docilement à leur volonté.

Elle posa une main protectrice sur son ventre et battit des paupières pour retenir ses larmes. La fête de fiançailles devait avoir lieu le lendemain soir, avec traiteur et photographe. Tous les amis les plus importants de ses parents y étaient conviés : l'associé de son père, Richard Gallagher, avait invité une dizaine de personnes, impatient d'exhiber la future femme de son fils. Les invitations avaient été envoyées dix jours plus tôt et presque tout le monde avait répondu présent. James Gallagher, l'homme que Clara était supposée épouser, avait ordonné que la bague de deux carats de sa défunte mère soit nettoyée et polie, et donné la consigne d'y ajouter quatre diamants supplémentaires pour faire bon poids. Ruth avait choisi la robe de Clara et engagé une coiffeuse pour la préparer avant la fête. Tout se passait exactement comme ses parents l'avaient prévu. Les invités arriveraient à ce qu'ils pensaient être l'anniversaire de mariage de Henry et Ruth. Puis, juste avant le dîner, ils auraient la surprise de se voir annoncer les fiançailles de James et Clara.

Tout à coup, une odeur nauséabonde d'œuf pourri envahit les narines de Clara, qui eut un haut-le-cœur.

Elle provenait de l'eau stagnante contenue dans le vase qui trônait sur le meuble en cerisier. Elle s'éloigna de quelques pas, une main plaquée sur son nez et sa bouche, tentant de calmer son estomac. Si elle s'éternisait dans le couloir, à répéter son discours, elle finirait par s'évanouir ou par vomir. C'était maintenant ou jamais.

Elle frappa à la porte du bureau.

— Qu'est-ce que c'est ? aboya son père.

— C'est moi, répondit-elle d'une voix étranglée.

Elle toussa doucement pour s'éclaircir la gorge.

— C'est moi, Clara, reprit-elle. Puis-je entrer ?

— Oui !

Clara commença à tourner la poignée de la porte, puis se rendit compte que son autre main reposait encore sur son ventre. Le sang lui monta aux joues et elle laissa pendre son bras le long de son corps. Elle savait que sa mère la surveillait, épiant son tour de taille, mesurant son appétit chaque matin, comptant le nombre de serviettes hygiéniques sous le lavabo de la salle de bains. Si elle entrait dans le bureau avec une main sur le ventre, sa mère comprendrait aussitôt que ses pires craintes étaient devenues réalité.

Clara inspira profondément et ouvrit la porte.

Sa mère était assise sur le canapé rose près de la cheminée en brique, s'éventant avec un éventail à fleurs, les pieds sur une petite banquette. Comme d'habitude, ses cheveux auburn étaient attachés en un chignon à la Pompadour, conformément aux standards de la mode. À la surprise de Clara, la longue robe à tournure de sa mère était relevée, révélant ses chevilles blanches qui dépassaient de ses bottines pointues à lacets. Ruth pensait qu'une femme respectable devait toujours couvrir ses bras et ses jambes, en toutes circonstances. *Elle doit vraiment être contrariée*, songea Clara.

Elle ne savait pas trop quand cela était arrivé, mais elle en était venue à détester les robes victoriennes de sa mère, ses coiffures, ses broches et ses bagues en camée. La moindre manie traditionnelle, la moindre phrase désuète rappelait à Clara les manières prudes de sa mère. Rien que le bruissement des jupons de Ruth dans les couloirs de la maison ou le bruit de ses talons sur le plancher suffisait à crisper Clara.

Ruth se leva et lissa sa robe. Son corset affinait sensiblement sa taille. Clara redressa instinctivement les épaules et rentra le ventre dans l'espoir que sa mère ne remarque pas qu'elle ne portait pas le sien.

On l'avait obligée à en mettre dès l'âge de 6 ans, après que sa mère avait mesuré son tour de taille et décrété qu'il était horriblement épais et disgracieux. Ruth avait proclamé que, si des mesures préventives n'étaient pas prises immédiatement, la posture et la santé de Clara en pâtiraient, et qu'aucun homme sain d'esprit n'épouserait une paysanne avec un tour de taille de plus de quarante-cinq centimètres. Ce soir-là, sa mère l'avait enserrée dans un corset à baleines épaisses, insistant bien sur le fait qu'elle ne serait autorisée à le retirer que si elle était malade, ou pour se laver. Une semaine plus tard, Clara l'enleva une nuit pour mieux réussir à dormir. Lorsque Ruth trouva le corset à terre près du lit, elle réveilla Clara d'un profond sommeil pour lui administrer une impitoyable fessée. Après ça, elle lui attacha les poignets avec un mouchoir toutes les nuits pendant deux semaines pour l'empêcher de recommencer ses méfaits. À mesure qu'elle grandissait, les corsets de Clara étaient de plus en plus serrés par les bras musclés d'une domestique à la robuste carrure. À 18 ans, Clara affichait un tour de taille de quarante-cinq centimètres. Pourtant, sa mère la narguait en lui rappelant sans cesse que la sienne était plus fine, semblant oublier que Clara mesurait cinq centimètres de plus qu'elle.

Clara lança un regard en direction de Ruth. Cette dernière aurait été horrifiée si elle avait trouvé les bracelets, les coiffes à plumes et les robes à franges cachés sous un vieux tailleur en laine au fond du placard de sa fille, derrière sa malle. Comme si elle lisait dans ses pensées, Ruth renifla avec dédain et se tourna vers la fenêtre, les lèvres pincées. Son père haussa les sourcils, tapota son briquet en argent sur son bureau et plaça un cigare dans sa bouche. Comme à son habitude, il portait un costume à fines rayures et les pointes de sa moustache à la russe se recourbaient au-dessus de sa lèvre supérieure.

— Que se passe-t-il ?

Clara desserra les poings et croisa les mains au niveau de sa taille pour les empêcher de trembler.

— Puis-je m'entretenir de quelque chose avec vous ? demanda-t-elle en ayant du mal à garder une voix assurée.

Sa mère marmonna quelque chose entre ses dents et alla se poster à la fenêtre dans un bruissement de tissus. Elle écarta le rideau et feignit d'observer le paysage.

Henry ôta son cigare de sa bouche.

— Si c'est à propos de demain soir, le sujet est clos. La fête va avoir lieu, comme prévu.

Clara déglutit, l'estomac noué.

— Bien sûr ! Naturellement ! Voilà des années que Mère et vous n'avez pas célébré votre anniversaire de mariage !

Sa mère se tourna brusquement vers elle.

— Tu sais pertinemment pourquoi nous organisons cette fête. C'est pour James et toi ! Et je te signale que c'est la première fois depuis des mois que j'ai envie de fêter quelque chose !

Clara serra les dents et étira les lèvres dans ce qui, elle l'espérait, ressemblait vaguement à un sourire.

— Je le sais, Mère, et j'apprécie tous vos efforts, je vous assure. Simplement, je…

— As-tu la moindre idée de la chance que tu as qu'un homme comme James daigne vouloir t'épouser ?

« *Daigne* », songea Clara. *Car j'ai tant de défauts et d'imperfections qu'aucun bon parti ne voudrait de moi. Cela dit, vous avez peut-être raison, Mère. James n'est pas un bon parti. Ce n'est qu'un ignoble don Juan, violent et grossier. Mais qu'est-ce que cela peut bien vous faire, tant qu'il vous débarrasse de moi ? Tant qu'il m'arrache aux bras de Bruno ?*

Clara s'approcha du bureau de son père, le feu aux joues et les yeux brûlants.

— Mais, Père, je ne suis pas prête à me marier ! Et encore moins avec James !

Henry se leva et écrasa son cigare dans le cendrier. Ses gros doigts devenaient de plus en plus rouges à mesure qu'il appuyait.

— Clara, nous avons déjà eu cette conversation. Ta mère et moi avons été clairs quant à nos sentiments concernant…

— Et qu'en est-il de *mes* sentiments *à moi* ? s'indigna Clara, le cœur lourd. Qu'en est-il de ce que, *moi*, je veux ?

— Tu es trop jeune pour savoir ce que tu veux, répliqua son père.

— Non, affirma Clara en soutenant son regard. Ce n'est pas vrai. Je vous ai déjà dit que je voulais aller à l'université.

C'était la seule excuse qu'elle avait trouvée pour annuler les fiançailles. Du moins, pour le moment. À une époque, elle avait souhaité aller à l'université pour s'éloigner de ses parents, et passer des diplômes afin de devenir secrétaire, ou peut-être infirmière. Elle voulait être en mesure de voler de ses propres ailes. Mais désormais, ses rêves avaient changé. Pour la première fois de sa vie, elle savait ce que cela faisait d'être aimée et chérie. Son vœu le plus cher était de partager sa vie avec Bruno et de construire une famille avec lui.

— Lillian va faire des études, risqua-t-elle en sachant que ce n'était pas un argument de poids.

— Je me fiche de ce que font tes amies ! tempêta son père, rouge de colère.

— Nous n'allons certainement pas dépenser l'argent que nous avons durement gagné pour que notre fille fume, boive et passe son temps à faire la fête, sous couvert d'aller à l'université ! intervint sa mère.

Clara leva les yeux au ciel. Un petit rire incrédule franchit ses lèvres. Elle savait que sa mère pensait à la dernière chansonnette à la mode. « Elle ne boit pas, elle ne flirte pas, elle attend l'université pour ça. » *Évidemment*, c'était ce que sa mère devait penser.

— Ce n'est pas dans ce but que les jeunes filles font des études, Mère, protesta Clara.

— C'est à propos de ce Bruno, n'est-ce pas ? Cet immigré que tu as amené à la maison pour le dîner, il y a quelques semaines ?

Clara sentit le feu lui monter aux joues.

— Je ne sais pas, Mère. À vous de me le dire. Est-ce pour cette raison que vous tenez à ce que j'épouse James ? Pour me tenir éloignée de Bruno ?

Les souvenirs de l'affreuse soirée lors de laquelle Bruno avait rencontré ses parents défilèrent dans l'esprit de Clara, les images se succédant, telles les photographies du mutoscope de la fête foraine. Bruno sur le seuil, souriant, ses épais cheveux noirs ramenés en arrière, les mains dans les poches du smoking qu'il avait emprunté pour l'occasion. Clara l'avait remercié d'être venu et l'avait embrassé sur la joue, en profitant pour inspirer son parfum, un mélange agréable de crème à raser et de savon. Elle l'avait prévenu que Ruth détestait les retardataires, en conséquence de quoi il était arrivé avec un quart d'heure d'avance.

Clara lui avait fait sortir les mains de ses poches et lissé sa cravate, des papillons dans le ventre. Feignant le plus grand calme afin de ne pas le rendre nerveux, elle lui avait conseillé d'inspirer profondément, lui rappelant de ne pas oublier de serrer la main de son père, puis l'avait guidé à travers le vestibule et dans le couloir qui menait au petit salon. Il était resté bouche bée devant les lustres et les peintures encadrées, sans doute surpris qu'elle vive dans une telle opulence. Elle avait expliqué à Bruno que son père travaillait dans le secteur bancaire, sans toutefois entrer dans les détails de peur que la vérité ne l'effraie. Henry Cartwright possédait la moitié de *Swift Bank*, la plus grande banque de Manhattan, avec des succursales dans tous les quartiers de New York et dans le nord de l'État. Ruth, de son côté, était l'unique héritière des grands magasins de vêtements *Bridge Bros. Clothing Emporium*.

Clara avait ouvert les portes du petit salon et fait signe à Bruno d'entrer. Ses parents prenaient le thé avant le dîner. Sa mère était assise près de la cheminée, tandis que son père avait un bras appuyé sur le manteau en marbre qui la surplombait. Lorsque Bruno et Clara étaient entrés dans la pièce, Henry avait levé la tête, puis grogné et consulté sa montre à gousset. Ruth avait commencé par se lever, un grand sourire aux lèvres. Mais lorsqu'elle avait vu la veste de smoking mal ajustée de Bruno et ses chaussures usées, elle s'était rassise.

Clara avait serré les dents et escorté Bruno jusqu'à son père, en espérant que ce dernier serait impressionné par l'histoire du jeune homme, venu seul en Amérique dans l'espoir de bâtir une nouvelle vie au pays de la liberté. Après tout, le père de Henry en avait fait autant en 1871, lorsqu'il avait débarqué d'Angleterre en compagnie de sa jeune épouse. Mais au lieu de serrer la main tendue de Bruno, son père avait regardé de nouveau sa montre et déclaré qu'il était l'heure de passer à table. Ruth s'était mise debout et lui avait délicatement tendu sa main fine, comme si elle faisait à Bruno la grâce de l'autoriser à la toucher. Il lui avait serré la main et avait incliné la tête.

— C'est un honneur de vous rencontrer, Mrs. Cartwright.

Ruth lui avait adressé un sourire pincé, puis avait pris le bras de son mari et s'était dirigée vers la salle à manger d'un pas nonchalant. Clara avait tapoté le bras de Bruno, hoché le menton en direction de ses parents et levé les yeux au ciel avant de leur emboîter le pas. L'air dubitatif, il avait pris une grande inspiration et expiré lentement, les sourcils froncés. Elle avait articulé silencieusement « Je t'aime » et l'avait embrassé sur la joue, avec, pour effet, de lui tirer enfin un sourire. Sans un mot, ils avaient pris place autour de la table, ses parents à chaque extrémité et Bruno et elle l'un en face de l'autre.

Pour voir Bruno, Clara devait regarder par-dessus les vases de fleurs ridiculement grands que sa mère tenait absolument à exposer partout dans la maison. Elle s'était toujours demandé si la table était décorée de la sorte afin que Ruth n'ait pas à regarder Henry pendant le dîner, sans nul doute irritée lorsqu'il aspirait bruyamment sa soupe ou mâchait sa nourriture trop vite. Il mangeait avec enthousiasme et gloutonnerie, enfournant sa fourchette dans sa bouche avant d'avoir fini d'avaler la bouchée précédente, s'octroyant le dernier morceau de poisson ou de poulet alors que les autres n'avaient même pas encore touché à leur assiette. Henry finissait toujours de manger avant tout le monde, ce qui avait le don d'agacer prodigieusement sa femme. Clara trouvait les mauvaises manières de son père typiques de sa façon de vivre : il prenait tout ce qu'il voulait sans la moindre considération pour ceux qui l'entouraient, tel un bulldozer qui avançait sans même avoir conscience de la présence d'autrui.

Clara s'était levée, s'était emparée du vase et l'avait placé sur le buffet. Ruth l'avait observée sans un mot, bouche bée.

Tandis que la domestique leur servait de la soupe, Ruth avait gardé les yeux rivés sur le bol posé devant elle. Henry avait dévisagé Bruno et Clara, les sourcils froncés, comme s'il jaugeait la situation. Clara s'était tortillée sur son siège, attendant qu'il entame la conversation. Son regard avait croisé celui de son père, qui avait baissé les yeux, soudain fasciné par le positionnement de sa serviette de table sur ses genoux, alors que, en temps normal, Ruth devait lui rappeler de s'en servir.

Clara avait agrippé le rebord de la table et s'était redressée.

— Père, avait-elle lancé en tentant d'adopter une intonation enjouée, Bruno ne travaille sur les quais que depuis six mois et il a déjà été promu contremaître.

Henry avait grogné, attrapé sa cuillère et avalé une gorgée de soupe.

— Merci de m'avoir invité chez vous, avait dit Bruno. C'est très gentil de votre part d'ouvrir votre porte aux amis de votre fille.

Clara s'était tournée vers sa mère, attendant qu'elle réponde. De tout temps, elle n'avait eu de cesse de répéter à Clara qu'elle jugeait surtout les gens sur leurs manières. Ruth affirmait toujours que la façon dont les gens utilisaient les formules de politesse comme « s'il vous plaît » et « merci » en disait long sur leur éducation. Mais, de toute évidence, les bonnes manières n'avaient d'importance que lorsque cela l'arrangeait. À l'autre bout de la table, Ruth avait plongé sa cuillère dans son bol, comme si c'était la chose la plus fascinante qu'elle ait jamais vue. Clara avait senti la moutarde lui monter au nez. Normalement, lorsqu'ils recevaient des invités à dîner, Ruth était un véritable moulin à paroles : elle donnait son avis sur l'art, le théâtre et les appareils électriques dernier cri, et posait des questions jusqu'à en être indiscrète. Même après la mort de William, elle avait continué à jouer les hôtesses parfaites. C'était ce que la société attendait d'elle, après tout.

— Mère ? avait tenté Clara. Vous dites toujours qu'il est impoli d'ignorer ses invités.

— Oh ! Excuse-moi.

Elle avait posé sa cuillère, s'était essuyé la bouche avec sa serviette et s'était tortillée sur sa chaise.

— Je n'avais pas compris que ton invité me parlait.

Elle avait dévisagé Bruno, les sourcils haussés.

— Vous disiez, jeune homme ?

— Je tenais à vous remercier de m'avoir invité dans votre belle demeure, avait répété Bruno.

— Je vous en prie.

Puis, sans un mot de plus, Ruth s'était remise à manger.

Les veines dans le cou de Clara palpitaient comme si elles s'apprêtaient à exploser. C'était donc comme ça que ça allait se passer. Ils allaient jeter un regard à Bruno et prendre une décision. Était-ce à cause de ses vêtements, de son travail ou de son accent et de sa peau hâlée ? Elle avait serré les poings sous la table, si fort que ses ongles s'étaient enfoncés dans ses paumes.

Clara avait assuré à Bruno que son père serait impressionné par sa rapide ascension professionnelle, même si ce n'était qu'au port local. Elle pensait que Henry Cartwright serait surpris d'apprendre que Bruno avait déjà économisé suffisamment d'argent pour louer seul un appartement. Il épargnait également pour investir, avec l'espoir d'acheter des actions en Bourse. Elle lui avait dit que Henry serait heureux de le guider, de lui donner des conseils et, potentiellement, le nom d'un investisseur digne de confiance pour l'orienter dans la bonne direction. À présent, elle se maudissait d'avoir été si stupide et si aveugle. Qu'est-ce qui lui avait pris d'amener Bruno chez eux ?

Elle avait réfléchi à mille à l'heure pour trouver une porte de sortie et mettre un terme anticipé à ce dîner désastreux. Elle avait fait mine de manger sa soupe, l'estomac noué. Qu'est-ce que Bruno pouvait bien penser ? Voyait-il à quel point elle était désemparée ? Savait-il que, si elle avait imaginé ne serait-ce qu'une seconde que ses parents réagiraient de la sorte, elle ne lui aurait jamais imposé ce supplice ? Elle avait senti la chaleur monter de plus en plus au niveau de son cou et de sa poitrine. Ses joues devenaient brûlantes. Soudain, son père avait pris la parole.

— J'aimerais comprendre quelque chose, avait-il dit en regardant Bruno pour la première fois.

Il avait marqué une pause, puis montré le jeune homme du doigt.

— Quel est votre nom de famille, au fait ?

— Moretti, monsieur. Bruno Moretti. Comme mon défunt père.

— Hum ! Et que faisait votre père en Italie ?

— Il était cordonnier. Un excellent cordonnier, monsieur.

— Je vois. Alors votre père était cordonnier, et vous travaillez sur les docks ? Au port de mer de South Street ?

— Oui, monsieur, avait répondu Bruno avec l'esquisse d'un sourire aux lèvres.

Clara avait senti le nœud de son estomac se desserrer imperceptiblement et avait pris sa première véritable inspiration depuis que Bruno avait frappé à la porte. Son père lui parlait. C'était un premier pas.

— Et combien cela vous rapporte-t-il de travailler sur les quais ? s'était enquis Henry.

— Père ! s'était indignée Clara. Vous dites toujours que c'est impoli d'interroger les gens sur leurs finances.

Henry s'était tourné vers sa fille et avait froncé les sourcils.

— Je suppose que Bruno est ici parce qu'il souhaite courtiser ma fille. Auquel cas, je suis en droit de demander tout ce qu'il me plaira.

— Ça ne me dérange pas, avait assuré Bruno à Clara avant de reporter son attention sur Henry. Je gagne suffisamment d'argent pour avoir mon propre appartement, Mr. Cartwright.

— Et où se trouve cet appartement ?

— Sur Mulberry Street, monsieur.

— Little Italy ?

— Oui, monsieur.

Henry avait marmonné entre ses dents, puis avait lissé sa moustache.

— Ma fille est habituée au luxe. Pensez-vous réellement que vous serez en mesure de prendre soin d'elle convenablement avec un salaire de docker ?

— Peut-être pas pour l'instant, monsieur, avait concédé Bruno. Mais je gravis les échelons et j'espère…

— Vous espérez quoi ? Devenir cordonnier comme votre père ? Ma fille ne peut pas éternellement vivre à mes crochets, vous savez. J'espère que vous ne comptez pas là-dessus.

Clara avait ouvert grand la bouche. Elle avait eu le sentiment d'avoir une enclume sur la poitrine. Bruno s'était décomposé. Ses yeux s'étaient posés sur la table l'espace d'une seconde, mais aussitôt, il avait relevé le menton et plongé son regard dans celui de Henry.

— Avec tout le respect que je vous dois, monsieur, votre fille m'a confié que, avant de travailler dans le secteur bancaire, vous vendiez des chaussures. Peut-être même les chaussures pour lesquelles mon père était célèbre. Salvatore Moretti ?

À la surprise de Clara, son père avait blêmi. Il s'était laissé aller contre le dossier de sa chaise et s'était éclairci la gorge.

— Le nom ne me dit rien.

— Peut-être est-ce parce que l'endroit où vous travailliez ne vendait que des chaussures d'une qualité inférieure, monsieur ? Les chaussures de mon père ne se trouvent que dans des boutiques de luxe.

Clara s'était mordu la lèvre pour ne pas rire. Elle n'avait jamais vu personne affronter son père. Mais son amusement avait été de courte durée. Elle aurait dû savoir que personne ne pouvait mettre son père dans l'embarras et s'en tirer à si bon compte.

— Si votre père était un célèbre cordonnier, alors que faites-vous ici en Amérique, à travailler sur les docks pour gagner votre pain quotidien ?

Bruno avait pincé les lèvres et rougi. Puis il s'était éclairci la gorge avant de répondre :

— Mon père nous a quittés l'année dernière et mon oncle et mon frère aîné ont repris l'entreprise familiale. Malheureusement, le dicton selon lequel affaires et famille ne font pas bon ménage dit vrai. Mon frère et moi ne nous entendions pas ; alors je suis parti pour maintenir la paix dans la famille. De plus, j'avais toujours rêvé de vivre en Amérique. Je suis venu ici pour faire mes preuves. Je sais que je peux m'en sortir seul, car je suis volontaire et déterminé, comme mon père.

Henry s'était laissé aller contre son dossier, les bras croisés devant son imposante poitrine.

— Bien. Je pense que vous devriez d'abord vous le prouver à vous-même avant de venir l'affirmer ici. Car, pour l'instant, je suis tout sauf impressionné.

Clara avait laissé tomber sa cuillère dans son bol. Le lourd couvert en argent avait cogné la porcelaine cerclée d'or. Elle avait reculé sa chaise et s'était levée.

— Je suis désolée, Bruno. Pardonne-moi de t'imposer cela. J'ignorais que mes parents étaient si étroits d'esprit. Autrement, jamais je n'aurais tenté de te les présenter. Nous aurions dû dîner à ton appartement, comme nous le faisons normalement les vendredis soir.

Ruth avait poussé une exclamation indignée et pâli notablement. Elle avait porté une main à sa gorge. Sa bouche avait remué à la manière d'un poisson hors de l'eau.

— Ça ne fait rien, avait dit Bruno. Je comprends. Ton père s'inquiète et…

— Non. Crois-moi, il est trop tard pour tenter de faire preuve de la moindre compréhension. Partons, je te prie.

Bruno s'était levé et Clara avait contourné la table pour le prendre par la main. Sans regarder derrière elle, elle l'avait entraîné hors de la salle à manger. Derrière eux, Henry avait crié et juré, lui ordonnant de revenir immédiatement. Clara l'avait ignoré.

Cela remontait à presque un mois. Trois jours plus tard, ses parents lui avaient parlé du mariage arrangé avec James. Elle n'avait pas été autorisée à sortir de la maison depuis. Elle ignorait si Bruno était venu la voir, car elle n'avait pas eu le droit d'ouvrir la porte ni de répondre au téléphone, et sa mère avait donné l'ordre qu'on ne lui dise pas qui appelait.

— Je te prierais de faire preuve de respect à mon égard, dit Ruth. Tu sais que j'ai toujours voulu ce qui était le mieux pour toi. Je veux que tu épouses James, car c'est un homme bien.

— Mais ce n'est pas vrai ! Il est…

— Il prendra soin de toi, tu seras logée dans une jolie maison, nourrie, tu auras de belles robes. Il t'offrira le mode de vie auquel tu es habituée !

— Croyez-le ou non, Mère, mais tout le monde ne se marie pas pour l'argent, rétorqua Clara sans parvenir à masquer son dégoût. Certaines personnes se marient par amour.

— Je t'interdis de parler à ta mère sur ce ton ! dit Henry, dont les bajoues tremblaient de colère.

Mais il était trop tard. Quelque chose s'était dénoué dans l'esprit de Clara. Maintenant qu'elle avait commencé à parler, elle ne pouvait plus s'arrêter. C'était comme une explosion résultant d'années de frustration et de colère enfouie.

— C'est tout ce qui vous intéresse, n'est-ce pas ? Vous préférez avoir des bijoux et une belle maison plutôt qu'une famille unie et heureuse.

— C'est faux ! s'offusqua Ruth, l'air meurtri. Comment peux-tu être si méchante et blessante sachant ce que j'ai traversé ? Ton frère ne se serait jamais adressé à moi de cette façon. Son départ n'a rien d'étonnant. Il avait sans doute peur de partager les affaires familiales avec toi.

— Il n'est pas parti à cause de moi ! Il est parti parce que Père l'a renvoyé et que vous n'avez pas pris sa défense. Je suis désolée, mais j'ai parfois la conviction que vous seriez prêts à enjamber le cadavre de votre fils pour ramasser un dollar sur le trottoir.

Henry se leva, les poings serrés, et contourna son bureau au pas de charge.

— Excuse-toi, jeune fille ! Tu vas épouser James en septembre, fin de l'histoire !

Clara sentit quelque chose bouger en elle, quelque chose de solide et de final, comme une lourde porte qui se fermait. Pendant des années, elle avait été spectatrice et avait laissé ses parents diriger sa vie, lui dire comment s'habiller, quelles matières choisir à l'école. Sa mère avait donné à l'employée de maison la consigne d'inspecter la chambre de Clara chaque semaine, pour s'assurer qu'elle ne cachait pas d'alcool ni de cigarettes. Henry confisquait tout livre qu'il considérait « inconvenant » et refusait que Clara prenne des cours de piano, car c'était malséant. Il lui dictait comment dépenser son argent de poche et renvoyait les robes qu'il n'approuvait pas. Clara ne savait pas si c'était son instinct maternel qui prenait le dessus, mais elle ne le supportait plus.

— Pourquoi ? s'écria-t-elle. Pourquoi tenez-vous autant à ce que je me marie ? Est-ce parce que la famille de James est riche et que vous n'aurez plus à subvenir à mes besoins ? Ou est-ce dans l'intérêt de vos affaires, afin de vous assurer que le père de James sera toujours votre associé ?

Henry l'attrapa par les épaules et la secoua. Ses gros doigts s'enfonçaient dans sa chair.

— Je t'interdis de me parler comme ça !

Un éclat de fureur brillait dans ses yeux. Clara sentit qu'il luttait contre l'envie de la faire voler à travers la pièce.

Elle fusilla sa mère du regard.

— Comment pouvez-vous rester plantée là et le laisser me brutaliser de la sorte ? Comment pouvez-vous préférer votre mari à vos enfants ? Je sais qu'il battait William ! Il frappait son propre fils, et vous n'avez rien fait !

— Je t'interdis de mêler William à cela !

— Pourquoi pas ? Vous avez laissé Père le détruire, alors pourquoi pas moi ?

Ruth porta le dos de sa main délicate à son front et se laissa tomber sur le divan. Henry relâcha son étreinte et se précipita vers sa femme. Il s'agenouilla auprès d'elle et décocha un regard assassin à Clara.

— Regarde ce que tu as fait ! Ta mère pleure à cause de toi !

Clara fixa ses parents. Le ressentiment des années de colère contenue et refoulée gonflait dans sa poitrine.

— William vous a tout donné. Il a travaillé jour et nuit à vos côtés pendant des années. Il a tout sacrifié pour faire ses preuves. Mais ce n'était jamais assez, n'est-ce pas ? Vous ne lui avez jamais accordé votre approbation, car cela vous aurait obligé à lui donner ce qu'il méritait !

À ces mots, Henry se leva, traversa la pièce en un éclair et la gifla. Elle chancela, mais retrouva son équilibre et porta sa main à sa joue endolorie, les yeux emplis de larmes.

— Que vous a-t-il fait ? lança-t-elle rageusement en soutenant le regard de son père. Qu'a-t-il bien pu faire de si horrible pour que vous arrêtiez de l'aimer ?

— Je te préviens, un mot de plus et je…

— Ah oui, c'est vrai ! continua-t-elle alors que des larmes roulaient sur ses joues. Vous pensiez qu'il vous appartenait parce qu'il travaillait pour vous. Vous le traitiez comme un esclave pendant que vous engrangiez l'argent généré grâce à lui. Il a fini par en avoir assez et par se rebeller. Mais vous ne l'avez pas supporté et vous l'avez jeté à la rue !

Elle fusilla sa mère du regard.

— Et vous, vous l'avez laissé faire ! Vous n'avez jamais demandé à William sa version de l'histoire ! Vous n'avez même pas pris la peine de savoir s'il avait un endroit où vivre, s'il avait de quoi manger !

— Tais-toi, à présent ! hurla Henry. Autrement, tu vas le regretter !

— Je ne vais rien regretter du tout. Mon seul regret, c'est de ne pas vous avoir vus plus tôt sous votre vrai jour.

Henry se rua vers son bureau, attrapa le combiné du téléphone et composa un numéro. Le visage cramoisi, les bajoues tremblotantes, il gardait les yeux rivés sur sa femme en attendant que la personne à l'autre bout du fil décroche. La lumière diffusée par le lustre se reflétait dans la sueur qui perlait à son front. Clara se dirigea vers la porte. Si elle partait, elle serait sans le sou. Mais si elle restait, elle serait prisonnière. C'était la seule solution. Elle posa la main sur la poignée de la porte.

— Allô, lieutenant ? Henry Cartwright à l'appareil. Il faut que vous m'envoyiez quelqu'un immédiatement. Nous avons un problème.

Clara marqua une pause pour écouter.

— C'est ma fille, Clara. Nous pensons qu'elle est en train de faire une sorte de crise.

Clara ouvrit grand la porte et quitta le bureau en courant.

CHAPITRE 3
Izzy

Lycée de Lakeshore

Son sac à dos à l'épaule, son pouce glissé sous l'épaisse bretelle, Izzy était en quête de la salle principale des terminales de sa section. Les couloirs de son nouveau lycée étaient bondés et les autres élèves la dépassaient rapidement pour se rendre à leur casier. Ils avaient leur Walkman sur les oreilles, riaient et discutaient avec leurs amis. Comme dans toutes les écoles, les couloirs sentaient un drôle de mélange de sueur, de chewing-gum et de taillures de crayon. Le lycée de Lakeshore était l'un des plus petits établissements qu'elle avait fréquentés, avec seulement sept cent soixante-cinq élèves de la seconde à la terminale. Elle se demandait s'il serait plus facile ou, au contraire, plus difficile, de se faire une place dans un petit lycée.

Ce matin-là, elle avait enfilé un tee-shirt noir à manches longues, un short en jean et des Converse noires.

Et à présent, elle remarquait que presque toutes les filles étaient en jean déchiré et en talons, ou en minijupe et en Doc Martens. L'estomac noué, elle regarda les formulaires qu'elle avait à la main. Devait-elle donner celui avec son nom et ses coordonnées à son professeur principal, ou à l'infirmière ? Ou peut-être était-ce celui avec les noms et les coordonnées de ses parents d'accueil qu'elle devait donner à l'infirmière ? Et était-elle censée donner celui avec son emploi du temps à son professeur ou le garder pour elle ? Elle ne savait plus.

Enfin, elle aperçut le nom « Mr. Hudson » sur une porte et se dirigea vers la salle en essayant de ne pas se cogner dans qui que ce soit. À cet instant, quelqu'un cria et deux élèves traversèrent le couloir en courant, l'un vêtu d'un tee-shirt des Doors et l'autre roux avec des bagues. Le roux lui rentra dedans et manqua de la projeter dans les casiers. Ses formulaires lui échappèrent des mains, ses cheveux lui tombèrent dans les yeux, son sac à dos glissa de son épaule. Elle écarta ses cheveux de son visage et scruta le carrelage, où ses papiers se faisaient piétiner sous des semelles de baskets, de sandales et de chaussures à talons.

Enfin, Izzy put faire une percée parmi un groupe d'élèves et s'agenouiller pour récupérer les documents entre leurs pieds, tout en essayant de ne pas se faire marcher dessus. Alors qu'elle était sur le point de ramasser son dernier formulaire, quelqu'un s'en empara. Elle se releva, prête à poursuivre le voleur.

— Eh !

— Je voulais juste t'aider, dit un garçon en lui tendant la feuille.

Ses yeux bleu pâle avaient un éclat presque argenté, ses cheveux noirs le reflet violacé du plumage d'un corbeau.

— Merci, répondit-elle en se sentant rougir.

Il lui sourit.

— De rien.

Il tenait toujours la main de sa petite amie, qui continuait à avancer. Puis elle s'arrêta et rit, et regarda par-dessus son épaule pour voir ce qu'il fabriquait. Elle avait de longs cheveux blonds, des jambes minces et bronzées. Elle semblait cool, jolie et marrante, le genre de fille qu'Izzy ne serait jamais, elle le savait bien. La fille lui lança un regard dénué d'intérêt, puis tira sur la main de son petit ami pour l'entraîner à sa suite. Il haussa les épaules et disparut dans la foule.

Izzy lissa les papiers froissés et trouva celui qu'elle cherchait. Elle fourra le reste dans son sac à dos et suivit les autres élèves dans la salle principale. Des animaux de montagne empaillés décoraient les murs : un castor, des lapins, un renard, un rat musqué, un corbeau et un faisan. Des bocaux contenant des embryons de porc étaient alignés sur les étagères au-dessus des fenêtres, et une vague odeur de formol flottait dans l'air. Assis à son bureau, Mr. Hudson lisait un livre pendant que les étudiants discutaient et riaient, assis sur les tables et sur les dossiers des chaises. Un groupe d'élèves avec des cheveux noirs, des vêtements noirs, des tatouages et des piercings occupaient le fond de la salle. Les deux garçons qui avaient bousculé Izzy dans le couloir lançaient des bombes à eau par les fenêtres. Des joueurs de foot et des pom-pom girls étaient installés près des vitres, certains bras dessus, bras dessous.

Izzy serra les dents et se dirigea vers le bureau de Mr. Hudson. Son estomac faisait les montagnes russes. Pourquoi était-elle aussi nerveuse ? Ce n'était pas la première fois qu'elle était nouvelle. De fait, c'était la quatrième. Après que sa mère avait été incarcérée, elle avait déménagé dans une autre ville pour vivre avec sa grand-mère. Trois ans plus tard, après la mort de sa grand-mère, Izzy avait été placée en famille d'accueil et avait été obligée de changer d'école pour son entrée en CM2. Deux ans après, son père d'accueil avait envoyé sa femme à l'hôpital à la suite d'une dispute trop arrosée. Cette nuit-là, on avait envoyé Izzy dans une autre famille et, le lendemain, elle avait dû faire son entrée en cinquième dans un nouveau collège. Lorsque sa deuxième famille d'accueil avait déménagé dans un autre État, elle avait de nouveau changé d'établissement. Cette fois, la mère était alcoolique. Pendant trois ans, Izzy avait fait de son mieux pour s'occuper des deux autres enfants avec qui elle vivait, le fils biologique de 7 ans et une autre fille placée de 10 ans. Lorsque leur mère était trop saoule, Izzy préparait les repas et s'assurait que les autres avaient des vêtements propres pour aller à l'école. La veille du dernier jour de première d'Izzy, sa mère d'accueil avait foncé dans un lac au volant du minivan familial et s'était noyée. Une semaine plus tard, Izzy avait été envoyée chez Peg et Harry. Alors, quand il s'agissait d'être la nouvelle, elle connaissait la chanson.

Mais cette année-là, c'était différent pour plusieurs raisons. Ce serait plus dur que d'habitude de se faire une place car la plupart des élèves de terminale étaient ensemble depuis la seconde. Au moins, lors de son premier jour dans son ancien établissement, elle débarquait au lycée comme tous les autres. Être nouvelle dans une classe de terminale lui donnait l'impression de s'incruster à une soirée privée.

Son formulaire à la main, elle attendait que Mr. Hudson lève les yeux et le prenne. Elle sentit que les autres regardaient curieusement dans sa direction et commençaient à se donner des coups de coude en la montrant du doigt. Le professeur était toujours plongé dans son livre. Petit à petit, les rires et les conversations diminuèrent.

— Sympa, ton sac à dos ! lança une voix masculine. Tu pars en randonnée ?

Tout le monde s'esclaffa. Izzy se sentit rougir. Qu'est-ce qui n'allait pas avec son sac à dos ? Elle s'éclaircit la gorge pour attirer l'attention de Mr. Hudson. À cet instant, quelqu'un jeta un préservatif qui l'atteignit à la tête avant de tomber à terre. Elle balaya la salle du regard. Un groupe de filles gloussèrent avant de détourner le regard. L'une d'elles était la petite amie du garçon aux cheveux noir corbeau. Quant à lui, il observait attentivement Izzy. Était-ce de la froideur ou de la pitié qu'elle lisait dans son regard ? Difficile à dire. Izzy posa le formulaire sur le bureau, ramassa le préservatif et le tendit au professeur, qui daigna enfin lever les yeux.

— Je crois que c'est pour vous, annonça Izzy.

Tout le monde rit.

Mr. Hudson fronça les sourcils.

— C'est une blague ?

— Non. J'étais là à attendre de vous donner mon formulaire et quelqu'un a jeté ça.

Mr. Hudson s'empara du préservatif, le jeta à la poubelle et se leva.

— Calmez-vous et allez tous vous asseoir.

Il s'empara du papier d'Izzy, le lut puis s'adressa à la classe.

— Je vous présente Isabelle Stone. Accueillez-la comme il se doit, je vous prie. Assieds-toi où tu veux, dit-il à l'intention d'Izzy.

Elle inspecta la salle. La seule place libre se trouvait dans un coin tout au fond de la salle. Elle se dirigea vers les fenêtres, pour longer le mur au lieu de passer au milieu des tables. Puis elle se rendit compte que, pour arriver à sa place, elle devait passer devant le garçon aux cheveux noir corbeau et sa copine. L'espace d'une seconde, elle envisagea de faire demi-tour et de prendre un autre chemin, mais les élèves auraient trouvé ça bizarre, alors elle continua à avancer. À mi-chemin, elle passa à côté d'eux. Un autre élève tendit la jambe pour lui bloquer le passage.

— Pardon, dit-elle en se forçant à sourire.

— Comment tu t'appelles, déjà ?

Il était plutôt beau, avec le teint clair et des cheveux blonds qui tombaient devant ses yeux bleus.

— Isabelle, répondit-elle en tentant d'adopter une intonation amicale. Mais tout le monde m'appelle Izzy.

— Izzy ? Comme Izzy Pop ?

— Non. Ça, c'est Iggy Pop.

— Mr. Anderson ! aboya Mr. Hudson depuis le devant de la salle. C'est comme ça que vous comptez commencer l'année ?

— Je me présentais, c'est tout. Pour bien accueillir Izzy Pop, comme vous nous l'avez demandé.

Tout le monde rit. Izzy sentit sa poitrine et son cou se couvrir de plaques rouges.

— Arrête de jouer les connards, Luke, lança quelqu'un derrière elle. Laisse-la passer.

Izzy se retourna pour voir à qui la voix appartenait. C'était le garçon corbeau.

Sa petite amie lui donna une tape sur le bras, les sourcils froncés, mais il l'ignora.

Luke retira sa jambe du passage et adressa un clin d'œil à Izzy.

— Si tu as besoin d'un guide, je suis ton homme, dit-il avec un grand sourire.

— Merci, répondit Izzy avant de continuer sa route.

Ça commence bien, songea-t-elle en se glissant sur sa chaise. *Et je suis là depuis quoi, cinq minutes ?*

Pendant l'appel, elle découvrit que le garçon aux cheveux noir corbeau s'appelait Ethan Black, et sa petite amie Shannon Mackenzie. Izzy observa les autres élèves pendant que Mr. Hudson parlait de collectes de fonds, de comités de bal de fin d'année et d'élections de délégués de classe. Une des filles assises à côté de Shannon (Crystal, si Izzy ne se trompait pas) se retourna pour la regarder, puis se pencha vers Shannon pour lui souffler quelque chose à l'oreille. Elles jetèrent un coup d'œil par-dessus leur épaule et rirent. Lorsqu'une autre fille (Nicole ?) fixa Shannon d'un air interrogateur, celle-ci lui murmura quelque chose. Les trois regardèrent de nouveau Izzy en souriant, amusées par une blague connue d'elles seules.

Izzy enfonça ses ongles dans ses paumes, résistant à l'envie de leur faire un bras d'honneur. Il y avait toujours un groupe comme ça. Une clique de filles méchantes qui faisaient vivre un enfer aux autres. Pas la peine d'être un génie pour savoir qui elles étaient dans ce lycée. Izzy savait que la meilleure chose à faire était de les ignorer, et d'espérer qu'elles ne découvriraient jamais que sa mère purgeait une peine dans une prison de sécurité maximale parce qu'elle avait tué son père. Mais dans une si petite classe, ce ne serait pas facile. Un souvenir lui revint à cet instant : deux filles, dans son ancien lycée, la traitant de « psychopathe » dans le couloir et lui demandant si elle avait toujours le flingue de sa mère. Elle sentait encore le goût métallique dans sa bouche tandis qu'elle s'était furieusement mordu la lèvre pour se retenir de leur arracher les yeux.

Elle tira sur ses manches, pour s'assurer qu'elles étaient bien baissées. Les cicatrices sur ses avant-bras commençaient enfin à s'atténuer et elle s'était juré de ne plus jamais se mutiler, sous aucun prétexte. Le mois précédent, elle avait jeté ses lames de rasoir, et elle n'allait pas laisser ces idiotes la faire revenir sur sa promesse.

La première fois qu'elle s'était coupée, la nuit suivant le décès de sa grand-mère, elle s'était rendue dans la salle de bains de la vieille ferme où elles vivaient pour prendre la boîte de lames de son défunt grand-père, dans l'armoire à pharmacie. Elle en avait attrapé une, s'était assise sur les toilettes et avait pratiqué une incision d'environ trois centimètres sur son avant-bras. Puis elle s'était évanouie. Quelques minutes plus tard, elle s'était réveillée allongée à terre et avait plaqué une main sur la plaie, incapable de la regarder. Elle avait alors découvert que la douleur physique faisait disparaître la douleur émotionnelle pendant quelques minutes, et que la vue du sang lui faisait perdre connaissance. Pendant les sept années suivantes, elle se mutila pour oublier sa frustration et sa colère, sans jamais regarder ses coupures.

Après avoir emménagé chez Peg et Harry, elle commença à se dire que c'était de la folie. Et, à défaut d'autre chose, elle était fermement déterminée à ne pas être comme sa mère. Sa plus grande peur était de développer un trouble mental. Si elle parvenait simplement à contrôler ses émotions, et plus particulièrement sa rage, peut-être qu'elle ne craquerait pas.

Vers le devant de la classe, une fille était assise, la tête baissée, ses épais cheveux noirs constituant comme une cape de velours dans son dos. Elle gribouillait dans un carnet sans s'occuper du chaos autour d'elle, à l'exception, de temps à autre, d'un bref regard nonchalant en direction des autres élèves. Les filles comme elles, Izzy les connaissait aussi : elle sortait certainement avec un mec qui était à l'université et n'avait pas de temps à perdre avec les frasques de ses camarades. Ou alors, c'était la cheffe du clan des lolitas.

La cloche finit par sonner et les élèves quittèrent la salle pour aller à leur premier cours. Personne d'autre n'avait de sac à dos. Izzy prit son temps pour rassembler ses affaires, faisant exprès d'attendre que tous les autres sortent. Lorsqu'elle atteignit la porte, Mr. Hudson l'appela.

— Oui, monsieur ?

— Tu m'as donné le mauvais document. Celui-ci est pour l'infirmière.

— Oh !

Izzy s'approcha de son bureau et fouilla dans son sac à la recherche du bon papier.

— Excusez-moi.

— Écoute, c'est un petit lycée ici et tout le monde, dans ta classe, est ensemble depuis la seconde. Ça doit faire deux ans qu'ils n'ont pas eu de nouveau camarade de classe.

Izzy haussa les épaules.

— D'accord.

— La meilleure chose à faire si quelqu'un essaie de te faire tourner en bourrique, c'est de l'ignorer.

Facile à dire, songea-t-elle.

— D'accord, répéta-t-elle. Merci.

Alors qu'elle était à son casier, la fille aux cheveux noirs la rejoignit.

— Salut. Bienvenue en enfer.

— Merci, dit Izzy en fourrant son sac vide dans son casier.

— Personne n'utilise de sac à dos ici. Le lycée est si petit que tout le monde passe à son casier entre chaque cours.

— J'ai remarqué, oui.

À l'exception d'un léger zézaiement, elle semblait avoir tout à fait sa place parmi le groupe des lolitas. Silhouette parfaite, maquillage parfait, tenue parfaite. Qu'est-ce qu'elle faisait là, à discuter avec elle ?

— Je m'appelle Alexandra, indiqua la fille. Mais tout le monde m'appelle Alex.

— Isabelle, mais tout le monde m'appelle Izzy, répondit Izzy en fermant son casier, son livre de mathématiques serré contre sa poitrine.

Alex lui sourit.

— C'est joli. Ça te va bien. Shannon et ses copines sont des pestes. La meilleure chose à faire, c'est de les ignorer et garder tes distances avec elles.

— Tu es la seconde personne à me dire ça aujourd'hui.

— C'est parce que c'est la vérité.

Izzy haussa les épaules.

— Elles ne me dérangent pas.

Alex sourit à nouveau.

— Comme tu voudras. Mais tu ne pourras pas dire que je ne t'ai pas prévenue. Ça m'étonnerait que tu aies déjà eu affaire à quelqu'un comme Shannon.

— Qu'est-ce qu'elle pourrait bien avoir contre moi ? Je viens tout juste d'arriver.

Alex fronça les sourcils.

— D'abord, son copain t'a défendue. Premier mauvais point.

— Ce n'est pas ma faute.

— Je sais. Mais la dernière fille que Shannon a perçue comme une menace pour son couple avec Ethan a dû être transférée dans un autre établissement.

— Tu n'es pas amie avec elle, toi ?

Alex détourna le regard pendant une fraction de seconde, et ce mouvement presque imperceptible suffit pour qu'Izzy se demande si elle lui racontait bien la vérité. Peut-être qu'Alex espionnait pour le compte des lolitas ? Peut-être qu'elle jouait la bonne copine avec la nouvelle pour aller rapporter sur elle ensuite ?

— On était très proches, avant. Mais ça fait un moment que ça a changé.

— Qu'est-ce qui s'est passé ?

Izzy savait que sa question devait paraître indiscrète, mais cela lui était égal. Elle n'allait pas se laisser piéger de la sorte.

— On pourrait en discuter plus tard ? Je peux te ramener chez toi, si tu veux. J'ai une vieille BMW qui date de 1976. C'est une vraie poubelle, mais c'est moi qui l'ai payée et elle roule.

Izzy enfonça un ongle dans la couverture de son manuel de maths, en proie à l'incertitude.

— Je suis censée prendre le bus pour rentrer. Mes parents d'accueil m'ont dit de ne pas monter en voiture avec des gens qu'ils ne connaissaient pas.

— Dans ce cas, je pourrais passer chez toi après les cours, qu'est-ce que tu en dis ? Comme ça, je me présente à ta famille d'accueil et peut-être qu'ils seront d'accord pour qu'on traîne ensemble ?

Izzy était sur le point d'accepter lorsque Alex regarda derrière elle et se décomposa. L'instant d'après, Shannon et ses amies se tenaient près d'elles, enveloppées d'un nuage de laque et de parfum. Shannon adressa un sourire radieux à Alex, les yeux brillants, visiblement surexcitée.

— Tu viens toujours ce soir, pas vrai ? Les parents de Dave sont en Floride et il a un réfrigérateur rempli de bière !

Alex fronça les sourcils. Elle ouvrit la bouche pour répondre, mais Shannon se tourna vers Izzy, comme si elle venait juste de remarquer sa présence.

— Oh.

Shannon lança un regard aux autres filles, puis sourit à Izzy.

— Tu peux venir aussi, si tu veux. Je te présenterai tout le monde !

— Je… commença Izzy.

— Et n'oublie pas que tu as promis d'apporter de la tequila ! rappela Shannon à Alex.

Avant que cette dernière ait eu le temps de réagir, Shannon tourna les talons et s'éloigna, en riant avec les autres. Izzy dévisagea Alex, dans l'attente d'une explication.

— Elle sait que j'étais en train de te dire que je ne la supporte pas. Elle a fait ça pour me faire passer pour une menteuse.

— Si tu le dis. Il faut que j'aille en cours. On se voit plus tard.

Elle contourna Alex et se mit en route. L'année allait être longue.

CHAPITRE 4

Clara

Hospice de Long Island pour malades mentaux
Premier de l'An 1930

Clara se tenait devant l'étroite fenêtre à petits carreaux de sa chambre au deuxième étage de Norton Cottage, qui donnait sur la cour principale de l'hospice de Long Island pour malades mentaux. Deux mois et demi s'étaient écoulés depuis la dispute avec ses parents. C'était le matin du Premier de l'An et des nuages gris et menaçants obstruaient le ciel de New York. Le blizzard avait soufflé cette nuit-là et tout était recouvert d'un manteau blanc. Les cèdres du parc ployaient sous le poids de la neige et l'eau du ruisseau voisin avait revêtu une couleur de pierre tombale. Le gardien pelletait la neige sur les trottoirs, le dos courbé, son bonnet rouge s'agitant tandis qu'il formait des congères de plus en plus hautes. Un petit chasse-neige noir s'engagea dans l'allée. Ses lames montaient et descendaient, telles les ailes d'une guêpe géante, le grondement du moteur et le frottement métallique de la déneigeuse faisant vibrer le fin carreau de la fenêtre. Le vent s'était enfin calmé, mais d'épais flocons continuaient à tomber.

Clignant des yeux pour ne pas pleurer, Clara se demanda où elle serait l'année suivante pour le Nouvel An. Elle s'imagina vivant avec Bruno, élevant leur enfant avec lui, enfin libérée du joug de ses parents. Mais d'abord, elle devait sortir de là. Il lui fallait convaincre le docteur Thorn qu'il était inutile qu'elle reste internée. Jusque-là, rien n'avait fonctionné. Il croyait son père et refusait de la croire, elle.

Au moins, elle était soulagée que la promenade du matin ait été annulée. Non seulement elle était contente de ne pas avoir à sortir dans le froid et la neige, mais elle avait passé le début de la matinée dans la salle de bains à vomir et elle se sentait affaiblie après ce premier épisode de nausées matinales. Elle posa une main sur son ventre, déjà soucieuse de protéger le bébé qui grandissait en elle. Par chance, personne n'aurait pu deviner qu'elle était enceinte en la regardant, mais elle sentait le gonflement sous son nombril. C'était une petite fille, elle en était certaine. Depuis plus d'une semaine, chaque nuit, elle rêvait d'une enfant vêtue d'une robe en dentelle rose, avec les cheveux sombres bouclés de Bruno et des yeux couleur chocolat qui la dévisageaient. Un nœud grandissant dans la gorge, elle déglutit péniblement, surprise par l'amour inconditionnel qu'elle ressentait déjà pour son bébé à naître.

Elle pensa alors à sa mère. Lorsqu'elle avait été enceinte de son premier enfant, Ruth avait-elle posé une main protectrice sur son ventre rond, faisant le serment d'aimer et de protéger son bébé jusqu'à la fin de ses jours, coûte que coûte ? Ou sa corpulence avait-elle été un fardeau pour l'amatrice de mode qu'elle était ? Avait-elle eu hâte de tenir son nouveau-né dans ses bras et d'embrasser son petit front au parfum délicat, ou pressée que sa grossesse touche à sa fin afin de confier le bébé à une nourrice et de reprendre le cours de sa vie ? Clara soupçonnait cette dernière option d'être la bonne. Une mère aimante et attentionnée n'aurait pas pu se transformer en femme égoïste qui se fichait comme d'une guigne de ce qui pouvait bien arriver à ses enfants.

Clara chassa de son esprit l'image de sa mère. Tenter de percer à jour la femme qui l'avait mise au monde ne changerait rien. Elle alla s'asseoir sur son lit et ramena son gilet autour d'elle. Elle fixa la lettre encore scellée sur son bureau. Elle venait de son père. C'était la seconde qu'il lui envoyait depuis qu'il l'avait fait interner à l'hospice, plus de deux mois auparavant, en dépit du fait qu'elle lui avait écrit chaque jour en le suppliant de la laisser sortir. L'enveloppe couleur ivoire était là depuis qu'elle était revenue du petit déjeuner, une heure plus tôt. Elle l'avait attrapée vingt fois, avait effleuré ses bords, pour finalement la reposer chaque fois.

La première lettre de Henry, envoyée une semaine après l'arrivée de Clara, affirmait que son séjour à l'hospice de Long Island était pour son bien, que c'était temporaire, jusqu'à ce que les médecins trouvent un moyen de l'aider. Mais à mesure que passaient les semaines sans nouvelles de son père, Clara avait commencé à redouter qu'il n'ait changé d'avis et décidé de la laisser là plus longtemps qu'il ne l'avait initialement prévu. Le contenu de cette nouvelle missive déterminait peut-être son avenir, et elle tenait à se raccrocher aussi longtemps que possible à l'espoir que ses parents allaient l'autoriser à rentrer à la maison. Lorsque James découvrirait qu'elle portait l'enfant d'un autre, le mariage serait annulé. Ses parents la déshonoreraient et la jetteraient à la rue. Mais n'importe quoi vaudrait mieux que sa situation actuelle. N'importe quoi valait mieux que d'être enfermée dans cette maison de fous, même si c'était ce qui se faisait de mieux.

Les chambres de l'hospice de Long Island étaient confortables et propres, les lieux bien entretenus et, dans sa majorité, le personnel était agréable. Les patients dînaient dans de l'argenterie et de la porcelaine et se prélassaient dans des salons décorés de divans style Louis XV. Le traitement consistait à se reposer, se relaxer, bien manger, prendre l'air et s'adonner à des activités comme le vélo et le tennis. Et, bien sûr, il y avait les séances de thérapie. Personne ne se méprenait quant au fait qu'elle était là contre sa volonté. Lors de sa première séance, le lendemain de son arrivée, elle avait demandé au docteur Thorn ce qui se passerait si elle tentait de s'en aller.

— Pourquoi souhaiteriez-vous partir ? s'était-il étonné en la dévisageant derrière ses lunettes rondes.

Il était grand et maigre comme un clou, avec une énorme pomme d'Adam qui montait et descendait dans sa gorge parcheminée, tel un poisson dans le gosier d'un pélican.

— Parce que je n'ai pas besoin d'être ici. Je suis en parfaite santé.

— Je vois, avait répondu le médecin en griffonnant sur son bloc-notes. Dans ce cas, pourquoi êtes-vous venue à l'hospice ?

Clara était assise sur une chaise en bois, les chevilles croisées, les mains sur les genoux. Elle enfonça ses ongles dans ses paumes et tenta de conserver son calme.

— Mon père n'a pas l'habitude que je m'affirme. Il pense que les femmes sont faites pour être vues, et non pas entendues. M'interner ici est sa manière de me réduire au silence, de tenter de prouver qu'il peut me contrôler. Il essaie de me forcer à faire quelque chose que je ne veux pas faire.

— N'est-ce pas le rôle d'un père que de faire ce qui est le mieux pour ses enfants ?

— Si, en effet. Mais il ne fait pas ce qui est le mieux pour moi. Il tente de m'obliger à épouser un sale type, un…

Elle marqua une pause, effrayée à l'idée d'en dire trop.

— Que vous a dit mon père à mon sujet ? Pourquoi m'a-t-il envoyée ici ?

— Il a déclaré que vous aviez souffert d'une sorte de dépression nerveuse. Il craint que vous ne soyez pas en mesure de réfléchir clairement.

— C'est absurde. Il est incapable d'accepter la vérité, tout simplement.

— Et quelle est cette vérité, Clara ?

— Que l'argent et le pouvoir comptent davantage aux yeux de mes parents que leurs propres enfants.

— Vous semblez être très en colère qu'ils vous aient envoyée ici.

Clara se redressa sur sa chaise.

— Bien sûr que je suis en colère ! répondit-elle en haussant la voix. Qui ne le serait pas ?

Le docteur Thorn hocha la tête et inscrivit de nouveau quelque chose dans son dossier.

— Pensez-vous que votre père complote contre vous, Clara ? demanda-t-il sans lever les yeux.

Elle se raidit. Secoua la tête.

— Non. Le mot est trop fort. Mais il pense me donner une leçon en m'envoyant ici. J'aime un homme qu'il désapprouve. Il croit que, après un séjour dans votre établissement, je me plierai à sa volonté.

Le praticien posa son stylo. Il ôta ses lunettes, se frotta les yeux, puis croisa les mains sur son bureau avant de fixer attentivement Clara.

— Parfois, lorsque nous sommes anxieux ou contrariés, nous imaginons des choses, expliqua-t-il d'une voix douce. Votre père prétend que vous l'accusez d'avoir tué votre frère.

— C'est faux ! Mon frère s'est suicidé car il pensait que sa vie ne valait pas la peine d'être vécue. En revanche, mon père l'a détruit et ma mère l'a laissé faire.

— Tenez-vous vos parents pour responsables de la mort de votre frère ?

— Je crois qu'ils auraient pu gérer les choses différemment. Au lieu de ça, ils sont allés dans les extrêmes, comme toujours. Au lieu de discuter comme l'auraient fait des parents normaux, ils se sont débarrassés de lui !

— Et à présent, vous pensez qu'ils tentent de se débarrasser de vous également.

— Ce n'est pas ce que j'ai…

Clara s'interrompit, le cœur battant à tout rompre.

Soudain, elle comprit que ses paroles pouvaient être déformées et utilisées contre elle.

Le docteur Thorn haussa les sourcils.

— Est-ce que quelque chose ne va pas ?

Elle secoua la tête.

— Pourquoi ne pas finir ce que vous étiez en train de dire ?

Elle baissa les yeux, sentant que les larmes montaient.

— Vous ne m'écoutez pas. Vous entendez uniquement ce que vous avez envie d'entendre. Vous déformez mes dires pour donner l'impression que je suis instable.

— Vous m'avez l'air très soupçonneuse à l'égard des autres. De vos parents, de l'homme qu'ils veulent que vous épousiez... et même de moi.

— Comment vous sentiriez-vous si la situation était inversée, docteur ? Si vous étiez parfaitement sain d'esprit, n'essayeriez-vous pas de vous expliquer et ne demanderiez-vous pas qu'on vous laisse rentrer chez vous ?

Le médecin referma son carnet et remit ses lunettes.

— Les patients de l'hospice de Long Island ne peuvent partir qu'avec une autorisation de ma part, ou à la requête de la personne ayant demandé l'internement, dans le cas présent, votre père.

— Alors que se passerait-il si j'attrapais ma valise et que je m'en allais ? Si je remontais tout simplement l'allée et que je passais la grille ?

Le docteur Thorn sourit et renifla, comme s'il tentait de réprimer un rire.

— Vous pouvez toujours essayer, je suppose. Mais le domaine s'étend sur quatorze hectares et une bonne distance vous sépare des grilles. Nous vous arrêterions avant que vous ayez le temps d'aller bien loin. De plus, les grilles sont verrouillées et j'ai vu la malle que vous avez apportée avec vous. Compte tenu de sa taille, je doute fort que vous parveniez à la transporter hors de votre chambre, et encore moins à la porter dans l'escalier et jusqu'à la sortie.

Clara se sentit rougir. Elle était sur le point de lui rétorquer qu'elle se fichait royalement de sa maudite malle. Elle partirait sans s'il le fallait. Mais ensuite, elle comprit qu'il risquait de prendre sa colère pour autre chose, de l'interpréter comme l'un des symptômes de sa « maladie ».

Sa première erreur, le jour de sa dispute avec son père, avait été de vouloir prendre le temps d'emporter des affaires. Après être sortie du bureau, elle aurait dû attraper son manteau au vol et quitter la maison immédiatement. Elle aurait dû fuir à la seconde où elle avait entendu son père ordonner au lieutenant d'amener un médecin. Au lieu de ça, elle avait couru jusqu'à sa chambre et commencé à remplir sa malle, oubliant qu'elle devrait la descendre elle-même dans l'escalier, car son père n'appellerait certainement pas le valet ou le chauffeur pour s'en occuper. Après tout, elle avait décidé de s'enfuir, pas d'entreprendre un voyage transatlantique. Mais elle n'avait pas réfléchi. La panique l'avait empêchée d'organiser ses pensées de manière cohérente. Tout ce qu'elle savait, c'est qu'elle devait prendre autant d'affaires que possible, car, une fois partie de chez ses parents, ses possessions se limiteraient au contenu de la malle et aux vêtements qu'elle avait sur le dos.

En y repensant, elle se maudissait d'avoir été aussi stupide. Elle savait pourtant que la police arriverait en quelques minutes, car Ruth l'avait déjà appelée à de nombreuses reprises. Quand elle ne trouvait pas son collier de perles, quand les chandeliers du petit salon avaient disparu, quand son service à thé préféré s'était volatilisé. Chaque fois, des agents étaient venus et s'étaient calmement adressés à Ruth tandis qu'elle faisait les cent pas en pleurant, convaincue que ses employés la volaient. Ensuite, les servantes et les valets étaient alignés et interrogés, tels des criminels de droit commun. Finalement, une explication tout à fait logique voyait le jour : le collier avait glissé derrière sa coiffeuse, les chandeliers étaient à l'office en attendant d'être polis, le service à thé avait été rangé dans le mauvais placard. Quand Ruth comprenait que ses précieux effets n'avaient pas disparu, elle remerciait les agents de s'être déplacés si rapidement, pendant que Clara s'excusait comme elle le pouvait auprès des domestiques.

Si seulement elle s'était rappelée à quelle vitesse la police arrivait, au lieu d'être comme sa mère et de s'inquiéter pour ses affaires, elle aurait eu une chance de s'échapper. Lorsque son père s'était présenté sur le seuil de sa chambre avec le lieutenant, deux policiers et un médecin, sa malle était presque pleine et la possibilité de fuir n'existait plus. Henry avait ordonné aux hommes de fermer la malle et de l'emporter, ainsi que sa fille. Elle revoyait le visage cramoisi de son père et ses yeux fous, ses bras qui gesticulaient comme s'il s'agissait de l'arrestation d'un grand criminel.

— Quel est le problème ? avait demandé le lieutenant.

— Elle a proféré toutes sortes d'horribles accusations, avait expliqué Henry en secouant la tête. J'ai bien peur qu'elle ne s'imagine des choses.

— C'est faux ! avait protesté Clara. J'ai simplement…

— Pouvez-vous l'aider ? l'avait interrompue Henry en regardant le médecin avec des yeux implorants.

Clara avait couru vers la porte et un policier l'avait attrapée par le poignet. Elle s'était débattue pour se dégager, en vain.

— Lâchez-moi ! s'était-elle écriée. Vous ne pouvez pas faire ça ! Je n'ai rien fait !

— Clara a-t-elle enduré un traumatisme émotionnel quelconque récemment ? s'était enquis le médecin.

— Elle a perdu son frère, et elle s'est mis en tête que je…

Henry avait baissé la tête et porté ses poings serrés à son front, comme si c'était plus que ce qu'il pouvait supporter.

Clara avait recommencé à crier.

— Ce n'est pas pour ça que je…

Le policier avait resserré son étreinte.

— Non, laissez-moi !

Le lieutenant s'était tourné vers le médecin, dans l'attente de son verdict. Ce dernier avait hoché la tête. Sans laisser à Clara la possibilité de protester plus avant, les policiers l'avaient prise par les bras et escortée hors de sa chambre, jusqu'à la pousser sur la banquette arrière de la Buick noire du médecin. On avait jeté son manteau et ses bottines à côté d'elle, et sa malle dans le coffre. Elle se souvenait avoir regardé par la fenêtre le perron en pierre de la maison, la balustrade familière en granit et la fleur de lys sculptée au-dessus de la porte. Elle ne savait pas trop pourquoi elle avait regardé dans cette direction ; peut-être qu'une petite partie d'elle avait espéré apercevoir sa mère pleurant sur les marches, bouleversée qu'on emmène sa fille, la seule enfant qui lui restait. Mais tout ce qu'elle avait vu, c'était le dos de son père alors qu'il rentrait dans la maison et le heurtoir en cuir qui avait rebondi lorsqu'il avait claqué la porte derrière lui.

À présent, Clara se mordait l'intérieur de la joue, tentant de trouver un moyen de convaincre le docteur Thorn de la laisser partir.

— Je suis navré, déclara le médecin, mais je crains que notre séance ne touche à sa fin.

— Mais je…

— Nous avons terminé pour aujourd'hui, Clara, l'interrompit-il en se levant et en contournant son bureau.

Elle se leva à son tour.

— C'est tout ? protesta-t-elle en levant les mains. Vous comptez prendre une décision en vous basant sur une conversation de vingt minutes ?

— Nous discuterons davantage lors de votre prochaine séance, dit-il en ouvrant la porte.

— Quand ? Demain ?

Il secoua la tête.

— J'ai bien peur d'avoir d'autres patients à voir demain. Je vous reverrai la semaine prochaine.

Un nœud lui vrilla violemment l'estomac. *La semaine prochaine ?* À la perspective de passer une semaine entière dans cet endroit, elle faillit pousser un cri de désespoir. Son père ne voulait pas qu'elle reste aussi longtemps, c'était certain.

Une jeune infirmière attendait Clara dans le couloir pour l'escorter jusqu'à sa chambre. Clara marchait, les bras croisés, en tentant de ne pas s'effondrer. Cela n'arrangerait certainement pas ses affaires de sembler émotionnellement instable devant l'infirmière, même si celle-ci lui avait souri lorsqu'elle était sortie du cabinet et que son doux regard bleu débordait de compassion.

La peur envahit Clara au plus profond d'elle-même et sa peau se couvrit de chair de poule. Les couloirs paraissaient interminables et la moquette rouge et verte ainsi que les chandeliers muraux en cristal lui rappelaient l'intérieur de l'attraction du Palais du rire à Coney Island. Un clown vous poursuivait avec une baguette électrique à travers des pièces de guingois et des couloirs sombres avec des sols penchés et des murs mobiles. Elle avait toujours détesté cette attraction et avait paniqué la fois où un jet d'air avait percuté ses chevilles. Après s'être frayé un chemin parmi les chalands pour sortir, elle s'était promis de ne plus jamais rentrer là-dedans, et tant pis si ses amis se moquaient d'elle. Mais là, il n'y avait pas d'issue, pas de sortie, aucun moyen d'aller retrouver ses amis, d'entendre leurs rires et de manger des *corn dogs* au soleil.

Lorsque Clara atteignit sa chambre, elle attendit que l'infirmière lui ouvre la porte pour entrer. Elle fixa le sol pendant d'interminables secondes avant de se rendre compte que l'infirmière s'était arrêtée quelques pas derrière elle et qu'elle la fixait avec les sourcils froncés, comme si elle tentait de prendre une décision.

— Êtes-vous déjà sortie vous promener ? demanda l'infirmière.

Clara secoua la tête.

— Je viens d'arriver.

— Je sais. J'étais avec l'infirmière McCarn lorsqu'elle vous a conduite à votre chambre hier soir. Je vous ai aidée à déballer vos affaires.

— Je suis désolée. Je ne me souviens pas. Je…

— Ça ne fait rien, assura l'infirmière en souriant. Aimeriez-vous aller dehors un moment ? Nous avons un peu de temps avant le déjeuner et il s'agit peut-être d'une des dernières belles journées avant l'arrivée de l'hiver. Le parc est magnifique.

L'infirmière balaya le couloir du regard, comme si elle avait peur que quelqu'un ne les écoute.

Clara secoua la tête à nouveau.

— J'aimerais être seule un moment.

— Vous êtes sûre ? Le soleil brille et il fait si bon qu'il n'est même pas nécessaire de porter un gilet. Il doit commencer à faire froid demain et…

Clara soupira. Au moins, peut-être que cela lui permettrait d'explorer le périmètre de l'hospice et de trouver un moyen de s'échapper. Elle acquiesça et elles remontèrent le couloir jusqu'à une cage d'escalier. L'infirmière commença à descendre, mais elle s'arrêta sur la quatrième marche. L'infirmière McCarn montait en sens contraire.

— Oh ! Tant pis ! Peut-être une autre fois, dit l'infirmière.

Elle fit demi-tour et remonta rapidement, imitée par Clara.

— Infirmière Yott ! appela l'infirmière McCarn derrière elles.

Ses pas résonnaient sur les marches. Les épaules de l'infirmière Yott s'affaissèrent. Elle se figea et attendit, les sourcils froncés. L'infirmière McCarn les rejoignit et posa une main sur sa hanche, le front barré par des rides de contrariété.

— Où alliez-vous ? Vous avez reçu la consigne de ramener la patiente dans sa chambre.

— Je l'emmenais simplement dehors pour lui faire prendre un peu l'air.

L'infirmière McCarn fusilla sa collègue du regard, les dents serrées.

— Ce n'est pas à vous de prendre ce genre de décisions. Escortez-la immédiatement jusqu'à sa chambre.

L'infirmière Yott baissa les yeux.

— Oui, madame.

— Tâchez de ne pas oublier que vous n'êtes pas médecin. Je vous conseille de suivre mon exemple. Je travaille ici depuis plus de vingt ans et je suis toujours les ordres du médecin à la lettre !

— Je suis désolée, répondit l'infirmière Yott en rougissant.

L'autre secoua la tête et fit claquer sa langue contre son palais.

— C'est la seconde fois que je dois vous faire une remontrance. Si j'étais vous, je ferais attention, infirmière Yott.

Clara avança d'un pas.

— C'est le docteur Thorn qui lui a ordonné de m'emmener dehors. Je lui ai dit que j'avais comme l'impression d'être claquemurée et il m'a demandé si quelques minutes à l'extérieur me feraient du bien.

Une veine bleue apparut sur le front de l'infirmière McCarn. Elle dévisagea Clara, les lèvres pincées. Clara soutint son regard. Finalement, l'infirmière se tourna vers sa collègue.

— Est-ce que c'est vrai ?

L'infirmière Yott hocha la tête.

— Alors, allez-y. Vous avez dix minutes. Assurez-vous qu'elle arrive à l'heure pour le déjeuner. Si jamais elle est en retard, je vous en tiendrai pour personnellement responsable.

Elle secoua la tête avec dégoût et s'éloigna.

L'infirmière Yott sourit à Clara.

— Merci. Elle est tout le temps sur mon dos.

C'était dix semaines auparavant. Clara avait l'impression que cela faisait dix ans.

Elle attrapa de nouveau la lettre. Lorsqu'elle l'avait aperçue sur son bureau pour la première fois, son cœur avait bondi dans sa poitrine dans l'espoir qu'elle vienne de Bruno. Enfin, il avait répondu à ses missives quotidiennes ! Puis elle avait reconnu la calligraphie formelle de Henry sur l'enveloppe et s'était laissée retomber sur son matelas, se couvrant le visage de ses mains. Elle ne comprenait pas pourquoi Bruno ne lui avait pas écrit. Au début, elle avait redouté que ses propres lettres n'aient été interceptées. Mais cela n'avait pas de sens, elle les mettait elle-même dans la boîte aux lettres. Au bout d'un mois sans nouvelles, elle avait commencé à se réveiller couverte d'une sueur froide, terrifiée à l'idée qu'il lui soit arrivé quelque chose. Son père était un tyran assoiffé de pouvoir, certes, mais il n'irait pas jusqu'à se débarrasser de Bruno, si ? L'idée que le jeune homme l'avait oubliée traversa son esprit. Peut-être que leur histoire ne signifiait rien à ses yeux ? Peut-être qu'elle n'était que la dernière d'une longue série de conquêtes ? Mais non. C'était forcément autre chose ! Elle en était certaine. Néanmoins, elle préférait l'image de Bruno avec une autre femme que celle qui assaillait son esprit tous les soirs : le corps sans vie de Bruno flottant à côté de celui de son frère dans le fleuve Hudson.

Elle plaqua une main sur sa bouche. Manger du pain grillé au petit déjeuner avait soulagé ses nausées, mais tout à coup, elle avait de nouveau envie de vomir. Après plus de deux mois de silence, son père ne lui écrivait certainement pas pour lui dire bonjour. Il ne lui avait même pas envoyé de carte pour Noël ni pour la nouvelle année. Allait-elle enfin sortir de là ou allait-on l'obliger à rester plus longtemps ?

Elle inspira profondément, déterminée à décacheter le pli, cette fois. Elle se mordit la lèvre et glissa l'ongle de son pouce sous le rabat pour le déchirer. Ses mains tremblaient tandis qu'elle dépliait le papier à lettres ivoire de son père, laissant tomber l'enveloppe à terre.

Chère Clara,

Ta mère et moi espérons que tu vas bien et que tu reçois l'aide dont tu as besoin. Il est malheureux que ta vie ait pris une telle tournure. Le docteur Thorn m'a rassuré en m'expliquant que parfois, qu'importent les efforts que nous fournissons et l'éducation que nous donnons, nous, parents, ne pouvons pas toujours contrôler ce qu'il advient de nos enfants. Mais là n'est pas la question. Ce qui est fait est fait. Ta mère et moi avons fait de notre mieux et ne pouvons exiger davantage de nous-mêmes.

Si je t'écris aujourd'hui, c'est parce que les choses ont changé depuis le krach boursier de septembre. Du fait des pertes que nous avons essuyées, et dans le but de conserver notre maison et le mode de vie auquel ta mère et moi sommes habitués, j'ai le regret de t'annoncer que je ne peux plus me permettre de prendre en charge les coûts de tes soins à l'hospice de Long Island. Le docteur Thorn et moi nous sommes longuement entretenus sur ta situation et sur ce qui, d'après nous, serait le meilleur choix pour l'étape suivante. Le docteur Thorn t'expliquera ce dont nous avons convenu. Tente de ne pas oublier que ta mère et moi voulons uniquement ce qu'il y a de mieux pour toi.

Chaleureusement,

Père.

Clara fixa la lettre tandis que les mots se brouillaient devant ses yeux et qu'un nœud se formait dans sa gorge. Qu'est-ce que cela signifiait ? Quelle était « l'étape suivante » dont il parlait ? Allait-on l'autoriser à partir ? Allait-elle être relâchée, livrée à elle-même ? Elle lâcha la feuille et se mit à faire les cent pas, tremblante. Son rendez-vous avec le docteur Thorn était programmé à 11 heures et il n'était que 9 h 30. Elle s'immobilisa et prit plusieurs profondes respirations, pour tenter de calmer les battements de son cœur. Il fallait qu'elle se calme. Elle se rallongea, ramena la fine couverture sous son menton et ferma les yeux.

Elle se redressa brusquement. Il y avait une chose qu'elle devait faire absolument : écrire à Bruno. Si les choses s'apprêtaient à changer, si elle était autorisée à partir ou qu'on la renvoyât chez elle, il devait en être informé. Même si elle ne savait absolument pas s'il recevait ses lettres, elle devait tenter de le mettre au courant de ce qui se passait. Elle se releva, ouvrit le tiroir du bureau et s'empara du papier à lettres fourni par l'hospice. Elle s'installa, le stylo suspendu au-dessus de la feuille, avant de se rendre compte qu'elle ne savait pas quoi dire. Comment pouvait-elle expliquer à Bruno ce qui se passait si elle-même n'en avait pas la moindre idée ? La rédaction de la lettre devrait attendre sa consultation avec le médecin. Peut-être que le docteur Thorn pouvait la recevoir plus tôt ? Elle n'avait qu'à demander à l'infirmière McCarn s'il était possible de modifier l'heure du rendez-vous. Elle se dirigea vers la porte de sa chambre et distingua des voix d'hommes juste derrière le panneau de bois.

Elle se précipita jusqu'au bureau pour ranger le papier, puis balaya la pièce du regard à la recherche de quelque chose qui lui donnerait l'air d'être occupée. L'infirmière McCarn disait toujours que l'oisiveté était la mère de tous les vices et que, si un patient n'avait rien à faire, il y avait toujours des parquets à cirer et des toilettes à récurer. Clara attrapa la bible fournie par l'institution, s'assit sur son lit et ouvrit le saint livre au hasard. Un vertige et des tremblements s'emparèrent d'elle, comme si elle n'avait pas mangé depuis plusieurs jours.

À ce moment-là, on frappa doucement à la porte et le docteur Thorn entra, en compagnie d'un homme qu'elle n'avait jamais vu. L'infirmière McCarn leur emboîtait le pas. Une fine pellicule de neige recouvrait les épaules du manteau en laine de l'inconnu et des flocons s'étaient accumulés dans les revers de son pantalon. De petites flaques commencèrent aussitôt à se former autour de ses surchaussures.

— Bonjour, Clara, dit le docteur Thorn. Comment vous sentez-vous ce matin ?

Elle referma la bible sur ses genoux et se força à sourire.

— Je vais bien, merci. Et vous ?

Le docteur Thorn lança un regard à l'autre homme.

— Comme je vous l'ai dit, elle n'est jamais désagréable. Elle ne devrait pas vous poser de problème.

L'homme leva sa main gantée à l'intention de Clara. Elle le salua d'un signe de tête et tordit ses lèvres dans un sourire. Le médecin regarda la lettre sur le bureau de Clara.

— Je vois que vous avez lu la lettre de votre père ?

— Oui, répondit-elle en tentant de parler d'une voix assurée. Il a dit que vous m'expliqueriez la situation.

— En effet, c'est la raison de ma présence ce matin.

Il fit un geste en direction de l'inconnu.

— Je vous présente Mr. Glen. Il vient d'Ovid, une petite ville près du lac Seneca.

L'infirmière McCarn fit un pas en avant pour venir à côté du docteur Thorn, un bras légèrement dissimulé derrière sa jupe blanche. Clara aperçut l'éclat de quelque chose de long et d'argenté dans sa main. Une seringue ? Elle sentit son sang se glacer dans ses veines et sa gorge se serrer au point d'avoir du mal à respirer. Elle se mit debout. La bible glissa de ses genoux et tomba à terre avec un bruit sourd. Elle vit alors que deux aides-soignantes et une autre infirmière vêtue d'une cape bleue attendaient dans le couloir.

Le docteur Thorn leva une main, comme pour faire s'immobiliser Clara. L'infirmière McCarn s'approcha davantage, les yeux grands ouverts, en alerte.

— Mr. Glen et une infirmière sont ici pour vous emmener à Willard.

— Willard ? parvint à articuler Clara.

Elle tenta d'avaler sa salive. Elle avait l'impression d'avoir une pierre à la place de la langue.

— C'est un asile public d'aliénés, indiqua le docteur Thorn. Malheureusement, votre père ne peut plus se permettre de vous faire interner ici, mais il tient à s'assurer que vous receviez l'aide dont vous avez besoin.

Clara recula, les mains agrippées au bord de son gilet. Des gouttes de sueur se formèrent sur son front.

— Je ne comprends pas. Mon père m'a dit que c'était temporaire. Je n'ai pas besoin d'aide. Je veux juste rentrer chez moi.

L'infirmière McCarn avança vers elle, révélant la seringue qu'elle cachait jusque-là. Le docteur Thorn leva de nouveau la main pour l'arrêter.

— Je comprends, Clara. Mais pour ça, vous devez d'abord aller mieux. Rassemblez vos affaires. La voiture de Mr. Glen vous attend dehors.

— Mais la neige… dit Clara, en quête d'une excuse pour repousser l'inéluctable.

— Le ciel est en train de se dégager, contra Mr. Glen. Nous ne devrions pas avoir de problème si nous nous mettons rapidement en route. Nous arriverons à Willard à la tombée de la nuit.

— Vous n'avez aucune raison d'avoir peur, assura le docteur Thorn. On prendra bien soin de vous, là-bas.

Clara se laissa tomber sur son lit, les jambes tremblantes, les bras ballants. Elle dut faire un immense effort pour ne pas se laisser glisser au sol et se rouler en boule. Elle chercha un moyen de leur faire comprendre qu'elle était parfaitement saine d'esprit, que son seul délit avait été de se disputer avec ses parents. Elle était punie parce qu'elle ne s'était pas laissé faire, parce qu'elle avait défendu ce qu'elle croyait être juste. Mais les mots ne venaient pas.

— Infirmière McCarn, demandez à l'une de vos infirmières d'aider Clara à faire sa malle pendant que j'accompagne Mr. Glen et son infirmière au réfectoire, ordonna le docteur Thorn. Je souhaite leur offrir un repas chaud avant qu'ils reprennent la route pour Willard. Apportez du thé à Clara ainsi que quelque chose à manger avant son départ.

L'infirmière et Mr. Glen sortirent. Une main sur la poignée de la porte, le médecin s'attarda sur le seuil de la chambre.

— Tout va bien se passer, Clara. Vous êtes une jeune femme intelligente, promise à un brillant avenir. Vous avez simplement besoin d'un peu d'aide pour avancer dans la bonne direction. Si vous coopérez, vous n'avez rien à craindre.

Il referma la porte derrière lui. Clara se retrouva seule, paralysée, les yeux rivés au plancher.

Comme au ralenti, elle se leva et tira son journal intime de sous son matelas. Elle s'assit à son bureau et l'ouvrit. Les mots étaient flous devant ses yeux. Elle avait écrit tous les jours depuis son arrivée, mais n'avait jamais mentionné le bébé. Pour une raison qu'elle ignorait, elle avait peur que cela ne lui porte la poisse et ne compromette sa grossesse, ou que les médecins ne trouvent son journal et n'avertissent son père. Si Henry découvrait qu'elle était enceinte de Bruno, Dieu savait comment il réagirait. Il essaierait sans doute de se débarrasser définitivement d'elle.

Elle s'essuya les yeux et attrapa un stylo. Comment exprimer le sentiment d'être jetée comme un détritus, enfermée comme une criminelle ? Elle avait entendu des histoires de parents qui cachaient leurs enfants pour que personne ne les voie. Difformités, sautes d'humeur, retard mental, bec de lièvre… Les enfants étaient enfermés derrière une porte verrouillée au dernier étage de la maison, ou secrètement emprisonnés dans un grenier sombre. Son père en faisait-il autant avec elle ? Avait-il honte qu'elle aime un homme qu'il désapprouvait au point de vouloir la soustraire aux regards ? Ou croyait-il sincèrement qu'un médecin serait en mesure de faire comprendre à Clara qu'elle avait mal agi, et qu'il était tout à fait possible de la forcer à épouser un homme qu'elle n'aimait pas ? Ou alors pensait-il réellement qu'elle était malade ?

Mon père se débarrasse de moi. Il m'envoie loin d'ici. J'ignore ce qu'il prétend accomplir de cette façon. Cela ne fait que renforcer ma détermination, une fois sortie, à vivre ma vie comme je l'entends et à m'éloigner de lui.

Il me fait transférer à Willard. Je me demande si je dois avoir peur…

Quelques minutes plus tard, l'infirmière Yott entra dans sa chambre. Elle sourit à Clara et la regarda dans les yeux, contrairement aux médecins et aux infirmières, qui lui donnaient toujours l'impression d'être transparente. Clara envisagea de lui dire qu'on l'envoyait ailleurs, mais c'était inutile. Elle ne pourrait rien y faire. Elle regarda l'infirmière Yott sortir sa malle de son armoire et la poser à terre. Elle devait avoir plus ou moins le même âge que Clara, à deux ou trois ans près. Clara imagina les parents de l'infirmière, fiers et souriants lors de sa remise de diplôme. Des larmes lui montèrent aux yeux. Elle jeta un regard à la main de l'infirmière Yott pour voir si elle était mariée et vit une bague de fiançailles à l'annulaire.

Soudain, Clara eut le sentiment d'être accablée par un poids insoutenable, comme piégée sous un énorme rocher. Sa poitrine se serra. Elle aurait pu jurer entendre son cœur se briser. Elle sentit qu'elle allait être malade. Elle se précipita vers la corbeille à papier et tomba à genoux. La tartine grillée qu'elle avait mangée un peu plus tôt remonta dans sa gorge, puis il n'y eut plus que de la bile et des haut-le-cœur douloureux. Elle cracha encore et encore dans la corbeille avant de se relever, chancelante. L'infirmière la rejoignit et posa une main sur son épaule. L'inquiétude se lisait sur son visage.

— Est-ce que ça va ?

Clara s'essuya la bouche d'un revers de main et alla s'asseoir sur son lit.

— Non, ça ne va pas.

— Vous êtes malade ? Voulez-vous que j'aille chercher le médecin ?

— Je ne suis pas malade. Je suis enceinte.

L'infirmière Yott ouvrit grand la bouche. Clara cacha son visage dans ses mains et se pencha en avant, les coudes sur les genoux. Des sanglots secouaient ses épaules et sa respiration était entrecoupée.

L'infirmière s'assit à côté d'elle et lui frotta le dos.

— Du calme, du calme. Tout va bien se passer.

— Non. Tout ne va pas bien se passer. Les médecins sont supposés m'aider, mais comment pourraient-ils m'aider s'ils ne m'écoutent pas ?

Elle s'allongea et se roula en boule. L'infirmière déplaça la chaise de bureau et y prit place pour faire face à Clara.

— Je suis vraiment désolée. Y a-t-il quoi que ce soit que je puisse faire pour vous ?

— À moins que vous ne soyez en mesure de me faire sortir d'ici avant qu'ils ne m'envoient à Willard, non, vous ne pouvez rien faire.

— Pardonnez-moi de vous poser cette question, mais qu'en est-il du père du bébé ? Est-il au courant ? Êtes-vous ensemble ?

Clara se redressa. Un mélange de rire sardonique et de gémissement s'échappa de ses lèvres.

— Bien sûr que nous sommes ensemble ! répondit-elle avec humeur. Vous ne l'avez pas vu l'autre soir, lorsqu'il est venu me chercher pour un rendez-vous galant ?

Même si l'infirmière n'y était pour rien, elle ne parvenait pas à contrôler sa colère.

— Il est grand, hâlé et très séduisant, et il portait son plus beau costume. Impossible de ne pas le remarquer !

Sa voix était montée dans les aigus et, l'espace d'un instant, elle se demanda si elle n'était pas bel et bien en train de perdre l'esprit, au final.

L'infirmière croisa les mains sur ses genoux et baissa les yeux, silencieuse. Lorsqu'elle les releva, ils étaient pleins de larmes.

Elle se mordilla la lèvre, comme si elle hésitait à continuer.

— Dès la première fois que je vous ai vue, j'ai bien compris que vous n'étiez pas folle. Je ne sais pas pourquoi, mais je l'ai senti. Ne le répétez à personne, je vous en prie, mais j'ai écouté certaines de vos séances avec le docteur Thorn pour voir si mon intuition était bonne. Je vous ai entendue dire que votre père vous avait envoyée ici parce que vous ne vouliez pas épouser l'homme qu'il a choisi pour vous. Je sais ce que c'est : mon père n'approuve pas mon fiancé. C'est pour cette raison que j'ai accepté ce travail, même si ce n'est pas l'endroit de mes rêves. Je veux économiser pour me marier et partir de chez mes parents le plus vite possible. Votre père vous a fait interner parce que vous êtes amoureuse d'un autre, n'est-ce pas ? Bruno Moretti ?

Clara se redressa et s'assit au bord de son matelas.

— Comment connaissez-vous son nom ? Je ne l'ai jamais mentionné au docteur Thorn !

— Vous devez me promettre que vous ne soufflerez pas un mot de tout ceci à qui que ce soit, murmura-t-elle. Je perdrais ma place si quiconque l'apprenait.

— Je vous le promets. Dites-moi comment vous connaissez son nom ! Est-ce qu'il était ici ? Est-il venu me voir ?

L'infirmière Yott lança un regard vers la porte, puis se pencha en avant.

— J'ai vu les lettres, chuchota-t-elle. Celles que vous avez écrites à Bruno.

Clara secoua la tête, perplexe.

— Comment avez-vous pu les voir ? Je les mets toujours directement dans la boîte aux lettres devant la réception après les avoir écrites !

L'infirmière pinça les lèvres et se leva. Elle arpenta la pièce pendant quelques instants, puis agrippa le dossier de la chaise si fort que ses jointures devinrent blanches.

— Les lettres n'ont jamais été expédiées, avoua-t-elle. L'infirmière McCarn m'a fait trier le courrier pour les prendre. Elle m'a dit que c'était une directive du médecin, mais je suis presque sûre que c'était un ordre de votre père.

Soudain, Clara ne parvint plus à respirer. Elle avait le sentiment que son cou et son visage étaient en feu et qu'un nœud brûlant obstruait sa gorge, l'empêchant de parler. Elle comprenait mieux pourquoi Bruno n'avait jamais répondu à ses lettres... Il ne les avait jamais reçues ! Elle se leva, vacillante, et tira la chaise jusqu'au bureau. Elle s'empara du papier à lettres dans le tiroir, s'assit et commença à écrire, les doigts tremblants tandis qu'elle tentait de former des phrases cohérentes.

— Bruno ne sait pas où je suis, ni où je vais. Vous devez lui faire parvenir cette lettre pour moi, dit-elle en écrivant aussi vite que possible. Promettez-moi de la lui envoyer.

Elle finit de rédiger son message, plia la feuille et la glissa dans une enveloppe. Elle fixa l'infirmière Yott, dans l'attente d'une réponse.

Cette dernière se tordait les mains, les larmes aux yeux.

— Je ne sais pas. Et si je me fais prendre ?

— Glissez la lettre dans votre soutien-gorge ou votre sous-vêtement. Cachez-la où vous voulez, ça m'est égal, tant que c'est un endroit où personne ne regardera, et expédiez-la en rentrant chez vous.

Clara ferma l'enveloppe, griffonna l'adresse de Bruno sur le devant et la tendit à l'infirmière.

Celle-ci regarda le rectangle de papier en se mordillant la lèvre. Soudain, des voix retentirent dans le couloir. Clara se leva et lui fourra l'enveloppe entre les mains. L'infirmière Yott défit précipitamment le premier bouton de son uniforme et la glissa dans son soutien-gorge. Au même moment, la porte s'ouvrit et l'infirmière McCarn entra, un plateau dans les mains. En voyant la malle vide, elle se figea.

— Qu'est-ce qui se passe, ici ? Pourquoi n'avez-vous pas terminé de rassembler les affaires de Clara ?

L'infirmière Yott sourit à sa collègue.

— Clara était contrariée et je tentais de la rassurer en lui expliquant combien les médecins et les infirmières de Willard étaient sympathiques. Je pense qu'elle se sent mieux, désormais. N'est-ce pas, Clara ?

Les deux infirmières se tournèrent vers Clara. Elle hocha la tête.

— Oui, merci.

Elle se dirigea vers la commode et entreprit de vider les tiroirs et de ranger ses effets en piles bien nettes dans sa malle. Ses jambes menaçaient de se dérober sous elle d'un instant à l'autre. Sous couvert d'étaler ses chemisiers, elle s'agenouilla pour tenter de maîtriser ses tremblements.

L'infirmière McCarn soupira bruyamment.

— Infirmière Yott, vous aviez pour consigne d'aider la patiente à emballer ses affaires. Vous n'êtes pas médecin, vous vous souvenez ? Je vous prierai de vous en tenir à votre fiche de poste, autrement, je serai dans l'obligation de vous signaler pour désobéissance.

— Oui, madame, répondit l'infirmière Yott en lui prenant le plateau pour le poser sur le bureau. Je vais m'assurer que la patiente finit de faire sa malle et mange quelque chose avant de partir.

Les lèvres pincées et les yeux plissés, l'infirmière McCarn observa Clara agenouillée près de sa malle. Clara leva la tête et lui adressa un faible sourire.

— Dépêchez-vous. Mr. Glen et l'infirmière May ont presque fini de manger. Vous avez moins de trente minutes pour vous préparer.

— Très bien, dit l'infirmière Yott. J'accompagnerai Clara jusqu'à l'entrée dès que sa malle sera prête.

À l'instant où l'infirmière McCarn quitta la pièce, l'infirmière Yott courut jusqu'à la porte.

— Je reviens tout de suite.

— Où allez-vous ? demanda Clara, dévorée par la peur. Allait-elle donner la lettre au docteur Thorn ? Et si tout cela était un piège ?

— Dépêchez-vous de rassembler vos affaires. Quand vous aurez terminé, enfilez votre manteau et vos bottines, mais ne fermez pas votre malle. Nous la fermerons à mon retour.

Puis elle partit, laissant Clara seule.

Une fois ses derniers effets placés dans la malle, Clara chaussa ses bottines et revêtit son manteau. Elle alla se poster à la fenêtre et tendit le cou pour regarder dehors. La neige s'était arrêtée et elle aperçut Mr. Glen dans l'allée, qui fumait une cigarette près de la DeSoto dont le moteur était déjà en marche. La fumée de sa cigarette et celle du pot d'échappement s'échappaient en volutes au-dessus de sa silhouette sombre, comme dans une scène de film. Sauf que cela n'avait rien d'un long-métrage et que Mr. Glen n'était pas un héros venu la secourir.

Lorsque l'infirmière Yott refit irruption dans la chambre, une couverture plaquée contre la poitrine, Clara sursauta.

— Tenez. J'ai dit à l'infirmière McCarn que vous auriez peut-être besoin d'une couverture pour vous tenir chaud pendant le trajet.

Elle s'agenouilla et déplia le carré laineux au-dessus de la malle ouverte. Les lettres que Clara avait écrites à Bruno se déversèrent sur le reste de ses affaires.

— J'ai pensé que vous aimeriez les récupérer.

Clara poussa une exclamation de surprise et attrapa l'une des enveloppes. L'infirmière Yott la lui arracha des mains et la fourra, ainsi que les autres, sous les vêtements de Clara.

— Nous n'avons pas le temps, dit-elle dans un souffle.

Elle ferma la malle, la verrouilla et la tira jusqu'à la porte.

— Peut-être que quelqu'un à Willard acceptera de les envoyer.

Clara se jeta au cou de l'infirmière.

— Merci mille fois, dit-elle en ravalant ses larmes.

L'infirmière entraîna Clara vers la porte sans répondre, mais Clara vit qu'elle aussi avait les larmes aux yeux.

CHAPITRE 5

Izzy

Il régnait une chaleur chargée d'humidité le samedi matin suivant la première semaine d'Izzy dans son nouveau lycée. Une douce brise soufflait, faisant uniquement bouger les plus hautes branches des arbres. À ras du sol, en revanche, l'air était irrespirable. En route pour le travail, Izzy marchait à l'ombre, passant les doigts à travers les feuilles de bouleau au-dessus de sa tête. De la rosée était encore accrochée au feuillage. Peg et Harry étaient partis plus tôt que d'habitude, car Peg mourait d'impatience de commencer à ouvrir les valises de Willard. Au lieu de faire le trajet en voiture avec eux, Izzy leur avait demandé si elle pouvait parcourir à pied les cinq kilomètres qui la séparaient de l'entrepôt du musée. Elle était heureuse qu'ils aient accepté, car elle appréciait ces quelques minutes de solitude. Entre les cours, les devoirs et les repas avec ses parents d'accueil, sa première semaine de lycée avait filé à la vitesse de l'éclair. Et elle n'avait pas été facile.

Izzy était arrivée en retard à presque tous ses cours. Les quelques fois où elle avait demandé de l'aide à d'autres élèves pour trouver sa salle, ils l'avaient envoyée dans la mauvaise direction. Ils semblaient le faire exprès et elle ne comprenait pas pourquoi. Elle ne leur avait pourtant rien fait. Elle tentait d'ignorer comment ils la traitaient, tout en se demandant si tous les nouveaux étaient « accueillis » de la sorte, ou si elle était personnellement visée. Dans un cas comme dans l'autre, c'était blessant.

Lors de son premier cours de sport, après avoir enfin découvert que le gymnase se trouvait dans un autre bâtiment relié au réfectoire par un long couloir, elle vit un panneau sur la porte du vestiaire des filles, indiquant qu'il était temporairement fermé à cause d'un problème de plomberie. Elle soupira, tourna dans le couloir et se cogna dans une amie de Shannon qui nouait son lacet, agenouillée devant la porte du vestiaire des garçons.

— Fais attention ! dit la fille en se rattrapant pour ne pas tomber.

— Je suis désolée, je ne t'avais pas vue.

Izzy lui tendit la main pour l'aider à se mettre debout, mais la fille l'ignora et finit d'attacher sa basket. Comment s'appelait-elle, déjà ? Crystal ? Nicole ? Tina ?

La fille se releva.

— Où est-ce que tu cours comme ça ?

Elle épousseta ses genoux et son short puis passa la main dans ses cheveux méchés. À l'instar de celle de Shannon et de plusieurs autres filles, sa chevelure était lisse et brillante, sa coupe dégradée rappelant celle de Rachel dans la série *Friends*. Son short blanc la moulait à la perfection et la lettre C brillait sur le devant de son large tee-shirt qui laissait apparaître son ventre. Crystal, voilà comment elle s'appelait.

— Je voulais me changer pour le cours de sport, mais…

— On doit utiliser le vestiaire des garçons jusqu'à ce que le nôtre soit réparé, expliqua Crystal.

Izzy resta figée sur place, sans savoir quoi faire.

— Tu ferais mieux de te dépêcher, continua Crystal. Miss Southard nous fait faire des tours de terrain supplémentaires pour chaque minute de retard.

— Que risque-t-il de m'arriver si je débarque en tongs et en jean ?

Crystal rit.

— Ce sera pire qu'être en retard, crois-moi.

Elle attrapa Izzy par le bras et l'entraîna vers le vestiaire.

— Viens. Il n'y a que les filles, tu verras.

Izzy lui emboîta le pas, puis s'arrêta devant la porte, hésitante. Crystal la poussa et la maintint ouverte, un grand sourire aux lèvres. Izzy ne bougea pas d'un pouce.

— Bon sang, ne fais pas ta poule mouillée ! Je rentre avec toi, si tu veux.

Izzy inspira profondément. Si Crystal entrait aussi, alors ça montrait bien que ça ne posait pas de problème. Elle la suivit dans un vestibule bas de plafond qui donnait sur une autre porte. Une odeur désagréable de sueur et d'urine envahit ses narines. Des claquements de portes de casiers et des bruits de jet d'eau et de conversations résonnaient. Mais les voix étaient masculines. Izzy s'arrêta net. Avant qu'elle ait le temps de tourner les talons, Crystal agrippa son poignet et ouvrit l'autre porte. Shannon et Nicole étaient postées de l'autre côté. Les trois filles attrapèrent Izzy et l'entraînèrent dans le vestiaire des garçons, tirant sur ses vêtements et ses cheveux, enfonçant leurs ongles manucurés dans la peau de ses bras. Le vestiaire, plongé dans un nuage de vapeur d'eau, était rempli de garçons soit à moitié nus, soit entièrement dénudés. Lorsqu'ils virent les filles, ils crièrent et sifflèrent. Certains jetèrent leurs serviettes mouillées en l'air tandis que d'autres montaient sur les bancs pour danser. La tête obstinément baissée, Izzy tenta de se dégager pour partir, en vain. Dans la bataille, elle perdit une de ses tongs et laissa tomber son sac de sport.

Les filles la forcèrent à traverser la pièce jusqu'aux douches et la poussèrent brutalement vers les jets d'eau, avant de prendre la fuite. Izzy glissa sur le carrelage mouillé et elle allait tomber lorsqu'une main humide la rattrapa. C'était Ethan, ses cheveux trempés plaqués contre son front, le torse couvert de savon. Elle le dévisagea, figée comme une biche dans la lumière des phares, puis sortit en courant.

Les joues en feu, elle traversa le vestiaire dans le sens inverse et ramassa sa tong et son sac au passage, les yeux rivés au sol. Les garçons la huaient, certains lui demandant si elle aimait ce qu'elle voyait. Quand l'un deux lui lança un boxer mouillé, elle s'arrêta et les fusilla du regard.

— Les enfants que je garde sont mieux montés que vous, lança-t-elle en tentant de jouer les dures.

Les garçons rirent et lui firent signe de déguerpir.

Lorsqu'elle ressortit, son jean trempé et sa manche déchirée, Shannon et ses amies attendaient dans le couloir. Izzy serra les dents et s'éloigna à pas rapides. Elle aurait adoré leur mettre son poing dans la figure, mais elles n'en valaient pas la peine, et Izzy le savait.

— Ne te fâche pas, lança Shannon derrière elle. C'était juste une blague. Toutes les nouvelles y passent !

Jurant entre ses dents et se réprimandant d'avoir fait confiance à Crystal, Izzy poursuivit son chemin jusqu'au bureau du principal. Il lui assura qu'il demanderait au professeur d'éducation à la santé de préparer une présentation sur le harcèlement pour la prochaine assemblée et que, si elle se sentait menacée, elle pouvait aller voir l'infirmière. Mais lorsqu'il lui demanda les noms des responsables, Izzy refusa de les lui donner. Si le principal convoquait Shannon et sa clique, cela coûterait cher à Izzy, et même si elle voulait qu'il soit au courant de ce qui se passait, elle refusait de jouer les rapporteuses pour l'aider à faire son travail. Ce soir-là, elle eut toutes les peines du monde à ne pas se faufiler dans la salle de bains de Peg et de Harry en quête d'une lame de rasoir.

Comme si l'incident du vestiaire ne suffisait pas, la veille, elle avait surpris Shannon et Crystal en train de coller des serviettes hygiéniques pleines de ketchup sur la porte de son casier. Lorsqu'elles aperçurent Izzy, elles partirent en courant dans la direction opposée. Ethan les attendait au bout du couloir. Quand il la vit, la honte se lut brièvement sur son visage, mais une fois rejoint par ses deux amies, il fit volte-face et prit la fuite avec elles, une bouteille de ketchup vide à la main. De toute évidence, il ne valait pas mieux que les autres. Certes, il ne lui avait pas adressé plus de deux mots, mais quelque chose dans son sourire et la façon dont il l'avait rattrapée dans les douches lui avaient donné l'impression qu'il n'était pas ce genre de type. Force était de constater qu'elle s'était trompée, et cela l'agaçait et l'attristait, pour des raisons qui lui échappaient.

En y repensant, son cœur s'emballa et la colère lui fit serrer les dents. Il fallait qu'elle fasse quelque chose pour mettre un terme au harcèlement que Shannon lui faisait subir, mais quoi ? Shannon faisait la loi au lycée, c'était clair. Personne n'avait le courage de lui tenir tête. Izzy voyait bien comment les autres filles restaient toujours derrière le groupe des lolitas dans les couloirs, comment elles gardaient leurs distances même si elles étaient en retard. Quand les couloirs étaient bondés et qu'il n'existait aucun moyen d'éviter de se retrouver sur la trajectoire de Shannon, certaines filles faisaient carrément demi-tour. Quand Shannon et ses copines faisaient une sale blague à quelqu'un, les garçons qui ne riaient pas et n'applaudissaient pas détournaient le regard ou se contentaient d'avoir l'air gêné au lieu de prendre la défense des victimes. Izzy ne supportait pas qu'une seule personne puisse exercer ce genre de pouvoir sur toutes les autres. Cela la rendait malade.

En parler à ses parents d'accueil était hors de question. Elle avait trop souvent vu le résultat lorsque des parents se mêlaient des problèmes de harcèlement. Furieux que quelqu'un s'en prenne à leur enfant, ils allaient trouver les professeurs et l'administration et débitaient des menaces à qui voulait bien les entendre. Les professeurs et l'administration, effrayés par la possibilité d'être attaqués en justice s'ils désignaient un seul et unique coupable, ne faisaient rien. Et ensuite, c'était l'élève harcelé qui payait les pots cassés. Ça ne ratait jamais. Les harceleurs trouvaient toujours un moyen d'atteindre leur victime. Izzy devait trouver une solution toute seule. De toute façon, elle avait l'habitude de se débrouiller depuis ses 10 ans, alors elle n'allait certainement pas commencer à compter sur d'autres personnes maintenant.

Izzy ralentit l'allure. Penser à Shannon faisait naître quelque chose de dur et de vil dans sa poitrine, comme une bête qui tentait de s'échapper de sa cage. Elle détestait ce nœud dans son estomac, cette tension douloureuse dans sa mâchoire. Tout se mit à tourner autour d'elle et elle dut s'arrêter pour reprendre sa respiration. Elle devait se débarrasser de sa colère et de sa frustration avant de perdre le contrôle, comme sa mère. Elle inspira profondément et regarda autour d'elle pour s'assurer que personne ne l'observait, persuadée qu'elle devait avoir l'air d'une folle.

Elle aperçut alors une pharmacie de l'autre côté de la rue. Elle enfonça ses ongles dans ses paumes et lutta contre l'envie d'acheter des lames de rasoir. Elle compta jusqu'à dix, inspira profondément et desserra les poings. Puis elle reprit sa route, déterminée à ne pas se laisser déstabiliser par qui que ce soit et à ne pas retourner dans ce coin sombre et isolé de son âme où seule la douleur pouvait la soulager.

Lorsque Izzy arriva à l'entrepôt, Peg était là, parlant à mille à l'heure avec les yeux écarquillés. Ses cheveux bruns bouclés étaient attachés en un chignon désordonné et elle portait des sandales, une longue jupe à fleurs et un tee-shirt qui appartenait à Harry. À l'autre bout de l'entrepôt, celui-ci s'adressait à un groupe d'employés avec force gestes et sourires.

Peg montra à Izzy les quatre cent vingt-sept valises et malles en provenance de Willard. Alignées sur des tables, elles attendaient d'être ouvertes pour enfin révéler leurs secrets. Si impatiente qu'elle en était essoufflée, elle tendit à Izzy un carnet avec une épaisse couverture en cuir.

— J'ai besoin que tu écrives les noms des propriétaires des valises. Ensuite, je les ouvrirai et je te dicterai le contenu de chacune. Nous devons tout consigner dans les moindres détails.

— D'accord, répondit Izzy. Ça n'a pas l'air très compliqué.

— Nous allons nous occuper de cette moitié, et Harry et son groupe se chargeront de l'autre.

Harry les rejoignit à ce moment-là, accompagné de deux autres personnes. Grand et mince, avec des lunettes à montures argentées et des cheveux blonds, il était, comme toujours, impeccablement vêtu d'une chemise à rayures et d'un pantalon de costume noir. Derrière lui se trouvait un homme barbu à la carrure si impressionnante que Harry avait l'air d'un adolescent à côté de lui. Izzy resta bouche bée en voyant ce géant au visage rouge et aux jambes larges comme des troncs d'arbres se diriger vers elle. Elle n'avait jamais rencontré quelqu'un d'aussi imposant. L'appareil photo qu'il avait à la main aurait pu passer pour un accessoire de poupée. Elle remarqua alors la personne qui marchait à côté de lui, les bras chargés de sacs et d'un trépied. Ses cheveux noirs évoquaient le plumage d'un corbeau. Izzy se sentit rougir.

Ethan.

— Je te présente notre ami Peter et son fils, Ethan, annonça Harry à Izzy. Ils sont là pour prendre des photos.

— Et je vous présente mon assistante, Isabelle, dit Peg. Mais nous l'appelons Izzy.

Peter sourit et serra la main d'Izzy, qui disparut dans son énorme poing. Ethan serra la main de Peg et dit bonjour à Izzy avec un sourire. Elle hocha la tête dans sa direction puis baissa les yeux sur les baskets usées et le jean trop grand qu'elle portait. Peg lui avait dit de choisir des vêtements qui ne craignaient rien pour venir travailler ce jour-là. À présent, elle regrettait de ne pas avoir opté pour un haut uni, au lieu de son vieux tee-shirt du boys band New Kids on the Block avec l'inscription « I love Jordan » sur le devant. Elle l'avait depuis des années et s'en servait normalement comme d'un pyjama. Non seulement sa tenue était moche et démodée, mais elle n'avait même pas pris de douche avant de venir. Des mèches grasses s'échappaient de sa queue de cheval et lui tombaient dans les yeux, qu'elle n'avait, naturellement, pas maquillés. Elle entendait déjà les railleries qu'elle essuierait au lycée.

Peter et Ethan se dirigèrent vers une extrémité de l'entrepôt tandis que Harry repartait vers l'autre. Par chance, la stature de Goliath de Peter constituait une barrière entre Izzy et Ethan, de telle sorte qu'elle pouvait presque faire comme s'il n'était pas là. Elle utilisa ces quelques instants pour inspirer lentement et profondément, en espérant que son cou et son visage retrouvent une couleur normale et que ses marques disparaissent.

Lorsqu'ils arrivèrent au niveau de la première valise, en cuir élimé avec une poignée marron et des serrures en métal, Ethan installa le trépied et sortit un projecteur portable d'un sac en toile. Peg et Izzy restèrent en retrait pendant que Peter prenait quelques photos. Izzy se maudit intérieurement d'être incapable de quitter des yeux la silhouette athlétique d'Ethan. Il portait des chaussures noires et un jean moulant, et les manches relevées de sa chemise blanche épousaient ses biceps. Une image se matérialisa dans l'esprit d'Izzy : le corps musclé d'Ethan dans les douches, nu et trempé. *Pourquoi faut-il qu'il soit là ?* songea-t-elle. *Et pourquoi faut-il qu'il soit aussi canon ?* Puis elle repensa à lui tenant la bouteille de ketchup et s'enfuyant avec sa copine, comme un gamin surpris en train de faire une mauvaise blague. Qu'importait sa beauté extérieure, il était laid à l'intérieur. Tous les muscles au monde ne pourraient rien y changer.

Peg s'approcha ensuite de la valise et lut le nom inscrit sur l'étiquette à voix haute. Elle l'épela afin qu'Izzy l'écrive dans le carnet. *Madeline Small*. Puis Peg inspira profondément, enfila des gants en caoutchouc et ouvrit la valise avec des gestes lents et délicats. Peter se rapprocha pour photographier son contenu encore intact, de telle manière qu'Izzy et Ethan se retrouvèrent côte à côte. Du coin de l'œil, Izzy vit qu'il la regardait. Elle garda les yeux rivés droit devant elle.

Avec respect et déférence, Peg sortit un par un les effets et Izzy les inscrivit dans son carnet.

Une bible avec trois photographies en noir et blanc glissées à l'intérieur ; l'une d'un jeune garçon en chemise blanche et en pantalon sombre avec, au verso, « Charles – 1919 », une autre d'une petite fille en robe à volants et bonnet à fleurs, avec, au verso, « Esther – 1921 », et la dernière d'une femme d'un certain âge avec l'inscription « Mère – Chalet de Saratoga, 1927 ». Quatre couverts en argent. Deux bonnets en laine pour bébé, l'un avec des rubans roses et l'autre avec des rubans bleus. État : jaunis et légèrement tachés. Une paire de chaussons pour bébé avec broderies blanches. État : bon.

Izzy attendit que Peg continue, mais la valise ne renfermait rien d'autre. Pas de vêtements, de lettres ni d'effets personnels.

— C'est tout, annonça Peg.

— Pourquoi apporter des vêtements pour bébé dans un asile ? demanda Izzy.

Les yeux brillants, Peg haussa les épaules.

— Je n'en sais rien. Peut-être qu'ils appartenaient à ses enfants et que c'étaient les seuls objets qui lui importaient. Tu vois, c'est exactement pour ça que nous faisons ce travail ! Nous essayons d'en savoir plus sur les personnes qui ont laissé ces bagages derrière elles.

— Mais comment pouvons-nous en savoir plus rien qu'en regardant à l'intérieur de ces valises ?

— Nous avons l'espoir de pouvoir accéder à certains dossiers médicaux. Ils sont scellés pour l'instant, mais le musée va soumettre une requête auprès du département des hôpitaux psychiatriques de New York dans l'espoir qu'on nous accorde la permission d'y accéder.

— Est-ce que tu veux que je photographie les affaires une par une ou toutes ensemble ? demanda Peter à Peg.

Elle réfléchit quelques instants, les mains sur les hanches.

— Ça dépendra de chaque valise, je suppose. Pour celle-ci, je pense que tu peux tout prendre en même temps.

Ethan sortit un carré de tissu noir de son sac, qu'il étendit devant la valise, puis installa un autre trépied pour mettre en place un second projecteur. Peg tendit des gants à Izzy et lui demanda de disposer les bonnets, les photos et l'argenterie sur le tissu. Izzy fut soulagée de porter des gants. Elle aurait même aimé avoir sur le visage l'un des masques que Peg utilisait lorsqu'elle restaurait des peintures ou nettoyait un objet ancien. C'était peut-être une lubie, mais elle n'avait pas envie de respirer de la poussière vieille de plusieurs décennies ni de renifler la décomposition qui irradiait de l'intérieur des bagages et des vêtements de bébé jaunissants. L'odeur sèche et amère de la mort lui rappelait les tombes dans les cimetières et la chambre scellée de ses parents.

Au moins, au musée, les objets étaient exposés sur des piédestaux ou derrière des vitres. Personne n'était censé les toucher. Alors que là, à l'instar d'un archéologue sur un site de fouilles, elle manipulait des objets que personne d'autre n'avait touchés depuis des décennies. Elle aidait à déterrer des secrets enfouis, était en contact direct avec des effets qui avaient appartenu à des gens qui n'étaient plus rien d'autre que des tas d'os pourrissant plusieurs pieds sous terre. Sans parler du fait que les propriétaires de ces biens étaient fous. Elle savait que c'était totalement farfelu, mais elle imaginait des particules microscopiques s'élevant des bonnets et de l'argenterie, flottant dans l'atmosphère et entrant dans son système respiratoire, générant une réaction en chaîne psychotique. Une fois que les molécules contaminées atteindraient son cerveau, elles la condamneraient au même destin que celui de sa mère. En proie à un vertige, elle tenta de prendre de petites respirations. Pourvu que la journée passe vite, afin qu'elle puisse rentrer à la maison et prendre une douche !

Peg et Izzy terminèrent de disposer les affaires, puis Peter et Ethan prirent des photos. Izzy et Peg se mirent en retrait et attendirent que Peter leur dise si certains objets devaient être changés de place. Ils travaillaient tous les quatre en silence, tel un groupe de chirurgiens autour d'une table d'opération. Une fois que Peg fut satisfaite des clichés réalisés par Peter, elle replaça délicatement le contenu de la valise à l'intérieur avec l'aide d'Izzy, puis la referma et passa à la suivante.

Alors qu'elles répétaient l'opération avec quatre autres valises, Izzy devint consciente de chacune de ses respirations et du moindre de ses mouvements, de tous les gestes qu'effectuaient ses mains et ses jambes. Elle sentait le regard d'Ethan sur elle, l'odeur masculine de son parfum boisé et épicé qui lui rappelait qu'ils étaient jeunes et qu'une longue route les séparait de la mort.

Elle avait envie de rester près de lui et de laisser son odeur l'envelopper, au lieu de la puanteur aride qui émanait des valises. Parfois, elle effleurait son bras sans le faire exprès ou lui bloquait le passage. Il lui souriait dans ces cas-là, d'un grand sourire éclatant. Elle l'ignorait et détournait le regard, agacée de rougir. Qu'est-ce qu'il pouvait bien avoir qui la faisait se sentir aussi vulnérable et exposée ?

Les papillons dans son estomac lui rappelèrent comment elle se sentait lorsqu'elle parlait à son assistante sociale. Mais ça n'avait pas de sens. Ethan ne savait rien sur elle. Il ignorait tout de son passé, de son présent, de ses épreuves et de ses voyages, de ses espoirs et de ses rêves. Et il ne les connaîtrait jamais. C'était un harceleur pourri gâté, comme sa petite amie, et Izzy ne voulait rien avoir à faire avec lui. Entre la proximité d'Ethan et le malaise généré par le maniement de la propriété de malades mentaux morts depuis longtemps, ses pensées étaient décousues et éparpillées. Il fallait qu'elle se reprenne, d'autant plus qu'ils allaient passer plus de deux cents valises en revue ensemble et que chaque mouvement exigeait d'elle une grande concentration.

Les valises contenaient des lettres et des photographies, de l'argenterie et des bibles, des bretelles et des réveils, des boutons et des chaussures, des mouchoirs brodés et des bols de rasage. Une petite statue d'un chien, une tasse en porcelaine, une courtepointe cousue main. Izzy inscrivait chaque objet, en clignant régulièrement des paupières pour chasser ses larmes naissantes. Elle ne pouvait pas s'empêcher d'imaginer les parents, les époux et les enfants des propriétaires de ces affaires, désorientés, éperdument attristés par l'absence de l'être aimé, même s'il était encore physiquement sur cette terre. Ce devait être affreusement difficile de s'interroger sur ce qui avait bien pu se passer, de perdre le sommeil nuit après nuit, à se demander ce qu'ils auraient pu faire. Les familles des malades de Willard étaient-elles choquées par la descente de leurs proches dans la folie, ou avaient-elles vu venir le problème depuis le début ? Dans tous les cas, la pensée de toutes ces vies gâchées lui serrait le cœur. Toutes ces fêtes de famille, les Noëls et les anniversaires, les histoires d'amour et les histoires avant de dormir, les mariages et les remises de diplôme, entachés à cause d'un chaos inexpliqué dans le cerveau d'une personne. C'était injuste.

À midi, ils n'avaient répertorié que quinze valises et Izzy commençait à comprendre que le projet prendrait beaucoup plus de temps que ce qu'elle avait imaginé. À cette allure, elle passerait six ou sept jours à travailler avec Ethan. Pouvait-elle demander d'aider Harry à la place sans que cela semble bizarre ? Néanmoins, si elle était honnête, son estomac papillonnait à la perspective de passer davantage de temps avec lui. Être si proche d'Ethan lui donnait l'impression de ne pas avoir dormi ou mangé depuis des jours. Ses jambes flageolaient, elle se sentait étourdie. C'était à la fois épuisant, prodigieusement énervant et merveilleux. *Qu'est-ce qui ne va pas chez moi ?* pensa-t-elle.

Lorsque arriva le moment de faire une pause, Peg proposa à Izzy de s'asseoir dehors pour déjeuner. Elle avait préparé des sandwichs qu'elles pouvaient manger à l'ombre des chênes, sur la grande étendue de pelouse près du parking. Peter, Ethan et le reste de l'équipe avaient décidé de se rendre au McDonald's du quartier pour faire une razzia de Royal Cheese et de Sunday. En temps normal, Izzy aurait adoré les accompagner, mais cette fois, elle était contente de profiter d'un peu de tranquillité et de silence et de passer un peu de temps loin d'Ethan. Puis elle entendit Peg parler aux autres et son ventre se noua.

— Mais non ! s'exclamait-elle. J'ai assez de nourriture pour tout le monde ! J'ai des sandwichs jambon-fromage, une salade de pâtes, de l'houmous et de la pita, des chips, de la pastèque, du thé glacé et de la limonade. Il y a même des couvertures et des chaises pliables dans le coffre de la voiture. Allez, ça va être amusant !

— Ma femme adore nourrir les gens, intervint Harry en souriant. C'est une obsession chez elle.

Peter et les autres rirent, avant d'accepter l'invitation et de se diriger vers la voiture de Peg pour prendre les chaises. Elle se tourna vers Izzy.

— Est-ce que tu peux me donner un coup de main avec le déjeuner ?

— Bien sûr, répondit Izzy en grognant intérieurement.

On peut compter sur Peg pour prendre soin de tout le monde, songea-t-elle. Travailler avec Ethan était une chose, mais maintenant, elle devait aussi manger avec lui ? Avant la pause, son estomac avait commencé à gargouiller si fort qu'elle était certaine que tout le monde l'avait entendu. Mais, désormais, sa faim l'avait abandonnée, car son ventre était tordu par l'euphorie et la peur.

Tout le groupe se rassembla sous une rangée de chênes aux troncs imposants. Les hommes installèrent les chaises et Peg et Izzy étalèrent les couvertures et posèrent la nourriture sur une table pliante. Les hommes se rangèrent en file indienne. Peg remplissait les verres et servait de la salade de pâtes dans des assiettes en carton tandis qu'Izzy distribuaient des sandwichs et des petits paquets de chips. Lorsqu'elle vit qu'Ethan était le prochain dans la queue, elle garda les yeux baissés, en espérant qu'il irait s'asseoir loin d'elle. Elle lui donna un sandwich et fit mine de chercher des chips dans un sac de courses. Les doigts d'Ethan effleurèrent les siens, mais elle ne réagit pas. Puis elle lui tendit des chips et il lui attrapa la main en même temps que le paquet. Elle leva les yeux et il lui sourit.

— Désolé. Ce n'est pas évident de voir quand on ne regarde pas.

Elle tenta de se dégager, mais il ne la lâchait pas.

— Merci pour le sandwich. Et pour les chips.

Elle leva les yeux au ciel.

— Est-ce que je peux récupérer ma main ?

— Et merci de faire le service avec le sourire, continua-t-il.

— Tu bloques tout le monde.

— Est-ce que tu pourrais dire « Avance, s'il te plaît » ?

Elle pinça la peau du dos de la main d'Ethan.

— Avance, s'il te plaît, dit-elle d'un ton chargé de sarcasme.

Il la lâcha.

— De rien.

Elle l'ignora et sourit à la personne suivante.

— Pourquoi est-ce que lui a droit à un sourire et pas moi ? s'offusqua Ethan.

Izzy lui adressa un sourire forcé pour qu'il lui fiche la paix.

— C'est mieux. Maintenant, je peux profiter de mon déjeuner.

Après son départ, Izzy soupira et tenta de se concentrer sur les personnes suivantes. Ce qu'il pouvait être arrogant ! Et ce que ça l'agaçait que sa présence la rende nerveuse !

Plus tard, alors que tout le monde avait terminé de déjeuner, Izzy était assise en tailleur sous un chêne, à grignoter une pita pendant que Peg resservait à boire. Ethan occupait une chaise pliante quelques mètres plus loin et discutait avec Peter et Harry. De temps à autre, il jetait un coup d'œil vers elle et leurs regards se croisaient. Chaque fois, elle se promettait de ne plus le regarder, mais son attention était systématiquement attirée par le son de sa voix et son rire communicatif. Elle regrettait de ne pas avoir amené son journal intime ou quelque chose à lire, n'importe quoi qui aurait pu donner l'impression qu'elle n'était pas juste assise là, à ne rien faire. Après avoir distribué les repas, elle était partie se réfugier aux toilettes. Elle avait mis une éternité à se laver les mains et à arranger ses cheveux, dans l'espoir que tout le monde aurait fini de manger à son retour. Au lieu de ça, elle avait trouvé Peg qui offrait du rab au groupe, les suppliant, en riant, de se resservir parce qu'elle ne voulait pas que la nourriture parte à la poubelle.

Pendant que Peg terminait de distribuer ce qui restait de limonade et de thé glacé, Izzy s'agenouilla sur sa couverture pour rassembler les Tupperware vides, ramasser les serviettes en papier, faire tout ce qu'elle pouvait pour mettre un terme à ce pique-nique. Peg revint s'asseoir près d'elle et s'adossa contre le tronc noueux du chêne. Elle soupira et s'essuya le front d'un revers de main.

— C'était sympa ! J'adore les pique-niques. Pas toi, Izzy ?

— Hum.

— Ma parole, il est terriblement charmant. Tu ne crois pas ?

— Qui ça ? demanda Izzy en s'emparant des pichets en plastique vides.

Peg rit.

— Tu sais très bien qui. Ethan.

Izzy haussa les épaules et plaça les pichets dans un panier.

— Je suppose, oui.

— On connaît ses parents depuis des années, expliqua Peg. Ce sont les gens les plus adorables que je connaisse.

— Dommage que leur fils soit un abruti, répliqua Izzy en fourrant des paquets de chips vides dans un sac-poubelle.

— Le fils de qui est un abruti ? demanda une voix derrière elles.

Izzy se retourna et vit Ethan, une main accrochée à une branche au-dessus de sa tête et l'autre enfoncée dans la poche de son jean. Il lui fit un clin d'œil qui lui donna envie de le gifler.

— Assieds-toi, invita Peg en lui faisant une place entre elle et Izzy sur la couverture. On a encore quelques minutes avant de se remettre au travail.

Izzy mit une poignée de serviettes usagées dans le sac. *N'importe quoi !* s'indigna-t-elle. *Ce n'est pas parce que tu aimes bien les parents d'Ethan que je suis obligée d'être amie avec lui.*

— C'est gentil, Mrs. Barrows, mais je ne voudrais pas interrompre votre conversation.

Mrs. Barrows ? Pitié. Quel lèche-bottes !

— Pas du tout, assura Peg. J'étais juste en train de dire à Izzy que tes parents étaient de bons amis à nous, et combien ils étaient gentils.

— J'en déduis donc que c'est moi l'abruti, dit Ethan en riant.

— Mais non.

Peg se redressa, les yeux écarquillés, agitant les mains comme si cela lui donnait le pouvoir d'effacer le commentaire d'Izzy.

— Ce n'est pas ce que…

— C'est bon, Peg, intervint Izzy. Tu n'as pas à me protéger.

Elle attrapa les fourchettes sales et le couteau à pastèque, les enveloppa dans une serviette en papier et les fourra dans le panier à pique-nique. Une douleur instantanée et aiguë la traversa quand la lame du couteau s'enfonça dans son index. Elle sortit précipitamment sa main du panier. En voyant l'entaille, elle se sentit vaciller. Elle glissa son doigt dans sa bouche, qu'emplit aussitôt un goût cuivré, puis elle se rassit et ferma les yeux, en attendant que la sensation de tournis se dissipe.

— Que t'arrive-t-il ? demanda Peg. Tu t'es coupée ?

Izzy hocha la tête et agrippa la couverture de sa main libre, pour se raccrocher à quelque chose en attendant que tout arrête de tourner autour d'elle. Puis elle sentit quelqu'un toucher son poignet et ouvrit les yeux. Ethan était agenouillé à côté d'elle. Il lui tira doucement sur la main pour qu'elle ôte son doigt de sa bouche.

— Laisse-moi regarder.

Trop étourdie pour protester, Izzy le laissa faire. Les doigts et la paume d'Ethan étaient chauds et doux. Le vertige qui la tenaillait sembla se calmer et les battements de son cœur reprirent un rythme plus normal.

— C'est profond, mais ce n'est rien de grave. Peg, est-ce que vous avez des pansements ou de la gaze ?

— Je vais chercher le kit de premiers secours, répondit Peg en bondissant sur ses pieds.

— Ça va, je vous assure, leur dit Izzy en retirant sa main.

Mais c'était trop tard. Peg traversait déjà la pelouse, sa jupe à fleurs flottant derrière elle.

— Ça n'a vraiment pas l'air d'aller, au contraire, dit Ethan en s'emparant du rouleau de Sopalin. Tu es blanche comme un linge.

— C'est ma couleur habituelle, dit-elle en serrant le poing.

— Ah bon ? Moi qui croyais que ta couleur habituelle, c'était le rouge écarlate.

Il tenta de reprendre sa main, mais elle se dégagea.

— Ha ! ha ! Très drôle.

— Mets ça autour de ton doigt pour arrêter de saigner, conseilla-t-il en lui tendant un carré d'essuie-tout.

Elle le prit et obéit, dans l'espoir qu'il s'en aille. Il était trop près, il sentait trop bon, sa peau était trop chaude et il était trop beau. Elle recula et se leva lentement.

— Je ne vais pas te mordre, tu sais, dit-il en riant.

— Je sais.

Elle attrapa le panier de pique-nique et se dirigea vers la voiture de Peg. Il se leva à son tour pour la suivre.

— Alors comme ça, tu penses que je suis un abruti ? s'enquit-il d'un ton où perçait l'amusement.

— Je ne pense rien du tout. Je ne te connais pas.

Elle pressa le pas. Il l'imita.

— C'est vrai, tu ne me connais pas. Alors tu ferais peut-être mieux de ne pas m'insulter.

Elle leva les yeux au ciel.

— Alors c'est comme ça que ça se passe ? Toi, tu peux maltraiter les autres, mais les autres ne peuvent rien te dire ou te faire ?

— Maltraiter, comment ça ?

Elle s'arrêta et se tourna vers lui.

— Je te traite d'abruti et tu te mets dans tous tes états, mais toi et ta chère petite amie avez le droit de faire des sales blagues aux autres, c'est bien ça ?

Le sourire d'Ethan disparut. Il la fixa, les sourcils froncés.

— Je ne savais pas que c'était ton casier.

— On se fiche d'à qui appartient le casier ! C'était méchant et horrible !

— C'est vrai, tu as raison. Mais Shannon…

— Shannon dit à tout le monde ce qu'il doit faire, et vous vous contentez tous d'obéir, comme un troupeau de crétins !

— Non, ce n'est pas ça. C'est… Elle…

À cet instant, Izzy vit Peg traverser le parking en courant dans leur direction, le kit de premiers secours à la main. Harry la suivait de près, l'air inquiet.

Izzy secoua la tête.

— C'est exactement ça, au contraire ! Mais je n'ai pas envie de parler de ça ici. On va devoir travailler ensemble jusqu'à ce qu'on ait fini d'inventorier toutes ces valises, alors restons-en là, d'accord ?

— Dans ce cas, est-ce qu'on peut en parler à un autre moment ? Ailleurs ?

Izzy agrippa le panier à deux mains. L'anse en osier fit pression contre la coupure et une pointe de douleur acérée la transperça. Des émotions contradictoires se livraient bataille dans son cœur et dans sa tête. Son instinct lui dictait de s'éloigner d'Ethan, qu'il ne lui apporterait que des ennuis. Mais dans le même temps, elle ne pouvait pas nier qu'il l'attirait comme un aimant. La fureur lui noua l'estomac.

— Pourquoi ? demanda-t-elle.

Peg et Harry les rejoignirent à ce moment-là.

Ethan s'empara du kit de premiers secours.

— Je m'en occupe.

— Tu es sûr ? s'enquit Peg. Elle n'a pas besoin de points de suture ?

Ethan rit doucement.

— Non. C'est juste une coupure.

— Si tu le dis… C'est toi le futur médecin, après tout. On va débarrasser les restes du pique-nique pendant que tu t'occupes d'Izzy.

Sans laisser à Izzy le temps de protester, Peg et Harry les laissèrent seuls et retournèrent sous les arbres pour rassembler les chaises. Ethan ouvrit la portière passager de la voiture de Peg et demanda à Izzy de s'asseoir. Elle obtempéra et prit place sur le siège en cuir tiède, ses longues jambes pendant à l'extérieur. Ethan s'agenouilla et posa le kit à terre. Il attrapa la main d'Izzy et retira l'essuie-tout qui enveloppait son doigt. Izzy se crispa et détourna le regard.

— Arrête de jouer les bébés. Le saignement s'est déjà arrêté.

— Je croyais que la coupure était profonde.

— C'est vrai, mais ce n'est pas très étendu. Ce n'est rien du tout, je te le promets.

Il attira sa main plus près. Elle se demanda ce qu'il penserait s'il savait qu'elle faisait exprès de se couper, avant. *Il me prendrait certainement pour une folle. Et il aurait probablement raison.*

— Alors comme ça, tu veux devenir médecin, dit-elle, histoire de faire la conversation.

— Mes parents veulent que je sois médecin, corrigea-t-il. Moi, je préférerais être secouriste.

— Je ne pourrais jamais faire ce travail-là.

Elle observa Peg et Harry à travers le pare-brise poussiéreux, en faisant de son mieux pour ne pas regarder son doigt. Sous l'ombre qu'offraient les chênes, Harry embrassa brièvement Peg sur la bouche avant de lui prendre une glacière des mains. Peg sourit et lui ébouriffa les cheveux. La scène rappela à Izzy des moments passés à la plage avec ses parents : sa mère et son père qui riaient et se couraient après dans le sable, son père qui attrapait sa mère par la taille, l'embrassait et l'entraînait dans les vagues. Izzy les regardait en souriant, bercée par la joie et la sérénité, dans un monde parfait empli de personnes heureuses qui s'aimaient. Puis elle fut assaillie par l'image de son père étendu sur le ventre dans le lit de ses parents, un trou dans le crâne, les draps tachés de sang. Elle revit sa mère, accroupie dans un coin de la pièce, le regard fixé droit devant elle, le fusil de chasse à ses pieds eux-mêmes couverts de sang. Son estomac se tordit. En fin de compte, tous les matins de Noël joyeux, tous les baisers, toutes les plaisanteries au dîner, tout cela n'était rien d'autre qu'une illusion. Elle se demanda quels secrets destructeurs Peg et Harry se cachaient l'un à l'autre.

— Clairement, dit Ethan en riant. Tu pars avec un léger handicap si tu ne supportes pas la vue du sang.

— Quoi ? demanda-t-elle, brusquement tirée de ses pensées.

— Est-ce que ça va ? s'enquit Ethan en la fixant d'un air inquiet.

— Oui. Désolée. J'avais la tête ailleurs.

Elle risqua un regard vers sa main tandis qu'il versait de l'iode sur la coupure, attendant une sensation de brûlure qui ne vint jamais.

— On parlait du fait que tu ferais une très mauvaise secouriste.

— Ah oui ! Quand j'étais petite, je voulais être vétérinaire. Mais je ne supporte pas de voir les animaux souffrir. Je serais incapable de les opérer, même si c'était pour leur sauver la vie.

Elle se crispa en s'entendant se confier autant. Comme toujours, sa bouche allait plus vite que son cerveau.

— Pareil pour moi, avoua alors Ethan. L'an dernier, mon labrador a été percuté par une voiture et j'ai pleuré pendant des jours. Je n'arrivais même pas à aller au lycée. Pathétique !

— Mais tu verrais les gens souffrir en étant secouriste. Ça ne te dérange pas ?

— C'est différent.

— Comment ça ?

Il haussa les épaules.

— Je ne sais pas. C'est différent, c'est tout. Les animaux sont innocents, alors que les gens, eux, sont… Disons que les animaux valent mieux que les humains.

Elle baissa les yeux sur ses cheveux noirs, ses larges épaules, sa nuque bronzée, et oublia complètement son doigt qui saignait. Il enroula un épais morceau de gaze autour de son index et ouvrit le rouleau de sparadrap, avec des gestes précis et délicats. Y avait-il un cœur et un cerveau derrière toute cette bravade et tous ces muscles ? Ou était-ce une nouvelle ruse ? Elle repensa à l'extrême politesse dont il avait fait preuve en s'adressant à Peg. Tous les adolescents qu'elle avait rencontrés et qui affichaient une telle courtoisie envers les adultes préparaient généralement un mauvais coup. Ses bonnes manières sonnaient faux. Et pourtant, à cet instant précis, elle avait l'impression de voir le véritable Ethan pour la première fois.

— Comment s'appelait ton chien ?

— Lucy. C'était une femelle.

— Je suis désolée de ce qui lui est arrivé.

— C'est gentil. Mes parents m'ont racheté un chien, un autre labrador sable. On l'a appelé Lucy Deux.

Il apposa deux morceaux de sparadrap et lui sourit. Ses yeux d'un bleu aquatique semblaient aussi profonds que l'océan. Quand elle se rendit compte qu'elle était en train de le fixer, elle se leva si brusquement qu'elle manqua de le faire tomber. Il se rattrapa à la portière de la voiture.

Au même moment, Harry et Peter les rejoignirent, glacières et chaises à la main.

— Je vois qu'elle te fait déjà tomber à la renverse, plaisanta Harry.

Ethan referma le kit de premiers secours en rougissant et se mit debout.

— J'ai perdu l'équilibre.

— Bien sûr, dit Peter en souriant. Ouvre le coffre, tu veux bien ?

Pendant qu'Ethan les aidait, Izzy prit le kit et se dirigea vers l'entrepôt. Elle lança un coup d'œil par-dessus son épaule et vit qu'Ethan la regardait s'éloigner.

La valise que Peg ouvrit ensuite appartenait à un homme dénommé Lawrence Lawrence. Lorsque Peg énonça le maigre contenu du bagage en cuir usé (*une paire de chaussures en cuir noir, des bretelles élastiques avec des boutons blancs, un bol à raser bleu et blanc, un blaireau avec des poils jaunes*), Izzy se réjouit d'avoir une excuse pour garder les yeux fixés sur son carnet. Elle se concentra pour écrire dans une calligraphie nette et bien lisible, en tentant de ne pas penser à Ethan. Quand vint le moment de disposer le contenu de la valise pour le photographier, Ethan attrapa les gants en caoutchouc d'Izzy et en ouvrit un pour l'aider à glisser son doigt blessé dedans.

Elle se sentit rougir et lui prit les gants des mains.

— Merci, mais je peux me débrouiller.

Après avoir fini d'aider Peg à placer les objets, elle retira les gants et les reposa. Ethan s'en empara et les mit dans sa poche. Lorsqu'elle en eut à nouveau besoin, elle dut les lui demander. Quand elle vit qu'il les remettait dans sa poche ensuite, elle alla en chercher une autre paire.

Pendant les trois heures qui suivirent, ils explorèrent dix valises de plus. L'une contenait des coupures d'articles d'un journal philippin, une photo de classe de la Bryant Preparatory Academy de Salt Lake City, un petit livret qui appartenait à un certain Roberto Torres, intitulé « Mes souvenirs d'école en Amérique », et un vieil uniforme de marin avec un bonnet en laine. Izzy ouvrit le livret. Une page disait : « *À l'école publique de Walbash, j'ai étudié l'anglais, la grammaire, l'arithmétique, la géographie, l'hygiène, la musique, l'orthographe et la charpenterie. J'ai beaucoup appris grâce aux travaux de Henry W. Longfellow. Il y a cinq étudiants orientaux, moi y compris.* » La dernière page du livret comportait une phrase inachevée. « *Je ne sais pas avec certitude quand je retrouverai ma liberté. Je ferai en sorte d'écrire…* »

— Je me demande si c'était son père, dit Peg en brandissant un article qui montrait un homme asiatique à l'air sévère. Ça devait être un banquier ou un homme politique, ou quelque chose comme ça.

Izzy examina une des nombreuses photos que renfermait la valise. Un jeune homme asiatique tenait un livre entre ses mains, son beau visage affichait un air à la fois calme et studieux. Un nom était écrit au crayon au verso : *Roberto Torres*. Elle n'arrivait pas à imaginer le voyage long et compliqué que Roberto avait dû entreprendre depuis les Philippines, tout cela pour finir dans un asile d'aliénés de l'État de New York.

Une autre valise contenait une bible, des images pieuses, un livre de cantiques et une lettre d'une religieuse à un évêque. Une vieille sacoche de médecin renfermait un diplôme d'infirmière et une collection soigneusement emballée de tasses à thé avec des soucoupes assorties. Une grande malle contenait des casseroles et des poêles, une lampe, un ensemble de pots en verre vert typique des années 1930 et une paire de patins à glace.

La dernière valise de la journée était une énorme malle couverte de vignettes de voyage décolorées ; l'une représentait un transatlantique noir avec les mots « Cunard – de Boston à l'Europe » inscrits en rouge, une autre disait « France » en grosses lettres devant une tour Eiffel rose, et d'autres encore évoquaient Zurich, l'Italie, le Maine, Le Caire, Londres et Bremerhaven. Peg, Izzy, Ethan et Peter se regroupèrent autour de la malle, tous perdus dans leurs pensées tandis qu'ils examinaient les planches en teck, les poignées en cuivre et les tampons effacés. C'était la plus grande de toutes, un monolithe parmi un océan de valises de taille ordinaire.

Izzy tenta de se représenter son propriétaire. Elle imagina un homme âgé, peut-être un écrivain ou un professeur, qui parcourait le monde en quête de connaissances de première main sur des cultures autochtones et des coutumes étrangères. Ou peut-être s'agissait-il d'un scientifique ou d'un archéologue qui, après avoir exploré des tombeaux égyptiens et des ruines anciennes, avait fini par être touché par les ravages de l'âge et perdre l'esprit, atteint de démence ou de la maladie d'Alzheimer. Et il s'était retrouvé à Willard, sans qu'aucun membre de sa famille se manifeste.

Peter prit des photos sous tous les angles, puis mit la malle debout avec l'aide d'Ethan. Lorsque Peg lut le nom sur l'étiquette de la poignée, Izzy fut surprise : elle appartenait à une femme. *Clara Elizabeth Cartwright*. Izzy inscrivit le nom pendant que Peg déverrouillait les serrures. Elle inspira profondément et ouvrit la malle. Quand l'intérieur leur apparut, Peg et Izzy poussèrent une exclamation de surprise.

Des plumes et des rubans en soie, des perles et des nuisettes couleur pastel, des partitions de musique et des photographies aux bords festonnés dépassaient des tiroirs à motif cachemire et à poignée en cuir. À une tringle étaient suspendus des chemisiers à volants, des jupes plissées, des robes à franges rehaussées de perles, des bas de soie, une veste en laine avec des nœuds en satin, et une robe du soir en tissu doré avec un corsage sans manche. Dans les coins, on avait glissé deux chapeaux cloches délavés, un sac à main en perles, plusieurs livres et une paire de chaussures à hauts talons. Au milieu de tout cela se trouvait une pile désordonnée de lettres encore cachetées.

— Il va nous falloir plus de place pour étaler tout ça, annonça Peg d'une voix chargée d'impatience. Ethan, peux-tu demander à Harry de nous apporter des tables supplémentaires ?

Ethan s'exécuta. Quelques minutes plus tard, lui et Harry avaient aménagé un grand espace à côté de la malle.

— Je vais chercher davantage de tissu noir dans le pick-up, prévint Ethan avant de sortir.

— Prends un autre rouleau de pellicule tant que tu y es, lança Peter derrière lui.

Pendant ce temps, Peg commença à ouvrir les tiroirs pendant qu'Izzy annotait leur contenu. *Un exemplaire de* Gatsby le Magnifique, *de F. Scott Fitzgerald – état : excellent. Un exemplaire de* L'amant de lady Chatterley, *de D. H. Lawrence – état : excellent. Un cahier de portées. Des cartes postales en provenance d'Allemagne, d'Espagne et de France – état : bon. Un boa en plumes roses. Trois colliers de perles. Quatre bracelets en argent et pierres semi-précieuses. Une photographie en noir et blanc d'une jeune femme en robe à franges assise à une table et entourée de quatre jeunes filles vêtues de la même manière, avec la mention « 18e anniversaire –* Cotton Club *» au verso. Une photographie de la même jeune femme et d'un jeune homme en smoking, avec derrière l'inscription « Bruno et moi – juillet 1929 ». Une photographie de la même jeune femme, accompagnée d'un homme et d'une femme plus âgés en borsalino, manteau en laine et manteau de fourrure et chapeau à plumes, avec l'inscription « Mère et Père – Noël 1928 ». Un journal intime à la couverture en cuir vert – état : bon.*

Sur chaque cliché, la jeune femme rayonnait. Ses cheveux au carré étaient soit détachés, soit soigneusement ramenés sous son chapeau. Elle était si jolie qu'elle aurait pu être une star de cinéma, avec ses grands yeux rehaussés de longs cils, ses hautes pommettes et sa bouche pulpeuse. Sur la photo avec ses parents, son père arborait une moustache à la russe et un air sévère. Sa mère, une petite femme à l'air pincé, regardait vers la droite, comme si elle prévoyait de s'enfuir dès que le photographe en aurait terminé. Ils n'avaient pas l'air heureux.

Alors que Peg entreprenait d'organiser le contenu de la malle, Izzy s'empara de la photographie de Clara et Bruno pour l'étudier de plus près. Il avait des cheveux sombres, une mâchoire carrée et une peau parfaite. Un bras autour de la taille de Clara, il était légèrement tourné vers elle, comme s'il était sur le point de l'embrasser sur la joue. Clara fixait l'objectif, le regard doux, un sourire joyeux aux lèvres. Izzy fixa l'image en se demandant si l'un des deux soupçonnait seulement que leurs vies ne prendraient pas la tournure qu'ils espéraient. Dans d'autres circonstances, n'importe qui tombant sur ce cliché aurait aisément pu croire qu'ils s'étaient mariés lors d'une cérémonie somptueuse avant de partir dans une limousine noire, pour vivre dans une grande maison au milieu d'une nuée de superbes enfants. Ç'aurait été facile de les imaginer vieillir ensemble et mourir heureux après avoir partagé une vie normale.

Tandis qu'elle examinait le visage de Clara, une vague de tristesse submergea Izzy. Clara savait-elle qu'elle allait devenir folle ? Que sa vie allait prendre un chemin aussi horrible ? Elle regarda Bruno, et sa peau se couvrit de chair de poule. Et lui, qu'était-il devenu ? Savait-il seulement qu'il était tombé amoureux d'une folle ? Avec un peu de chance, il était sorti indemne de cette relation.

Quand Peg rassembla les lettres pour les parcourir, tête baissée, quelque chose de laid et de sombre se tordit dans l'estomac d'Izzy. Elle ne s'était pas attendue à ça lorsqu'elle avait accepté d'aider pour les valises. Partout où son regard se posait, tout lui évoquait le tournant invraisemblable que sa propre vie avait pris. À présent, les piles de lettres lui rappelaient l'enveloppe en papier kraft cachée au fond du tiroir de sa commode, remplie de lettres, de cartes de vœux et de cartes d'anniversaire. Autant de missives de sa mère qu'Izzy refusait de lire.

Elle avait raconté à son assistante sociale qu'elle ne voulait pas savoir ce qu'elles disaient parce qu'elle détestait sa mère. Mais c'était un mensonge. Peu importait à quel point elle était en colère contre sa mère, ou la pitié qu'elle lui inspirait, ou à quel point elle redoutait de finir comme elle, elle ne la détestait pas. Pour être tout à fait honnête, sa mère lui manquait autant que son père, si ce n'était plus. Elle la revoyait encore préparer des cookies dans la cuisine baignée de soleil, planter des pensées autour du porche devant la maison, lui faire des tresses avec des rubans roses. La femme qu'Izzy aimait et qui lui manquait n'était pas la même que celle qui avait tiré sur son père. Quelque chose dans le cerveau de sa mère avait muté et l'avait transformée en autre chose. C'était la seule explication sensée. L'idée que sa mère avait perdu la raison était terrifiante, mais cela ne poussait pas Izzy à la détester pour autant. Cela la remplissait de tristesse et de peur. La seule solution à ses yeux était de se persuader que sa mère n'avait pas eu le choix dans cette histoire.

L'assistante sociale aurait cru qu'Izzy était malade si elle lui avait dit la vérité, à savoir : qu'elle ne voulait pas lire les lettres car elle craignait qu'elles ne soient contaminées, en quelque sorte. Et si elles renfermaient les divagations dérangées d'une folle ? Et si les mots de sa mère l'influençaient d'une façon ou d'une autre, la poussant sur la pente savonneuse qui menait à la folie ? La chose la plus facile à faire, la manière la plus simple de continuer à mettre un pied devant l'autre pour avancer, c'était de prétendre que les lettres n'existaient pas. Certes, elle emportait l'enveloppe marron d'une famille d'accueil à une autre, ajoutant les nouvelles lettres aux précédentes chaque fois qu'elle en recevait. Mais elle avait appris à y réagir de la même façon qu'elle réagissait à la photo encadrée de son père qu'elle conservait dans la poche extérieure de sa valise. Les lettres et la photo n'étaient que des affaires, des objets parmi le peu de choses qu'elle possédait, un peu comme ses sous-vêtements ou un jean : rien qui vaille la peine d'être mentionné.

Mais il y avait une différence entre les lettres de Clara et celles d'Izzy : les enveloppes mises au jour dans la malle de Clara ne comportaient ni timbre ni tampon. Autrement dit, elles n'avaient jamais été expédiées.

— Elles sont toutes adressées à la même personne, fit remarquer Peg.

— Bruno ? risqua Izzy.

Peg haussa les sourcils.

— Oui ! Bruno Moretti ! Comment as-tu deviné ?

Izzy lui tendit la photo de Clara et Bruno. Peg s'en empara, les yeux plissés.

— Quel joli couple !

— Je me demande ce qui s'est passé. Elle a l'air tellement… normale. Et heureuse.

— Avec un peu de chance, nous réussirons à le découvrir.

— Peut-être qu'on trouvera des pistes là-dedans.

Izzy attrapa le journal intime. Le cuir vert de la couverture était estampé de fleurs de lys et son arête était noire et vernie. Elle ouvrit le carnet et se mit à lire à voix haute.

— *Janvier 1925. Cher journal, je suis actuellement en Suisse. Maman m'a offert ce journal dans un beau magasin d'Engleberg. Comme j'aimerais vivre ici… William et moi nous amusons follement à explorer les environs. J'adore les montagnes et les chalets. Mère et Père semblent heureux ici, eux aussi. Mais nous devons rentrer à la maison demain.*

Izzy tourna les pages jusqu'à la dernière entrée.

— *Mon père me fait transférer à Willard. Je me demande si je dois avoir peur…*

Izzy regarda Peg, la gorge nouée. Quel événement catastrophique avait pu pousser cette jeune femme à atterrir dans un lieu comme Willard ? À moins d'un terrible hasard, quelle maladie sous-jacente et inexplicable l'avait poussée vers la folie ? Pourquoi son propre père l'avait-il envoyée dans un asile ? Avait-elle paru normale l'espace d'une minute, puis hystérique l'instant d'après ? Lui était-il arrivé quelque chose, ou était-il arrivé quelque chose à Bruno ? Clara avait-elle tiré sur l'amour de sa vie dans un accès de folie ou de jalousie enragée ?

Ethan réapparut, avec davantage de tissu noir et un nouveau rouleau de pellicule. Izzy posa le journal et se remit en devoir de disposer les photographies et les cartes postales, tout en tentant de ravaler ses larmes. Elle jura entre ses dents lorsque son nez commença à couler et s'essuya d'un revers de main, en espérant que personne ne le remarquerait. Son regard croisa alors celui d'Ethan. Il l'observait, les sourcils froncés.

CHAPITRE 6

Clara

Sur la banquette arrière de la DeSoto vrombissante, Clara regardait par la vitre, la couverture de l'infirmière Yott enroulée autour des jambes. Le soleil couchant illuminait la fine couche de nuages qui flottait dans le ciel et la teintait de touches plumeuses de rose et de lavande. Dans le lointain, les bâtiments et les arbres devenaient de plus en plus sombres, se transformant en silhouettes qui contrastaient avec les cieux pastel. D'après Clara, c'était l'heure de la journée à laquelle on pouvait voir l'incarnation terrestre du paradis et de l'enfer, de la lumière et de l'obscurité, du bien et du mal. La terre et tout ce qu'elle accueillait se paraient de noir pendant ces dernières minutes de luminosité, comme si le mal dominait brièvement le monde avant que les étoiles et la lune ne viennent illuminer le ciel nocturne pour rappeler à tout être et à toute chose que la lumière et la bonté existaient bel et bien dans l'univers, qu'il y avait bel et bien de l'espoir et un paradis. À présent que le monde était sur le point d'être entièrement recouvert d'un manteau obscur, Clara imagina Mr. Glen continuant à conduire, encore et encore, jusqu'à ce que la nuit les engloutisse. Elle fouilla du regard le ciel pâle en quête de la première étoile et poussa un petit soupir de soulagement lorsqu'elle aperçut un point scintillant au-dessus des branches dénudées d'un arbre.

Après six heures d'un silence quasi complet, Mr. Glen annonça qu'ils étaient arrivés à l'asile de Willard. L'infirmière May était assise près de Clara, raide comme un piquet. Les mains sur les genoux, elle arborait un air pincé et regardait droit devant elle. Trois heures plus tôt, Clara avait supplié Mr. Glen de s'arrêter à une station-service ou dans un restaurant en bord de route afin d'aller aux toilettes. Elle avait espéré avoir ainsi une chance de s'échapper, peut-être par la porte de derrière d'un restaurant ou par la fenêtre des toilettes des dames. Mais l'infirmière ne l'avait pas lâchée d'une semelle, allant jusqu'à entrer avec elle dans les toilettes de la station-service pour attendre, en faction à l'extérieur de la cabine, que Clara ait fini de se soulager.

Clara avait balayé les lieux du regard après s'être lavé les mains, en quête désespérée d'un objet avec lequel elle aurait pu frapper l'infirmière May à la tête. Mais tout ce qu'elle avait trouvé, c'était une corbeille en osier, bien trop légère pour faire le moindre dégât. De plus, Clara n'était pas sûre d'être capable de lui faire du mal.

Lorsqu'elle avait aperçu son reflet dans le miroir des toilettes, elle avait cru qu'une étrangère la regardait. Jusqu'à ce qu'elle voie ses traits fatigués et ses cheveux ébouriffés, elle avait réussi à croire que les événements des dernières heures arrivaient à quelqu'un d'autre. Elle s'était sentie comme déconnectée, certaine que tout cela aurait une fin, comme un cauchemar ou une mauvaise plaisanterie. Quelqu'un ou quelque chose la sortirait de ce mauvais pas, elle en était sûre. Après tout, elle était Clara Elizabeth Cartwright, fille de l'héritière de *Bridge Bros. Clothing Emporium* et du propriétaire de la *Swift Bank*. Elle adorait les chewing-gums Teaberry, les dalmatiens, le rouge à lèvres parfumé à la cerise et danser le charleston. Ce genre de choses n'arrivait pas aux gens comme elle.

Mais en voyant ses yeux rentrés dans leurs orbites et sa peau pâle, elle avait compris que tout cela lui arrivait bel et bien. On l'envoyait à l'asile. Voilà la direction que sa vie avait prise. Il semblait désormais impossible d'imaginer que ces lèvres étaient les mêmes que celles que Bruno embrassait, que ces joues étaient les mêmes que celles qu'il caressait avec tendresse. Que voyaient les médecins et les infirmières lorsqu'ils la regardaient ?

Après l'arrêt à la station-service, ils avaient effectué le reste du trajet en silence, à l'exception des moments où Mr. Glen sifflotait une chanson d'une comédie musicale de Broadway ou un morceau de jazz. La pluie tombait à verse sur le toit de la voiture et le vent s'infiltrait en hurlant à travers le moindre interstice, tels des esprits en colère qui voulaient désespérément entrer dans une maison.

Mais juste avant leur arrivée, la pluie s'était arrêtée et il faisait encore suffisamment jour pour que Clara distingue la forme de plusieurs granges, ainsi que ce qui ressemblait à des vergers et à des champs de culture. Elle pouvait voir des rangées de tiges de maïs brunies et de blé jaune, comme des broderies sortant de terre. À l'extérieur des granges, des cochons et des vaches cherchaient à manger dans leur enclos et un petit troupeau de chevaux paissaient dans la pâture. Plus loin, elle identifia des poulaillers, un atelier de forgeron et plusieurs bâtiments d'allure industrielle. Elle sursauta quand Mr. Glen prit la parole.

— L'asile de Willard a été construit en 1869 et a grandi jusqu'à devenir un village assez important. Les patients travaillent à la ferme et au chemin de fer, et notre boulangerie et nos cuisines fournissent la plus grande partie de la nourriture nécessaire aux patients et au personnel. Nous avons nos propres vergers et cultivons nos propres récoltes, et nos ateliers produisent des vêtements, des chaussures et même les cercueils en pin dans lesquels sont enterrés les patients, au cimetière de Willard.

Les cheveux dans la nuque de Clara se hérissèrent. Elle n'aurait jamais imaginé que l'on puisse *mourir* à Willard. Elle pensait que les patients recevaient l'aide nécessaire avant d'être renvoyés chez eux. Pourquoi un asile avait-il besoin d'un cimetière ?

— Qu'est-il arrivé aux patients qui sont morts ? demanda-t-elle d'une petite voix.

— Toutes sortes de choses. Tuberculose, typhus, choléra, vieillesse…

— Vieillesse ? répéta Clara.

— Bien sûr. Certains patients passent des décennies à Willard.

— Ce n'est pas la peine d'aborder de tels sujets, Mr. Glen, intervint l'infirmière May d'une voix austère.

Clara déglutit péniblement et ramena la couverture sur ses épaules.

Après avoir dépassé un chantier ferroviaire où une dizaine d'hommes poussaient des brouettes pleines de charbon en direction d'une centrale électrique, elle vit, dans le lointain, de sombres silhouettes de bâtiments grands comme des usines. Ils étaient rattachés à une énorme structure centrale de trois étages aux airs de manoir titanesque. Alors que la voiture se rapprochait des édifices, elle aperçut des lumières aux grandes fenêtres sans rideaux, ainsi que des silhouettes qui bougeaient, marchaient, se penchaient ou restaient immobiles. Des barreaux barricadaient les fenêtres. L'estomac de Clara se noua.

Au même moment, Mr. Glen commença à siffler *Someone to Watch Over Me* et le cœur de Clara se serra dans sa poitrine. Lorsque l'infirmière May commença à fredonner en chœur, Clara eut envie de hurler. *Ont-ils fait exprès de choisir cette chanson ? Est-ce la première étape de leur plan pour me rendre folle ?* Elle enfonça ses ongles dans ses paumes. Elle devait être en train de rêver et la douleur la réveillerait. Mais ceci n'était pas un cauchemar. C'était la vraie vie. Sa vie. Bientôt, elle serait de l'autre côté de ces fenêtres, à regarder dehors, sans personne pour la protéger. Une pointe de nostalgie la transperça si violemment qu'elle faillit pousser un cri de douleur.

Dehors, les bâtiments semblaient s'étendre à l'infini, une aile après l'autre, telles des marches latérales qui menaient au bâtiment central. Elle tenta d'imaginer combien de pauvres âmes souffraient derrière les murs de brique de Willard. À en juger par le nombre d'édifices et de fenêtres, le chiffre devait être impressionnant. La panique qui lui étreignait déjà la gorge se transforma en un ouragan dans le creux de son estomac.

La DeSoto cahotait le long de la route pleine d'ornières. Ils tournèrent à gauche et longèrent la façade de la colossale structure. Sur la droite, la pelouse descendait en pente douce. Il faisait trop noir pour en voir beaucoup plus. Au loin, ce qui ressemblait à un banc de nuages était niché dans une vallée blottie entre deux coteaux. Puis elle vit des lumières se refléter dans la vallée et comprit qu'elle regardait une étendue d'eau.

Mr. Glen arrêta la voiture devant le bâtiment victorien titanesque, bordé d'une douzaine d'ailes de chaque côté. Un double escalier menait à la porte d'entrée et des lumières brillaient aux fenêtres. L'une des portes gigantesques s'ouvrit et un homme en costume sombre surgit sous le portique en pierre. Mr. Glen coupa le moteur et sortit du véhicule.

— Attendez, je fais le tour pour vous escorter, dit l'infirmière May à Clara.

Celle-ci sentit le goût acide de la peur au fond de sa gorge. Ses jambes et ses bras étaient secoués de tremblements et des gouttelettes de sueur se formaient au-dessus de sa lèvre supérieure. En dépit du fait qu'elle avait soudain monstrueusement chaud, elle boutonna son manteau, comme pour renforcer sa seule couche de protection. Mr. Glen s'empara des bagages de Clara dans le coffre et ouvrit la portière. L'infirmière May apparut et Clara descendit de la voiture, les yeux rivés au bâtiment monolithique qui se dressait devant elle. Une plaque en marbre sculpté au-dessus du portique annonçait « Chapin Hall ». Quand Clara vit les fenêtres aux allures de vitraux de cathédrale, les énormes cheminées et la coupole, sa bouche s'asséchа. C'était un château. Une forteresse. Une prison sans échappatoire. Et l'on s'apprêtait à l'emmener à l'intérieur.

L'homme descendit les marches et vint à leur rencontre.

— Avez-vous fait bonne route ? demanda-t-il à Mr. Glen.

Il salua l'infirmière d'un hochement de tête, puis regarda Clara des pieds à la tête, les mains dans le dos. C'était un homme petit et maigre, avec un bouc méticuleusement taillé et des sourcils bas. Ses cheveux sombres ramenés en arrière dégageaient les traits de son visage hâlé. Son costume bleu marin lui allait comme un gant, son col montant blanc était immaculé et ses chaussures en cuir reflétaient la lumière des lampes à huile du porche.

— Nous avons eu très mauvais temps à l'aller, mais ça s'est amélioré au retour, répondit Mr. Glen.

— Bien, bien. Et cette jeune fille doit être Clara ?

— Clara Elizabeth Cartwright, Dr. Roach, annonça l'infirmière May. Dix-huit ans, en bonne condition physique.

Elle garda les yeux rivés sur le médecin, comme si elle attendait une marque de reconnaissance.

— Vous a-t-elle causé le moindre problème ? demanda le docteur Roach à Mr. Glen, en ignorant le regard appuyé de l'infirmière. Y a-t-il besoin de la mettre à l'isolement ?

— Non, monsieur. Elle s'est tenue parfaitement tranquille.

— Bien, bien. Amenez-la à l'intérieur, nous allons l'installer.

Clara serra les dents. Une douleur grandissante palpitait sous son crâne. Ils parlaient d'elle comme si elle n'était pas là, comme si elle était un être inférieur qui n'entendait rien et ne ressentait rien. Elle tendit la main, dans l'espoir de montrer au médecin qu'elle n'avait pas sa place là.

— Ravie de vous rencontrer, Dr. Roach, dit-elle en se forçant à sourire.

Le médecin se raidit et fixa sa main tendue, les bras toujours dans le dos. L'infirmière ramena brusquement le bras de Clara le long de son corps, les lèvres retroussées dans un rictus de dégoût.

— Gardez votre poignée de main pour vous, ordonna-t-elle.

Le docteur Roach tourna les talons et remonta l'escalier. Mr. Glen fit signe aux femmes de l'imiter. Clara resta enracinée au trottoir, à se demander si elle devait partir en courant. Elle serait peut-être en mesure de semer l'infirmière May, mais elle était presque certaine que Mr. Glen la rattraperait en quelques foulées. L'infirmière la poussa dans le dos et lui intima l'ordre d'avancer. Clara la fusilla du regard et se mit en route vers Chapin Hall.

Le docteur Roach tint une des doubles portes ouverte et attendit que les autres entrent. Ses yeux plissés fixaient Clara, comme s'il redoutait qu'elle ne tente à nouveau de le toucher. À l'intérieur, Mr. Glen et l'infirmière May ôtèrent leurs manteaux et les accrochèrent à un portemanteau en fer. Clara ne fit pas un geste pour retirer le sien.

— Elle peut garder son manteau pour l'instant, dit le docteur Roach sans s'adresser à personne en particulier, sa voix résonnant dans le grand vestibule en pierre. Nous allons l'emmener au pavillon B des femmes. Mr. Glen, apportez ses bagages, je vous prie.

Le médecin traversa le vestibule, les mains dans le dos, ses chaussures claquant sur le sol en marbre blanc. Une infirmière assise derrière un guichet leva brièvement la tête sur leur passage. Le plafond était à au moins six mètres de haut, avec un dôme en vitraux en son centre, flanqué de lustres à gaz éteints, ornés de feuilles en cuivre et de globes en verre taillé. Une cimaise en marbre faisait le tour de la pièce et des images de terres agricoles pastorales et de montagnes couvertes de neige ornaient les murs vert olive. Un divan et plusieurs fauteuils trop rembourrés étaient disposés près des fenêtres qui montaient du sol au plafond de chaque côté de la porte d'entrée. Au fond du vestibule, un majestueux escalier en acajou menait au premier étage. La décoration rappela à Clara la maison de ses parents, mais dans des proportions bien plus impressionnantes. Elle se mit à trembler, ses jambes menaçant de se dérober sous elle.

Le docteur Roach les guida jusqu'à un petit couloir avec plusieurs portes et s'arrêta devant la première sur la droite.

— Infirmière May, veuillez emmener Clara à l'intérieur et l'aider à choisir une paire de chaussures pratiques, des sous-vêtements et trois robes simples parmi ses affaires. Pas de bas et nous lui fournirons des vêtements de nuit. Mettez le reste de ses affaires au garde-meuble et assurez-vous de garder son manteau d'hiver et ses bottines pour les activités en extérieur.

— Oui, Dr. Roach, répondit sèchement l'infirmière.

Elle ouvrit la porte et entraîna Clara dans un vestiaire, en marmonnant entre ses dents. Mr. Glen les suivit, posa la malle sur une longue table avec un grognement, puis laissa les deux femmes seules. L'infirmière ferma la porte et s'assit sur une chaise contre le mur opposé, les bras croisés.

— Vous avez entendu le médecin. Dépêchez-vous !

Clara inspira profondément et déverrouilla les loquets de sa malle, en priant pour que les lettres ne se déversent pas. Elle se colla à la table pour tenter de bloquer la vue de l'infirmière et ouvrit le couvercle. Devait-elle prendre quelques lettres et les cacher dans sa poche, ou aurait-elle accès à sa malle plus tard, auquel cas elle pourrait convaincre quelqu'un de les expédier ? Mais... et si l'infirmière May la surprenait et confisquait les lettres ? Pour une raison quelconque, son humeur s'était considérablement assombrie depuis leur arrivée. Clara préféra ne pas prendre le risque. Pour le moment, les lettres resteraient à leur place.

Une enveloppe avec le nom de Bruno était au-dessus de son chemisier en soie. Elle plia le chemisier et l'enfonça dans la pile de vêtements. Elle sortit ses chaussures de marche marron d'un tiroir et les posa sur la table, puis se mit en quête de sous-vêtements et de trois robes, en tentant de ne pas déranger le reste. Lorsqu'elle vit la robe à franges couleur pêche qu'elle avait portée le soir de sa rencontre avec Bruno, sa gorge se serra. Danserait-elle de nouveau avec lui un jour ?

Enfin, elle trouva ce qu'elle cherchait : une robe en coton bleu avec un col rond brodé, une jupe marron et un chemisier rose, et une robe d'intérieur jaune unie. Elle les étala sur la table. Au même moment, l'infirmière se leva. Clara ferma rapidement la malle, remit les loquets en place et plaça ses vêtements sur son avant-bras.

— Est-ce que cela conviendra ?

L'infirmière examina brièvement les tenues, puis s'en empara.

— Ça ira, dit-elle d'un air pincé.

Elle jeta les robes sur la table, ouvrit la porte et ramena Clara dans le vestibule, où Mr. Glen et le docteur Roach, désormais vêtu d'une blouse blanche, attendaient. Une autre infirmière aux cheveux roux bouclés les accompagnait. De haute taille et large d'épaules, elle avait un cou épais et ses joues semblaient bouffies, comme deux ballons trop gonflés. Ses yeux plissés étaient enfoncés dans son visage joufflu et son rouge à lèvres carmin contrastait avec sa peau pâle, tel du sang sur de la neige. Même si ses traits étaient ceux d'une personne obèse, elle n'était pas grosse. Elle avait, certes, un physique imposant, mais ses jambes et ses bras n'étaient que muscles. Elle avait un carré de tissu blanc sous le bras.

— Mr. Glen, veuillez ramener la malle de Clara dans l'entrée, ordonna le médecin. Nous nous en occuperons demain matin.

— Oui, monsieur.

— Infirmière May, vous pouvez retourner dans le quartier des infirmières.

Pour la première fois depuis leur arrivée, le médecin regarda l'infirmière dans les yeux. Elle lui sourit, mais il détourna rapidement le regard, la mâchoire serrée.

— L'infirmière Trench va prendre la relève.

— Dois-je occuper la chambre habituelle, Dr. Roach ? demanda l'infirmière May avec des yeux brillants.

— Vous pouvez dormir dans la chambre qu'il vous plaira.

Enfin, il lui fit l'aumône d'un sourire, qui relevait davantage du rictus suffisant. L'infirmière May hocha la tête, rougissante. Elle se pâma devant le médecin plus longtemps que nécessaire, tandis qu'un accord tacite passait entre eux. L'infirmière géante s'éclaircit la gorge. L'autre baissa les yeux et partit en direction de l'entrée.

— Nous allons installer Clara pour la nuit, indiqua le docteur Roach. Nous nous occuperons des papiers demain. Il est presque l'heure de l'extinction des feux et nous ne voulons pas bousculer les horaires.

— Oui, docteur.

Le médecin commença à remonter le couloir.

— Par ici, dit-il à Clara en l'invitant à le suivre d'un geste de la main.

Clara se mordit l'intérieur de la joue et lui emboîta le pas. Tout son être vibrait, comme si un courant électrique le parcourait. Ses bras et ses jambes frémissaient comme si elle avait mis le doigt dans une prise. Où l'emmenaient-ils ? Partagerait-elle une chambre avec une autre patiente, ou serait-elle seule ? C'était déjà assez dur d'être envoyée là et de ne pas savoir ce qui allait lui arriver ni combien de temps elle allait rester, alors si, en plus, on l'obligeait à partager une chambre avec une étrangère qui était peut-être violente ou dérangée…

Elle pressa le pas pour suivre la cadence du docteur Roach et de l'infirmière Trench, les poings serrés dans les poches de son manteau. Au bout du couloir, ils tournèrent à gauche, puis s'arrêtèrent devant une porte en fer à rivets avec une petite fenêtre grillagée. Le docteur Roach s'écarta tandis que l'infirmière déverrouillait la porte et l'ouvrait, la faisant grincer sur ses gonds. Le médecin fit signe à Clara d'entrer, puis la suivit dans le couloir froid.

Une odeur prenante d'urine et de javel envahit les narines de Clara. En proie à un haut-le-cœur, elle plaqua une main sur son nez et sa bouche, sans cesser d'avancer. Elle regrettait de ne pas avoir tenté de prendre la fuite lorsqu'elle en avait eu l'occasion. Elle aurait pu essayer. Cela aurait toujours mieux valu que de les laisser l'entraîner à l'intérieur de cet horrible endroit.

Le long couloir était assez large pour accueillir deux trains côte à côte. Un nombre incalculable de portes s'alignaient le long des murs. Décidément, chaque bâtiment de Willard semblait avoir été construit pour des géants. Au milieu du couloir, une porte s'ouvrit à la volée, et deux aides-soignants entraînèrent une femme hors d'une chambre. Ses cheveux filasse entouraient son visage grimaçant et le bas de sa chemise de nuit mouillée collait à ses jambes nues. Une infirmière sortit précipitamment de la chambre et suivit les aides-soignants tandis qu'ils emportaient la femme dans la direction opposée, la portant et la traînant à la fois. La femme criait et tentait de poser les pieds à terre sans y parvenir.

Clara se figea, le cœur battant. Le docteur Roach hésita et lui lança un regard. Sans perdre une seconde, l'infirmière Trench referma son immense main autour du bras de Clara et la tira en avant.

— Venez ! ordonna-t-elle d'une voix ferme.

Clara tenta de se dégager de l'étreinte de l'infirmière, mais c'était mission impossible. Elle avançait tel un bulldozer, indifférente à la résistance de Clara, le visage imperturbable, comme si elle emmenait un caniche récalcitrant en promenade. À travers une porte ouverte sur la gauche, Clara aperçut des patientes qui appelaient depuis ce qui ressemblait à des lits à barreaux surdimensionnés avec des couvercles cadenassés. Clara eut le sentiment qu'elle allait vomir.

Au bout du couloir, ils tournèrent de nouveau à gauche et passèrent une autre porte en fer, qui donnait sur un autre couloir strictement identique au premier. Ils s'arrêtèrent devant la quatrième porte à gauche et l'infirmière lâcha le bras de Clara.

— Donnez-moi votre manteau.

Avec des mains tremblantes, Clara déboutonna son manteau et le retira. Heureusement, elle avait revêtu un gilet avant de quitter l'hospice de Long Island, sans toutefois savoir qu'il ferait si froid à Willard.

— Et vos bottines.

Clara ôta ses chaussures. En dépit de ses bas, le sol était glacé sous ses pieds.

— Amenez-la dans mon cabinet demain matin pour que je l'examine, dit le docteur Roach.

— Comptez sur moi, docteur.

— Parfait. Nous sommes là pour vous aider, Clara, ne l'oubliez pas. Vous n'avez rien à craindre.

Puis il adressa à Clara un bref hochement de tête et remonta le couloir à pas rapides.

L'infirmière Trench le regarda s'éloigner en faisant claquer sa langue contre son palais. Elle pinça les lèvres et secoua la tête, un voile recouvrant momentanément son visage bouffi, avant d'ouvrir la porte et d'entrer dans la chambre. Le ventre noué, Clara la suivit à pas lents, les mains croisées tandis que son cœur battait la chamade.

L'odeur d'excréments et d'urine était si dense que Clara descendit sa manche de gilet sur sa main et la plaqua sur sa bouche. La pièce glaciale accueillait des dizaines de lits scellés au sol, tous pourvus d'oreillers et de draps crasseux et de matelas de crin de cheval. Les patientes étaient assises sur leurs lits ou éparpillées dans la pièce, vêtues de chemises de nuit, sans sous-vêtements, les formes affaissées de leurs poitrines tombantes clairement discernables. Certaines portaient des gilets et des chaussettes, mais la plupart étaient pieds nus. Plusieurs étaient dans des camisoles de force. Une patiente était assise dans un coin, une poupée en piteux état dans les bras qu'elle cajolait en lui chantant une berceuse. Deux femmes se tenaient près des fenêtres grillagées, l'une regardant dans la nuit et l'autre se cognant la tête contre les barreaux. Une fine couche de givre recouvrait les vitres.

— Extinction des feux ! cria l'infirmière Trench.

Les patientes se ruèrent vers leurs lits. La femme à la poupée se redressa sur ses jambes maigres et gagna la couche la plus proche, glissant la poupée sous son gilet élimé. L'infirmière Trench observait en silence. Une fois toutes les femmes assises ou allongées, il ne resta plus qu'un lit disponible, à côté de la femme avec la poupée. Entre les draps décolorés et l'oreiller de travers et chiffonné, l'état de la couche laissait à penser que quelqu'un y avait déjà dormi. L'infirmière tendit à Clara le carré de tissu sous son bras. C'était une chemise de nuit.

— Enfilez ça, ordonna-t-elle.

La respiration de Clara s'accéléra.

— Ici ?

— La première règle à Willard, c'est « Faites ce qu'on vous dit ». Obéissez et nous nous entendrons très bien.

— Y a-t-il des toilettes à proximité ? Un endroit où je pourrais me changer en privé ?

L'infirmière sourit. L'un des coins de sa bouche se souleva plus haut que l'autre.

— La deuxième règle à Willard, c'est « Ne posez pas de question ».

Clara baissa les yeux et se détourna des autres patientes, les jambes et les bras en coton. Elle retira ses bas et son gilet, puis passa sa robe au-dessus de sa tête et la laissa tomber à terre. Elle voulut s'emparer de la chemise de nuit, mais l'infirmière secoua la tête.

— Il faut tout retirer.

Clara ôta sa culotte et sa brassière. Un bras sur sa poitrine, elle tendit sa main libre. Cette fois, l'infirmière lui donna la chemise de nuit. Clara enfila le fin morceau de tissu et s'agenouilla pour récupérer ses affaires, avant de se figer. Tremblante, elle dévisagea l'infirmière.

— Je peux ? demanda-t-elle en montrant ses vêtements du doigt.

— Je ne suis pas sans cœur.

Clara ramassa son gilet et glissa les bras dans les manches, heureuse que la laine soit encore chaude.

— N'oubliez pas ce que le docteur Roach a dit, conseilla l'infirmière. Nous sommes là pour vous aider. Mais c'est difficile d'aider une personne lorsqu'elle ne respecte pas les règles.

Clara se dirigea vers son lit, en proie à une nausée latente. Elle déglutissait encore et encore, dans l'espoir de ne pas vomir. La femme qui occupait le lit d'en face oscillait d'avant en arrière en émettant un petit son aigu. Une autre se tirait les cheveux, s'arrachant de longues touffes sales en riant. Clara s'assit sur son lit, son nez toujours enfoui dans sa manche.

— Extinction des feux ! cria de nouveau l'infirmière Trench.

Les femmes s'allongèrent et remontèrent leurs couvertures jusqu'à leurs mentons. Le corps de Clara se crispa de dégoût lorsqu'elle toucha les draps. Allongée sur le dos, elle n'arrivait pas à se résoudre à poser la joue sur son oreiller.

— Et restez dans votre lit ce soir, Charlotte ! cria l'infirmière.

Puis la pièce fut plongée dans l'obscurité.

L'infirmière Trench sortit et referma la porte avec un claquement sourd et irrévocable. La clé tourna dans la serrure. Alors, tout autour de Clara, les femmes commencèrent à faire du bruit : elles gémissaient, toussaient, chantaient, sifflaient, marmonnaient, sanglotaient. Clara entendit le grincement des ressorts du sommier en dessous d'elle et sentit quelque chose lui effleurer le bras.

Quelqu'un se tenait au pied du lit, le souffle court. Clara tira la couverture sale par-dessus sa tête et se roula en position fœtale. Elle couvrit son visage de ses mains tremblantes. Secouée par des sanglots, elle se mit à prier pour que le matin arrive le plus vite possible.

CHAPITRE 7
Izzy

La nuit suivant l'ouverture de la première série de valises, Izzy était sur son lit en tee-shirt et petite culotte, à tenter de court-circuiter ses pensées en regardant des vidéos sur MTV. Mais ça ne servait à rien. Tous les jeunes couples qui s'embrassaient lui rappelaient Clara et Bruno. Et Ethan. Et ses parents. Sa coupure au doigt lui faisait mal, et la douleur lui rappelait Ethan agenouillé devant elle. Elle repensait à ses gestes délicats et à ses cheveux noirs, à son sourire en relevant la tête vers elle. *Il a une copine. Et même s'il n'en avait pas, il vaut mieux qu'il soit avec quelqu'un d'autre. De toute façon, c'est un crétin arrogant, tu te souviens ? Il aide sa copine à harceler les gens. Pourquoi est-ce que tu penses à lui, d'abord ?*

À minuit, elle éteignit la télévision et s'allongea sur le ventre, en espérant glisser vers l'inconscience bénie du sommeil. Mais, en dépit de sa fatigue, le visage d'Ethan flottait derrière ses paupières closes. Ses épaules carrées, ses yeux à l'éclat argenté. Puis le visage d'Ethan prit la forme de celui de son père. Ses yeux fixant le vide, sa tête qui saignait. Izzy sortit de son lit et ouvrit la fenêtre pour laisser entrer un peu d'air frais. *Est-ce que ça commence comme ça ? Est-ce que c'est comme ça qu'une personne devient lentement malade ? Les mêmes images et les mêmes pensées envahissent son cerveau encore et encore et elle n'arrive pas à les repousser ? Qu'est-ce qui ne va pas chez moi ?*

Elle alla dans la salle de bains, se re-brossa les dents, but un verre d'eau et regarda dans le miroir. Elle avait les yeux gonflés et rougis d'avoir pleuré un peu plus tôt. Willard, les valises, Clara, tout cela la touchait de trop près. Si elle avait su que ce projet lui rappellerait toutes les terribles choses qu'elle tentait d'oublier, elle se serait défilée, même si elle redoutait affreusement de décevoir Peg et Harry.

Cela l'étonnait que, après tant de temps, le souvenir de ses parents et les horribles images de ce qui s'était passé cette nuit-là aient encore un tel pouvoir. Elle avait presque 18 ans. Elle aurait dû être capable de laisser tout cela derrière elle, de ranger ces souvenirs dans un coin de sa tête avec le reste de son passé et d'avancer. Et pourtant, chaque fois qu'elle pensait à son père et à sa mère, elle avait le sentiment de redevenir la petite fille de 7 ans terrifiée, confuse et abandonnée. Et puis il y avait la peur de finir comme sa mère, de passer le restant de ses jours seule et enfermée, dans un asile ou une prison. C'était ça qui l'avait fait pleurer, dans le fond.

Comment pourrait-elle un jour mener une vie normale avec tous ces gènes cauchemardesques tapis dans son organisme qui attendaient de faire leur apparition ? Comment pourrait-elle construire une relation ou se marier, en sachant qu'elle mettrait peut-être quelqu'un d'autre en danger ? Comment pourrait-elle devenir mère, en sachant qu'elle serait susceptible d'abandonner ses enfants sans prévenir ?

Elle effleura les cicatrices de ses avant-bras en résistant à l'envie d'enfoncer ses ongles dans sa peau. *Non*, pensa-t-elle en fermant les yeux pour ne pas pleurer. *J'ai parcouru un trop long chemin pour revenir en arrière*. Elle agrippa le rebord du lavabo, si fort que ses jointures blanchirent. *Je ne céderai pas. Je ne laisserai pas mon passé déterminer mon avenir. Je ne suis pas comme ma mère*.

Elle prit une grande respiration et s'aspergea le visage d'eau avant de retourner sur son lit. Une fraîche brise nocturne entrait dans sa chambre. Elle éteignit la lumière, ferma les yeux et commença à compter à rebours. Toutes les méthodes étaient bonnes pour barrer le passage aux images et aux pensées qui assaillaient son esprit.

Puis quelque chose percuta sa fenêtre. Elle rouvrit les yeux. Le bruit retentit de nouveau. C'était comme si des ongles tapotaient contre la vitre. Elle s'assit dans son lit. Deux claquements résonnèrent à nouveau. Elle alluma la lumière.

— Izzy ? souffla une voix masculine dehors.

Elle éteignit, se leva et s'enveloppa dans une couverture. Alors qu'elle s'approchait de la fenêtre, un autre bruit la fit sursauter.

— Izzy ! appela à nouveau la voix, plus insistante.

Elle regarda par la fenêtre. La pleine lune faisait naître de longues ombres dans l'herbe, qui avaient la forme de personnes alignées en rang près de la corde à linge, leurs vêtements gonflés par le vent, leurs longs cheveux en bataille volant comme des drapeaux. Le cœur d'Izzy bondit dans sa poitrine. Sa première pensée fut qu'un gang de pirates zombies du film d'horreur *Fog* de John Carpenter l'espionnait. Mais il ne s'agissait que des silhouettes sombres des branches et des feuilles d'un arbre. Elle resserra la couverture autour de ses épaules.

— Ici ! appela la voix.

Izzy se rapprocha de la fenêtre et scruta l'allée en gravier. Ethan était posté au coin du garage. En la voyant, il laissa tomber les cailloux qu'il avait à la main, et braqua une lampe torche sous son menton. Il sourit de toutes ses dents et la lumière fit naître des ombres sous ses yeux et son nez, comme le visage noir et blanc d'un masque d'Halloween.

Izzy se pencha par la fenêtre.

— Qu'est-ce que tu fais ici ? demanda-t-elle en essayant d'ignorer les battements de son cœur.

— Je t'ai apporté un cadeau.

Il brandit quelque chose de plat et carré, de la taille d'un livre de poche.

— On est au milieu de la nuit ! Tu es cinglé ?

Ah non, ça, c'est moi ! Pardon.

— Descends !

— Non ! Tu vas m'attirer des ennuis !

Une voiture tourna au coin de la rue. Ses phares balayèrent la pelouse et l'allée. Ethan se tapit derrière le garage, puis sortit de sa cachette une fois la voiture repartie.

— Viens. Ça ne prendra qu'une minute, je te le promets.

Izzy se mordit la lèvre. Que fabriquait-il ici ? Qu'est-ce qu'il pouvait bien avoir pour elle ? On était samedi soir. Pourquoi n'était-il pas avec Shannon ? Son cœur s'emballa. Et si c'était une ruse ? Si Shannon était en bas, elle aussi, pour lui tendre un nouveau piège ?

— Je ne descends pas. Tu ferais mieux de partir.

— Sérieusement ? demanda-t-il avec incrédulité. Je viens lancer des cailloux contre ta fenêtre au milieu de la nuit avec une surprise pour toi, et tu me dis de m'en aller ? Je croyais qu'on était amis.

Alors qu'Izzy s'apprêtait à lui rétorquer qu'il pouvait toujours lui donner sa surprise au lycée, il changea de tactique.

— Si tu ne descends pas, je sonne à la porte.

Izzy soupira, résignée.

— Donne-moi une minute.

Elle ferma les rideaux, jeta sa couverture sur le lit et mit un short. Alors qu'elle se dirigeait vers la porte, elle fit demi-tour et alla à la salle de bains pour inspecter son reflet. Elle avait les cheveux emmêlés et son mascara avait coulé. Elle fit de son mieux pour retirer les traces de maquillage du bout de son index mouillé, puis se passa un coup de brosse et ramena ses cheveux en queue de cheval. Elle se précipita ensuite vers sa commode en quête d'un sweat à enfiler par-dessus son tee-shirt.

Dans la cuisine, au rez-de-chaussée, elle prit ses sandales, ouvrit la porte coulissante du patio et traversa, sur la pointe des pieds, la terrasse de derrière. Une fois dans l'herbe, elle enfila ses chaussures et gagna le garage à pas rapides. Heureusement, la chambre de Peg et Harry se situait de l'autre côté de la maison, alors ils n'avaient sûrement rien entendu. Ethan l'attendait. Adossé contre les bardeaux en cèdre, il lisait un petit livre à la lumière de sa lampe torche. Lorsqu'il vit Izzy, il le ferma et se redressa.

— Qu'est-ce que tu fais ici ?

— Bonsoir à toi aussi, répondit-il en souriant.

— Qu'est-ce que tu veux ?

— Comment va ton doigt ?

Elle brandit son index blessé. La gaze blanche brillait comme un petit fantôme dans l'obscurité.

— Ça va.

Elle croisa les bras sur sa poitrine.

— Bon, je suis descendue, comme tu me l'as demandé. C'est quoi, ta grande surprise ?

Il leva le livre et projeta le faisceau de sa lampe sur la couverture. La lumière se refléta sur du cuir vert estampé de fleurs de lys et une arête en cuir verni noir. Le journal de Clara.

Izzy le lui prit des mains.

— Qu'est-ce que tu fabriques avec ça ? Tu n'as pas le droit de le prendre !

— Relax. Je l'ai juste emprunté.

— C'est privé ! s'offusqua-t-elle.

Ethan fronça les sourcils.

— Tu avais bien le nez dedans cet après-midi… Et puis la folle à qui il appartenait est morte depuis longtemps…

— Ça n'a pas d'importance ! Tu n'aurais pas dû le prendre.

— Je t'ai vue le lire et j'ai pensé que tu aimerais connaître la suite.

— Tu te rends compte des problèmes que tu pourrais avoir ? s'emporta-t-elle. C'est la propriété de l'État !

Sa colère la surprenait elle-même. Ethan leva les yeux au ciel.

— Tu veux bien te détendre ? On peut le ramener quand tu auras fini de le lire. Remets-le tout simplement dans la malle samedi prochain quand on sera à l'entrepôt, personne ne remarquera rien. Il n'y a pas de quoi en faire un drame.

Elle lui tendit le journal intime.

— Rapporte-le.

Il haussa les épaules et le prit.

— D'accord. Je vais le rapporter. Désolé de t'avoir dérangée. À plus ! lança-t-il par-dessus son épaule alors qu'il commençait à s'éloigner.

Elle serra les dents. Il avait raison. Pour elle ne savait quelle raison, elle mourait d'envie de lire le journal de Clara. Mais pas comme ça. Pas en s'inquiétant des problèmes qu'elle aurait si on l'apprenait. Et dans le même temps, peut-être que l'occasion ne se représenterait jamais…

— Attends.

Ethan rebroussa chemin en souriant.

— Tu as changé d'avis ?

— Peut-être.

Il s'adossa contre le garage et lui tendit le journal.

— Ils disent que c'est hanté.

Elle fronça les sourcils.
— Qu'est-ce qui est hanté ?
— L'asile de Willard.
— Oh !
Elle posa les yeux sur le journal, espérant qu'il ne remarquerait pas qu'elle s'était crispée des pieds à la tête.
— Des copains se sont introduits dans le bâtiment il y a une quinzaine de jours : ils ont pissé de trouille. Un des deux a été griffé dans le cou quand ils étaient dans le pavillon des femmes et tous les deux ont entendu ce qui ressemblait à des gémissements.
Izzy frissonna.
— Quelle horreur !
— Je trouve ça génial, dit Ethan en riant.
— Et moi, je te trouve bizarre.
— Si je suis là, ce n'est pas seulement à cause du journal intime, annonça-t-il d'un ton soudain sérieux. Je voulais m'excuser d'avoir aidé Shannon à mettre ces… ces trucs sur ton casier. Tu as raison, c'était nul et méchant. Pendant que tu lisais le journal à l'entrepôt, j'ai vu que tu pleurais et…
Izzy se raidit.
— Écoute, les choses semblent enfin s'arranger pour moi et je ne veux pas tout gâcher. Si Peg et Harry découvrent que j'ai le journal intime, ils me demanderont probablement de partir de chez eux.
— Lis-le pendant le week-end et rapporte-le-moi au lycée lundi. Personne ne saura jamais que tu l'avais. Je te le promets.
Izzy soupira. Pendant toutes ces années, son vœu le plus cher avait été d'entrer dans la tête de sa mère, pour

essayer de comprendre ce qui pouvait pousser une personne parfaitement saine d'esprit à perdre la tête. Elle ne pouvait pas poser cette question aux médecins, car ils avaient déclaré sa mère comme étant en pleine possession de ses facultés. Mais Izzy savait que ce n'était pas le cas. Et peut-être que les réponses qu'elle cherchait se trouvaient juste là, dans ce carnet. Elle était sur le point de demander à Ethan si elle pouvait le lui rendre pendant l'appel du lundi matin quand une autre pensée lui traversa l'esprit.

— Et Shannon ? Ça m'étonnerait qu'elle apprécie d'apprendre que tu étais ici.

À sa surprise, Ethan baissa la tête et se gratta la nuque. Quand il releva la tête, il avait les sourcils froncés.

— Elle n'est pas aussi méchante qu'elle en a l'air.

— Si, elle l'est. Au début, elle a fait semblant de vouloir être mon amie, tout ça pour me faire des sales coups ensuite. Elle est horrible.

— Elle donne peut-être cette impression-là quand elle est avec d'autres gens, mais quand on n'est que tous les deux, elle…

Izzy l'interrompit.

— Oh ! Alors tu te fiches de la façon dont elle traite les autres, tant qu'elle est gentille avec toi ?

— Non. Ce n'est pas ça. On est ensemble depuis la quatrième, et c'est seulement depuis un an environ qu'elle a commencé à se comporter… je ne sais pas… différemment, disons. Je voulais juste que tu saches qu'elle n'a pas eu une vie facile.

Les bras croisés, Izzy leva les yeux au ciel.

— Ce n'est pas une excuse. Elle devrait s'élever au-dessus de ce qui lui est arrivé, au lieu de perpétuer la situation. Je déteste ça, quand une personne accuse le monde entier d'être coupable de son comportement sans se remettre en question.

— Son père est parti et sa mère est alcoolique.

— Ça ne lui donne pas le droit d'être une garce !

Dès que les mots franchirent sa bouche, elle les regretta. Ethan soupira et ses épaules s'affaissèrent.

— Son père avait pour habitude de la gifler et il frappait sa mère. Quand Shannon avait 12 ans, elle s'est interposée pendant une dispute et a fini à l'hôpital avec une commotion cérébrale et un bras cassé. Sa mère ne voulait pas dire la vérité aux médecins, alors elle a menti et raconté que Shannon avait sauté du toit parce qu'elle croyait qu'elle pouvait voler.

Izzy déglutit péniblement sa salive. Elle n'arrivait pas à imaginer qu'un père puisse faire du mal à son enfant, ou qu'une mère ne le protège pas. Certes, la mère d'Izzy avait tiré sur son père, mais Izzy avait envie de croire que sa mère n'avait pas réfléchi aux conséquences. Elle avait dû être complètement à côté de la plaque pour ne pas songer qu'Izzy serait dévastée par la perte de son père, pour ne pas comprendre que, une fois que la police découvrirait ce qu'elle avait fait, Izzy perdrait ses deux parents. Seule une personne malade ne songeait pas à ces choses-là. Le plus ironique dans cette histoire, c'était que, avant cette nuit tragique, la mère d'Izzy la couvait toujours. En primaire, elle ne la laissait pas aller à l'école à pied avec ses camarades, même si elle ne se trouvait qu'à un pâté de maisons. À la plage, elle lui faisait porter un gilet de sauvetage tandis que les autres enfants étaient libres de patauger dans les vagues et de jouer dans le sable sans être engoncés dans un gros gilet orange. Le père d'Izzy, lui, était fou d'elle. Il lui achetait de jolies robes, lui payait des cours de danse... Il lui avait même promis de lui acheter un poney pour ses 10 ans. Aujourd'hui encore, même avec tout ce qui s'était passé, Izzy n'aurait jamais pu imaginer ses parents capables de lui faire du mal intentionnellement.

— Après ça, le père de Shannon a vidé le compte commun et les a laissées sans rien, continua Ethan. Elles n'ont plus jamais entendu parler de lui depuis.

Il baissa la tête, puis fixa Izzy d'un air suppliant.

— S'il te plaît, ne dis à personne que je t'ai raconté tout ça. Je t'en ai déjà trop dit. Tout le monde est au courant pour les parents de Shannon, mais elle me tuerait si elle savait que je t'en ai parlé. Je veux juste que tu comprennes d'où elle vient.

Izzy soupira.

— Je suis désolée pour elle. Vraiment. Mais sincèrement ? Maintenant que je sais tout ça, je suis encore plus perdue qu'avant. Je ne comprends pas pourquoi elle veut faire mal aux autres, alors qu'elle sait très bien ce que ça fait.

— Je pense qu'elle a tellement peur de souffrir qu'elle s'assure que personne ne lui cherche des noises. Elle pense qu'il y a une espèce de grande hiérarchie, ou un truc comme ça, et qu'elle doit rester au sommet pour se protéger.

— C'est vraiment ce que tu crois ?

— Oui. J'ai essayé de discuter avec elle, de lui faire comprendre qu'elle n'a pas besoin d'être aussi…

Il détourna le regard un instant, l'air attristé.

— J'ai l'impression d'être tout ce qui lui reste. Je suis le seul qui comprenne pourquoi elle est comme ça. Sa mère n'en a rien à foutre d'elle et tous les autres jouent le jeu parce qu'ils ont peur d'elle.

Mon Dieu, songea Izzy. *Il est vraiment amoureux d'elle.* Izzy pensa à son père, qui n'avait pas la moindre idée qu'il épousait une femme qui perdrait la raison un jour. Elle eut envie de dire à Ethan d'être prudent. Au lieu de ça, elle inspira profondément et changea de sujet.

— Comment est-ce que je suis censée te rendre le journal sans que Shannon l'apprenne ? Elle a eu l'air assez contrariée quand tu m'as défendue l'autre jour.

— Je sais. Elle est jalouse, alors il faut qu'on fasse attention.

Izzy ouvrit la bouche pour répondre que Shannon avait vraiment l'air d'être un cas, mais elle se ravisa.

— Laisse le journal intime dans ton casier. Je le récupérerai pendant un intercours.

— D'accord. Mon casier a le numéro… Oh !

Elle s'interrompit et eut un petit sourire.

— Tu connais déjà mon numéro de casier.

Ethan leva les mains.

— Je plaide coupable.

CHAPITRE 8

Clara

Willard – le lendemain de son admission

Des rayons de soleil dans lesquels dansaient des particules de poussière entraient à travers les grandes fenêtres grillagées. Ils illuminaient la pièce, haute de plafond, sans toutefois parvenir à la réchauffer. Six baignoires à pieds de tigre étaient alignées le long d'un mur, chacune recouverte d'une toile attachée à des tuyaux métalliques autour de la baignoire. Le sol était parsemé de grilles d'évacuation et de la moisissure noire s'accumulait entre les joints du carrelage fendu. Les infirmières aboyaient des ordres et les patientes protestaient, criaient et se débattaient, en tentant d'éviter d'être plongées dans des bains d'eau glacée.

Clara se tenait nue devant l'une des baignoires, un bras sur la poitrine tandis qu'elle tentait de couvrir sa région pubienne de l'autre. Les dalles de carrelage noir et blanc étaient glacées sous ses pieds. Elle frissonnait tout en regardant une infirmière remplir le bassin de glaçons. L'infirmière Trench et une patiente à la carrure impressionnante avec un œil tombant attendaient près des robinets. Dans la baignoire voisine, le visage pâle d'une femme dépassait du trou renforcé percé dans la toile. Elle avait les lèvres bleues. À l'autre bout de la pièce, deux aides-soignants sortaient une femme inconsciente de l'eau et la transportaient jusqu'à une table d'examen installée contre le mur du fond.

— Allez-y, ordonna l'infirmière Trench à Clara.

— Mais je… commença-t-elle à protester.

— Faites ce qu'on vous dit, rappelez-vous. C'est pour votre bien.

— Mais…

La voix de Clara mourut dans sa gorge sans qu'elle parvienne à finir sa phrase.

L'infirmière avança et referma sa main géante autour du bras de Clara.

— Nous sommes ici pour vous aider, dit-elle d'une voix ferme. Le bain va vous détendre et vous aider à y voir plus clair.

Avant que Clara comprenne ce qui lui arrivait, l'infirmière la saisit à bras-le-corps et la mit dans la baignoire, allant jusqu'à lui enfoncer la tête dans l'eau d'un froid polaire. Un éclair de douleur transperça la poitrine de Clara alors que l'air quittait brutalement ses poumons. Elle inspira sans le faire exprès et s'étrangla avec une gorgée d'eau. Elle agrippa les rebords de la baignoire et revint à la surface, ses mains glissant sur la porcelaine mouillée. L'espace d'une seconde, tout devint noir et elle eut la certitude qu'elle allait s'évanouir. Puis la patiente à l'œil tombant l'attrapa par l'épaule et entreprit de lui frotter le visage et le cou avec un gant rêche et décoloré. Pendant que Clara reprenait enfin son souffle, la patiente la lava sous les bras et entre les jambes, tirant sur ses membres bien plus fort que nécessaire.

L'eau glacée lui donnait l'impression qu'on lui enfonçait mille lames de couteau dans la peau. Elle dut faire un effort surhumain pour ne pas essayer de se relever et sortir de la baignoire. En proie à de violents tremblements, elle se laissa récurer, dans l'espoir que plus tôt elle aurait fini, plus tôt on la laisserait sortir. L'infirmière Trench observait la scène, ses bras massifs croisés devant son imposante poitrine. Un sourire tordu barrait la partie inférieure de son visage bouffi.

— S'il vous plaît, dit Clara en la regardant. Je…

— Silence, ordonna l'infirmière en agitant l'index. C'est le mode de vie cossu de l'hospice de Long Island qui vous a ramollie, c'est tout.

Clara ferma les yeux en attendant que la patiente ait terminé de lui frictionner les cheveux avec de la soude caustique. Lorsqu'on lui versa des seaux d'eau glacée sur la tête, elle ramena ses genoux contre sa poitrine et enroula ses bras autour de ses jambes. Elle hyperventilait presque, tremblant si fort que son cœur semblait sur le point d'exploser. Enfin, son décrassage toucha à sa fin et la patiente à l'œil tombant recula, essoufflée.

— Sortez ! ordonna l'infirmière Trench.

Toussant et crachant, Clara sortit précipitamment de la baignoire. La patiente la sécha des pieds à la tête avec une serviette rugueuse.

— Normalement, nous vous laisserions plus longtemps, mais vous avez votre premier rendez-vous avec le docteur Roach aujourd'hui. À présent, faites ce qu'on vous dit et nous devrions très bien nous entendre.

La patiente tendit à Clara sa robe d'intérieur jaune et des sous-vêtements. Les dents de Clara s'entrechoquaient de manière incontrôlable, ses jambes si flageolantes qu'elle parvenait à peine à tenir debout. Par un miracle inexpliqué, elle réussit à enfiler ses vêtements et à nouer ses lacets. L'infirmière lui ordonna de l'accompagner et se dirigea vers la porte. Clara obéit, ses cheveux dégoulinants d'eau, utilisant son gilet pour se sécher le front. Dans le couloir, elle mit une main sur son ventre. *Comment un tout petit bébé allait-il survivre à un tel traitement ?* Ses yeux se remplirent de larmes et son cœur sembla ralentir, comme si une masse sombre pesait sur lui. S'il arrivait quelque chose au bébé de Bruno, elle n'était pas sûre qu'elle y survivrait.

Clara suivit l'infirmière à travers le vaste vestibule de Chapin Hall, une double porte, puis un couloir courbe qui menait à une autre aile. Elles passèrent devant le bureau de télégraphe et l'officine de l'apothicaire, puis atteignirent un petit couloir qui donnait sur une porte. À l'extérieur du cabinet du docteur Roach, une femme menue au teint pâle, vêtue d'un manteau en laine rouge, était assise sur l'une des trois chaises, tête baissée, une pochette en cuir posée sur ses genoux. En entendant du bruit, elle leva la tête et sourit.

— Bonjour, infirmière Trench, dit la femme.

Elle semblait jeune, environ du même âge que Clara, avec des pommettes hautes, des cheveux platine et une peau de porcelaine. Lorsqu'elle souriait, tout son visage s'illuminait, mais une certaine tristesse hantait son regard. Puis Clara remarqua son ventre arrondi. Que pouvait bien faire une fille enceinte ici, à attendre le docteur Roach ?

— Bonjour, Mrs. Roach, dit l'infirmière. Depuis combien de temps attendez-vous ?

Clara baissa les yeux et tenta de dissimuler sa surprise. Pourquoi une belle jeune femme aurait-elle épousé un homme de vingt ans son aîné, qui plus est un médecin qui exerçait dans un asile de fous ?

— Oh ! je ne sais pas. Pas trop longtemps.

— Sait-il que vous êtes ici ? s'enquit l'infirmière, sa grande main sur la poignée de la porte du cabinet.

Mrs. Roach hocha la tête.

— J'ai téléphoné avant de venir, comme toujours. Il m'a dit qu'il viendrait me parler lorsqu'il en aurait le temps.

— Ne bougez pas, dit l'infirmière Trench en souriant. Je vais voir ce qu'il en est.

Elle poussa la porte et entraîna Clara à l'intérieur. Un bureau en bois élégamment sculpté occupait le centre de la pièce. Un cadre doré enserrant le portrait d'un vieil homme chauve avec un monocle était accroché au mur derrière lui. Des diplômes médicaux encadrés et des photographies en noir et blanc d'hommes en chapeau haut-de-forme et de femmes en longues robes à tournure posant devant Chapin Hall entouraient le portrait. Les autres murs étaient ornés d'images de la voie ferrée, des usines, des vergers et de l'échoppe d'apothicaire remplie de milliers de flacons en verre.

Installé à son bureau, la pipe à la bouche, le docteur Roach souriait à l'infirmière May, perchée sur une petite chaise avec les jambes croisées, le bas de sa jupe remontant jusqu'à mi-cuisses. Elle sursauta quand la porte s'ouvrit et rougit. Le médecin tourna la tête, surpris.

— Combien de fois vous ai-je demandé de frapper à la porte avant d'entrer dans mon cabinet ?

— Toutes mes excuses, docteur. Je suppose que je ne suis pas encore habituée aux nouvelles règles. Peut-être que j'aurais moins de difficultés à m'en souvenir si elles ne changeaient pas toutes les semaines.

— Laissez la patiente ici, ordonna le médecin d'une voix sèche. L'infirmière May l'emmènera au réfectoire une fois que nous en aurons terminé.

— Votre femme attend dans le couloir, docteur, indiqua-t-elle en fusillant l'infirmière May du regard. Voulez-vous que je lui dise d'entrer ?

Le médecin se leva.

— Non. Je vais aller lui parler.

— Très bien.

L'infirmière Trench renifla et tourna les talons pour quitter la pièce. Elle claqua la porte derrière elle et l'infirmière May regarda le médecin, un sourire nerveux aux lèvres. Il indiqua une porte vitrée sur la droite.

— Emmenez la patiente dans la salle d'examen. Je reviens tout de suite.

L'infirmière prit un dossier sur le bureau et ouvrit la porte vitrée.

— Par ici, Clara, dit-elle d'une voix plus forte que nécessaire.

Clara la suivit, en tentant de dominer ses tremblements. Un radiateur en fonte sifflait et cliquetait sous une fenêtre octogonale, remplissant la pièce d'une chaleur moite. Clara eut envie de s'asseoir à terre et de se plaquer contre le radiateur.

— Montez sur la balance, Clara.

Elle continuait à parler trop fort, comme si Clara était bête ou sourde, ou qu'elle ne parlait pas la même langue.

L'infirmière inscrivit le poids et la taille de Clara dans son dossier. Elle venait de prendre sa température et sa tension artérielle quand le médecin les rejoignit enfin. L'infirmière amena un petit tabouret près de la table d'examen.

— Enlevez votre robe et asseyez-vous sur la table, Clara.

— Je connais mon prénom, et je sais que c'est à moi que vous parlez.

— Je vous demande pardon ? demanda l'infirmière, les sourcils haussés.

— Vous n'avez pas besoin de crier et de répéter mon nom. Je parle anglais, j'entends parfaitement bien et je ne suis pas idiote.

Elle retira son gilet et sa robe et les posa sur son bras avant de s'asseoir sur la table d'examen recouverte de papier.

Les sourcils froncés, l'infirmière s'empara des vêtements de Clara et les lança sur une chaise. Elle fixa le médecin en écarquillant les yeux, comme si elle s'attendait à ce qu'il prenne sa défense. Ignorant leur échange, le docteur Roach se dirigea vers le lavabo pour se laver les mains. Il enfila ensuite des gants en caoutchouc, prit son stéthoscope suspendu à un crochet fixé dans le mur et mit les embouts dans ses oreilles. Il plaça le pavillon métallique sur le sein gauche de Clara et écouta, les sourcils froncés. L'odeur du caoutchouc et de la brillantine assaillirent les narines de Clara, qui dut réprimer un haut-le-cœur. À présent qu'elle se réchauffait, son estomac gargouillait dans un mélange désagréable de faim et de nausée.

— Je ne comprends vraiment pas pourquoi tout cela est nécessaire, docteur, dit Clara. Je peux vous assurer que je suis en parfaite santé.

— Cela fait simplement partie du processus d'admission, expliqua le médecin avec un sourire condescendant. Vous n'avez pas à vous inquiéter.

— Mais je n'ai pas besoin d'être admise ici. Je vais très bien.

— Hum !

Le médecin prit le dossier des mains de l'infirmière et y inscrivit quelque chose. L'infirmière le dévisagea, tel un chien qui attendrait une friandise.

— Qu'a-t-elle dit ? s'enquit-elle.

— Nous en discuterons plus tard, répondit le médecin en la gratifiant d'un regard sévère.

— S'il vous plaît, écoutez-moi, insista Clara. Je n'ai aucune raison d'être ici. Mon père veut simplement…

— Il s'agit uniquement d'un examen physique, l'interrompit le docteur Roach. Pour l'instant, contentez-vous de coopérer, vous voulez bien ? Nous parlerons plus tard des raisons de votre présence ici.

— Quand ?

— Une infirmière viendra vous chercher le moment venu.

Clara soupira et serra les dents, frustrée. Le médecin rendit le dossier à l'infirmière, dont les doigts s'attardèrent sur le bras de son chef pendant plusieurs secondes. Enfin, il daigna lui sourire, une étincelle complice dans le regard, et la tension qui habitait l'infirmière parut se dissiper. Le docteur Roach testa ensuite les réflexes de Clara avec un marteau en caoutchouc, puis inspecta ses conduits auditifs avec une loupe. Il lui demanda de descendre de la table et de se pencher, afin d'inspecter la courbure de sa colonne vertébrale. Il palpa sa colonne, puis plaça ses bras en arrière et tira sur ses poignets.

— Avez-vous des douleurs dans le dos ou dans les épaules ? s'enquit-il en pressant son pelvis contre le bas du dos de Clara.

— Non, dit-elle en grimaçant.

Il la lâcha et elle se redressa en se frottant les poignets. Le médecin posa ensuite les mains sur ses épaules et les poussa vers l'arrière. Il palpa ses vertèbres et son crâne, ainsi que ses clavicules, avant de lui ordonner de lever les bras pour examiner ses aisselles.

— Infirmière May, serez-vous de nouveau au pavillon des infirmières, ce soir ?

— Oui, Dr. Roach, répondit-elle d'une voix mielleuse.

— Et que pensez-vous de l'hébergement ? Vous savez que, à Willard, nous faisons tout notre possible pour offrir le plus grand confort à nos employés.

— Les installations de Willard sont les meilleures que j'aie connues, répondit l'infirmière.

Avant que Clara comprenne ce qui lui arrivait, les mains du médecin étaient sur ses seins. Il les pressa à deux reprises, puis lui pinça les tétons. Tout était arrivé si rapidement qu'il était difficile de déterminer si cela faisait réellement partie de l'examen ou non. Clara croisa les bras sur sa poitrine et pivota sur elle-même pour faire face au médecin, cramoisie. Sans lui prêter attention, il retira ses gants, et retourna se laver les mains à deux reprises. L'eau était si chaude que de la vapeur s'élevait au-dessus du lavabo. Il se sécha avec une serviette propre, remit ses gants, puis attrapa un abaisse-langue en bois dans un bocal en verre.

— Remontez sur la table, Clara.

Elle se rassit sur la table d'examen, les bras toujours croisés devant elle.

— Alors, vous vous plaisez vraiment à Willard, infirmière May ?

— Oh oui ! répondit cette dernière en se rapprochant, comme si elle aussi avait besoin d'examiner la gorge de Clara. Je m'y plais vraiment beaucoup.

Le médecin sourit et brandit la spatule.

— Ouvrez la bouche. Dites « Ah ».

Clara s'exécuta, mais quand il appuya sur sa langue avec le morceau de bois, Clara eut un haut-le-cœur et vomit sur la main du docteur et le devant de sa blouse. Il recula et baissa les yeux sur ses vêtements, les bras écartés et la bouche tordue par le dégoût. L'infirmière poussa une exclamation de surprise et laissa tomber le dossier de Clara, qui atterrit dans une flaque de vomissure. Pendant un instant, ils restèrent tous immobiles à le fixer, les yeux écarquillés.

Enfin, l'infirmière reprit ses esprits. Elle enjamba la flaque de vomi et entreprit d'essuyer le devant de la blouse du médecin. Il était figé, les lèvres serrées. L'infirmière déboutonna sa blouse et la lui retira, en faisant bien attention à ce qu'elle ne touche pas les vêtements du praticien. Puis elle lui ôta ses gants, qu'elle jeta, et se lava rapidement les mains. Il se dirigea vers le lavabo à son tour et se frotta les mains avec une brosse, si vigoureusement que sa peau était rouge vif. L'infirmière attrapa Clara par le bras, enfonçant ses ongles dans sa peau.

— Qu'est-ce qui vous a pris ? feula-t-elle. Vous voulez qu'on vous envoie à l'isolement, c'est ça ?

— Ça ne fait rien, intervint le docteur Roach. Je ne crois pas qu'elle l'ait fait exprès. Nettoyez ce bazar et finissons-en.

L'infirmière fronça les sourcils.

— Souhaitez-vous que j'appelle l'infirmière Trench pour s'en occuper ?

— Non. Donnez une serviette à Clara pour qu'elle se nettoie et terminons l'examen.

— Je suis désolée, dit Clara en essuyant des éclaboussures sur ses bras et ses jambes. Je n'ai pas fait exprès. Simplement, je…

— Ça ne va pas ? demanda le médecin. Vous avez été malade ?

— Non.

Clara inspira et retint son souffle, hésitante. Devait-elle lui dire la vérité ? Peut-être qu'elle serait mieux traitée si le personnel savait qu'elle était enceinte ? Peut-être la laisserait-on partir ? Le médecin serait sûrement d'avis qu'un asile d'aliénés n'était pas un endroit où donner naissance à un bébé. Elle se mordit l'intérieur de la joue, luttant contre une nouvelle envie de vomir.

— Je ne suis pas malade. Je suis enceinte.

Le médecin fronça les sourcils.

— Peut-être que vous êtes anxieuse, tout simplement, ou que vous avez mangé quelque chose qui ne vous a pas réussi.

Clara secoua la tête.

— Non. J'ai un petit ami, le bébé est de lui.

Le médecin hocha légèrement la tête, comme si on venait de lui confirmer quelque chose.

— Vous pourrez m'en parler plus tard. N'oubliez pas que je suis là pour vous aider. Mais, pour l'instant, vous devez aller au réfectoire prendre votre petit déjeuner.

— Mais vous êtes médecin. Vous êtes en mesure de dire si je suis enceinte ou pas. Vous êtes sans doute d'accord avec moi pour dire qu'un asile n'est pas un endroit adapté pour une femme enceinte.

— Nous avons une praticienne qui s'occupe des examens gynécologiques, mais je crains qu'elle ne soit pas là aujourd'hui.

Clara eut envie de lui demander pourquoi il avait cru nécessaire de lui examiner la poitrine s'il y avait une femme médecin chargée de ces choses-là, mais elle savait que c'était une perte de temps. Le plus important, c'était de lui faire comprendre qu'elle allait avoir un bébé. Elle posa une main sur son ventre.

— Regardez. Mon ventre est gonflé.

Le docteur Roach lui montra ses vêtements sur la chaise.

— Rhabillez-vous. Si vous êtes enceinte, nous le saurons bien assez tôt, n'est-ce pas? Infirmière May, pouvez-vous emmener Clara à l'infirmerie, je vous prie?

L'infirmière était à quatre pattes, grimaçante tandis qu'elle nettoyait le sol. Elle se releva et attendit près de la porte, pendant que Clara achevait de se vêtir.

— Dois-je envoyer l'infirmière Trench pour terminer?

— Non. Elle doit s'occuper d'autres patientes ce matin. Demandez à l'un des aides-soignants de vous aider.

Le rouge monta aux joues de l'infirmière et elle serra les dents. Clara boutonna son gilet. Pour l'instant, mieux valait se contenter d'obéir. Le docteur Roach lui avait dit qu'ils parleraient plus tard. Elle avait donc encore une chance de lui faire comprendre, de lui montrer qu'elle n'avait pas besoin d'être internée. Elle suivit l'infirmière hors du cabinet, jusqu'au bout de la première aile. Un aide-soignant ouvrit deux portes en fer pour les laisser passer, avec un grincement de gonds et un claquement métallique qui résonnèrent à travers les couloirs. L'infirmière entraîna Clara jusqu'à une étroite cage d'escalier qui menait au sous-sol. De là, elles empruntèrent une petite coursive en pierre jusqu'au réfectoire.

Les murs en ciment étaient d'un gris marbré défraîchi écaillé par endroits, révélant l'existence d'une précédente couche de peinture blanche. Le sol bleu était éraflé et criblé de trous circulaires, comme si quelqu'un avait creusé la pierre au moyen d'une cuillère. Une odeur de lait caillé, de chou et de graisse flottait dans l'air. Des dizaines de patientes étaient assises ou debout autour de longues tables, tandis que des surveillants arpentaient la salle et les regardaient manger. L'infirmière Trench et deux autres infirmières étaient à un bout du réfectoire et maintenaient l'ordre parmi les patientes qui faisaient la queue. Munies d'un plateau, les malades avançaient le long d'un comptoir où elles se servaient en nourriture. Parmi les femmes dans la file se trouvaient celle avec la poupée, ainsi que celle qui se balançait constamment d'avant en arrière dans son lit. Partout où elle regardait, Clara voyait des regards vides, des yeux gonflés, des bouches grimaçantes.

— Il est l'heure d'aller dans la verrière ! cria un des aides-soignants aux patientes assises à table. Nettoyez votre bazar !

Les femmes se levèrent et débarrassèrent leurs plateaux, mais quelques-unes restèrent à leur place, mâchant leurs aliments d'un air hébété. Les aides-soignants tirèrent les patientes récalcitrantes à bas de leurs tabourets et leur prirent les couverts des mains. Une patiente grimpa sur la table, ses pieds nus dans son assiette. Un aide-soignant l'attrapa par le bras et la força à redescendre en jurant. Enfin, toutes les tables furent débarrassées et les patientes sortirent en file bien ordonnée. Quatre employés du réfectoire entreprirent de ranger et de nettoyer la salle tandis qu'un nouveau groupe se dirigeait vers les tables avec des plateaux dans les mains. L'infirmière May fit traverser la pièce à Clara pour la confier à l'infirmière Trench.

— Cette patiente a mis le bazar dans la salle d'examen du docteur Roach, annonça l'infirmière May à sa collègue. Il souhaite que vous envoyiez un aide-soignant là-bas, après le petit déjeuner, pour nettoyer.

— Je n'ai pas de temps à perdre avec ça, déclara l'infirmière Trench. Vous êtes l'infirmière en chef. C'est votre travail de vous occuper de ce qui se passe là-bas.

— Je ne fais que suivre les ordres, répliqua l'autre en relevant le menton.

Elle tourna les talons pour partir, avant de faire de nouveau volte-face.

— Une dernière chose : celle-ci pense qu'elle est enceinte, dit-elle en montrant Clara du doigt.

Elle avait parlé d'une voix forte, comme si elle faisait une annonce. L'infirmière Trench écarquilla les yeux. Elle décroisa les bras et fit un pas vers Clara, mais c'était trop tard. Plusieurs patientes laissèrent tomber leur plateau et se précipitèrent vers elle, l'une lui touchant le ventre, l'autre les cheveux, une autre hurlant et tentant de lui griffer le visage. Clara se baissa et mit ses bras autour de sa tête pour se protéger. Des doigts sales lui agrippaient les lèvres et lui éraflaient la joue. L'infirmière Trench et les aides-soignants parvinrent à les faire reculer en leur criant de s'éloigner. Un peu en retrait, l'infirmière May assistait à la scène avec un sourire satisfait aux lèvres.

— Laissez-la tranquille ! aboya l'infirmière Trench. Ramassez vos plateaux et allez vous asseoir ! Tout de suite ! Autrement, je vous colle à l'isolement !

La plupart des femmes obéirent. L'une se laissa glisser au sol, hurlante, la tête dans les mains. Deux aides-soignants la forcèrent à se relever et la traînèrent hors du réfectoire. L'infirmière Trench fixa l'infirmière May d'un regard noir.

— Vous pouvez compter sur moi pour écrire un rapport.

L'infirmière May haussa les épaules.

— Encore une chose : je me demandais... Est-ce que le docteur Roach est au courant du peu d'autorité que vous avez sur vos patientes ?

— Je travaille avec le docteur Roach depuis plus de quinze ans, répondit l'infirmière Trench à travers ses dents serrées. Et je serai là longtemps encore après votre départ.

L'autre leva les yeux au ciel et partit. L'infirmière Trench prit Clara par le bras et l'entraîna vers le comptoir.

— Qu'elle dise vrai ou que vous inventiez, vous feriez mieux de rester discrète, souffla-t-elle. Ça ne vous aidera pas de le dire à tout le monde. Les médecins s'en fichent et les autres patientes s'en prendront à vous.

Elle laissa Clara dans la queue et s'éloigna. La jeune femme prit un plateau et tenta de reprendre son souffle, son cœur cognant furieusement dans sa poitrine. Le plateau contenait une tasse grossière remplie de ce qui ressemblait à du thé, une assiette avec quatre prunes et un morceau de pain dur. Elle l'emporta jusqu'à une table où elle trouva un siège libre. Dès qu'elle s'assit, sa voisine lui vola son morceau de pain. Clara se pencha au-dessus de sa nourriture et attrapa sa tasse d'une main tremblante. Elle n'avait pas le moindre appétit, mais il fallait qu'elle boive et qu'elle mange pour le bébé. Elle but une gorgée de thé. Il était à peine tiède et avait un goût d'urine, mais elle l'avala tout de même. Les prunes étaient dures et sèches et elle dut réprimer des haut-le-cœur en les mettant dans sa bouche.

Les aides-soignants continuaient à patrouiller en disant aux femmes de se dépêcher afin de libérer l'espace pour le groupe suivant. Au bout de la table, la femme avec la poupée se leva et se mit à crier en tirant les cheveux d'une autre patiente qui lui donnait des tapes sur les bras pour tenter de la repousser. Les aides-soignants se ruèrent sur elles pour mettre un terme à la bagarre.

— Ma petite fille meurt de faim ! brailla la femme en s'emparant du morceau de pain de sa voisine. Vous ne l'entendez pas pleurer ? Elle a besoin de manger !

Un aide-soignant l'attrapa à bras-le-corps et l'arracha brutalement à la table. L'autre aide-soignant la gifla, puis lui prit sa poupée et la jeta à travers la pièce. La femme mugit et courut après, le visage déformé par la douleur. Elle se laissa tomber à genoux et prit la poupée dans ses bras en pleurant. Les aides-soignants la firent se relever et l'escortèrent jusqu'à sa place, leurs visages dénués de la moindre émotion. La femme se rassit et se mit à chanter une berceuse en berçant la poupée d'avant en arrière, ses cheveux filandreux lui tombant dans les yeux. Tout le monde recommença à manger.

Clara fixa la dernière prune fripée dans son assiette, en proie à une envie de vomir de plus en plus forte. Elle envisagea de donner la prune à la femme à la poupée. Mais, finalement, elle l'attrapa et la mit dans sa bouche, en essayant de ne pas vomir tandis qu'elle mastiquait et avalait.

CHAPITRE 9

Izzy

Le lundi après-midi, le journal intime de Clara était toujours sur l'étagère du haut du casier d'Izzy, au-dessus de ses manuels de mathématiques et d'anglais. Malheureusement, il ne lui avait apporté aucune réponse et l'avait même laissée encore plus perplexe. Cet aperçu de la vie dans les années 1920 était fascinant, et les mots de Clara étaient semblables à ceux de toute jeune femme aux prises avec la frustration et la confusion qui accompagnaient l'entrée dans l'âge adulte. Mais rien ne suggérait qu'elle ait perdu l'esprit. Rien du tout. À l'exception d'une éducation exagérément stricte et de son chagrin après la mort de son frère, Clara semblait promise à un brillant avenir. Jusqu'à sa rencontre avec Bruno. C'est là que les choses avaient changé.

La peur de Clara de ne pas avoir le droit d'être avec l'homme qu'elle aimait avait-elle pu se manifester sous la forme d'une quelconque maladie mentale ? Son éducation avait-elle fini par la rendre paranoïaque ou délirante ?

Non, ça ne collait pas. Son journal intime dépeignait le portrait d'une jeune femme fermement ancrée dans la réalité. Izzy savait que, à l'époque, les médecins connaissaient mal les troubles tels que la dépression et, néanmoins, elle avait du mal à comprendre que son père l'ait fait interner simplement parce qu'elle était amoureuse d'un homme qu'il considérait comme étant socialement inférieur. Ce qui était plus incroyable encore, c'était que la mère de Clara était allée dans le sens de son mari ! C'était inimaginable. À présent, l'histoire de Clara hantait Izzy et elle mourait d'envie de découvrir ce qui lui était arrivé après son admission à Willard.

Pendant un intercours, Izzy resta près de son casier, à se demander pourquoi Ethan n'avait pas encore récupéré le journal. Il était pourtant au lycée ce jour-là. Quand elle l'avait croisé dans les couloirs avec Shannon, il l'avait ignorée, discutant et riant avec ses amis, comme si elle était invisible. Elle avait eu toutes les peines du monde à se retenir d'aller le trouver pour lui demander s'il la prenait pour une idiote. Elle savait quand on la menait en bateau. Elle attrapa son livre de psychologie en dessous de son sac de sport et claqua la porte de son casier. Qu'est-ce qu'il fabriquait ? Il avait pourtant eu toute la journée pour récupérer le journal.

La cloche sonna et elle remonta précipitamment le couloir, la gorge serrée. Elle devrait sûrement rapporter le journal intime au musée elle-même. Elle se demanda ce que Peg ferait si elle la surprenait.

À mi-chemin, elle se rendit compte qu'elle avait oublié sa dissertation sur le thème « Comprendre l'esprit criminel » dans un autre cahier. Elle fit demi-tour, courant dans les couloirs vides et jurant entre ses dents. Elle allait être en retard. Quand elle atteignit son casier, Ethan était là, le journal intime à la main. Il sursauta en la voyant.

— Pas trop tôt ! Je commençais à me demander si tu m'avais raconté des craques l'autre soir.

— Désolé. Shannon s'est comportée bizarrement toute la journée. Elle a voulu que je l'accompagne à chacun de ses cours, même quand ça me mettait en retard pour les miens.

Il était rouge et à bout de souffle.

— Je lui ai demandé de me garder une place en psycho pendant que j'allais aux toilettes.

— Pourquoi est-ce que tu es aussi parano ?

— Elle sait que je travaille au musée avec toi. Et ça ne lui plaît pas.

Izzy leva les yeux au ciel.

— Et alors ? Ça ne veut pas dire qu'il se passe quoi que ce soit.

— Tu ne sais pas comment elle est.

Izzy ricana.

— Je crois que je sais, au contraire. Comment a-t-elle découvert qu'on travaillait ensemble ?

À cet instant, Ethan regarda par-dessus l'épaule d'Izzy et se décomposa. Quand Izzy se retourna, elle vit Shannon qui les observait depuis le bout du couloir, les bras croisés.

— Et merde ! murmura Ethan.

Il fourra le journal dans les mains d'Izzy et s'empressa de rejoindre Shannon.

— Salut, bébé, lança-t-il d'un air qui se voulait nonchalant. Le casier d'Izzy était coincé, elle m'a demandé de l'ouvrir pour elle.

Shannon le fixa jusqu'à ce qu'il arrive à son niveau, puis fusilla Izzy du regard. Izzy remit le journal dans son casier, le ferma et avança dans leur direction, son cahier serré contre sa poitrine, comme s'il s'agissait d'un bouclier à l'épreuve des balles. Shannon la suivit des yeux en fronçant les sourcils, jusqu'à ce qu'Ethan la prenne par la main et l'entraîne à sa suite. Izzy les suivit, en espérant qu'elle n'aurait pas à s'asseoir à côté d'eux. Shannon n'arrêtait pas de regarder par-dessus son épaule, de chuchoter à l'oreille d'Ethan et de rire ; un gloussement sonore et délibéré, comme si elle lui racontait une blague. Lorsqu'ils arrivèrent devant la salle, Shannon s'arrêta devant la porte, enroula ses bras autour du cou d'Ethan et l'embrassa à pleine bouche. Il lui rendit son baiser, puis s'écarta.

— Allez. On est déjà en retard.

Shannon lança une œillade à Izzy, une moue dégoûtée aux lèvres.

— Qu'est-ce que ça peut faire ? On n'aura qu'à dire que c'est la faute d'Izzy Pop.

Ethan ouvrit la porte et poussa Shannon dans la salle. Izzy entra, en proie à une folle envie de révéler à Shannon la vraie raison de la présence d'Ethan près de son casier. Mr. Defoe était en train d'écrire au tableau. Sa chemise bleue était tachée de sueur au niveau des aisselles et son jean délavé était enfoncé dans ses éternelles chaussures de randonnée. Quelle que soit la saison, Mr. Defoe portait ses chaussures de randonnée. La rumeur disait qu'il vivait dans un petit appartement au-dessus de la gare et qu'il donnait la plus grande partie de son argent à des associations caritatives. Il jeta un regard aux trois retardataires par-dessus ses épaisses lunettes.

— C'est fort aimable de vous joindre à nous. Dépêchez-vous de vous asseoir.

Au soulagement d'Izzy, une place était libre dans le fond de la salle. Elle s'y précipita pendant qu'Ethan et Shannon s'asseyaient à l'avant.

Mr. Defoe finit d'écrire au tableau, puis regagna son bureau et demanda aux élèves de faire remonter leurs dissertations. Une fois tous les papiers ramassés, il se leva pour commencer son cours.

— Aujourd'hui, nous allons discuter de ce qui pousse une personne apparemment normale à commettre un crime. Comme assassiner sa femme ou son mari, ou apporter une arme à l'école pour tirer sur ses camarades.

Il se mit à arpenter lentement l'estrade.

— De temps en temps, les journaux relaient des histoires sur des gens normaux et ordinaires qui, sans prévenir, se rendent coupables d'un acte odieux. Ils perpètrent des crimes qui choquent leur entourage, et encore plus les personnes qui les connaissent bien. Tout le monde est perdu et tente de comprendre ce qui s'est passé. Lorsque les gens apprennent ce qui est arrivé, leur première réaction est souvent de se dire que la personne qu'ils connaissent ne peut certainement pas être l'auteur de…

Izzy s'affaissa sur sa chaise et tenta de bloquer les mots de Mr. Defoe. Elle prit un stylo et dessina un carré sur son cahier, repassant les contours encore et encore, appuyant de plus en plus fort jusqu'à ce que la pointe de son stylo transperce la couverture.

— La question est : est-ce que ces personnes ont soudainement perdu la tête, ou est-ce que cette tendance était ancrée dans un recoin de leur personnalité depuis le début ? Qu'en pensez-vous, Miss Stone ?

Izzy releva la tête. Quelques élèves se tournèrent vers elle, dans l'expectative.

— Euh... Excusez-moi, vous pouvez répéter la question ?

Toute la classe rit.

— J'apprécierais que vous arrêtiez de dessiner et que vous suiviez le cours, Miss Stone.

Shannon leva la main.

— Oui, Miss Mackenzie ?

— J'ai une idée. Peut-être qu'on pourrait demander à la mère d'Izzy de venir pour nous expliquer l'esprit criminel ?

Izzy sentit le feu lui monter aux joues. Personne n'avait jamais su si vite pour sa mère. Elle fusilla Shannon du regard.

— Qu'est-ce que tu veux dire ? s'enquit Nicole d'un air faussement étonné, un sourire narquois aux lèvres. Qu'est-ce que sa mère a fait ?

— Oh ! je suis désolée, répondit Shannon en feignant la surprise. Je pensais que tout le monde était au courant.

Elle se tourna vers Izzy.

— La mère d'Izzy a tiré sur son père pendant qu'il dormait. Elle purge une peine à perpétuité à Bradford.

Une exclamation de surprise générale retentit dans la salle et toutes les têtes se tournèrent vers Izzy. Des filles plaquaient leurs mains sur leur bouche. Des garçons se tapaient dans la main en riant. Tout le monde se mit à parler en même temps.

— Est-ce qu'elle est dans le couloir de la mort ?

— Est-ce que tu peux l'amener pour faire un exposé ? demanda Luke en ricanant.

— Quelle est sa couleur préférée ? Orange ? renchérit Nicole.

Mr. Defoe s'avança.

— Du calme, ordonna-t-il en levant les mains. Taisez-vous !

Personne ne lui prêta attention. La fille assise à côté d'Izzy changea de place. Luke se leva et tendit les mains comme s'il tenait une arme.

— Bang, bang ! cria-t-il en faisant mine de tirer sur Izzy.

Il en fit autant avec ses amis. Plusieurs tombèrent de leur siège et s'affalèrent au sol, comme s'ils étaient morts.

Les jambes en coton, Izzy se leva, rassembla ses affaires et se dirigea vers la porte. Ethan se leva et posa la main sur son bras.

— Attends, Izzy. Bouclez-la, vous autres ! cria-t-il au reste de la classe. Vous ne voulez pas grandir un peu et arrêter de vous comporter comme de sombres connards ?

Tout le monde se tut et le fixa, les yeux ronds.

— Qu'est-ce qui t'arrive, Ethan ? intervint Luke. Tu as un faible pour Izzy Pop ?

— Dis-nous, Ethan, est-ce que ta copine est au courant que tu es obsédé par la nouvelle ?

C'était un garçon roux au visage criblé de taches de rousseur qui avait dit cela. Sa voix aiguë contrastait fortement avec sa carrure de brute. Il était imposant et musclé, à la manière d'un taureau. Josh, si les souvenirs d'Izzy étaient bons.

Shannon se leva et tira sur le bras d'Ethan.

— Qu'est-ce que tu fabriques ? feula-t-elle, le visage déformé par la colère.

Le silence régnait à présent. Tout le monde attendait de voir ce que Shannon ferait ensuite.

— Asseyez-vous ! cria Mr. Defoe. Un mot de plus et je vous colle tous en retenue ce week-end !

Shannon se rassit en faisant la moue. Izzy la fusilla du regard, les yeux brûlants de larmes, puis se dirigea vers la porte.

— Veuillez retourner à votre place, Miss Stone. Et ne vous laissez pas impressionner par cette bande de jeunes délinquants idiots.

Izzy se figea. Son cœur cognait dans sa poitrine. Elle battit des paupières pour chasser les larmes qui menaçaient de jaillir de ses yeux. Elle n'avait aucune envie de rester, mais ne savait pas à quel genre de répercussion elle s'exposait si elle partait.

— Quant à vous, Miss Mackenzie, ce sera une semaine de retenue après les cours.

— Quoi ? s'écria Shannon d'un ton plaintif. Qu'est-ce que j'ai fait ?

— Qu'est-ce que j'ai fait ? répéta une voix nasillarde et moqueuse dans le fond de la salle. Comme d'habitude, je me suis juste amusée un peu aux dépens de quelqu'un d'autre.

Izzy se retourna pour voir qui avait pris la parole. C'était Alex, adossée au rebord de la fenêtre.

— Tout le monde sait que ma maman est alcoolique et que mon papa nous a abandonnées, alors on me pardonne tout parce que je ne suis qu'une pauvre petite fille perdue.

— Ferme-la ! cria Shannon.

Elle bondit sur ses pieds et voulut rejoindre Alex, mais Ethan la retint.

— Elle ment ! continua Shannon en se débattant.

Certains élèves échangèrent des regards, levant les yeux au ciel ou secouant la tête. D'autres baissaient le nez, comme s'ils étaient gênés d'assister à la scène.

— Calme-toi, dit Ethan à Shannon.

— Tu n'es qu'une salope ! cria celle-ci à Alex. Exactement comme ta mère !

— Ça suffit ! Ethan et Shannon, dans le bureau du principal. Tout de suite. Sortez de ma classe !

Ethan attrapa Shannon par le poignet et l'entraîna dans le couloir, tandis qu'elle continuait à beugler des obscénités. Des conversations animées naquirent de toutes parts parmi les élèves. Izzy était toujours au même endroit, ses livres serrés contre sa poitrine, un nœud brûlant dans la gorge. Elle n'arrivait pas à se décider : devait-elle retourner à sa place ou demander à aller aux toilettes le temps de retrouver une contenance ? Mr. Defoe tentait de reprendre le contrôle de la classe. Tout le monde l'ignorait. Izzy s'essuya les yeux et retourna s'asseoir. Au bout d'un moment, les autres se calmèrent et le cours reprit. Izzy n'en écouta pas un mot.

À la fin de l'heure, Izzy courut jusqu'à son casier, fourra ses affaires et le journal intime de Clara dans son sac à dos, puis se rendit aux toilettes. Elle avait hâte que la journée se termine. Le soir, à la maison, elle avouerait à Peg qu'elle avait le journal. Avec un peu de chance, Peg ne l'enverrait pas dans une autre famille d'accueil. Izzy poussa la porte des toilettes et se figea. Shannon était appuyée contre le radiateur, le visage rougi, les yeux gonflés. Crystal et Nicole étaient à côté d'elle, lui tendant des mouchoirs et lui frottant doucement les épaules.

— Sors d'ici ! lança Shannon.

Izzy tourna les talons, puis changea d'avis.

— Écoute, je ne sais pas pourquoi tu me détestes autant, mais je comprends ce que tu traverses. C'est difficile d'avoir des parents paumés.

Shannon renifla et se redressa.

— Écoute-moi bien, fille de taularde, commença-t-elle en jetant un mouchoir en direction d'Izzy. Tu ne sais rien de moi. Et tu ne sauras jamais rien.

Izzy se mordit l'intérieur de la joue, en proie à une irrépressible envie de lui hurler dessus. Elle voulait lui dire de grandir un peu et d'arrêter de se défouler sur les autres. Mais si elle commençait à crier, elle avait peur de ne jamais réussir à s'arrêter. De plus, ça n'arrangerait rien. Faute de mieux, peut-être qu'elle et Shannon pouvaient parvenir à une sorte d'accord. Être courtoises l'une avec l'autre jusqu'à la fin de l'année. Cela valait le coup d'essayer. Comme sa grand-mère le disait toujours, on n'attrapait pas les mouches avec du vinaigre.

— Peut-être qu'on pourrait discuter un de ces quatre ? Tu avais l'air de vouloir qu'on soit amies quand je suis arrivée. On pourrait apprendre à se connaître ?

— La seule chose que tu vas apprendre, c'est un nouveau job. Je ne veux plus que tu travailles avec mon petit ami.

Izzy haussa les épaules.

— Désolée, mais ça ne risque pas d'arriver.

Shannon s'avança vers elle. Crystal et Nicole l'imitèrent, les bras croisés sur la poitrine.

Avant qu'Izzy ait le temps de faire un geste, les filles l'attrapèrent et la plaquèrent contre le mur.

— Si tu es un tant soit peu intelligente, tu vas te chercher un autre boulot, souffla Shannon.

Izzy se débattit, se tordant en tous sens pour tenter de se libérer, sans succès. Nicole et Crystal la tenaient par les bras pendant que Shannon tapotait sa bouche, songeuse.

— Qu'est-ce que je pourrais bien faire pour te donner une leçon ?

Au même moment, quelqu'un ouvrit avec un coup de pied la porte d'une des cabines, provoquant un grand fracas métallique qui résonna comme un coup de tonnerre.

— Lâchez-la !

Surprises, les filles desserrèrent leur étreinte et Izzy en profita pour se dégager. Alex se tenait près des lavabos, rouge de colère.

— Se liguer contre la nouvelle, vraiment ? Tu ne crois pas qu'il est temps de grandir un peu ?

— Tu vas trop loin aujourd'hui, avertit Shannon.

Elle poussa Alex en arrière. Celle-ci perdit l'équilibre et tenta de se rattraper au rebord d'un lavabo avant de tomber. Alors que Shannon se penchait au-dessus d'elle, Izzy s'interposa.

— Laisse-la tranquille, Shannon.

— Sinon quoi ? Tu vas aller chercher le flingue de ta maman pour me tirer dessus ?

— Non. Je me contenterai de te piquer ton petit ami. Il avait l'air plutôt intéressé quand il est passé chez moi l'autre soir.

Shannon écarquilla les yeux et vira au cramoisi. Elle se jeta sur Izzy, ses ongles manucurés prêts à la prendre à la gorge. Alex tira Izzy par le bras et l'entraîna hors des toilettes. Elles traversèrent les couloirs en courant jusqu'à l'extérieur, près de la file de bus scolaires.

— Merci, dit Izzy en tentant de reprendre sa respiration.

— De rien. Je t'ai dit de te méfier d'elle. Merde ! souffla-t-elle en regardant derrière elle.

Izzy tourna la tête. Shannon, Crystal et Nicole se dirigeaient vers elles au pas de charge.

— Viens, dit Alex en entraînant Izzy vers le parking.

Elles se faufilèrent à travers plusieurs rangées de voitures, esquivant les portières ouvertes et les autres élèves. Enfin, elles atteignirent la voiture d'Alex. Elle déverrouilla les portières pour qu'elles puissent s'engouffrer à l'intérieur, puis elle mit le contact.

— Mets ta ceinture.

— Je ne suis pas censée monter en voiture avec des gens que Peg et Harry ne connaissent pas, tu te souviens ?

— Vas-y, dit Alex en agrippant le levier de vitesse. Voyons si tu parviens à arriver aux bus avant elles.

Les bus étaient de l'autre côté du parking, et Shannon et ses amies n'étaient plus qu'à quelques mètres d'elles.

— Promets-moi que tu entreras pour te présenter.

— Promis.

Alex quitta le parking avec un crissement de pneus. La plume de paon accrochée à son rétroviseur se balançait d'avant en arrière. Alors qu'elles s'éloignaient, Izzy se retourna et vit Shannon, Crystal et Nicole plantées sur le trottoir, les joues rouges et les cheveux en désordre. Au moment où Alex regardait dans le rétroviseur, Shannon leur fit un bras d'honneur.

— Et merde ! Elle va nous avoir dans le collimateur jusqu'à la fin de ses jours, maintenant.

— Pourquoi est-ce qu'elle t'avait dans le collimateur à la base ? demanda Izzy.

Alex sortit un paquet de cigarettes de son sac et en offrit une à Izzy.

— Non, merci.

Alex prit une cigarette dans le paquet avec ses dents et fouilla dans ses poches en quête d'un briquet.

— C'était ma meilleure amie…

Elle s'interrompit pour allumer sa cigarette. Elle aspira une longue bouffée, puis baissa sa vitre et souffla la fumée dehors.

— Jusqu'à ce que ma mère dise à sa mère ce que son père faisait à Shannon.

— Je croyais que la mère de Shannon savait qu'il la frappait ?

Alex la regarda en fronçant les sourcils.

— Comment tu le sais ?

— C'est Ethan qui me l'a dit.

— Il est vraiment venu chez toi ?

— Oui.

Alex siffla.

— Je croyais que tu avais dit ça juste pour énerver Shannon. Qu'est-ce qu'il te voulait ?

— Il tenait à s'excuser de m'avoir fait une mauvaise blague. On travaille ensemble au musée et il veut qu'on soit amis.

— Waouh ! Tu es officiellement en tête de la liste noire de Shannon, maintenant !

Elle rit et aspira une autre bouffée.

— Au moins, elle va un peu relâcher la pression avec moi.

— Pourquoi est-ce qu'elle te déteste autant ?

Alex s'arrêta à un feu tricolore et scruta Izzy, comme si elle pouvait juger de son sérieux en fonction de la couleur de ses yeux.

— Si je te le dis, tu dois me promettre de ne le répéter à personne. Jamais.

— D'accord.

— Ce n'est pas pour protéger Shannon, et ce n'est pas par loyauté non plus. Elle a été tellement odieuse avec moi que je ne lui dois rien du tout. Je veux juste faire ma terminale le plus tranquillement possible et me barrer d'ici après le bac. Partir sans jamais regarder en arrière.

— Je ne dirai rien, promis.

Le feu passa au vert. Alex se remit en route. Izzy attendait, en retenant son souffle.

— Je ne parlais pas du fait que le père de Shannon la frappait, reprit Alex d'une voix monocorde. Je parle de quelque chose de bien pire.

Izzy se crispa et il lui fallut un moment pour formuler la question suivante. Elle avala sa salive avant de demander :

— Qu'est-ce qu'il lui faisait ?

Alex écrasa sa cigarette dans le cendrier et ferma la fenêtre.

— Comme je disais, Shannon était ma meilleure amie. Elle voulait toujours rester dormir chez moi les weekends, mais elle ne voulait jamais que je dorme chez elle. Ça ne me perturbait pas plus que ça. J'étais même soulagée, parce que je trouvais son père un peu glauque. J'avais toujours l'impression qu'il me regardait bizarrement. Un jour, quand on avait environ 12 ans, j'ai trouvé Shannon en pleurs dans sa cabane. Elle m'a raconté que son père venait dans son lit le soir et qu'il… enfin, tu sais…

Izzy sentit son estomac se tordre. La pression qui contractait sa mâchoire s'amplifia et elle sentit son sang se glacer dans ses veines.

— Mon Dieu ! souffla-t-elle.

— Shannon m'a fait jurer de ne pas en parler. Pendant quelques jours, je n'ai pas su quoi faire. J'étais tellement choquée que je n'arrivais même pas à la regarder dans les yeux quand je la voyais au collège. Et puis j'ai fini par comprendre que je ne pouvais pas garder ça pour moi. C'était trop grave. C'était ma meilleure amie et il fallait que je l'aide. Alors je l'ai dit à ma mère, qui l'a dit à la mère de Shannon. Mais la mère de Shannon était déjà au courant.

Izzy eut un mouvement de recul.

— La mère de Shannon était au courant et elle ne faisait rien ? Et elle l'a reconnu devant ta mère ?

— Oui et non. Après la discussion avec ma mère, la mère de Shannon a enfin affronté son mari. Une énorme bagarre a éclaté et il en est venu aux mains, comme toujours. Sauf que, cette fois, Shannon a essayé d'empêcher son père de faire mal à sa mère et qu'elle a fini à l'hôpital. Quand je suis allée la voir, elle était furieuse. Elle a dit que je n'avais fait qu'aggraver les choses en ouvrant ma grande bouche et qu'elle ne voulait plus jamais me revoir. Je suis rentrée chez moi en pleurs et ma mère a appelé la police.

— Est-ce qu'il a été arrêté ?

— Non. Il est parti ce jour-là et il n'est jamais revenu.

— Merde ! Alors, il s'en est sorti.

— C'est ça.

— Mais je ne comprends toujours pas pourquoi Shannon te déteste.

— Parce que je n'ai pas tenu ma promesse. J'ai tout raconté à ma mère.

— Tu voulais l'aider.

Alex la regarda, les yeux brillants.

— Si ton père te faisait des sales trucs, est-ce que tu voudrais que les gens le sachent ?

— Je ne le laisserais pas me faire quoi que ce soit à la base, déjà.

— Tu n'en sais rien. Il a commencé quand elle était petite, trop petite pour savoir que ce n'était pas normal.

Izzy fixa le bout de ses chaussures. Elle avait envie de vomir.

— Quelle horreur !

— Comme tu dis.

— Mais après toutes ces années, Shannon ne comprend toujours pas que, si tu as parlé, c'était uniquement parce que tu t'inquiétais pour elle ?

— Je crois que ce qu'elle redoutait le plus, c'était que tout le monde découvre la vérité. Mais ça ne s'est jamais produit. Ma mère et moi n'en avons jamais parlé à qui que ce soit d'autre. Peut-être qu'on aurait dû et qu'il aurait mieux valu qu'on retire la garde de Shannon à sa mère. Toujours est-il qu'elle n'a jamais été capable de me pardonner. J'ai trahi sa confiance, comme ses parents. Je crois qu'elle n'imagine pas que quelqu'un puisse sincèrement se faire du souci pour elle. Et je crois qu'elle ne comprendra jamais ce que ça fait d'être protégée, d'être aimée et d'aimer en retour, car ses parents ne lui ont jamais donné ça.

— Et Ethan ?

— Ethan n'est rien de plus qu'un trophée, le beau mec que toutes les filles rêvent d'avoir. Elle est folle de jalousie, mais elle n'en a rien à faire de lui. Elle couche avec la moitié de l'équipe de football.

— Est-ce qu'il est au courant de ce que lui faisait son père ?

— Je ne crois pas. Ça m'étonnerait beaucoup qu'elle lui en ait parlé.

Izzy enfonça ses doigts dans le siège en cuir et fixa l'horizon. D'un côté, elle avait de la peine pour Shannon. De l'autre, elle ne saisissait toujours pas pourquoi Shannon ressentait le besoin de blesser les autres pour se sentir mieux. Izzy comprenait qu'on puisse être en colère et avoir envie de se déchaîner contre quelqu'un. Mais elle avait choisi de se faire mal à elle-même au lieu de s'en prendre à une autre personne. Ce n'était pas parce que le père de Shannon était un monstre qu'elle devait en être un.

Cela lui rappela Clara. Son père aussi était un monstre, à sa manière. Et sa mère n'avait pas su (ou pas voulu) la protéger non plus. Clara et Shannon avaient toutes les deux été trahies par leurs parents. Ça dépassait totalement Izzy. Elle pensa à son propre père. C'était un homme bien, le meilleur père dont une petite fille puisse rêver. Au moins, elle avait eu ça. Mais il était mort. Sa mère le lui avait pris. *Pourquoi les gens ont-ils des enfants si c'est pour les traumatiser ensuite ?*

— Ah, au fait, reprit Alex, on a autre chose en commun, toi et moi. Mon père aussi est mort.

— Je suis désolée. Qu'est-ce qui s'est passé ?

— Il a été tué dans un accident de voiture quand j'avais 9 ans.

— Tu es toute seule avec ta mère ?

— Oui. Elle est cool, mais elle travaille beaucoup. Et quand elle n'est pas occupée à travailler, elle passe son temps à aller chez des voyantes. Moi aussi, j'aime bien ces trucs-là, mais on dirait qu'elle est obsédée par l'idée de réussir à communiquer avec mon père.

— Au moins, tu sais qu'elle l'aimait.

— Je suppose, oui. Dis, je peux te poser une question ?

— Bien sûr.

— Dis-moi si tu n'as pas envie d'en parler, mais... Pourquoi ta mère a tiré sur ton père ?

Izzy haussa les épaules.

— Je n'en sais rien, répondit-elle tandis que des larmes lui brûlaient les yeux.

— Ça craint.

— Comme tu dis.

Quand Alex la déposa chez elle, Izzy fit ses devoirs, prit une douche et posa le journal intime de Clara sur la table de la cuisine. Puis elle attendit que Peg et Harry rentrent à la maison, le cœur serré.

CHAPITRE 10

Clara

Le premier hiver de Clara à Willard fut le plus long hiver de sa vie. Presque chaque semaine, des tempêtes furieuses assaillaient les fenêtres avec des bourrasques de neige qui recouvraient les vitres de rideaux de glace. Quand chaque carreau était obstrué par la neige et que la seule chose que Clara distinguait était les nuages gris dans le ciel bas, elle avait le sentiment d'être prisonnière d'une forteresse de glace géante. Elle s'imaginait alors qu'elle et les autres patientes étaient des statues sculptées dans un mélange de glace, de boue et de sang, prêtes à voler en éclats d'une seconde à l'autre.

Comme toutes les patientes lors de leurs premières semaines à Willard, elle était obligée de passer huit heures par jour dans la « verrière », sept jours par semaine. Les patientes avaient le droit de quitter la pièce uniquement pour les repas et pour se rendre aux toilettes, suivant un horaire préétabli. Pendant le reste de la journée, jusqu'après le souper, elles devaient rester assises sur des bancs inconfortables installés le long des murs, pendant que des aides-soignants les surveillaient pour s'assurer qu'elles restaient à leurs places et ne faisaient pas de vagues. Clara tentait de transférer son poids d'une fesse à l'autre, mais, à la fin de la première semaine, elle avait l'impression d'avoir le postérieur à vif et en sang.

Un samedi matin, elle se leva pour la première fois sans en avoir reçu la permission, pour demander si elle pouvait aller aux toilettes. Les aides-soignants présents ce jour-là, Dan et Richard, étaient installés sur des chaises pliantes au centre de la pièce et jouaient au poker. Toutes les autres patientes étaient assises. Elles dormaient, pleuraient, bavaient, chantaient ou regardaient autour d'elles comme si elles observaient des personnes invisibles.

— Je crois que je vais être malade, dit Clara en mettant une main sur son ventre.

Richard posa ses cartes sur la table. Il se leva et se tourna vers Clara, les traits durcis.

— Asseyez-vous, ordonna-t-il en hochant le menton vers le banc. Il y aura une pause dans une heure.

— Mais j'ai besoin d'y aller tout de suite, implora-t-elle les larmes aux yeux. S'il vous plaît.

Il s'approcha d'elle, le menton relevé, les épaules bien droites.

— Je vous ai dit de vous asseoir.

— Vous ne pouvez pas traiter les gens comme ça, protesta-t-elle en secouant la tête. Ce n'est pas bien !

Richard fit un pas de plus vers elle.

— J'ai pour ordre de m'assurer que vous restiez assise, gronda-t-il, sa lèvre supérieure tremblante.

Clara le contourna, une main plaquée sur la bouche. Il l'attrapa et ses doigts se refermèrent comme des serres autour de son poignet. Elle se débattit pour tenter de se dégager, mais c'était peine perdue. Richard était beaucoup plus fort qu'elle.

— Lâchez-moi ! cria-t-elle. Vous êtes supposés aider les gens, pas les torturer !

Puis, incapable de se retenir davantage, elle se pencha en avant et vomit sur le sol, manquant de peu les chaussures de Richard.

L'autre aide-soignant se leva. L'une des patientes se mit à pleurer tandis qu'une autre se dirigeait vers la porte. Une troisième commença à se balancer d'avant en arrière, pendant qu'une quatrième arpentait la salle, hochant la tête et se tordant les mains. L'infirmière Trench fit irruption dans la pièce et força tout le monde à se rasseoir.

— Emmenez-la dans la salle C !

Richard conduisit Clara dans le couloir, la traînant derrière lui comme si elle n'était qu'une petite fille récalcitrante. Il ouvrit une porte et, avec un grognement, la poussa dans une pièce sans fenêtre, uniquement meublée d'un lit. Clara trébucha et faillit tomber. Il ferma la porte derrière lui et avança vers elle. Elle recula, et se trouva bientôt le dos au mur. Avant même qu'elle ne comprenne ce qu'il s'apprêtait à faire, la main grande ouverte de Richard entra en contact avec sa joue dans un éclair douloureux. Sa tête vola sur le côté et son chignon se défit. Elle porta sa main à sa joue brûlante et endolorie et le fusilla du regard, les yeux pleins de larmes.

Il l'attrapa par les bras, la tira vers le lit au centre de la pièce et la jeta sur le matelas crasseux. Un autre aide-soignant les rejoignit et la maintint allongée, ses mains lui broyant les bras. Elle se débattit de toutes ses forces pour se libérer, en vain. Pendant que l'autre aide-soignant la tenait, Richard attacha des sangles en cuir autour de ses poignets et de ses chevilles.

— Pourquoi me faites-vous ça ? cria-t-elle. Je voulais juste aller aux toilettes !

La porte s'ouvrit de nouveau et une infirmière entra précipitamment, une seringue à la main. Elle pinça le haut du bras de Clara entre son pouce et son index et lui enfonça l'aiguille dans la peau.

— Non ! Laissez-moi ! hurla Clara.

— C'est pour votre bien, dit l'infirmière.

Richard et l'autre aide-soignant reculèrent, le front couvert de sueur, le souffle court.

— Apparemment, ils choisissent tous la difficulté, dit Richard en s'essuyant le front d'un revers de main.

— S'il vous plaît, laissez-moi sortir, supplia Clara.

L'infirmière et les aides-soignants l'ignorèrent et quittèrent la pièce en claquant la porte en fer derrière eux. Des clés cliquetèrent et on ferma le verrou. Quelques minutes plus tard, un grincement de métal glissant contre du métal la fit se crisper. Quelqu'un venait d'ouvrir le carré grillagé de la porte. Clara releva la tête pour voir qui était là, mais elle n'aperçut qu'un front et une paire d'yeux. Puis la personne referma le carré et des voix étouffées résonnèrent dans le couloir. Clara laissa retomber sa tête sur le matelas. Le plafond devint flou et sombre. Elle regarda les murs. Les coins de la pièce semblaient s'enrouler sur eux-mêmes, les lignes pulsant au rythme des battements affolés de son cœur. Soudain, elle sentit qu'elle allait être malade encore une fois. Elle pencha la tête sur le côté et vomit, toussant et s'étranglant.

Tout à coup, ses paupières s'alourdirent. Elle cligna deux fois des yeux, puis le monde autour d'elle disparut.

La première chose dont Clara eut conscience, c'était une douleur dans son estomac et une sensation de brûlure au niveau de ses poignets et de ses chevilles. Elle avait des courbatures partout, comme si on l'avait rouée de coups, et sa tête semblait peser une tonne. Elle tenta de rouler sur le côté, mais elle était attachée au lit. Le drap sous elle était froid et humide, une odeur nauséabonde de vomi et d'urine flottait dans l'air. Le plafonnier diffusait une lumière jaune vaporeuse. Soudain, tout lui revint. Elle était à l'isolement.

Elle releva péniblement la tête et voulut inspecter la pièce en tentant d'ajuster sa vision un peu floue. Aussitôt, les murs se mirent à tourner et elle reposa la tête sur le matelas, en attendant que la sensation se dissipe. Lorsqu'elle se sentit mieux, elle rouvrit les yeux. Alors qu'elle s'apprêtait à appeler à l'aide, elle aperçut l'infirmière Trench assise dans un coin, en train de lire.

— Pouvez-vous me détacher, s'il vous plaît ? demanda Clara d'une voix rauque et faible.

L'infirmière sursauta et poussa une petite exclamation de surprise. Clara constata avec étonnement que l'infirmière avait les yeux rouges et brillants. Elle s'essuya les joues, se leva, posa son livre sur sa chaise et vint près du lit. Elle examina Clara, les sourcils froncés.

— Je ne sais pas. Allez-vous bien vous tenir ?

— S'il vous plaît. Je suis glacée et je meurs de faim.

— Peut-être que vous auriez dû y penser avant de provoquer un tel raffut dans la verrière.

— Ils ne voulaient pas me laisser aller aux toilettes et…

L'infirmière Trench secoua la tête.

— Les règles existent pour une raison. Comment pouvons-nous vous aider si vous ne les respectez pas ?

— Mais je savais que j'allais être malade et…

— L'aide-soignant a dit que vous vous étiez levée sans demander la permission.

— Oui, mais…

— Ne vous a-t-on pas dit de demander la permission avant de vous lever ?

Clara hocha la tête.

— Exactement. À présent, avant que je vous détache, vous devez me promettre que vous vous en souviendrez.

— Je m'en souviendrai.

— Vous ferez ce qu'on vous dit à partir de maintenant ?

— Oui.

— Il faut répéter après moi, Clara.

— À partir de maintenant, je ferai ce qu'on me dit.

— Très bien ! dit l'infirmière en souriant. Vous pouvez retourner dormir dans le pavillon ce soir, à condition de ne pas faire de bêtises. Autrement, vous vous retrouverez de nouveau ici. C'est compris ?

— C'est compris.

L'infirmière baissa la barrière sur le côté du lit, défit les sangles en cuir et recula d'un pas. Clara se redressa et se frotta les poignets, le cœur battant. Elle s'assit au bord du lit et écarta ses cheveux de son visage. Ils étaient cartonnés et empestaient le vomi. La pièce parut pencher sur le côté. Clara ferma les yeux et inspira profondément. Enfin, le tournis cessa et elle se mit debout. Ses vêtements mouillés lui collaient aux jambes. Elle enroula ses bras autour d'elle, tentant de maîtriser ses tremblements.

— Puis-je me laver et avoir une chemise de nuit propre ? demanda-t-elle en claquant des dents.

— Il est trop tard. C'est presque l'heure de l'extinction des feux. Il vous faudra attendre jusqu'à demain.

— Mais je n'ai rien avalé depuis ce matin.

— Depuis hier matin, corrigea l'infirmière.

Elle s'empara de son livre et se tourna vers Clara, son bras serrant son roman contre son imposante poitrine.

— Vous avez dormi pendant deux jours.

Clara porta une main à son ventre.

— Et vous n'allez pas me donner à manger avant demain matin ?

Elle s'apprêtait à mentionner le fait qu'elle était enceinte, mais elle se ravisa. L'infirmière Trench lui avait dit de ne plus évoquer le bébé.

— Je suis désolée, dit l'infirmière en se dirigeant vers la porte. Lorsque vous ne respectez pas les règles, vous êtes punie.

Clara se mordit la lèvre. Il fallait qu'elle parvienne à toucher cette femme, à lui montrer qu'elle n'était pas comme le reste des patients. L'infirmière Trench devait avoir un cœur, quelque part sous sa carapace. Clara jeta un regard au roman. C'était *Le soleil se lève aussi*, d'Ernest Hemingway. Sur la couverture, une femme était sous un arbre, la tête baissée, les yeux clos. Clara repensa au jour où elles avaient surpris le docteur Roach et l'infirmière May. L'infirmière Trench avait semblé en colère et écœurée de trouver le médecin en train de flirter avec sa maîtresse pendant qu'il faisait patienter sa femme dans le couloir. Mais Clara avait aussi vu autre chose dans le regard de l'infirmière ce jour-là. Quelque chose qui ressemblait à la douleur d'un cœur brisé.

Clara avala sa salive, tentant d'ignorer son ventre vide et son léger vertige.

— J'ai eu de la peine pour le personnage principal, dit-elle en hochant la tête en direction du livre. Pas vous ?

L'infirmière fronça les sourcils. Pendant un instant, elle parut sur le point de donner son avis sur le roman, avant de se raviser. Elle ouvrit la porte à la volée et hocha la tête en direction du couloir.

— Allons-y.

Clara passa la porte, les jambes vacillantes.

— Ça me fend le cœur d'être loin de l'homme que j'aime, continua-t-elle d'un ton qui se voulait amical. Il s'appelle Bruno.

L'infirmière l'ignora et se mit en route. Clara lui emboîta le pas.

— Je n'arrive pas à imaginer à quel point ça serait douloureux d'aimer quelqu'un qui ne m'aime pas en retour.

— Assez parlé, coupa l'infirmière.

— Encore plus s'il était amoureux de quelqu'un d'autre. Savoir qu'il ne serait jamais à moi… Ça serait une véritable torture.

L'infirmière s'immobilisa et se tourna vers Clara.

— Je peux vous remettre à l'isolement, si ça vous tente, menaça-t-elle, le visage cramoisi.

Clara secoua la tête et baissa les yeux. L'infirmière Trench poussa un grognement et se remit en route.

À compter de ce jour, Clara resta assise sur les bancs de la verrière sans dire un mot. Elle tentait de se représenter les cheveux bruns et les yeux brillants de Bruno, chantait ses chansons préférées dans sa tête… Tout ce qui pouvait lui faire oublier ses fesses meurtries et ses jambes ankylosées. Elle faisait de son mieux pour ne pas attirer l'attention et essuyait ses larmes avant qu'elles ne roulent sur ses joues. Par chance, à la fin de la deuxième semaine, il fut décidé qu'elle était suffisamment digne de confiance pour travailler. Le jour où on l'affecta à la cuisine pour éplucher les pommes de terre, elle récita une prière de remerciements, tout en éprouvant une profonde tristesse pour les pauvres femmes qui n'auraient jamais la même opportunité.

La cuisine se situait dans un ensemble de vastes bâtiments, derrière Chapin Hall. Les infrastructures aux allures d'usine incluaient la cuisine principale, la boulangerie, la chaufferie et la réserve de charbon. La nourriture était acheminée jusqu'aux réfectoires via un réseau de tunnels souterrains et de monte-plats.

Chaque jour de cet interminable hiver, Clara éplucha des pommes de terre, assise sur un tabouret en bois, dans la cuisine où régnait une chaleur d'étuve. Le tabouret était bancal et son assise dure et fendue, mais, au moins, Clara pouvait se lever lorsqu'elle avait besoin de changer de position. Elle ne pouvait imaginer ce que devaient vivre les patients qui n'étaient jamais autorisés à travailler et devaient passer tout leur temps assis sur un banc. S'ils n'étaient pas fous en arrivant à Willard, ils ne tardaient certainement pas à le devenir. Comment les médecins pouvaient-ils croire que ce genre de torture était bénéfique à qui que ce soit ?

Qu'il neige ou qu'il vente, Clara se délectait lorsque c'était son tour d'aller dans la cour grillagée, derrière la cuisine, pour jeter les épluchures sur la pile de compost, qui servait ensuite à nourrir les poules et les cochons de Willard. Même lorsque l'air gelé semblait solidifier son visage et que le vent lui faisait monter les larmes aux yeux, elle restait dehors aussi longtemps que possible, consciente que ce serait peut-être son seul bol d'air frais pendant des jours. Certains matins, elle entendait le crissement et le souffle des locomotives et les bruits sourds et profonds du lac gelé, telles des goulées gargantuesques. Même sans voir l'étendue d'eau derrière Chapin Hall, elle se sentait liée à elle. Elles étaient toutes les deux gelées, immobiles, suspendues dans le temps.

À la fin du mois de février, Clara était plus mince qu'elle ne l'avait jamais été. Il lui suffisait de voir ses jambes et ses bras émaciés pour s'en rendre compte. À l'exception d'un petit renflement en dessous de son nombril, rien n'indiquait qu'elle était enceinte. Le plus souvent, elle se sentait faible et étourdie, comme si le bébé qui grandissait en elle lui prenait toute son énergie. Elle faisait de son mieux pour manger toute la nourriture qu'on lui donnait, même si ce n'était qu'un bol de bouillon insipide ou un œuf poché coulant dont l'odeur et la consistance lui donnaient envie de vomir. Chaque jour, elle cachait une pomme de terre dans sa pile d'épluchures et croquait dedans quand personne ne la regardait. Les pommes de terre crues avaient un goût de poussière et d'amidon froid, mais elle les mangeait quand même.

Par un jour gris et pluvieux de mars, dans la cour de derrière, un gros rat mouillé émergea du haut de la pile de compost et se faufila par une petite ouverture, en bas de la haute clôture en bois. Clara s'en approcha, posa son panier d'épluchures et s'agenouilla dans la boue. Le trou était de la taille d'une balle de base-ball, les bords du bois mous et rongés. Clara se releva et donna des coups de pieds dans les planches qui entouraient l'ouverture pour tenter de casser le bois. Puis elle s'accroupit et en cassa des morceaux avec ses mains. Des échardes transperçaient ses paumes, mais elle continua, arrachant un morceau de la taille d'un bol. Elle regarda à travers le trou et aperçut les fondations en pierre d'un autre bâtiment, quelques mètres plus loin. Elle jeta le bout de bois de l'autre côté de la brèche, puis cacha l'ouverture derrière un tas d'épluchures. Le lendemain, elle retira d'autres morceaux de clôture. À la fin de la semaine, elle avait les paumes et les mains à vif, mais l'ouverture était presque assez grande pour s'y glisser.

L'après-midi suivant, elle alla jusqu'à la pile de compost, y jeta ses épluchures et détacha un autre morceau de bois. Elle s'allongea sur le sol détrempé, se mit sur le dos pour ne pas faire mal au bébé, puis se tortilla à reculons jusqu'à faire passer sa tête et ses épaules par le trou. Elle enfonça ses talons dans la terre pour continuer de se propulser, mais son ventre était trop gros. Le bébé l'empêchait de passer. Alors qu'elle était sur le point d'effectuer la manœuvre en sens inverse et d'agrandir davantage le passage, quelqu'un l'attrapa par les chevilles et tira pour la dégager.

— Est-ce que vous allez bien ? demanda un homme au-dessus d'elle.

Il portait un manteau en laine et une salopette crasseuse, et ses bottes étaient couvertes de boue.

Clara s'assit.

— Je… bafouilla-t-elle.

Son cœur cognait furieusement dans sa poitrine.

— Vous essayiez de vous sauver ?

Il la fusilla d'un œil, l'autre étant tellement tuméfié qu'il n'arrivait pas à l'ouvrir.

Clara secoua la tête et tenta de se lever. L'homme lui tendit la main et l'aida à se mettre debout.

— Ça vous servira à rien de passer cette clôture, déclara-t-il. C'est la chaufferie de l'autre côté. Y a pas d'issue.

— Comment êtes-vous arrivé ici ? demanda-t-elle en essuyant sa robe.

Ses cheveux étaient froids dans sa nuque, et l'arrière de ses bras et de ses jambes couvert de terre humide.

L'homme cracha et un filet de salive resta accroché au coin de sa bouche. Il montra la clôture près du mur du fond de la cuisine.

— La porte est juste là. On a un tas de nouveaux cochons et le patron m'a envoyé chercher des restes en plus. Je vous ai vue par terre et…

Clara plissa les yeux. Le seul élément susceptible d'indiquer la présence d'une porte était un espace légèrement plus large entre deux planches, et encore, cela se voyait à peine. Une pelle et une brouette étaient à côté de la pile de compost. Elle se dirigea vers la porte et glissa le bout de ses doigts dans l'interstice pour tenter de l'ouvrir, mais c'était trop étroit. Elle ne pouvait pas enfoncer suffisamment ses doigts pour avoir une prise.

— Comment faites-vous pour l'ouvrir ?

L'homme la rejoignit d'un pas lourd.

— Le patron m'a donné une clé pour entrer. Et un secret pour sortir.

Il donna un coup de poing dans la porte, qui s'ouvrit comme s'il avait appuyé sur un bouton-poussoir. Il la poussa pour la refermer.

— Vous voyez ?

— Je peux essayer ?

Il haussa les épaules et recula. Clara donna un coup de poing au même endroit. Le bois vibra, mais la porte resta close.

— Je vous ai bien dit que c'était un secret, dit l'homme en souriant.

Clara inspira profondément et cogna de nouveau, de toutes ses forces. Cette fois, le panneau de bois s'ouvrit. De l'autre côté, un chemin plein d'ornières longeait le bâtiment, puis disparaissait au détour d'un virage. Clara se mit à courir aussi vite que possible, son sang battant dans ses tempes. Quelques mètres avant qu'elle atteigne le tournant, l'homme la ceintura par-derrière et la souleva. Il serrait si fort qu'elle arrivait à peine à respirer. Il la ramena de l'autre côté de la clôture, la reposa et claqua la porte, à bout de souffle. Il était rouge et grimaçant.

— Vous m'avez tendu un piège. Le patron a bien dit de ne jamais laisser personne utiliser cette porte.

— Je suis désolée, dit Clara en tentant de reprendre sa respiration. C'est juste que… je ne suis pas censée être ici, voyez-vous ?

— Vous pouvez pas vous en aller, répondit l'homme en secouant la tête. C'est contre le règlement. Vous allez vous attirer un tas de problèmes si vous désobéissez au règlement.

— Je sais. Simplement, je…

Elle hésita, en quête des bons mots.

— Comment vous appelez-vous, au fait ?

— Stanley. Mon père m'a prénommé Stanford, mais ma mère m'appelait Stanley.

— Êtes-vous un patient ici, Stanley ? demanda-t-elle en espérant lui montrer ainsi qu'elle était de son côté.

Il hocha la tête.

— Ça fait vingt ans. Depuis mes 17 ans.

La gorge de Clara se noua.

— Pourquoi vous a-t-on envoyé ici ?

— Mes parents sont morts. J'arrêtais pas de faire des bêtises et j'étais trop vieux pour l'orphelinat.

— Je ne veux pas vous causer davantage d'ennuis, Stanley.

Elle se mordit la lèvre tandis qu'elle réfléchissait à une autre approche.

— Je vivais dans une ferme quand j'étais petite. J'adore les animaux. Vous croyez que vous pourriez me montrer les nouveaux cochons ?

— Oh non ! Le patron serait pas content. Il dit que personne d'autre n'a le droit d'entrer dans la porcherie.

— Dans ce cas, que diriez-vous de simplement me laisser passer par cette porte ? Personne n'en saura rien.

Stanley secoua la tête. Il vacillait d'avant en arrière, comme s'il marchait sur place. À cet instant, un bruit de moteur à l'approche leur parvint de l'autre côté de la clôture.

— Je dois me remettre au travail, dit Stanley. Le patron arrive.

Il se précipita vers sa brouette, la poussa jusqu'à la pile de compost et commença à la remplir de restes.

Clara le suivit.

— D'habitude, à quel moment de la journée venez-vous chercher le compost ?

Stanley enfonça sa pelle dans la pile et ajouta une pelletée de restes dans sa brouette.

— Avant le lever du soleil, dit-il en gardant la tête baissée. Quand tout le monde dort encore et que personne ne m'embête.

Un véhicule s'arrêta de l'autre côté de la clôture. Un bruit métallique de portière retentit. Puis la porte s'ouvrit et un homme en salopette boueuse apparut.

— Bon sang de bois, qu'est-ce qui te prend autant de temps, Stanley ? Tu devais me retrouver au bout de la rue il y a dix minutes !

Stanley continua à travailler, le dos voûté.

— Désolé, patron. Cette dame était coincée dans la clôture et je l'ai aidée à se dégager.

L'homme regarda le trou, puis dévisagea Clara, les sourcils froncés.

— Qu'est-ce qui se passe ici ?

— Rien, répondit Clara. Nous discutions, c'est tout.

Elle ramassa son panier et reprit le chemin de la cuisine. L'homme lui emboîta le pas et entra dans la cuisine derrière elle.

— Vous laissez Stanley tranquille, vous m'entendez ? C'est un bon travailleur, qui ne cause jamais de problème. Vous feriez bien d'en prendre note.

Clara continua d'avancer. En jetant un coup d'œil par-dessus son épaule, elle aperçut le patron de Stanley qui marchait entre les comptoirs de préparation. Puis il tourna à gauche et disparut. Clara regagna son poste et se remit au travail, luttant contre la panique qui l'empêchait de respirer normalement. À coup sûr, le patron de

Stanley allait la signaler. Les autres femmes la fixaient, se demandant sans doute pourquoi elle avait les jambes et les bras maculés de boue.

Quelques minutes plus tard, le patron de Stanley et la responsable de la cuisine firent leur apparition. La femme rondelette marcha d'un pas lourd jusqu'à Clara, la tête penchée sur le côté. Elle devait avoir au moins 60 ans, et pourtant, ses bras étaient encore musclés et vigoureux.

— Qu'est-ce que c'est que cette histoire ? On me dit que vous êtes restée coincée dans la clôture ?

— J'ai glissé dans la boue, je suis tombée et ma jambe est passée dans un trou, expliqua Clara. C'était un accident.

La responsable l'attrapa par le bras et l'entraîna dehors. Stanley se tenait près de la clôture, sa brouette pleine. Il baissa les yeux, triturant l'ourlet de sa veste.

— Est-ce vous qui avez fait ça ? demanda la femme à Clara en lui montrant le trou.

— Non. Je vous l'ai dit, je suis tombée et…

— Condamnez-moi ça immédiatement, ordonna-t-elle au patron de Stanley.

Puis elle ramena Clara à l'intérieur et la conduisit au cabinet du docteur Roach.

— Où donc seriez-vous allée si vous vous étiez sauvée, Clara ? Willard s'étend sur des centaines d'hectares, dont de vastes forêts touffues. La ville la plus proche est à des kilomètres d'ici.

— Je ne sais pas, dit Clara, les poings serrés sur les genoux.

— Et s'il vous était arrivé quelque chose ? Comment aurais-je expliqué cela à votre père ?

— Je me fiche de mon père ! Vous pouvez bien lui dire ce qui vous chante. Vous savez tout aussi bien que lui que je n'ai rien à faire ici.

Le médecin fronça les sourcils, visiblement surpris.

— Je ne sais rien du tout. Vous êtes ici pour une raison, Clara. Et je veux vous aider à aller mieux.

— Je vous l'ai déjà dit, je suis ici parce que je me suis disputée avec mon père. Je n'ai pas besoin d'aide !

— Mais ne comprenez-vous donc pas ? insista le médecin. En essayant de vous échapper, vous ne faites que renforcer ma conviction que vous n'avez pas les idées claires. Une femme de votre statut et d'une constitution aussi fragile que la vôtre ne devrait pas se promener seule en pleine campagne. C'est dangereux !

— Je ne suis pas aussi fragile que ce que vous croyez.

— Vous savez quel genre d'hôpital est Willard, n'est-ce pas ?

— Bien sûr que je le sais. C'est une institution pour malades mentaux. Mais je n'entends pas de voix, je n'ai pas d'hallucinations. Je sais que mon père vous a dit que j'étais folle, mais il ment.

— Il ment, vous dites ?

Il adressa à Clara un sourire triste.

— Ma chère Clara, pourquoi ferait-il une chose pareille ?

— Pour me garder ici.

— Est-ce réellement ce que vous croyez ?

— Oui ! Au début, j'ai pensé qu'il souhaitait simplement me donner une leçon et qu'il finirait par me laisser rentrer à la maison. Mais à présent, je pense qu'il est content d'être débarrassé de moi.

Le docteur Roach secoua la tête, l'air contrarié.

— Vous m'inquiétez, Clara. Vous continuez à être convaincue que votre père complote contre vous et que nous vous gardons ici pour vous faire du mal.

— Je vous en prie, laissez-moi partir. Vous pouvez raconter à mon père que je suis toujours ici. Que je suis devenue complètement folle et que vous devez me garder enfermée pour le restant de mes jours, ça m'est égal, mais laissez-moi partir ! Il n'a pas besoin d'être au courant !

— Vous êtes irrationnelle, Clara. Je suis médecin. J'ai prêté le serment d'aider les gens. Et c'est exactement ce que j'essaie de faire ici.

— Je n'ai jamais été aussi rationnelle, au contraire. On me garde dans un asile d'aliénés contre mon gré. Ma tête est tout ce qu'il me reste, et je vous assure qu'elle fonctionne parfaitement bien ! Je ne suis pas comme le reste des patients ici qui croient aveuglément tout ce que vous leur racontez et vous laissent les parquer comme des animaux. Ce n'est pas ce qu'un médecin est censé faire. C'est criminel.

Le docteur Roach plissa les yeux.

— Peut-être avez-vous besoin de faire une pause. Prendre un peu de temps pour réfléchir vous ferait du bien. Une tentative d'évasion est un délit grave, qui entraîne normalement une punition sévère. Mais je suis disposé à faire preuve d'indulgence à votre égard, car je vous considère comme étant suffisamment intelligente pour apprendre de vos erreurs…

Clara se pencha par-dessus le bureau et attrapa les mains du médecin. De la terre séchée qui maculait ses coudes tomba sur le sous-main immaculé. Un petit cri de surprise franchit les lèvres du praticien. Il recula et tenta de se dégager, mais Clara resserra son étreinte.

— Comment vous sentiriez-vous si je refusais de vous lâcher ? Je sais que vous n'aimez pas que les gens vous touchent. J'ignore pourquoi, mais cela vous effraie. Et au cas où vous ne seriez pas au courant, les hommes honnêtes et droits ne trompent pas leur femme. Peut-être que c'est vous qui avez besoin d'aide, docteur. Peut-être que c'est vous que l'on devrait enfermer ! Que diriez-vous de ça ?

Il se leva et se dégagea d'un geste brusque, le visage écarlate, les narines dilatées.

— Je ne sais pas à quel jeu vous jouez, mais je ne tolérerai pas cette attitude !

Il referma sèchement son dossier.

— Nous discuterons de nouveau lors de votre prochaine séance. D'ici là, vous aurez peut-être changé d'avis.

Pendant les six jours suivants, Clara fut placée à l'isolement dans le quartier disciplinaire. La pièce nauséabonde aux murs en ciment avait, pour tout mobilier, des toilettes et un lit de camp en métal soudé au sol. Deux fois par jour, on lui glissait, à travers un passe-plat, un plateau avec un morceau de pain sec et une écuelle de bouillon. Le seul moyen de faire la différence entre la nuit et la journée était l'ampoule dénudée qui pendait au plafond et qui s'éteignait le soir. Des cliquetis de chaînes et des claquements de portes en métal résonnaient dans le couloir, ponctués de cris et de grognements. Le sixième jour, l'infirmière Trench ouvrit la porte pour laisser sortir

Clara, en émettant un claquement de langue désapprobateur. Trop faible pour parler, Clara la suivit jusqu'au pavillon, sans un mot.

À la mi-avril, environ deux mois avant son terme d'après ses calculs, le ventre de Clara ressortait au point que ses robes lui collaient à la peau. Mais d'autres femmes avaient un ventre protubérant (peut-être avaient-elles été obèses avant qu'on les affame à Willard, ou que tout leur poids se concentrait autour de leur abdomen), alors elle savait que son aspect n'avait rien de remarquable. Personne ne prêtait attention au fait qu'elle grossissait de jour en jour et personne ne croyait qu'elle allait réellement donner naissance, ou bien tout le monde s'en fichait. En tout cas, personne n'avait pris la peine de vérifier qu'elle disait vrai.

Le dernier jour de mai, à l'occasion de son rendez-vous avec le docteur Roach, Clara prit place sur la chaise en face de son bureau. Le dossier rigide appuyait contre les os de son bassin. Son squelette la faisait souffrir, comme si elle avait 90 ans au lieu de 19. Elle ne savait pas si elle avait mal partout parce qu'elle était enceinte et souffrait de malnutrition, ou si c'était à cause du fin matelas bosselé sur lequel elle essayait de dormir depuis cinq mois.

Chaque nuit, son sommeil agité était peuplé de cauchemars dans lesquels elle commençait à accoucher dans le pavillon sans que personne l'aide, à l'exception d'autres patientes. Dans ses rêves, elle criait, étendue sur un lit crasseux, les autres femmes rassemblées autour d'elle et oscillant d'avant en arrière, bavant, hurlant. Elle se redressait, agrippait les bords du matelas et donnait naissance, le visage déformé par l'effort et la douleur. La femme avec la vieille poupée arrachait alors son nouveau-né d'entre ses jambes et s'enfuyait en courant, le cordon ombilical traînant derrière elle.

Clara était assise avec, comme toujours, une main sur le ventre, dans l'espoir de sentir le bébé bouger. Et comme toujours, elle ne sentait rien. Sa plus grande peur était que le fœtus soit mort, et de ne le découvrir qu'au moment de l'accouchement. Les seuls moments où elle percevait des mouvements se produisaient pendant la nuit et, chaque fois, elle craignait que ce ne soit le fruit de son imagination, tant le frémissement sous sa main était léger. Pour la millionième fois, elle redouta que le bébé ne soit anormalement petit ou qu'il n'ait un très grave problème. Son cœur se serra dans sa poitrine.

Installé à son bureau, le docteur Roach l'observait, la pointe de son stylo posée sur son dossier médical. Elle examina le stylo, élégant et finement travaillé. Qu'est-ce qu'elle avait été idiote de croire qu'elle aurait accès à de l'encre et à du papier pour écrire à Bruno et que quelqu'un enverrait ses lettres ! Tout le monde, à Willard, se fichait de la raison pour laquelle elle était ici, et encore plus de son ancienne vie. Elle pensa à l'infirmière Yott. Elle avait immédiatement saisi que Clara était saine d'esprit. Alors pourquoi personne ici n'était en mesure de s'en rendre compte ? Soit l'infirmière Yott avait changé d'avis quant au fait d'envoyer la lettre de Clara, soit elle s'était fait prendre. Autrement, Bruno serait déjà venu la secourir, à l'heure qu'il était. Une douleur sourde et insidieuse envahit sa poitrine.

— À quoi pensez-vous, Clara ? demanda le docteur Roach d'une voix grave et posée.

— Je me demandais comment vous prétendiez aider les patients si vous ne les voyez jamais.

Il fronça les sourcils.

— Je crains de ne pas comprendre ce que vous voulez dire.

— Je suis ici depuis cinq mois et ce n'est que ma deuxième séance avec vous. La seule fois où vous m'avez reçue, c'était quand vous m'avez mise à l'isolement.

Il se laissa aller contre le dossier de son fauteuil, caressant son bouc minutieusement taillé.

— Nous accueillons plus de trois mille patients à Willard, hommes et femmes confondus. Ce n'est pas l'hospice de Long Island. Vous ne pouvez pas vous attendre à un traitement de faveur.

— Je ne demande pas de traitement de faveur. Simplement, vous affirmez vouloir m'aider… Comment le pourriez-vous sans jamais me voir ? Je commence à croire que la seule chose que Willard sait faire, c'est enfermer les gens.

— Cette institution est née de la conviction que la folie peut être soignée par le biais de méthodes certes fermes, mais humaines, en offrant aux patients un refuge loin des angoisses de la vie, de quoi manger et un travail régulier. L'on vous fournit toutes ces choses, pas vrai, Clara ?

Elle se tortilla sur sa chaise, le dos à l'agonie.

— Tout d'abord, je ne suis pas folle. Ensuite, cet endroit n'est pas un refuge loin des angoisses de la vie. On me garde ici contre ma volonté. Est-ce supposé m'aider à me sentir sereine et insouciante ?

— Et comment pourrais-je vous aider à vous sentir mieux, Clara ?

— En me laissant partir. Je suis ici depuis suffisamment longtemps. Je suis persuadée que même mon père serait d'accord.

Le médecin secoua la tête.

— Je crains que vous ne vous trompiez. Votre père compte sur moi pour vous guérir. Malheureusement, rien dans vos dires ne me montre que vous avez fait des progrès.

— Que voulez-vous entendre ? Expliquez-le-moi et je vous le dirai.

— Pensez-vous toujours que votre père vous a envoyée ici pour se débarrasser de vous ?

Les épaules de Clara s'affaissèrent.

— C'est la dixième fois que vous me posez cette question.

— C'est mon métier de poser des questions.

— Mais vous déformez mes réponses pour qu'elles correspondent aux idées préconçues que vous avez à mon sujet. Vous êtes convaincu que quelque chose ne va pas chez moi simplement parce que je suis ici !

— Contentez-vous de répondre à la question, je vous prie.

Clara prit une grande inspiration et soupira bruyamment.

— Mon père m'a envoyée ici, c'est tout ce que je sais. Si vous me renvoyez chez moi, je ferai ce qu'il me dira de faire.

— Êtes-vous en train de me dire que vous comprenez enfin que votre père veut uniquement ce qu'il y a de mieux pour vous ?

Elle se mordit l'intérieur de la joue et hocha la tête. À cet instant, elle aurait été d'accord avec n'importe quoi tant que cela lui permettait de recouvrer sa liberté. Tout ce qui était susceptible de lui arriver une fois de retour chez ses parents ne serait pas pire que de rester enfermée là. Le front ridé par la concentration, le docteur Roach griffonna quelque chose dans son dossier, avant de relever les yeux sur elle.

— Vous est-il arrivé d'avoir des pensées suicidaires, Clara ?

Elle secoua la tête.

— Pourquoi me demandez-vous une chose pareille ? Je ne vous ai pas donné la moindre raison de croire que…

— Je suis certain que vous n'êtes pas sans savoir que le suicide peut être congénital. Je veux simplement m'assurer que…

— Non, l'interrompit-elle. Comme je vous l'ai déjà dit, tout ce que je souhaite, c'est une chance de mener une vie normale, d'être avec l'homme que j'aime, d'élever notre enfant. Mais je ne peux rien accomplir de tout cela si vous me gardez ici.

— Je présume que vous parlez de Bruno.

Le cœur de Clara s'emballa.

— Comment savez-vous son nom ? Est-ce mon père qui vous l'a dit ?

Le docteur Roach jeta un coup d'œil à son dossier, les sourcils froncés, faisant rouler son stylo entre ses doigts. Puis il releva la tête et examina attentivement Clara.

— Je crains que le moment ne soit venu de vous dire la vérité, Clara.

Elle se redressa sur sa chaise, la respiration entrecoupée.

— La vérité à quel sujet ?

— Vous avez vu juste sur un point : votre père m'a effectivement parlé de Bruno Moretti.

— C'est vrai ? Et que vous a-t-il dit ?

Le psychiatre posa son stylo et croisa les mains sur son bureau, une expression pleine de pitié sur le visage.

— Clara… Bruno Moretti n'existe pas.

Le 1er juin, les giboulées de printemps cessèrent enfin. Maintenant que les pelouses de Willard étaient sèches, les patients étaient autorisés à aller dehors pour des promenades sous surveillance. Ils devaient rester entre patients d'un même pavillon et évoluer en rang par quatre, telle une fanfare détraquée. Certains patients tournaient à gauche quand le reste du groupe tournait à droite, d'autres prenaient du retard, incapables de tenir la cadence. On envoyait toujours les femmes dans une direction et les hommes dans l'autre. Les yeux plissés sous le soleil aveuglant, Clara suivait les autres femmes de son pavillon, son regard attiré par les eaux scintillantes du lac Seneca.

À côté d'elle, une femme, grande et mince, fredonnait, les manches relevées, le visage tourné vers le soleil. Esther était arrivée à Willard six semaines plus tôt, internée par son mari qui l'avait surprise embrassant un autre homme. Même sans maquillage et vêtue d'une robe d'intérieur bleue très simple, elle avait l'air d'une star de cinéma, avec ses épais cheveux blonds et sa peau de pêche. La première fois que Clara l'avait aperçue, au réfectoire, observant les autres patientes d'un regard rempli de peur, elle avait compris qu'elle non plus n'avait rien à faire à Willard. Un peu plus tard, Clara l'avait mise en garde à propos de la verrière. Elle lui avait expliqué que le seul moyen d'y échapper était de bien se tenir. Depuis, elles s'étaient liées d'amitié et Clara était éperdue de reconnaissance d'avoir quelqu'un à qui parler.

À côté d'Esther se trouvait Madeline, une femme menue d'environ 25 ans, admise à Willard plus d'un an auparavant, après avoir perdu deux bébés et quitté son mari violent. Clara était devenue amie avec elle à la cuisine, où Madeline travaillait à la plonge.

— Le soleil brillait de la même façon le jour de mon arrivée, fit remarquer Madeline en levant le nez vers le ciel. Les bâtiments et le lac étaient si beaux ce jour-là… Je pensais qu'on allait enfin prendre soin de moi.

— Personne ne va prendre soin de nous ici, affirma Esther. À la seconde où je sortirai, je vais me trouver un vieux plein aux as. Plus jamais je n'aurai à craindre qu'on ne s'occupe pas de moi.

— Peut-être que j'aurais dû faire ça, dit Madeline en souriant. Me dégotter un vieux riche pour payer le loyer de ma vieille propriétaire acariâtre.

— Elle t'aurait sûrement dénoncée à la police, de toute façon, tempéra Esther. Elle aurait raconté que tu étais une fille de joie ou quelque chose dans la même veine.

— Je croyais que tu étais clouée au lit quand la police est venue, intervint Clara. N'est-ce pas parce que tu étais malade que tu n'étais pas en mesure de travailler ni, par conséquent, de payer le loyer ?

— Je n'étais pas malade… J'étais allée trouver mon bon à-rien de mari pour qu'il me donne un peu d'argent afin d'acheter à manger et il m'a battue comme plâtre. Il m'a fallu une semaine avant de réussir à sortir de mon lit pour autre chose qu'aller aux toilettes. Quand la police a débarqué avec un médecin, le docteur a dit que j'étais dans un état lamentable et que je devais aller à l'hôpital. Mais ma fichue propriétaire leur a raconté que ma causure était vulgaire et que je parlais toute seule, alors ils m'ont envoyée chez les dingues.

Clara secoua la tête. Elle observa les autres femmes en rang devant elle, qui avançaient, tête basse et dos courbé. Des femmes qui, comme Esther, Madeline et elle, avaient cru qu'elles mèneraient des vies ordinaires, des vies heureuses. Bien sûr, certaines étaient réellement malades, atteintes de troubles mentaux qui les empêchaient d'être normales et productives. Mais combien étaient des victimes de concours de circonstances, des veuves désargentées ou des épouses que leurs maris avaient abandonnées sans le sou, des femmes qui avaient perdu un enfant et avaient besoin d'aide pour affronter ce chagrin insupportable, des femmes chassées par des parents qui désapprouvaient leurs décisions ? Combien se trouvaient à Willard à cause d'une seule malheureuse explosion de colère, ou parce qu'elles étaient vieilles et que leurs enfants ne s'occupaient pas d'elles, ou encore parce qu'elles avaient perdu leurs parents et avaient grandi dans un orphelinat ? Combien d'entre elles étaient saines d'esprit en arrivant là, mais ne le seraient plus jamais après des mois de maltraitance ou de traitements excessifs à coups de bains de glaçons et de sédatifs ?

Un peu plus tôt, Madeline avait raconté à Clara l'histoire de Ruby, une immigrante italienne venue en Amérique avec son mari, douze ans auparavant. Deux ans après leur arrivée, le mari de Ruby avait trouvé la mort dans un accident sur un chantier de construction. Affamée et sans domicile, parlant à peine anglais, Ruby avait fini par se prostituer dans les rues de New York. Elle avait été arrêtée et envoyée à Willard. Cela remontait à dix ans. À présent, elle passait ses journées assise dans la verrière, tête baissée, à arracher silencieusement la peau de ses bras.

C'était déjà horrible d'être enfermée, mais Clara n'imaginait pas la torture que cela devait être d'être incapable de communiquer, ou de ne pas trouver les bons mots pour tenter d'expliquer comment elle s'était retrouvée là, ou qu'elle était parfaitement saine d'esprit. Pourquoi les médecins n'avaient-ils trouvé personne qui parlât la langue de Ruby ? Et si elle avait de la famille en Italie, qui se demandait où elle se trouvait et ce qui lui était arrivé ? Et si une simple lettre aurait suffi à la sortir de cet enfer ? En pensant à toute cette injustice, Clara sentit une douleur sourde grandir dans sa poitrine.

— Comment te sens-tu aujourd'hui ? lui demanda Esther. Ta fille ne va pas tarder à arriver.

Clara porta une main protectrice à son ventre, le cœur empli d'un étrange mélange d'amour et de peur. Elle avait tout raconté à Esther et à Madeline : Bruno, son père, sa conviction que le bébé était une petite fille…

— Je vais bien. Je me sens un peu faible, mais à part ça…

— À ton avis, qu'est-ce qui va se passer à l'arrivée du bébé ? demanda Esther à Madeline. Tu penses qu'ils laisseront Clara partir ?

Madeline haussa les épaules.

— Je n'en sais rien. Je n'ai jamais entendu parler de quelqu'un ayant donné naissance ici.

Elle se tourna vers le lac, évitant le regard de Clara.

Celle-ci inspira profondément et tenta d'ignorer la sensation que Madeline n'était pas tout à fait sincère. Dans le même temps, elle ne pouvait pas lui en vouloir. Si Madeline savait quelque chose qu'elle taisait, c'était uniquement pour la préserver. Madeline comprenait bien que, si Clara s'autorisait à réfléchir plus loin que le jour de la naissance du bébé, elle ne trouverait peut-être plus la force de mettre un pied devant l'autre. Pour l'instant, Clara devait se convaincre que les choses s'arrangeraient. Elle n'avait pas d'autre choix.

— J'espère qu'ils me laisseront partir. Ce n'est pas un endroit pour élever un bébé.

— Je pense que tu as raison. Ils vont te laisser partir, assura Esther avec un sourire.

Le groupe de femmes suivit la route principale jusqu'à une épaisse pinède, de l'autre côté de Creek Mears, un long ruisseau qui se jetait dans le lac Seneca. À la suite de plusieurs semaines très venteuses et pluvieuses, le cours d'eau avait pris des allures de rivière enragée qui débordait presque de son lit. Des branches et des feuilles tournoyaient et tourbillonnaient dans le rapide courant gris et le déferlement d'eau couvrait le son de leurs voix. Quand les femmes traversèrent un pont en bois, Clara pensa à sauter par-dessus la balustrade. Le flot aurait pu l'emporter jusqu'au lac, où un plaisancier passant par là aurait pu la recueillir sur son bateau… Ou alors elle aurait pu nager jusqu'au rivage opposé… Mais le ruisseau était trop profond et le courant trop puissant : ses eaux agitées projetaient contre les rochers des branches épaisses qui se brisaient comme des allumettes. De plus, elle ne savait pas nager. Elle n'avait jamais fait bien plus que patauger et barboter sur la plage de Coney Island. Même sans être enceinte, le risque de se noyer était trop élevé. À quoi bon être libre si cela lui coûtait la vie ?

Au bout du pont, elles tournèrent à droite pour suivre un chemin de terre qui se dirigeait vers le lac. À leur droite, entre la route et la pinède, un grand champ était rempli de rangées entières de stèles en fer, d'environ soixante centimètres de haut sur trente centimètres de large. Au niveau de la rangée du fond, un homme en salopette et bottes en caoutchouc creusait un trou dans la terre. Lorsqu'il aperçut les femmes, il s'interrompit. Plantant sa pelle dans un tas de terre, il ôta son béret et les salua.

– C'est le fossoyeur, Lawrence Lawrence, indiqua Madeline. Ça fait plus de trente ans qu'il est à Willard et il fait quasiment ce qu'il veut. J'ai entendu dire que, un été, il a commencé à dormir dans la cabane là-bas, près du petit bois de cèdres.

Elle montra une petite construction de plain-pied nichée à l'orée des bois, dont le toit disparaissait sous les aiguilles et les pommes de pin. La cabane semblait fatiguée, comme prête à s'effondrer dans un nuage de poussière. Des années de bois desséché et d'odeur de moisi de grenier, libérées dans un fracas tonitruant de sciure et d'échardes. Elle n'osait imaginer dans quel état se trouvait l'intérieur.

— Lawrence a demandé aux médecins s'il pouvait rester là au lieu de résider dans le pavillon des hommes, continua Madeline. Il leur a dit de ne pas s'inquiéter, qu'il n'irait nulle part parce qu'il n'avait nulle part où aller.

— Il n'a jamais essayé de partir ? demanda Esther en écarquillant les yeux.

— Il affirme qu'il est heureux ici.

— Il doit être fou. Personne ne peut être heureux ici.

À gauche de la route se dressait un bâtiment sur quatre niveaux dont le toit de tuiles vertes était affaissé au milieu, comme s'il ployait sous un fardeau invisible. À une époque, apparemment, la façade avait été blanche. Désormais, la pierre exposée était d'un rose granuleux, avec des plaques grises de peinture écaillée qui se raccrochaient encore aux corniches et aux encadrements de fenêtre. Des barreaux en acier les barricadaient, tels des fils noirs dans une chaussette raccommodée. Derrière l'édifice, les branches tordues d'un grand arbre sombre s'élançaient vers le ciel.

Dans la cour latérale, deux groupes de patients (un groupe d'hommes et un groupe de femmes) longeaient à petits pas lourds la bordure irrégulière d'une pelouse infestée de mauvaises herbes. Certains avaient les poignets attachés, d'autres étaient empêtrés dans des camisoles de force… Tous étaient attachés les uns aux autres au moyen de cordes enroulées autour de leur taille. Leurs chemises de nuit d'hôpital étaient déchirées et couvertes de saleté. Des excréments, du vomi et de l'urine maculaient leurs jambes, leurs bras, leurs cheveux. Une femme n'arrêtait pas de tomber et de se faire traîner par les autres, jusqu'à ce que les aides-soignants ordonnent au groupe de s'arrêter suffisamment longtemps pour lui permettre de se relever. Mais dix pas plus loin, elle chutait de nouveau. Une autre tentait de frapper ses voisines, et une autre encore essayait de faire demi-tour pour partir dans la direction opposée. Un patient, retenu par une camisole, donnait un coup d'épaule en avant à chaque pas, tel un joueur de football à l'entraînement. L'un des hommes portait une muselière. Plusieurs d'entre eux juraient à pleins poumons. Beaucoup de patients trébuchaient ou boitaient, certains poussaient des cris pour appeler à l'aide.

Clara tenta de détourner le regard, sans toutefois y parvenir.

— Qui sont ces gens ? demanda-t-elle à Esther.

— Ils sont trop violents pour être avec le reste des patients. Les médecins les parquent ici, dans la maison des pestiférés. J'ai entendu dire qu'il n'y avait pas de chauffage et qu'ils les enchaînaient à leurs lits.

Clara frémit, alors qu'elle n'avait pourtant pas froid. Elle tourna la tête vers le lac. Un bateau traçait une ligne blanche sur l'eau, une guirlande de drapeaux colorés accrochée du mât à la proue claquant dans le vent. Elle plissa les yeux pour tenter de distinguer les gens assis par-delà l'étendue d'eau. Que pensaient-ils lorsqu'ils regardaient en direction de Willard ? Savaient-ils ce qu'était cet endroit ? Considéraient-ils les patients comme des êtres humains à part entière, ou les voyaient-ils comme des bêtes qui n'avaient, de toute façon, pas la moindre chance de mener une vie normale ? Étaient-ils rassurés de les savoir enfermés ? Se rendaient-ils seulement compte que la plupart des patients avaient, un jour, eu des espoirs et des rêves, eux aussi ? Que certains étaient gardés ici contre leur gré ?

Des cris tirèrent brusquement Clara de ses pensées. Elle vit alors un homme nu sortir en courant de la maison des pestiférés, le visage grignoté par une barbe hirsute, les yeux écarquillés. Il courait vers le lac aussi vite que ses jambes filiformes le lui permettaient. Deux aides-soignants le pourchassaient. En voulant sauter pardessus un tronc, le fugitif trébucha et tomba. Il se releva aussitôt, mais les aides-soignants le rattrapèrent et le plaquèrent au sol. Puis ils le forcèrent à se remettre debout et le traînèrent vers le bâtiment en brique. Clara détourna le regard, soulagée lorsque les aides-soignants emmenèrent son groupe dans la direction opposée, vers l'embarcadère et le hangar à bateaux, loin de la maison des pestiférés.

Plus tard, à la cuisine, ses pensées la ramenaient sans cesse vers l'homme qui avait tenté de fuir. À quel genre d'horreurs voulait-il échapper ? Comment un endroit comme Willard pouvait-il exister, un lieu où l'on traitait les personnes comme du bétail, pendant que le reste du monde vaquait tranquillement à ses occupations ? Elle se demanda si son père savait combien Willard était horrible, et si cela lui importait. De sa chaise, elle pouvait voir Madeline qui nettoyait de la vaisselle dans l'évier, le front couvert de sueur. Même si la responsable de la cuisine interdisait aux travailleuses de discuter, Clara était contente que Madeline ne soit pas loin. Elle pouvait toujours échanger avec elle un sourire ou un signe de la main, et ainsi ne pas oublier qu'elle et d'autres à Willard avaient encore toute leur tête. La femme qui occupait le tabouret à la gauche de Clara ne prononçait jamais une parole. Elle restait assise là, la tête baissée, à éplucher des pommes de terre tout en marmonnant entre ses dents.

Comme si Madeline avait entendu les pensées de Clara, elle se tourna vers elle et leva une main pleine de savon. Ses yeux trahissaient sa fatigue, mais elle souriait. Au même instant, la responsable traversa la pièce. Elle passa entre Clara et Madeline, la bouche pincée en une ligne déterminée. Madeline mit son pouce sur son nez, remua les doigts et tira la langue dans le dos de leur cheffe. L'assiette mouillée qu'elle tenait de son autre main glissa et se brisa en mille morceaux blancs sur le carrelage.

La responsable fit volte-face. Quand elle vit ce qui se passait, elle se rua aussitôt sur Madeline. Celle-ci recula jusqu'à se retrouver coincée dans le coin entre le mur et l'évier en métal. La cheffe l'attrapa, la tira brusquement en avant et la projeta contre le plan de travail. Madeline se cogna la tête contre les placards avec un bruit creux. Les couverts s'entrechoquèrent dans la passoire. La cheffe leva la main pour la gifler tout en criant quelque chose quant au coût des fournitures. Clara laissa tomber son économe et se dirigea vers elles.

— Laissez-la tranquille !

Elle attrapa le poignet de la responsable pour tenter de la tirer en arrière. Cramoisie et essoufflée, cette dernière fit volte-face et poussa violemment Clara. Comme au ralenti, Clara se vit basculer en arrière, les bras remuant dans le vide, les yeux écarquillés. Elle tenta de reprendre l'équilibre, mais elle glissa sur le sol humide et se cogna la tête sur le carrelage avec un bruit sourd. Un éclair de douleur lui traversa la boîte crânienne. Elle battit des paupières pour empêcher ces rideaux noirs de la faire plonger dans l'inconscience. Puis elle sentit une humidité tiède entre ses cuisses et perdit connaissance.

Clara cligna des yeux plusieurs fois avant de parvenir à les ouvrir. Elle tenta de se concentrer sur les globes lumineux qui brillaient au-dessus de sa tête. Allongée, elle avançait, les pieds devant, et des courants d'air nauséabond glissaient sur son visage et ses bras. Elle n'avait pas la moindre idée de là où elle se trouvait. Puis elle comprit que les globes étaient des plafonniers et qu'elle était étendue sur un brancard. Elle tourna la tête et vit des chambres mal éclairées et des lits d'hôpitaux, des infirmières penchées au-dessus de patients et administrant des injections, prenant le pouls, écrivant dans des dossiers. Tout à coup, les muscles de son abdomen se tordirent et elle eut le sentiment qu'on lui enfonçait un poignard dans le bas-ventre. Elle tenta de s'asseoir, de ramener ses genoux vers elle pour se rouler en boule, mais une main puissante la força à se rallonger. Elle tendit le cou pour voir qui poussait la civière ; c'était une infirmière qu'elle ne reconnut pas.

L'infirmière prit un virage et poussa le brancard à l'intérieur d'une salle d'examen, où un médecin attendait. Petit et boursouflé, il avait l'air d'un crapaud dont les bajoues se confondaient avec son double menton.

— Que s'est-il passé ? s'enquit-il.

— Elle est tombée et s'est cogné la tête. Elle vient juste de reprendre conscience.

— Pendant combien de temps a-t-elle perdu connaissance ?

Il se pencha sur Clara et lui écarta les paupières pour examiner ses pupilles au moyen d'une petite lampe aveuglante.

— Quinze minutes, peut-être ?

— Comment vous sentez-vous ? demanda-t-il à Clara d'une voix forte. Avez-vous le tournis ?

Clara secoua la tête. Une autre contraction arriva et elle plia les jambes pour tenter d'apaiser la douleur déchirante qui la transperçait. Elle se mordit la lèvre et gémit doucement.

— Avez-vous mal à la tête ?

— Non. Je suis en travail.

Le médecin haussa les sourcils et se tourna vers l'infirmière, un air interrogateur sur le visage. Elle haussa les épaules.

— Pouvez-vous vous lever et venir vous allonger sur la table d'examen ? demanda-t-il à Clara.

Elle se redressa sur ses bras tremblants. Chaque battement de son cœur résonnait bruyamment dans sa tête. Elle fit basculer ses jambes dans le vide et descendit du brancard, une main sur le ventre. Un liquide chaud coula le long de ses cuisses et mouilla ses chaussures. Le médecin s'approcha du lavabo afin de se laver les mains.

— Il faut qu'elle retire son sous-vêtement, indiqua-t-il à l'infirmière.

Clara ôta ses chaussures sans les délacer. La douleur était telle qu'elle était incapable de se tenir debout. L'infirmière s'approcha d'elle et releva sa robe pour lui ôter sa culotte. Clara la repoussa afin de s'en charger elle-même, puis elle grimpa sur la table d'examen en s'efforçant de prendre des respirations profondes et régulières.

Le médecin écarta les étriers et fit signe à Clara de s'allonger. Elle s'exécuta et sa tête toucha un petit oreiller inconfortable. Quand le médecin plaça ses pieds dans les étriers, elle ferma les yeux pour tenter d'imaginer le visage de Bruno, ses cheveux sombres et son sourire éclatant. Lorsqu'elle sentit les mains du praticien sur elle, elle sursauta et tourna la tête. Son reflet lui apparut dans la vitrine d'une armoire à pharmacie emplie d'abaisse-langue, de boules de coton et d'instruments brillants à l'aspect tranchant. À la fin de l'examen, le médecin lui tapota le genou et lui dit qu'elle pouvait se relever.

— Cette pauvre fille est sur le point d'accoucher, dit-il à l'infirmière. Installons-la dans une salle.

L'infirmière lança un coup d'œil à Clara, les lèvres pincées, puis s'empara d'un porte-bloc qu'elle tendit au médecin.

— Qui est son psychiatre ? demanda-t-il en inscrivant quelque chose dans le dossier.

— Le docteur Roach. Dois-je aller chercher une chaise roulante ?

— Oui, et dépêchez-vous.

Une fois seul avec elle, le médecin se tourna vers Clara.

— Savez-vous qui est le père ?

Elle hocha la tête. Les contractions se rapprochaient de plus en plus.

— Bruno, mon fiancé, parvint-elle à articuler dans un souffle.

— Et où est Bruno ?

— Je n'en sais rien

— Est-ce un patient ici ?

Clara secoua la tête. Des gouttes de sueur se formaient sur son front et au-dessus de sa lèvre supérieure. L'infirmière revint dans la pièce avec un fauteuil roulant et sortit une chemise d'hôpital d'un placard. Clara descendit de la table d'examen et s'assit dans le fauteuil, pliée en deux. Elle avait l'impression d'être sur le point d'expulser ses entrailles en un amas sanglant. Soudain, un besoin indicible de se lever s'empara d'elle et elle tenta de se mettre debout.

— Asseyez-vous ! ordonna l'infirmière en appuyant brutalement sur ses épaules.

Avant que Clara ait le temps de protester, elle se mit à pousser le fauteuil.

— Le bébé arrive ! cria Clara.

Le médecin ouvrit la porte à la volée et l'infirmière propulsa le fauteuil dans le couloir. Elle tourna à gauche et emprunta un autre couloir au pas de course, criant aux autres infirmières et aux patients de s'écarter. Un aide-soignant poussait une autre chaise droit dans leur direction, tout en retenant d'une main l'homme inconscient qui l'occupait. L'aide-soignant fut trop lent à changer de trajectoire et ils faillirent se percuter. Enfin, l'infirmière fit entrer Clara dans une chambre qui ne comptait qu'un seul lit.

— Levez-vous.

Une autre infirmière arriva pour aider Clara à se lever et à se déshabiller.

— On va vous enfiler cette chemise, dit-elle en lui retirant son soutien-gorge. Vous êtes sur le point d'avoir un bébé. Est-ce que vous comprenez ce que cela veut dire ?

— Oui, répondit Clara entre deux respirations entrecoupées. J'ai dit au docteur Roach que j'étais enceinte, mais il ne m'a pas écoutée.

Elle glissa les bras dans la chemise, monta sur le lit et s'allongea. Une autre vague de douleur la submergea et elle ressentit un besoin irrépressible de pousser.

La première infirmière recouvrit Clara d'un fin drap blanc pendant que la seconde lui attrapait les chevilles pour lui faire serrer les jambes, lui ordonnant de ne pas pousser jusqu'à l'arrivée du médecin. Clara se tortillait furieusement. C'était comme si son corps se fendait en deux, comme si ses tendons et ses muscles se tordaient dans des directions opposées, ses veines s'étirant jusqu'à exploser. Enfin, le médecin fit irruption dans la salle et donna aux infirmières l'ordre de ramener des serviettes et une bassine d'eau chaude.

— Il nous faudra aussi de la morphine et de la scopolamine, ajouta-t-il d'une voix où perçait l'urgence.

Les infirmières s'empressèrent de quitter la pièce et il examina Clara de nouveau. Elle se redressa sur ses coudes et observa le médecin, dans l'espoir de lire sur ses traits un indice concernant l'état de son bébé.

Si ses estimations étaient correctes, le bébé avait deux semaines d'avance. Et à présent, à cause de la survenue précipitée du travail, elle était terrifiée à l'idée que, en plus de tout le reste, sa fille naisse trop tôt et ne survive pas. Puis, aussi brutalement qu'elle avait commencé, la puissante contraction s'arrêta. Clara se laissa retomber sur les oreillers, à bout de souffle.

— Est-ce que tout va bien ?

— Allongez-vous et restez aussi immobile que possible, répondit le médecin. Je vais m'occuper de vous.

Les infirmières revinrent avec les bras chargés de serviettes, une bassine, une sacoche de médecin et un pichet d'eau brûlante. Le ventre de Clara se crispa encore dans une nouvelle contraction qui lui donna l'impression de serrer tous ses muscles dans un étau géant. Elle inspira profondément, posa les mains sur ses genoux et poussa. Le bébé arrivait : elle sentait sa tête qui forçait le passage pour sortir de son corps et faire son entrée dans le monde.

Clara commença à hyperventiler. Un flot de liquide s'épancha entre ses cuisses. La piqûre d'une aiguille qu'on enfonçait dans sa peau la fit sursauter. Elle tourna la tête ; une infirmière venait de planter une seringue dans le haut de son bras. Clara tenta de se redresser, mais elle n'avait plus de forces. Elle regarda le médecin. Son froncement de sourcils déterminé fut la dernière chose qu'elle vit. Puis tout devint noir.

CHAPITRE 11

Izzy

Willard

Assise sur la banquette arrière de la Mitsubishi de Peg et de Harry, Izzy triturait ses ongles en regardant les bâtiments de Willard défiler par la vitre. Le soleil brillait dans le ciel bleu de septembre peuplé de lointains nuages noirs, indicateurs d'un possible orage à venir. Sur la gauche, le lac Seneca scintillait, sa surface ondulant en direction de la rive opposée. La cime des arbres qui l'entouraient se balançait dans la brise et des mouettes étaient rassemblées sur la toiture de bardeaux affaissée du hangar à bateaux.

Et pourtant, tout dans le domaine de Willard semblait mort et figé. Pas un brin d'herbe ne bougeait, pas une plante, pas une feuille ne frémissait. Pas un oiseau ne survolait les toits ou se posait sur les cheminées. Au milieu des murs de brique rouge, les fenêtres des pavillons ressemblaient à des trous noirs calcinés, comme si un incendie avait ravagé les lieux, ou qu'il était impossible à la lumière du soleil de pénétrer l'obscurité qui les habitait.

Izzy n'en revenait pas d'être de nouveau là, sur le point d'entrer dans l'hôpital abandonné, pour consulter de vieux dossiers médicaux. Elle faisait de son mieux pour respirer profondément et régulièrement et lutter contre ses peurs, préférant se concentrer sur l'impatience d'en savoir plus sur Clara.

Trois jours plus tôt, Izzy avait avoué à Peg être en possession du journal de Clara. Peg avait été déçue, mais elle ne s'était pas mise en colère. Elle comprenait la fascination d'Izzy et ne doutait pas qu'elle avait eu l'intention de le rendre. Après l'avoir remerciée d'avoir dit la vérité et lui avoir (gentiment) fait la leçon quant aux vertus de l'honnêteté, Peg avait semblé enthousiasmée par tout ce qu'Izzy avait découvert.

— Merci de ne pas t'être mise en colère, avait dit Izzy.

— Promets-moi juste une chose, tu veux bien ? La prochaine fois, demande.

Izzy avait hoché la tête.

— Promis.

— Et puisque ce projet t'intéresse autant, est-ce que ça te plairait de nous accompagner à Willard samedi ? Nous avons reçu la permission d'examiner les dossiers médicaux ! Je n'arrive toujours pas à y croire.

— Vas-tu chercher celui de Clara ?

— Non. C'était assez simple de reconstituer le puzzle de sa vie avec ce qu'on a trouvé dans sa malle et elle ne figure pas parmi les patients sur lesquels nous souhaitons absolument en savoir plus. De plus, comme tu l'as dit toi-même, son journal intime révèle beaucoup de choses, lui aussi. Mais si tu viens avec nous, tu peux toujours tenter de trouver son dossier. Par contre, nous ne sommes autorisés à y passer que quelques heures seulement, alors il faudra aller vite.

À présent, plus ils approchaient du bâtiment abandonné, plus le rythme cardiaque d'Izzy s'accélérait. Harry s'arrêta dans une petite rue et se gara près d'une bâtisse en brique sur quatre niveaux. Il coupa le moteur et tous trois sortirent du véhicule. Izzy vit alors deux voitures arriver et se garer près de la leur. Deux employés du musée descendirent de la première. Izzy ne parvenait pas à distinguer qui se trouvait dans la seconde, mais elle savait que c'était celle du père d'Ethan, car Peg l'avait avertie que le photographe serait présent. La portière s'ouvrit et Peter apparut. Izzy retint son souffle en attendant de voir si Ethan était avec lui. Peter fit le tour de sa voiture et ouvrit le coffre. Personne d'autre ne sortit du véhicule.

D'un côté, Izzy était soulagée. Au lieu de s'inquiéter d'avoir à éviter Ethan, elle serait libre de se concentrer sur la quête du dossier médical de Clara. Quatre jours s'étaient écoulés depuis la scène du cours de psychologie, et il n'avait pas adressé la parole à Izzy depuis. Lorsqu'elle les croisait, Shannon et lui, dans les couloirs, ils l'ignoraient. Aucun des autres élèves n'avait reparlé de la mère d'Izzy, personne ne s'était moqué d'elle. Soudain, c'était comme si elle était devenue invisible. La seule personne à lui parler était Alex. Izzy avait le pressentiment inexplicable que l'indifférence de Shannon préfigurait le calme avant la tempête. Même Alex trouvait ça bizarre.

Izzy fut étonnée de voir Peg et Harry enfiler des blouses d'hôpital par-dessus leurs vêtements. Peg lui tendit une lampe de poche et une blouse verte.

— Qu'est-ce que c'est que tout ça ? s'étonna Izzy.

— C'est un vieux bâtiment rempli d'amiante et de peinture au plomb, expliqua Harry. C'est important de porter des protections.

Les autres s'équipaient également. Peter s'approcha de Peg et de Harry avec un grand sourire aux lèvres, son matériel de photographie à l'épaule et la sangle de ce qui ressemblait à une lampe torche géante sur l'autre. Peg et Harry glissèrent des masques chirurgicaux autour de leur cou et prirent le chemin de l'hôpital, Harry armé d'une lampe et d'un sac, Peg avec un sac en toile sur l'épaule. Izzy et les autres leur emboîtèrent le pas. Lorsqu'ils atteignirent les doubles portes fermées par une chaîne et un cadenas, Peg distribua à chacun des surchaussures jetables.

— Tu n'as rien à mettre par-dessus tes vêtements ? demanda Harry à Peter.

Peter balaya la question d'un geste de la main.

— Ça va aller.

— Tu devrais au moins porter ça, conseilla Peg en lui tendant un masque et des surchaussures.

Peter prit le masque et le mit. Puis il se pencha pour essayer d'enfiler les protections en papier par-dessus ses énormes chaussures, mais elles étaient trop petites. Il sourit et les mit sur ses oreilles, ce qui déclencha les rires de tout le monde.

— Ethan ne vient pas aujourd'hui ? s'enquit Peg.

— Non. Il a entraînement de basket. Il m'a dit de te dire bonjour et qu'il était désolé de rater ça, ajouta Peter à l'adresse d'Izzy en souriant.

Izzy se sentit rougir et se pencha pour passer les surchaussures par-dessus ses baskets. Pourquoi Ethan prenait-il la peine de lui passer le bonjour ? S'il n'avait pas le courage de la saluer en public, à quoi bon ? Avait-il honte d'admettre qu'ils étaient amis, ou avait-il peur de sa petite amie ? Elle serra les dents et se redressa, en espérant ne pas être écarlate.

Harry sortit un trousseau de clés de sa poche, déverrouilla le cadenas et tira sur la chaîne, libérant les poignées en cuivre des portes.

— Ici, c'était le nouvel hôpital, commenta Peg. Au début, Chapin Hall accueillait les services de médecine, les salles d'opération et la morgue. Plus tard, ils ont déplacé les patients atteints de maladies infectieuses dans une vieille ferme et construit ce bâtiment, qui a fait office d'hôpital principal.

Harry ouvrit la porte. Un tourbillon d'air renfermé fit voler un bout de papier chiffonné sur le seuil fissuré. Un rectangle de lumière tomba sur le sol, révélant des couches de poussière et de moisissure séchée. Tout le monde plaça son masque sur son visage et entra, en file indienne. La lumière filtrait difficilement à l'intérieur. Harry alluma sa lampe et regarda autour de lui. Des papiers jaunis, des morceaux de plâtre, des écailles de peinture, des bouteilles en plastique et divers détritus jonchaient le sol carrelé. Une chaise roulante était adossée contre un mur et un chariot en métal cassé était renversé au milieu du couloir. Des particules de poussière étaient suspendues dans l'air, tels des millions de minuscules larves flottant dans l'océan.

— Tu crois que nous aurons assez de lumière pour bien voir ce que nous faisons ? demanda Peg, sa voix assourdie par le masque.

— Oui, assura Harry. Avec le projecteur de chantier qu'a apporté Peter, ça devrait aller. Apparemment, la salle des archives est au bout du couloir, à gauche.

Izzy suivit le petit groupe, glissant le faisceau de sa lampe à travers les portes ouvertes. Le plâtre et la peinture desséchée craquelaient sous les semelles de ses baskets. Dans une pièce sur sa droite, une série de lavabos longeait un mur tapissé de moisissure, la porcelaine couverte de poussière, d'écailles de peinture et de traces de rouille sous les robinets entartrés. Une dizaine de pommeaux de douche étaient suspendus à une canalisation verdie qui courait le long du plafond. La salle suivante était pleine de chaises roulantes, sauf que, en lieu et place de cuir ou de plastique, les assises étaient des lunettes de toilette sans couvercle. Une autre pièce était vide, à l'exception d'un matelas crasseux et d'un grand pan de plâtre moisi qui pendait du plafond. Un bruit d'eau qui s'égouttait résonnait un peu plus loin.

Enfin, ils atteignirent une porte close ornée d'une pancarte portant la mention « Archives ». Harry essaya trois clés avant de trouver la bonne. Il ouvrit la porte et tout le monde le suivit à l'intérieur. Deux grandes fenêtres, encastrées dans le mur du fond, laissaient entrer juste assez de lumière pour voir clair. La poussière était suspendue dans l'air figé, éclairée par de faibles rayons de soleil.

Peg porta une main à sa poitrine et regarda autour d'elle, les yeux écarquillés. La pièce comportait un assortiment de tables de différentes tailles, des armoires de classement, des placards et des étagères, tous remplis de dossiers, de papiers et de boîtes. Des formulaires chiffonnés traînaient à terre, tandis que d'autres étaient empilés, retenus par des élastiques de caoutchouc desséchés. Des radiographies et des dossiers jonchaient le sol, éparpillés, comme si quelqu'un les avait jetés dans la salle puis avait refermé la porte.

— Comment allons-nous réussir à passer tout ça en revue ? demanda Peg.

— Je n'en sais rien. En allant vite, je suppose, proposa Harry.

Peter dégagea des boîtes posées sur une petite table dans un coin de la pièce et commença à mettre son matériel en place. Peg attrapa un épais dossier. Elle l'examina, l'espace de quelques secondes, puis le reposa et en saisit un autre.

— On dirait qu'ils ont été plus ou moins rangés par ordre alphabétique, fit-elle observer après en avoir consulté quelques-uns.

— Chacun de nous pourrait choisir un nom de patient et chercher le dossier correspondant ? lui suggéra Harry.

— Bonne idée.

Elle sortit une feuille de son sac en tissu, assigna un nom à chaque personne à l'exception d'Izzy et de Peter, puis distribua des porte-blocs.

— Inscrivez le nom du patient et toutes les informations susceptibles de nous être utiles. Peter va prendre autant de photos que possible des dossiers importants. C'est notre seule chance, alors nous devons travailler rapidement. Izzy, tu peux me donner un coup de main ?

Toute l'équipe s'éparpilla et se mit au travail. Izzy suivit Peg à l'autre bout de la pièce.

— Que veux-tu que je fasse ? demanda Izzy.

— Le nom de famille du patient que je cherche commence par un C, comme le nom de Clara. Peut-être que tu trouveras ce que tu cherches par ici ?

Peg s'empara d'un dossier de plusieurs centimètres d'épaisseur. Deux photos étaient agrafées à la couverture ; l'une montrait une femme d'âge moyen, avec un chemisier à col en dentelle. Elle avait les cheveux au carré, un sourire timide et un regard doux. Au mur derrière elle figuraient cinq chiffres noirs inscrits sur une bande blanche. Le second cliché montrait la même femme, la peau grise et ridée, les yeux profondément cernés. Elle fronçait les sourcils et ses lèvres se recroquevillaient au-dessus de ses gencives édentées. C'était le visage le plus triste qu'Izzy ait jamais vu.

— Esther Baldwin, annonça Peg avant de refermer le dossier. On est dans les B.

Elle avança le long du mur et prit un autre dossier, posé au-dessus d'un meuble de classement. Tandis qu'elle l'ouvrait, Izzy garda les yeux fixés sur Peg, pour éviter de voir une autre photo de visage ravagé par des années passées entre ces murs.

— Dmitry Cabell, dit Peg. Maintenant, nous sommes dans les C.

Elle retourna le dossier et baissa la voix :
— Vois si tu trouves le dossier de Clara.

Izzy avança et attrapa un dossier sur une étagère. Il appartenait à une personne du nom de Cahill. Elle le reposa et en saisit un autre, deux rayons plus bas. La patiente s'appelait Callahan. Izzy s'empara d'un autre dossier, puis d'un autre, les dents serrées face aux regards brisés et aux bouches édentées. C'était inimaginable que tant de personnes aient été enfermées ici, certaines jusqu'à la fin de leurs jours. Combien étaient comme Clara, normales en apparence, puis internées la minute suivante ? Que se serait-il passé si l'on avait demandé à ces gens ce qui leur était arrivé, au lieu de les déclarer malades d'emblée ? La plupart des dossiers étaient épais de plusieurs centimètres, couvrant des années d'internement. Une froideur acérée tordit l'estomac d'Izzy.

Elle commença à se demander pourquoi elle s'infligeait cela, pourquoi elle tentait d'en savoir plus sur une femme morte et enterrée. Quelqu'un qui n'avait jamais eu l'opportunité de mener la vie normale qu'elle méritait, certes, mais Izzy avait déjà bien assez de problèmes comme ça. Pourquoi fourrer son nez dans ceux d'une autre ?

L'un des employés du musée apporta un dossier au centre de la pièce, où Peter photographiait des radiographies et des comptes-rendus médicaux. Izzy observa la scène une seconde, puis attrapa un épais dossier dissimulé sous un autre plus fin. Elle ouvrit la première page et faillit le laisser tomber. Clara la fixait d'un regard effrayé, les lèvres pincées, comme si elle tentait de ne pas pleurer. Sous son nom figurait la mention en gras « Délire paranoïaque avec hallucinations ».

Izzy avala sa salive, les yeux humides. Elle s'assit sur un petit escabeau et sortit sa lampe, en espérant que personne ne fasse attention à elle. Le dossier ouvert sur ses genoux, elle commença à lire.

1er janvier 1930 : la patiente semble en bonne santé physique. Elle fait preuve d'une bonne hygiène et a discrètement pris ses marques dans le pavillon. Elle est plutôt renfermée et semble ne pas avoir la moindre idée de la raison de sa présence ici. Le docteur Thorn a indiqué que la patiente est convaincue de ne souffrir d'aucune maladie mentale. Elle souffre peut-être d'hallucinations et de délire. Elle est plutôt coopérative, mange bien, dort bien.

2 janvier 1930 : suite à examen, aucune cause physique n'est susceptible d'expliquer les troubles de la patiente. Température et pouls normaux. Les examens thoracique et moteur n'ont rien révélé d'anormal. Elle est convaincue d'être enceinte, mais elle est assez mince et aucun signe indiquant une grossesse n'a été détecté. Le délire de la patiente pourrait être en partie dû aux manifestations hallucinatoires grandissantes de sa maladie.

Izzy poussa une petite exclamation de surprise. Clara pensait être enceinte ? Pourquoi n'en parlait-elle pas dans son journal intime ? Était-elle si désespérée qu'elle avait commencé à s'imaginer des choses ? Izzy parcourut les pages suivantes, lisant aussi vite que possible.

5 mars 1930 : la patiente a tenté de s'enfuir. Elle est définitivement atteinte de paranoïa et continue à délirer quant aux raisons de son internement. Elle était hostile durant l'entretien. Mise à l'isolement pendant six jours dans une tentative de réguler ses accès paranoïaques.

31 mai 1930 : la patiente continue à être paranoïaque et délirante. Comme son père Henry Cartwright l'a stipulé dans sa lettre, elle persiste à croire qu'elle est amoureuse d'un homme prénommé Bruno. Son père assure que cet homme n'existe pas. Toute tentative d'obliger la patiente à affronter la réalité s'est soldée par un échec.

1er juin 1930 : la patiente a causé des perturbations alors qu'elle travaillait en cuisine. Elle a perdu connaissance à la suite d'un choc à la tête, sans que le traumatisme crânien engage son pronostic vital. Elle a ensuite présenté de sérieux maux d'estomac et donné naissance, plusieurs heures plus tard, à un bébé de sexe féminin en bonne santé, bien qu'en sous-poids. Père inconnu.

Le cœur d'Izzy cognait furieusement dans sa poitrine. Elle n'en revenait pas. Clara et Bruno avaient une fille ! Et le père de Clara avait raconté au médecin que Bruno n'existait pas ! Son esprit tournait à mille à l'heure. Qu'était-il arrivé à cette enfant ? Avait-elle survécu ? Où gardait-on les enfants à Willard ? Elle visualisa deux stèles dans le cimetière de Willard, mère et fille, côte à côte pour l'éternité, sans jamais avoir eu la chance de vivre normalement. Les larmes lui montèrent aux yeux. Elle tenta d'imaginer une autre alternative, mais ne parvint pas à chasser cette image de son esprit.

Izzy tourna les pages, en quête de davantage d'informations. D'autres entrées évoquaient des délires, des crises de paranoïa et des hallucinations. Elles s'espaçaient ensuite, ne relatant principalement que la santé physique de Clara et ses relations avec les autres patientes. Les entrées étaient rédigées dans une dizaine de calligraphies différentes, les ordonnances avec les médicaments et les doses prescrites signées uniquement d'initiales. Izzy continua à feuilleter le dossier, en quête d'un rapport d'autopsie ou d'un certificat de décès. Il n'y en avait aucun.

Bruno avait-il eu la moindre idée de l'endroit où se trouvait Clara pendant toutes ces années ? Avait-il su qu'il avait une fille ? Avait-il oublié Clara et était-il passé à autre chose ? Puis Izzy se rappela les enveloppes dans la malle de Clara, les dizaines de lettres adressées à Bruno qui ne lui avaient jamais été envoyées. Elle referma le dossier et fixa la photographie sur la couverture.

Je découvrirai ce qui est arrivé à ta fille, songea Izzy. *Et si, par miracle, il s'avère qu'elle est en vie, je lui donnerai ton journal intime et les photos de Bruno et toi. Je lui dirai à quel point tu l'aimais. Je lui raconterai la vérité sur toi.*

CHAPITRE 12

Clara

Infirmerie de Chapin Hall
Septembre 1930

Dehors, les feuilles des arbres commençaient à jaunir. Le soleil se reflétait sur le lac Seneca, semblable à un miroir brisé en mille morceaux. Si les estimations de Clara étaient correctes, elle avait passé près de quatre mois dans la chambre de l'infirmerie de Chapin Hall, à observer les nuages gris chargés de pluie du mois de mai laisser place à la lumière estivale vaporeuse. Les grandes étendues de pelouse de Willard avaient bruni, du fait d'une longue vague de chaleur pendant le mois d'août. On lui apportait à manger trois fois par jour, on vidait son pot de chambre deux fois par jour, et une infirmière l'accompagnait à la salle de bains une fois par semaine afin qu'elle prenne un bain. Autrement, elle était tenue prisonnière. Mais c'était toujours mieux qu'être au pavillon avec les autres.

Clara supposait que ce devait être la première quinzaine de septembre. Assise sur une chaise métallique dans le rectangle de lumière qui passait par la fenêtre crasseuse, elle se demanda pendant combien de temps encore elle bénéficierait de ce traitement relativement décent. Comme toujours, le radiateur était silencieux, un bloc de fer froid sous l'appui de fenêtre en brique. D'après les infirmières, il était encore trop tôt pour allumer le chauffage, même si la pièce à haut plafond était glaciale pendant la nuit et échouait à se réchauffer pendant la journée. Clara était obligée de dormir avec ses chaussettes et son gilet.

Aujourd'hui, il semblait faire plus chaud aux abords du lac que dans la chambre. Elle mourait d'envie d'ouvrir les fenêtres afin de laisser entrer un peu d'air frais. Elle se figurait les sensations du monde au-dehors, la douce brise d'automne apaisante qui embaumait un mélange de terre et de feuilles sèches. Elle aurait tout donné pour respirer l'air de l'extérieur. L'infirmerie empestait l'odeur nauséabonde de moisi, de vieille peinture écaillée, d'urine et de désinfectant. Clara sentait parfois dans sa bouche le goût chaud et cuivré du sang et celui, aigre, de la mort. Elle imaginait les parois de son nez et de ses poumons plâtrées de poussière et de moisissure noire, ses fibres se débattant pour respirer, ses voies respiratoires bloquées par les infections et les maladies.

Ses yeux se remplirent de larmes et elle les baissa sur sa fille, Beatrice Elizabeth Moretti, endormie dans ses bras. Une vague d'amour la submergea, et le besoin de la protéger lui transperça le cœur. La laisseraient-ils jamais quitter Willard ? Vivre libre, sous le soleil, en respirant l'air frais ? Cette institution calfeutrée et nauséabonde n'était pas un endroit où élever un enfant. Une atmosphère renfermée d'hôpital, chargée de microbes, de médicaments et de maladies n'était pas bonne pour les petits poumons de Beatrice. Comme c'était le cas plusieurs fois par jour, la main glacée de la peur se resserra autour du cœur de Clara et elle faillit laisser échapper un sanglot.

— Je suis désolée que tu te retrouves ici, murmura-t-elle. C'est ma faute. J'aurais dû épouser James, tout simplement. J'aurais pu dire que tu étais son enfant et tu n'aurais manqué de rien. Mais je ne savais pas. Je ne savais pas que mon père me ferait ça. Je ne savais pas qu'il arrêterait de m'aimer.

Le docteur Roach avait prévenu Clara qu'il avait informé ses parents de la naissance du bébé, mais qu'il n'avait pas reçu de réponse. Apprendre qu'elle avait enfanté une bâtarde avait dû faire enrager Henry davantage encore. À partir de maintenant, Beatrice et elle devraient se débrouiller seules. Si, toutefois, elles survivaient.

Lors de ses excursions hebdomadaires à la salle de bains, avec Beatrice enveloppée dans une couverture et plaquée contre sa poitrine, elle entendait les médecins et les infirmières parler de tuberculose, de typhoïde, de choléra et de diphtérie. D'après ce qu'elle avait compris, les patients les plus malades étaient à un autre étage, isolés du reste de l'infirmerie. Mais des gens mouraient là tous les jours, et le contrôle des maladies infectieuses était une source de grande inquiétude. Qu'arriverait-il si elles tombaient malades, sa fille et elle ? Chaque fois que les infirmières voulaient baigner ou attraper Beatrice, Clara refusait. Depuis le lendemain de la naissance, elle n'avait autorisé personne à toucher son bébé, de peur qu'on ne lui transmette une maladie. S'il arrivait quoi que ce soit à sa fille, alors Clara n'aurait plus besoin de quitter Willard, car elle perdrait bel et bien la tête.

Même si Clara avait toutes les peines du monde à lutter contre ses peurs, elle savait que l'hystérie et la panique ne lui seraient d'aucune aide. Elle devait garder la tête froide si elle voulait s'en sortir. Soudain, elle sentit une masse de colère se former au creux de son estomac, plus intense et plus glacée à chaque respiration. Comment ses parents avaient-ils pu lui faire une chose pareille ? Comment pouvaient-ils l'abandonner à des médecins et à des infirmières qui ignoraient tout de la personne qu'elle était réellement ? On allait donc les laisser dans cette pièce, sa fille et elle, jusqu'à ce qu'elles perdent l'esprit, tombent malades, dépérissent ? Elle pensa à sa mère. Était-il possible que certaines femmes soient tout simplement dépourvues d'instinct maternel ? Quel genre de mère pouvait bien se moquer de ne plus jamais revoir son enfant ?

Elle repensa à la naissance de Beatrice, à son réveil après avoir accouchée. Elle avait lentement repris connaissance et vaguement discerné des lumières brillantes au-dessus d'elle, ainsi que deux silhouettes floues. Lorsque sa vision s'était ajustée, elle avait reconnu le docteur Roach, accompagné d'une infirmière.

— Où est mon bébé ?

Un vent de panique l'avait balayée avec une puissance vertigineuse qui lui avait coupé le souffle. Elle avait tenté de s'asseoir et senti une douleur aiguë dans les profondeurs de son abdomen.

— Ne bougez pas ! avait ordonné le docteur Roach.

— Votre bébé est juste ici, avait indiqué l'infirmière en posant la main sur un berceau en bois. C'est une petite fille et elle est en parfaite santé.

La panique avait desserré son étreinte et Clara avait expiré profondément. Les battements de son cœur avaient ralenti et elle s'était redressée sur ses bras tremblotants pour regarder sa fille, enveloppée dans une couverture blanche et profondément endormie.

— Vous devez rester tranquille, avait insisté le docteur Roach. Vous avez eu un gros choc à la tête. Nous pensons que vous allez bien, mais vous devez rester alitée pendant les prochains jours.

Elle s'était laissée aller contre les oreillers et une vive douleur l'avait transpercée, comme si on lui enfonçait un couteau dans le bas-ventre.

— Qu'est-ce que j'ai ? avait demandé Clara en portant les mains à son abdomen.

— Le docteur Slade a procédé à une petite intervention, avait répondu le docteur Roach d'une voix calme. Mais vous n'avez pas à vous inquiéter à ce sujet. Bientôt, il n'y paraîtra plus.

— Quel genre d'intervention ? Que m'a-t-il fait ?

Le docteur Roach s'était emparé du dossier médical accroché au pied du lit et avait sorti un stylo de la poche de sa blouse.

— En tant que médecin, il y va de mon devoir de penser au bien-être de la société dans son ensemble. Pour que la société prospère, nous devons encourager les personnes dotées de bon plasma germinatif à se reproduire, et décourager les personnes dotées de mauvais plasma germinatif d'avoir une descendance. La stérilisation est une procédure courante dans les asiles d'État. C'est notre responsabilité d'empêcher les malades de transmettre le gène de la folie.

Un nœud brûlant s'était formé dans la gorge de Clara. Elle avait pensé à Bruno, aux étincelles dans ses yeux lorsqu'ils avaient parlé de se marier et d'avoir des enfants. Il voulait deux filles et deux garçons.

— Comment avez-vous osé ! avait-elle crié.

Le psychiatre avait inscrit quelque chose dans son dossier, puis l'avait reposé.

— Nous discuterons plus tard, quand vous aurez récupéré. Au moins, vous ne vous attirerez plus d'ennuis.

— Vous n'aviez aucun droit de prendre cette décision à ma place ! Il n'y a rien d'anormal chez moi et vous le savez !

Elle avait ressenti une irrépressible envie de se lever et de l'étrangler. Le médecin avait tourné les talons et s'était dirigé vers la porte, ses semelles résonnant sur le carrelage.

— C'est l'enfant de Bruno ! avait-elle lancé dans son dos d'une voix étranglée. Bruno existe, quoi que mon père ait pu vous raconter.

Le docteur Roach lui avait lancé un regard par-dessus son épaule.

— Comme je vous l'ai dit, nous en reparlerons dans quelques jours. Pour le moment, vous devriez vous reposer.

Au même moment, le bébé avait commencé à s'agiter. Il geignait et gémissait, comme s'il s'apprêtait à pleurer. Le médecin avait quitté la chambre et refermé la porte derrière lui.

— Calmez-vous, avait dit l'infirmière à Clara.

Elle s'était approchée du berceau et avait pris le nouveau-né dans ses bras. Le visage de la petite fille était rouge écarlate, sa bouche ouverte. Elle criait, à présent.

— Vous devez penser à votre fille.

Elle avait tiré sur la couverture qui recouvrait la poitrine de Clara. Après lui avoir mis le bébé hurlant dans les bras, elle avait écarté sa chemise de nuit de ses mains rêches, exposant les seins gonflés de Clara. Celle-ci avait porté une main à sa poitrine, rouge de colère et d'humiliation. Pour la première fois depuis son réveil, elle s'était rendu compte que la pointe de ses seins la faisait souffrir. Quelqu'un avait fait téter sa fille pendant qu'elle était inconsciente.

— Elle a bon appétit, avait indiqué l'infirmière.

En posant les yeux sur le nouveau-né dans ses bras et en voyant les contours flous du petit visage à travers ses larmes, Clara avait oublié jusqu'à l'existence de l'infirmière. Les joues de sa fille étaient roses et douces, comme la peau du ventre d'un agneau. Elle avait de longs cils sombres, exactement comme Bruno. Clara avait touché la petite main fine, et le bébé avait refermé ses doigts autour de son index. La petite gémissait et frémissait, sa minuscule bouche rose en quête du téton de Clara.

Une fois qu'elle l'avait trouvé et s'y était accrochée, elle s'était calmée et avait fermé ses yeux gonflés. Comme le flux et le reflux d'une marée, de puissantes vagues douloureuses montaient et descendaient dans la tête et le ventre de Clara, parfaitement synchronisées avec la pression exercée sur sa poitrine. Elle avait embrassé sa fille sur le front et baissé la tête, les épaules secouées de sanglots alors qu'un amour et un chagrin démesurés menaçaient de faire exploser son cœur.

À présent, assise dans le carré chaud de lumière venue du dehors, Clara appuya sur la ligne fine qui striait son bas-ventre. La tristesse la submergea. On lui avait retiré les points de suture depuis des mois, mais la zone était encore sensible, et sa rage, face à ce que les médecins lui avaient fait sans son consentement, était toujours aussi vive. Elle caressa la joue douce de Beatrice du bout des doigts, tentant d'ignorer les ombres des barreaux sur sa peau pâle. Lorsque sa propre mère la tenait dans ses bras quand elle était petite, éprouvait-elle le même amour inconditionnel ? Comment pouvait-on donner naissance, puis ne plus jamais parler à son enfant ? Comment une mère pouvait-elle être indifférente au fait que sa fille avait été enfermée, maltraitée, droguée et stérilisée ? Comment une mère pouvait-elle se moquer de savoir si son enfant avait froid, faim, ou peur ? C'était incompréhensible et inimaginable.

Chaque jour, Clara tombait un peu plus amoureuse de sa fille. Son cœur débordait d'une affection si féroce qu'il en était presque douloureux. Pendant ces longs mois solitaires, dans cette chambre mal éclairée, Beatrice avait passé son temps allongée près de sa mère, à la regarder avec curiosité tandis que Clara lui parlait des moineaux et des merles perchés sur les branches, dehors. Beatrice écoutait attentivement, babillant et se taisant aux bons moments, pendant que Clara inventait des histoires de châteaux et de princes et lui racontait le lac, l'herbe et les arbres. Chaque fois que Clara lui parlait de Bruno, de leur première rencontre, et du merveilleux père qu'il serait si on les laissait sortir un jour, Beatrice écarquillait ses yeux couleur chocolat, comme si elle comprenait chaque mot.

À la surprise de Clara, le docteur Roach était plus attentif que jamais, sans qu'elle parvienne à s'expliquer pourquoi. Il passait la voir chaque semaine et prenait le temps, à la fin de chaque séance, de demander comment se portait Beatrice, si elle était forte et en bonne santé. Lors de leur dernier rendez-vous, Clara s'était crispée lorsque le psychiatre avait mis la main dans le berceau et tiré sur la couverture pour mieux voir. Elle avait pris sa fille dans ses bras et s'était réfugiée près de la fenêtre.

— Ne l'approchez pas, s'il vous plaît. Je veux que personne ne la touche.

— Mais je suis son médecin et je ne veux que ce qu'il y a de mieux pour elle. Vous n'avez pas à vous inquiéter.

— Elle n'a pas besoin d'un médecin ! Et si vous voulez vraiment ce qu'il y a de mieux, vous devriez nous laisser quitter cet endroit !

— En toute conscience, il m'est impossible de vous laisser partir. Vous n'allez pas bien, Clara. Et jusqu'à ce que j'aie la preuve du contraire, je…

— Vous quoi ? l'avait interrompu Clara. Vous comptez nous garder enfermées dans cette pièce pour toujours ?

— Non. J'attends une réponse de votre père, puis…

La respiration de Clara était restée coincée dans sa gorge.

— Mon père ? Je croyais que vous n'aviez pas eu de nouvelles depuis que vous l'aviez prévenu pour le bébé ?

Le docteur Roach avait pincé les lèvres.

— Lui avez-vous bien dit que je ne veux pas le moindre penny ? avait continué Clara. Que tout ce que je souhaite, c'est qu'on me rende ma liberté ?

— Oui, mais je n'ai eu aucune nouvelle.

— Vous ne me dites pas tout, avait-elle insisté. Que se passe-t-il ?

— Votre père a peut-être besoin de davantage de temps pour assimiler le fait qu'il a une petite-fille, voilà tout. Cela a dû lui faire un choc, surtout compte tenu du fait que l'on ignore l'identité du père.

— C'est Bruno, avait-elle affirmé, les yeux brûlants de larmes. Vous n'avez qu'à demander à mon père.

— C'est ce que j'ai fait, avait répliqué le médecin en se dirigeant vers la porte. Et sa réponse déterminera ce qui se passera ensuite. Si toutefois il répond.

Depuis, chaque soir, Clara priait pour que son père dise la vérité au docteur Roach. Tout ce qu'il avait à faire, c'était dire que Bruno était réel, et elle serait libre. Était-ce trop demander ? Pour quelle raison aurait-il pu souhaiter prolonger son séjour à Willard ?

Elle enfouit le nez dans les épais cheveux bruns de Beatrice. Ils avaient la même couleur et la même texture ondulée que ceux de Bruno. Elle inspira l'odeur de son bébé innocent, en leur souhaitant à toutes les deux d'être fortes. Beatrice avait été anormalement agitée ces derniers jours et Clara se demandait si c'était parce qu'elle avait besoin de passer à des aliments solides. En grandissant, Clara n'avait pas eu l'occasion d'être au contact de nouveau-nés, et Ruth ne lui avait clairement pas transmis la moindre sagesse maternelle. Néanmoins, Clara savait que, à un moment, le lait maternel ne suffirait plus. Elle avait demandé aux infirmières ce qu'elles en pensaient, mais elles avaient simplement haussé les épaules ou répondu qu'elles verraient si elles pouvaient se procurer quelque chose de plus adapté.

À sa surprise, ses repas à l'infirmerie étaient comparables à ceux servis à l'hospice de Long Island : des œufs et des toasts au petit déjeuner, des sandwichs au jambon et au fromage ainsi que des fruits pour le déjeuner, et soit du poulet soit du porc avec des haricots, du maïs ou des petits pois à l'heure du dîner. Lorsqu'elle l'avait mentionné aux infirmières, elle avait été encore plus étonnée d'apprendre que c'était le docteur Roach qui en avait donné l'ordre, afin qu'elle ait assez de lait pour nourrir le bébé. Mais, en dépit de son régime équilibré, la quantité de lait qu'elle produisait s'amenuisait. Il n'y en avait pas assez pour satisfaire un nourrisson en plein croissance.

Peu après la naissance, les infirmières avaient réussi à se procurer des couches et des chemises de nuit pour bébé. Elles étaient raccommodées et élimées aux coudes, mais c'était toujours mieux que les blouses d'hôpital que Clara avait utilisées jusqu'alors pour la langer. Du fait de la gentillesse dont elles avaient fait preuve au début, Clara avait l'espoir que les infirmières trouveraient des aliments adaptés à Beatrice. Des céréales de riz, des compotes de fruits ou du lait de vache, au moins.

En entendant la clé dans la serrure, elle se leva et se tourna vers la porte. Qui pouvait bien venir la voir à une heure aussi matinale ? Il était trop tôt pour le plateau du déjeuner, et son prochain rendez-vous avec le docteur Roach n'était pas avant la fin de la semaine. Son père avait-il enfin répondu à la lettre du praticien ? Clara retint son souffle.

Une infirmière entra et fit un pas de côté tout en gardant la porte ouverte. Clara la reconnut : c'était l'une de celles qui avaient apporté les couches et les vêtements. Elle s'était extasiée devant Beatrice et avait dit à Clara qu'elle avait un bébé magnifique. À présent, elle gardait les yeux rivés au sol, comme si elle évitait le regard de Clara. Le docteur Slade et une femme en tenue de ville firent irruption dans la pièce, leurs visages durs et fermés. La femme portait un long manteau en laine et un petit chapeau rond de couleur verte, d'où dépassaient des mèches de cheveux châtains. Une couverture rose sur le bras, elle balaya la pièce du regard, la bouche pincée, des rides se creusant au-dessus de sa lèvre supérieure. Deux aides-soignants entrèrent à leur tour puis refermèrent la porte derrière eux. Clara ne comprenait pas ce que le docteur Slade faisait là. Il n'était pas passé la voir depuis des semaines.

— Que se passe-t-il ? demanda-t-elle.

— Je vous présente Miss Mason, annonça le docteur Slade d'une voix dénuée de la moindre émotion.

Lui et la femme traversèrent la chambre pour rejoindre Clara.

— Elle travaille pour les services d'aide à l'enfance.

Miss Mason salua Clara d'un bref hochement de tête, puis porta son attention sur Beatrice. Les aides-soignants restaient à la porte, alertes, attentifs. L'infirmière gardait la tête basse, les mains croisées au niveau de sa ceinture. Il y avait un problème. Beatrice blottie contre elle, Clara recula, le cœur battant.

— Que voulez-vous ?

— Willard n'est pas un endroit adapté pour un enfant, expliqua Miss Mason. Je vous promets de lui trouver une bonne famille.

Une douleur d'agonie étreignit la poitrine de Clara, comme si une main géante s'était enfoncée dans sa cage thoracique pour lui arracher le cœur, une douleur insoutenable qui la pliait presque en deux. Sa respiration était irrégulière, son ventre noué.

— Non ! cria Clara. Elle est à moi ! Vous ne pouvez pas l'emmener !

Elle recula encore, jusqu'à se retrouver le dos contre le mur, près de la fenêtre. Ses jambes flageolaient, sa peau était glacée. Elle commença à avoir des haut-le-cœur. Elle allait vomir, c'était certain.

Le docteur Slade et Miss Mason contournèrent le lit pour se rapprocher. Le docteur Slade tendit la main pour toucher le bras de Clara. Miss Mason posa la couverture sur le pied du lit et voulut attraper Beatrice.

— Non ! cria de nouveau Clara.

Elle parvint à les esquiver pour se réfugier dans le coin opposé de la pièce. Les aides-soignants se dirigèrent vers elle, mâchoires serrées. Le docteur Slade et Miss Mason l'acculèrent dans un coin, les bras tendus, comme s'ils encerclaient un animal sauvage.

— Donnez-nous le bébé, ordonna Miss Mason. Vous ne voulez pas la faire tomber, si ?

— Éloignez-vous de nous ! hurla Clara. Je ne vous laisserai pas la prendre !

Le médecin bondit en avant et l'attrapa par le bras en poussant un grognement. De ses mains rêches, Miss Mason voulut arracher Beatrice à l'étreinte de Clara. Clara la poussa et Miss Mason bascula en arrière, les yeux écarquillés, battant des bras dans le vide. Beatrice se réveilla et se mit aussitôt à pleurer, le visage rouge et chiffonné. Miss Mason retrouva l'équilibre et se rua une nouvelle fois sur Clara, les bras tendus. Clara pivota et se tortilla sur elle-même pour échapper à la poigne de fer du docteur Slade. Elle finit par lui donner un coup de pied dans les tibias. Il jura et resserra encore son emprise, enfonçant ses doigts dans la chair de son bras. L'instant d'après, les aides-soignants étaient sur elle, l'un qui la ceinturait et l'autre posté devant elle au cas où elle ferait tomber Beatrice.

Miss Mason glissa les mains sous le bébé. Dans un à-coup, Clara parvint à dégager son bras et lui décocha un coup de poing. Miss Mason palpa sa lèvre inférieure et ouvrit grand les yeux en voyant du sang au bout de ses doigts. Elle fusilla Clara du regard tandis qu'un aide-soignant lui coinçait le bras dans le dos, puis elle s'essuya la bouche, laissant une traînée de sang sur son menton. Clara tenait Beatrice contre sa poitrine d'une main et se débattait furieusement pour tenter de se libérer, mais c'était inutile. Les aides-soignants étaient trop forts.

— Non ! cria-t-elle encore, la gorge enrouée. S'il vous plaît ! Vous ne pouvez pas prendre mon bébé !

— Nous le pouvons et c'est ce que nous allons faire, rétorqua Miss Mason.

Avec l'aide du docteur Slade, elle arracha Beatrice à Clara, un sourire satisfait aux lèvres. Clara rassembla toutes les forces qui lui restaient pour se jeter en avant avec l'énergie du désespoir et parvint à se libérer. Elle enfonça ses ongles dans la peau des joues de Miss Mason, puis attrapa sa fille. L'assistante sociale cria et porta ses mains à son visage. Clara plaqua sa fille contre sa poitrine et fit volte-face, prête à courir, mais les aides-soignants l'attrapèrent par les épaules et l'immobilisèrent. Le docteur Slade lui prit Beatrice des bras, l'air férocement déterminé.

— Non, supplia Clara en sanglotant. Je vous en prie. Ne me la prenez pas.

— Je suis désolé, répondit le médecin. Un jour, vous comprendrez que c'est la meilleure solution.

Les yeux brillants, l'infirmière tamponnait avec une serviette la joue de Miss Mason. Celle-ci la lui arracha, s'essuya le visage, puis s'empara de la couverture et l'étala sur le lit. Le docteur Slade lui donna Beatrice, tout en maintenant sa petite tête brune d'une main. Miss Mason allongea Beatrice, l'emmaillota, puis la prit dans ses bras.

— Vous avez pris la bonne décision, ça ne fait aucun doute, affirma-t-elle au médecin. Cette femme n'est pas capable d'élever un enfant.

Le docteur Slade acquiesça, encore essoufflé des suites de l'empoignade.

— Nooooon ! hurla Clara jusqu'à avoir si mal à la gorge que sa voix se brisa.

Elle donna des coups de pied, se débattit comme une furie, lutta avec l'énergie du désespoir pour que les aides-soignants la lâchent. Miss Mason se dirigea vers la porte et Clara se laissa glisser jusqu'au sol, tout le corps meurtri par une douleur et un chagrin indescriptibles. Les aides-soignants la plaquèrent violemment au sol et sa joue cogna le carrelage avec un craquement. La dernière chose qu'elle vit, ce fut Miss Mason qui quittait la pièce avec sa fille dans les bras, et Beatrice qui hurlait.

***

Clara tourna la tête. L'oreiller était raide dans sa nuque. La lumière grise du petit matin filtrait à travers la fenêtre grillagée. Elle pouvait apercevoir une rangée de cèdres, et un homme avec des bottes en plastique qui suivait une route, une pelle sur l'épaule. Puis Clara entendit quelqu'un crier. Elle s'assit et regarda autour d'elle. Une demi-douzaine de femmes étaient assises sur des matelas crasseux, enchaînées à leurs pieds de lit en ferraille. Clara baissa les yeux. Elle avait une chaîne autour de la cheville.

On l'avait amenée à la maison des pestiférés de Willard.

CHAPITRE 13

Izzy

Un samedi soir froid et dégagé du début du mois d'octobre, la pleine lune brillait dans le ciel cobalt, tel un globe moucheté entouré d'un milliard de points lumineux. En jean, pull à capuche et baskets, Izzy occupait le siège passager en cuir de la Beamer d'Alex. Elle tentait de ne pas se sentir coupable d'avoir menti à Peg et à Harry, une fois de plus. Tout d'abord, elle ne leur avait pas dit que c'était Ethan qui avait pris le journal intime, et maintenant, ça. Certes, ce n'était qu'un petit mensonge sans conséquence ; ils croyaient qu'elle dormait chez Alex alors que, en réalité, elle allait camper avec d'autres élèves de terminale de son lycée et de ceux, voisins, de Lakeshore et de Romulus Central. Mais même ce petit bobard la faisait se sentir affreusement mal, d'autant plus que Peg et Harry étaient adorables avec elle.

Alex tapotait du bout des doigts sur le volant, chantant *You Oughta Know* d'Alanis Morissette, que la radio diffusait à plein tube. Quand Alex quitta la route principale pour s'engager sur un chemin de terre, la gorge d'Izzy se noua. Elle n'était toujours pas convaincue que c'était une bonne idée. Alex ralentit pour éviter les nids-de-poule et baissa le volume lorsqu'elles arrivèrent au niveau d'un tunnel végétal formé par des arbres aux branches basses. Izzy s'enfonça dans son siège quand une branche effleura le toit de la voiture. La lumière des phares balayait les ornières, éclairant au passage de petits yeux brillants dans les fourrés.

— Est-ce que tu es sûre que c'est par là ? demanda Izzy.

— Certaine. On organise tout le temps des soirées ici. C'est un lieu public, mais personne ne vient jamais dans ce coin-là, car ça fait partie de l'ancien asile de Willard.

Izzy déglutit péniblement. C'était une erreur, à coup sûr.

— Je crois que je n'aurais pas dû venir, dit-elle en scrutant les bois. Avec ce qui est arrivé avec Shannon et tout ça… Je ne veux pas d'ennuis.

— Il y aura tellement de monde que tu ne remarqueras même pas sa présence. Ignore-la, c'est tout.

— Et si elle ne m'ignore pas ?

— Tu seras avec moi et mes amis de Romulus. Ils ne la laisseront pas leur pomper l'air non plus. Tout va bien se passer.

— Je n'en suis pas si sûre…

— Tu veux bien te détendre et t'amuser un peu ? C'est notre dernière année au bahut ! Il faut que tu te lâches pendant que tu le peux encore.

Non, merci, songea Izzy. *C'est exactement ce que j'essaie de ne* PAS *faire*. Le chemin débouchait sur une clairière pleine de voitures, de pick-up et de motos. Izzy se mordit la lèvre. De l'autre côté du parking, à travers les arbres, elle pouvait apercevoir un groupe en train de boire, de fumer et de danser autour d'un énorme feu de camp sur la rive du lac. Des étincelles rouges volaient dans la nuit, comme des libellules tournoyant en tous sens. Derrière eux, le lac Seneca se dessinait, tel un immense bol noir, et sa surface ondulée reflétait la lumière de la lune. Izzy se rappela avoir lu quelque part que le mot « lunatique » trouvait son origine dans l'idée que les rayons de la lune pouvaient avoir un effet néfaste sur les esprits des gens. Avec un peu de chance, ce ne serait pas le cas ce soir-là.

Alex se gara. Elles descendirent de voiture et attrapèrent leurs sacs de couchage, leurs couvertures et leur tente sur la banquette arrière. Les basses de la musique cognaient dans la tête d'Izzy, comme s'il s'agissait du cœur d'une autre personne. Une brise fraîche transportait une odeur de feu de bois, d'algues mouillées et d'eau froide. Un mélange particulier et, néanmoins, pas désagréable.

Izzy prit sa veste, jeta son sac de couchage sur son épaule et suivit Alex. Elles s'avancèrent sur une jetée en bois qui passait par-dessus un marais boueux, puis suivirent les méandres d'un chemin entre de jeunes arbres frêles et de fines bandes de sable, jusqu'à atteindre le bord de l'eau. Des dizaines de personnes étaient sur la plage, debout ou assises dans des chaises pliantes autour du feu de bois, en train de monter des tentes, rassemblées sur des couvertures, mangeant des pizzas et des chips, fumant des joints et buvant de la bière. Un groupe était installé autour d'un narguilé pendant qu'un autre jouait au volley et qu'un autre encore partageait une bouteille de Jack Daniel's. Quelqu'un avait amené sa Pontiac Sunfire jusqu'au sable et ouvert le coffre. Les basses sortant des haut-parleurs stéréo faisaient vibrer la voiture tout entière. La fête avait commencé à 15 heures, mais Izzy et Alex arrivaient tard, car elles avaient dû travailler.

— On n'a qu'à s'installer ici, décréta Alex.

Elle montra du doigt un espace vide près de la pente douce d'une dune couverte d'herbe. Izzy la suivit à travers la foule, en quête de visages familiers. Peut-être que les gens allaient se demander ce qu'elle fabriquait là ? Elle vit un type faire le poirier tandis que Luke et Josh lui tenaient les jambes. Ils versaient de la bière dans un entonnoir attaché à un tuyau qui était relié à sa bouche. Un groupe scandait « Bois, bois, bois ! » pendant que le type à l'envers faisait de son mieux pour boire sans recracher.

Izzy remarqua quelques couples qui se tenaient la main ou se pelotaient. Lorsqu'elle reconnut Ethan et Shannon enveloppés dans une couverture, qui discutaient et riaient avec Crystal et son petit ami Dave, elle détourna le regard.

— Apparemment, les rumeurs étaient fausses, dit Alex en laissant tomber son sac dans le sable. Pour l'instant, en tout cas.

— Quelles rumeurs ?

— Tout le monde raconte qu'Ethan va larguer Shannon pour te demander de sortir avec lui.

Izzy se sentit rougir furieusement.

— Ça n'arrivera pas.

— Quoi ? Qu'il la largue, ou qu'il te demande de sortir avec lui ?

— Les deux.

— Tu es en train de me dire que tu n'es pas intéressée ? demanda Alex avec un grand sourire.

Elle s'agenouilla pour déplier leur tente.

— C'est ça. Je n'ai vraiment pas envie de me faire persécuter par la harceleuse en chef du lycée.

— Alors s'il n'y avait pas Shannon, tu serais intéressée ?

— Ce n'est pas ce que j'ai dit.

— Ça y est, j'ai compris. Tu as un petit ami dans ton ancien bahut.

Izzy secoua la tête.

— Je veux me concentrer sur les cours et passer une année tranquille, c'est tout. Il faut que je décide quoi faire après mes 18 ans. Je n'ai pas besoin de mettre le bazar dans ma vie avec une relation débile.

— Hum.

Au même moment, un groupe de filles et de garçons arrivèrent, chargés de couvertures, d'une tente, de sacs de couchage et d'une glacière. Les garçons posèrent la glacière et se mirent en devoir de monter la tente pendant que les filles serraient Alex dans leurs bras. Cette dernière procéda aux présentations.

— Izzy, je te présente Kim et Jackie, de Lakeshore. Chris est de Lakeshore, lui aussi, et Finn et Tortue sont de Romulus, ajouta-t-elle en hochant la tête en direction des garçons.

— Salut ! lança Izzy en souriant.

Jackie plongea la main dans la glacière et tendit des canettes de panaché à Izzy et à Alex. Elle était grande et mince, ses longs cheveux blonds attachés en tresses, sa peau lisse et bronzée. On l'aurait crue tout droit sortie d'une publicité pour de la crème solaire. Kim était petite et potelée, avec des cheveux châtains et de grosses lunettes. Les garçons prirent des bières et se joignirent à elles.

— Izzy, est-ce qu'Alex t'a expliqué pourquoi Tortue est surnommé Tortue ? demanda Finn.

Izzy secoua la tête.

— Ferme-la ! avertit Tortue en lui donnant une bourrade.

Finn montra du doigt la braguette de son ami.

— Parce que son truc ressemble à une tête de bébé tortue qui sort de sa carapace.

Tout le monde éclata de rire. Tortue sauta sur le dos de Finn et tenta de le faire tomber dans le sable.

— Ne fais pas attention à eux, dit Jackie à Izzy. Ce sont des crétins.

— Oh oh…

Alex regardait par-dessus l'épaule d'Izzy, en direction du feu de joie. Jackie et Kim l'imitèrent et haussèrent les sourcils, l'air surpris. Izzy tourna la tête et son cœur s'emballa aussitôt. Ethan, Shannon, Josh, Crystal et Dave se dirigeaient vers eux. Izzy dévisagea Alex, qui haussa les épaules. Lorsque Ethan et les autres arrivèrent à leur niveau, les garçons se tapèrent dans les mains, levèrent leurs bières et trinquèrent. Izzy garda les yeux rivés au sol.

Shannon et Crystal dirent bonjour au groupe d'une voix si dégoulinante qu'Alex leva les yeux au ciel. Jackie, Kim et les autres accueillirent tout le monde dans le cercle, offrant aux nouveaux venus de la bière et des panachés. Les garçons se mirent à discuter voitures et sport, pendant que les filles parlaient du nombre d'oreillers qu'elles avaient apportés et de leur bain de soleil du lendemain matin. Izzy conservait le regard fixé sur Alex, Kim et Jackie. Puis quelqu'un lui toucha le bras et elle sursauta. C'était Shannon.

— Est-ce que je peux te parler ? demanda-t-elle, mielleuse. En privé ?

Izzy but une longue gorgée de panaché et jeta un coup d'œil en direction d'Alex, qui observait la scène en fronçant les sourcils.

— De quoi veux-tu lui parler ? demanda Alex d'une voix forte.

Shannon couvrit Izzy d'un regard triste. Elle faisait presque la moue. Ethan arrêta de plaisanter avec Finn et Dave et tourna la tête pour voir ce qui se passait. Il se rapprocha. L'inquiétude se lisait sur ses traits.

— Est-ce que tout va bien ? s'enquit-il.

Shannon lui prit la main. Crystal tira sur le pull de Dave et lui ordonna de se taire. Peu à peu, tout le monde se tut. Izzy avait la désagréable sensation qu'ils étaient sur le point de se livrer à un rituel et que c'était elle qu'on allait sacrifier.

— D'accord, c'est bon, s'agaça Shannon. Puisque c'est comme ça, je vais dire ce que j'ai à dire devant tout le monde.

— Attention, grommela Alex. Ça promet.

— Je sais que je me suis comportée comme une garce et je suis désolée. Je le pense vraiment. C'est notre dernière année de lycée et je veux en garder de bons souvenirs, pas des mauvais. J'allais commencer par m'excuser auprès d'Izzy. Mais je sais que je te dois des excuses à toi aussi, Alex.

Alex rit.

— Tu crois vraiment que ça va être aussi facile que ça ? Tu as été beaucoup plus qu'une garce avec moi, et aussi avec tout un tas de gens.

— Tu ne peux pas écouter ce qu'elle a à dire ? lança méchamment Crystal.

— C'est ce que je fais, non ? rétorqua Alex.

— C'est bon, Crystal, dit Shannon.

Puis, comme si elle avait froid tout à coup, elle se frotta les bras et se rapprocha d'Ethan. Elle sourit et l'embrassa sur la joue, puis tourna la tête vers Alex et Izzy, le menton tremblotant. C'était comme un spectacle, mis en scène afin que tout le monde en profite.

— C'est difficile pour moi de dire ces choses-là, mais Alex a raison. J'ai été pire qu'une garce. J'ai été méchante, égocentrique, horrible. J'ai traité les gens comme de la merde et j'en suis désolée. Je n'ai aucune excuse.

Alex la dévisagea, dubitative.

— Alors après des années passées à nous terroriser, d'un coup d'un seul, tu as compris que tu ne pouvais pas te comporter comme ça ? Et nous, on est supposés avaler ces conneries et dire « Hmmm, j'ai bien mangé ! » ?

Les joues de Shannon s'empourprèrent.

— Je sais que c'est beaucoup demander, mais toutes ces années à écouter ce que tout le monde racontait sur mon père et ma mère…

Elle baissa les yeux avant de continuer :

— Je sais que vous pensez que j'ai un cœur de pierre, mais ce n'est pas vrai. Simplement, ça m'a fait mal d'entendre tous ces trucs sur ma famille et… je suppose que j'avais envie de me défouler et de faire mal aux autres en retour. Mais à présent, je sais que j'avais tort.

— Il y aura toujours des gens pour parler sur ton dos. Tu ne peux absolument rien y faire, à part les ignorer.

Les mots avaient franchi les lèvres d'Izzy avant qu'elle puisse les retenir. Shannon tourna la tête vers elle et lui sourit, à la manière d'une petite fille devant un chiot dans une vitrine d'animalerie.

— Je savais que tu comprendrais. Et je suis désolée d'avoir dit en public que ta mère est en prison.

Izzy grimaça.

— Non mais je rêve ! s'écria Alex. Tu recommences ! Izzy vient à peine de rencontrer mes amis et il faut que tu l'ouvres devant tout le monde !

Shannon plaqua une main sur sa bouche.

— Mince ! Je ne l'ai pas fait exprès ! Pas cette fois, je t'assure !

Alex secoua la tête.

— Tu as sauté sur l'occasion de mettre Izzy mal à l'aise, une fois de plus.

— Non ! Je te promets que c'était un accident. Il faut juste un peu de temps pour changer. Donnez-moi une chance, allez. Je suis vraiment désolée, Izzy.

Shannon fixait Izzy, les yeux brillants. À côté d'elle, Ethan regardait sa bière, le sable, Finn et Tortue, bref, tout sauf Izzy. Les mots de Shannon, son intonation, sa posture, la manière dont sa lèvre inférieure frémissait quand elle parlait, tout cela semblait sincère. Et pourtant, Izzy aurait pu jurer qu'une étincelle de furie brillait dans ses yeux. Mais elle décida de jouer le jeu, au moins pour la soirée. En réalité, elle était soulagée. Même si Shannon redevenait odieuse au lycée le lundi suivant, peut-être qu'Izzy pouvait au moins se détendre pour ce soir-là, s'amuser et se faire de nouveaux amis.

— Je ne peux pas parler pour les autres, mais moi, je veux bien te donner une autre chance.

— Sérieusement ? s'étonna Alex. Tu vas lui pardonner comme ça ?

Izzy haussa les épaules.

— Je comprends, Alex, intervint Shannon. Je sais que j'ai été encore pire avec toi qu'avec tous les autres et tu as toutes les raisons du monde de ne plus jamais vouloir m'adresser la parole. Tu n'es pas obligée de me pardonner si tu n'en trouves pas la force dans ton cœur. Mais j'espère qu'on peut au moins être cordiales jusqu'à la fin de l'année.

Tout le monde se tourna vers Alex, dans l'attente de sa réaction. Finalement, elle leva les yeux au ciel et soupira.

— Comme tu voudras. Je vais te redonner une chance, uniquement parce que j'en ai marre de toutes les disputes et de tous les coups de poignard dans le dos. Mais je te préviens, tu n'as pas intérêt à me faire un sale coup. Car ce sera la dernière fois.

— Promis !

Elle s'approcha d'Alex pour la prendre dans ses bras, mais Alex recula.

— Je comprends, dit doucement Shannon. C'est trop tôt.

Elle brandit son panaché.

— Est-ce qu'on peut au moins trinquer pour marquer notre nouveau départ ?

— Si tu veux.

Alex leva brièvement sa canette. Quand tout le monde eut bu une gorgée, Shannon reprit la parole.

— Notre tente est là-bas, au niveau du bosquet de bouleaux. Venez nous voir, une fois que vous serez installés.

— D'accord, répondit Izzy.

— Génial ! s'enthousiasma Shannon avec un sourire. Josh a apporté des pétards. On vous attend pour les allumer !

Elle embrassa Ethan et l'entraîna à sa suite. Ses tongs soulevaient de petits nuages de sable dans son sillage tandis qu'elle retournait au feu de joie. À mi-chemin, elle souleva sa canette et cria :

— C'est la fêêêêête !

Finn et les autres finirent de monter leur tente pendant que Jackie et Kim installaient les chaises pliantes et les couvertures. Izzy s'agenouilla dans le sable pour aider Alex.

— Qu'est-ce que c'était que ça ? demanda Izzy assez bas pour que personne d'autre ne l'entende.

— Je n'en ai pas la moindre idée. Mais tu connais le dicton. Sois proche de tes amis, et encore plus de tes ennemis.

— Tu crois que c'est ce qu'elle essaie de faire ?

— C'est sûr. Ce qui veut dire que tu dois faire encore plus attention.

— Moi ? Pourquoi ?

— Parce que, ma chère amie ingénue, c'est la première fois qu'elle s'excuse auprès de qui que ce soit. *Jamais* elle n'avait fait ça avant. Ça a dû être l'horreur pour elle. Elle doit vraiment te voir comme une menace.

Un nœud se forma dans le ventre d'Izzy. Elle avait espéré que les excuses de Shannon étaient sincères et qu'elle voulait réellement tourner la page. Elle n'aurait pas dû être aussi naïve. Ce n'était jamais aussi facile.

À minuit, la moitié des terminales étaient vautrés dans le sable ou dans leurs tentes, ou en train de discuter d'une voix forte et traînante. Alex, Izzy, Jackie et une dizaine d'autres, y compris Shannon et Ethan, étaient assis sur des morceaux de bois autour du feu de camp qui commençait à s'éteindre. Izzy enfonça l'extrémité d'un long bâton dans les braises rougeoyantes, détachant des éclats de bois calcinés des bûches pendant qu'Alex et Finn échangeaient des propos animés au sujet du réchauffement climatique. La soirée s'était mieux passée que ce qu'Izzy avait imaginé. Elle avait réussi à se détendre et même à rire. Elle s'apprêtait à prévenir Alex qu'elle retournait à la tente lorsque Josh se leva et contourna le feu pour la rejoindre. Le contraste entre sa carrure de géant et sa voix fluette continuait de l'éberluer. C'était le secondeur star de l'équipe de football américain et elle ne pouvait pas s'empêcher de rire chaque fois qu'elle l'imaginait sur le terrain, en train de crier « Allez, les gars ! » d'une voix aiguë.

— Salut ! Tu veux un peu de compagnie ?

Izzy jura en son for intérieur.

Il était pieds et torse nus, ses imposants pectoraux couverts de poils roux.

— J'allais me coucher, en fait, répondit-elle.

Il l'ignora et plia les jambes pour s'asseoir près d'elle, sur le tronc d'arbre. En sentant la hanche de Josh effleurer la sienne, elle se décala sur le côté. Il posa ses avant-bras sur ses genoux. Il avait l'air d'un crapaud géant dans cette position. Son immense main parsemée de taches de rousseur tenait une bouteille de bière.

— Alors, est-ce que ça te plaît de vivre sur les superbes bords du lac Seneca ?

— Ça va, dit Izzy sans quitter les braises brillantes des yeux.

— Je suis sûr que ça va être plus facile maintenant que vous êtes amies, avec Shannon.

Elle le dévisagea. Il avait les yeux vitreux et le visage rougi par trop de soleil et d'alcool, mais il n'avait pas l'air saoul. Avec son gabarit, il pouvait certainement boire un fût de bière et ne rien sentir.

— J'espère, en tout cas. Depuis quand es-tu ami avec elle ?

— Oh ! depuis toujours. On est devenus meilleurs amis à la maternelle. On s'embrassait en cachette derrière le piano.

— Est-ce qu'Ethan sait que tu embrassais sa petite amie en cachette ? demanda Izzy dans une tentative de faire de l'humour.

— On est potes, avec Ethan. Il sait que Shannon était ma meilleure amie, avant.

— Avant ?

Il fronça les sourcils et un voile d'incertitude passa sur son visage. L'instant d'après, il retrouva le sourire.

— Elle sort avec Ethan maintenant. C'est lui, son meilleur ami. Mais je suis toujours ami avec elle.

Soudain, Izzy sentit le bras lourd de Josh autour de ses épaules. Une odeur amère de sueur et de bière envahit ses narines.

— Peut-être qu'on peut être meilleurs amis, toi et moi, suggéra-t-il.

— Hum…

Elle dégagea son bras de ses épaules et se leva.

— Je crois que je vais aller me coucher.

Josh l'attrapa. Son immense main lui faisait l'effet d'un manchon chaud et transpirant autour de son poignet.

— Rassieds-toi, dit-il en la tirant vers le tronc d'arbre. On ne peut pas discuter encore un peu ? Apprendre à se connaître ?

Elle recula.

— Désolée, mais je suis fatiguée.

Au même moment, Dave se leva et alla couper la stéréo de la voiture.

— Eh, tout le monde ! cria-t-il en revenant vers le feu de camp. Il est minuit ! Vous savez ce que ça veut dire !

Josh se mit debout et brandit le poing en l'air.

— Ouais ! On y va !

Une vingtaine d'autres bondirent sur leurs pieds et s'emparèrent de lampes torches et de bouteilles de bière, au milieu d'éclats de voix surexcitées. De l'autre côté du feu de camp, Ethan se leva et testa sa lampe. Shannon et

Crystal enfilèrent leurs sweats à capuche, un sourire impatient aux lèvres.

— Où est-ce qu'on va ? demanda Izzy à Josh.

— Explorer Willard !

Il finit le reste de sa bière d'un trait et jeta la bouteille vide dans les braises.

— Viens ! J'ai des lampes en rab.

Un nœud tordit l'estomac d'Izzy. À côté d'elle, Finn et Alex se levèrent et plièrent la couverture qu'ils avaient utilisée pour se réchauffer.

— Tu ne vas quand même pas y aller ? demanda Izzy à Alex.

— Je vais me gêner ! répliqua Alex, le regard brillant. J'adore les fantômes, le spiritisme et tous ces trucs-là. Ça va être génial !

— Amuse-toi bien. Je reste ici. J'ai envie de dormir.

— Viens ! l'encouragea Alex. Ne joue pas les rabat-joie ! C'est même pas à un kilomètre !

— Ce n'est pas la distance qui m'inquiète, rétorqua Izzy.

Alex pencha la tête sur le côté.

— Allez ! Si ça devient trop flippant, on revient. Promis.

— Si elle n'a pas envie de venir, elle n'est pas obligée, intervint Josh. Je peux rester ici pour lui tenir compagnie.

Il passa de nouveau le bras autour d'Izzy et l'attira contre son corps transpirant. Elle retira sa main de son épaule et s'écarta.

— Tout bien réfléchi, peut-être que ça ne me fera pas de mal de marcher un peu.

Tout le monde remit ses chaussures et revêtit un pull, avant de se diriger vers le rivage. Les faisceaux des lampes rebondissaient sur le sable et éclairaient les pierres et la forêt. La pleine lune se reflétait à la surface de l'eau, lui conférant une brillance bleutée d'un autre monde. Luke et Josh étaient en tête de cortège et faisaient en sorte de trouver le chemin le plus facile entre les arbres couchés et les rochers de la taille d'une voiture. Quand le sol devenait trop marécageux, certaines des filles se faisaient porter pour ne pas se mouiller les pieds. Lorsque le hangar à bateaux et l'embarcadère de Willard apparurent, Luke s'arrêta.

— On n'a qu'à se séparer en plusieurs groupes, comme ça on peut couvrir un plus grand périmètre. Si quelqu'un voit quelque chose, on se regroupe et on y va tous ensemble. J'ai des potes qui sont descendus dans les sous-sols de Chapin Hall et qui ont trouvé la morgue. Ils ont vu ce qui ressemblait à une femme près de la chambre froide où ils conservaient les cadavres avant.

Crystal et l'une de ses amies poussèrent un cri aigu et se serrèrent l'une contre l'autre avant de glousser. Luke leva une main en l'air pour les faire taire.

— Elle avait le visage noirci et bouffi, comme si son corps avait passé du temps dans l'eau. Elle a ouvert la bouche, comme si elle criait, et puis elle a disparu.

— Mon Dieu, c'est horrible ! s'écria une fille.

— Les médecins administraient des thérapies par électrochocs dans les sous-sols de Chapin Hall, continua Luke. Mais dans les années 1940, il y a eu d'énormes inondations et beaucoup de patients se sont noyés. Environ une cinquantaine, je crois. On pense que cette femme était l'une d'entre eux.

— N'importe quoi ! cria un des garçons.

— Tu me raconteras, Alex. Je rentre, décréta Jackie.

— Reste, allez ! protesta Alex. C'est juste pour s'amuser.

Jackie secoua la tête.

— C'est beaucoup trop *hardcore* pour moi.

— Je pars avec toi, lança Izzy.

— Vous ne pouvez pas me laisser toutes les deux en plan ! Allez, Izzy, il faut que tu restes ! S'il te plaît…

Izzy poussa un grognement.

— Bon, d'accord, céda-t-elle.

À défaut d'autre chose, peut-être qu'elle trouverait des informations supplémentaires concernant Clara et sa fille.

— Si quelqu'un veut retourner au campement, c'est le moment, offrit Josh. Pour les autres, que le spectacle commence ! Brian, Paul, Ethan et moi, on sera chefs de groupe. Un groupe va dans les pavillons, l'autre à la morgue, un autre à Hadley Hall et le dernier dans la maison des pestiférés. Luke, Dave, ça vous dit de descendre à la morgue ?

— C'est bon pour nous, dit Dave.

Il prit Crystal par la taille, qui sourit et eut un hochement de tête approbateur.

— Pour moi aussi, répondit Luke.

— Génial ! s'enthousiasma Josh. Alex, Izzy, ça vous dit d'être dans notre groupe ?

Alex se tourna vers Izzy.

— Ce serait génial d'aller voir la morgue.

Izzy haussa les épaules.

— On peut être dans n'importe quel groupe, je m'en fiche.

— On est partantes, dit Alex à Josh.

— C'est bon, j'ai mon groupe ! annonça Josh.

Izzy serra les dents. C'était déjà glauque d'aller à Willard pendant la journée, mais se rendre à la morgue pendant la nuit et, en plus, avec des amis de Shannon… Ça lui semblait vraiment être une mauvaise idée. Mais que pouvait-elle faire d'autre ? Si elle rebroussait chemin, Josh offrirait sûrement de l'accompagner. Et il était hors de question d'admettre qu'elle avait la trouille. Au moins, ils étaient plusieurs. Autant y aller et en finir le plus vite possible.

Ils montèrent la pente herbeuse en direction des bâtiments décrépits de Willard. Les pelouses étaient peuplées d'ombres qui s'étiraient sous la lumière de la lune. Lorsqu'ils atteignirent Chapin Hall, ils s'arrêtèrent tous et observèrent l'édifice principal, faisant courir les faisceaux de leurs lampes sur les barreaux des fenêtres et les lucarnes obscures. L'énorme construction victorienne était dix fois plus effrayante dans le noir. Izzy sentit l'anxiété lui étreindre l'abdomen. Comment avait-elle fait son compte pour atterrir ici pour la troisième fois ? Et être sur le point d'entrer dans la morgue passé minuit, par-dessus le marché ?

— Mon Dieu ! souffla Crystal. C'est le bâtiment le plus glauque que j'aie jamais vu.

— Attends d'avoir vu la morgue, dit Alex en souriant. Je parie que c'est pire.

Crystal attrapa la main de Dave et se mit à sautiller d'un pied sur l'autre.

— J'ai tellement la trouille que j'ai l'impression que je vais faire pipi dans mon pantalon !

Une fois tous réunis devant Chapin Hall, les différents groupes se séparèrent. Celui d'Ethan prit le chemin des pavillons des patients, celui de Bryan de la maison des pestiférés, et celui de Paul d'Hadley Hall, tandis que l'équipe de Josh se dirigeait vers la morgue.

Josh les guida jusqu'à l'arrière de Chapin Hall. Des tas de feuilles mortes s'empilaient dans les coins des fondations et des nids d'oiseaux étaient suspendus aux avant-toits.

Derrière le bâtiment, Josh s'arrêta en bas d'un escalier de secours rouillé. Comme au niveau des pavillons des patients, la sortie de secours des étages et les marches qui menaient au rez-de-chaussée étaient entourées de grillage. Izzy ne l'avait jamais remarqué auparavant, mais une cage se trouvait en bas de l'escalier, assez grande pour contenir dix ou quinze personnes, avec une porte cadenassée de l'extérieur. En cas d'incendie, les gens dans le bâtiment pouvaient sortir et emprunter l'escalier, mais ils étaient obligés d'attendre que quelqu'un leur ouvre la porte. Izzy frémit en comprenant qu'il s'agissait d'une mesure préventive pour empêcher les évasions.

Josh tendit sa lampe à Izzy et lui demanda d'éclairer la cage. Une fente verticale avait été découpée dans le grillage.

— C'est par là que mes amis sont passés, indiqua-t-il.

Il glissa ses énormes doigts dans les trous, écarta un pan de grillage et se faufila par l'ouverture. Tout le monde l'imita, à part Izzy. Luke, Dave et Crystal se dépêchèrent de monter les marches. Josh voulut aider Izzy, mais elle ignora sa main tendue et entra à son tour.

Dave brandit sa lampe en direction de la porte en haut des marches. Un morceau de contreplaqué en barrait la moitié supérieure.

— Comment fait-on pour entrer ? demanda-t-il.

— Attends ! lança Josh. Je gère.

Il grimpa l'escalier en quatrième vitesse, attrapa le bas de la planche et l'arracha avec un crissement de bois et de clous, faisant apparaître un cadre vide de fenêtre.

— Ton gros cul ne passera jamais par là, dit Dave en riant.

— Tu veux parier ?

Josh se mit de côté et glissa le haut de son corps par le trou. Il bascula à l'intérieur et ses pieds décollèrent du sol, sous les rires de Dave qui pensait que Josh était coincé. Les hanches et les jambes de Josh disparurent et un bruit sourd retentit. Puis ce fut le silence.

Dave se rapprocha de la porte.

— Ça va, mon grand ? demanda-t-il en ricanant.

Au même moment, Josh bondit dans l'obscurité, le visage déformé par une grimace et les bras tendus.

— Laissez-moi sortiiiir ! hurla-t-il.

Tout le monde sursauta. Dave se précipita vers l'ouverture, les narines dilatées.

— Je vais te tuer ! cria-t-il en se ruant à l'intérieur.

Un par un, tout le monde entra, puis Dave et Josh prirent la tête du groupe. Ils remontèrent un couloir, évoluant à pas lents, éclairant minutieusement les murs et le sol. Le reste du groupe les suivait de près. Des éclats de peinture écaillée et des morceaux de plâtre craquelaient sous leurs pieds. Le haut plafond donnait le sentiment qu'il n'y avait rien au-dessus de leurs têtes, comme si la toiture avait disparu pour laisser place à un trou noir béant. La peinture gris-vert se détachait des murs par lambeaux qui pendaient, tels des crustacés accrochés à une épave sous-marine. Des papiers moisis, des pichets en plastique et des morceaux de carton jonchaient le sol. Un bruit d'égouttement résonnait, les accompagnant à chaque pas.

Izzy observa chaque porte close, dans l'espoir de trouver une salle d'archives, tentant d'ignorer ce sentiment que les portes s'ouvraient lentement après son passage. Alex marchait à côté d'elle et sa main agrippait le coude d'Izzy d'une poigne de fer. Au bout du couloir, une grande porte surmontée d'une arcade imposante donnait sur un abysse obscur.

Soudain, Crystal poussa un cri strident.

— Mon Dieu ! Qu'est-ce que c'est que ça ?

Tout le monde s'immobilisa.

— Quoi ? demanda Josh en regardant partout.

— Là ! dit Crystal en montrant le bout du couloir.

Josh orienta le faisceau de sa lampe. Un siège et ce qui ressemblait à un morceau de roue traînaient dans le passage.

— C'est juste un fauteuil roulant cassé ! annonça Alex.

— Bon sang ! grogna Dave. Ne refais jamais ça !

— Désolée, dit Crystal tout bas.

Ils se remirent en route. Puis Dave et Josh se figèrent.

— Qu'est-ce qui se passe ? demanda Luke. Pourquoi est-ce qu'on s'arrête ?

— J'ai entendu un truc, chuchota Dave.

— Moi aussi, confirma Josh.

— Qu'est-ce que c'était ?

— Je n'en sais rien, dit Dave. C'était comme quelque chose qui bougeait dans la pièce d'à côté. Un bruissement ou un truc comme ça.

— Et donc ? s'impatienta Alex.

— Vas-y, je t'en prie ! lui dit Josh en agitant le faisceau de sa lampe en direction de l'ouverture noire, sur sa gauche.

Alex s'empara de la lampe torche, inspira profondément et se dirigea vers la porte.

— Beurk ! Immonde, dit-elle avant de passer le seuil.

Curieux, les autres la suivirent.

La lumière de la lune passait à travers les barreaux des fenêtres sales, projetant de longues ombres sur le carrelage. D'énormes morceaux de plâtre pendaient du plafond, révélant d'épaisses couches de moisissure noire. Sous les fenêtres, les briques du mur apparaissaient à travers des trous dans le plâtre. Au centre de la pièce, une épaisse barre en métal sortait du sol. Une tige courbée en émergeait d'un côté, en forme de S allongé. Au bout de la tige se trouvait un siège bleu en plastique avec une boucle, comme une chaise volante de manège. L'estomac d'Izzy se noua en pensant à toutes les âmes torturées qui avaient dû s'y asseoir, et à ce qu'on avait bien pu leur faire. Sur la gauche, une canalisation rouillée courait, reliée à une demi-douzaine de baignoires en porcelaine alignées le long d'un mur en émail. Les baignoires étaient entourées de cadres métalliques et couvertes d'une toile sale et déchirée, sauf une. Les toiles étaient fixées aux cadres en métal, et percées d'un trou renforcé qui béait à une extrémité, comme une bouche ouverte, pour laisser passer les têtes des patients. Izzy frémit de nouveau, en proie à un regret croissant de ne pas être restée au campement.

— Qu'est-ce que c'est que ce machin ? demanda Luke en s'asseyant sur le siège relié à la tige métallique.

Il poussa sur ses pieds et le fauteuil tourna sur lui-même.

— Aucune idée. Mais les baignoires servaient à faire prendre des bains glacés, expliqua Alex. On plongeait les patients dans de l'eau glaciale jusqu'à ce qu'ils perdent connaissance.

— Allez ! pesta Josh. Je croyais qu'on était venus ici pour trouver la morgue.

— Il a raison, renchérit Dave. On y va.

Izzy suivit les autres, soulagée de quitter cette pièce déprimante. Au bout du couloir, ils tournèrent à droite. Il fallait se frayer un chemin entre les fauteuils roulants, les chariots, les boîtes portant l'inscription Willard State, les matelas maculés de taches et les brancards à roulettes rouillés. Izzy tira sur la manche de son sweat pour couvrir sa main, attrapa la rambarde et emboîta le pas à Alex dans un escalier. Elle ne voulait rien toucher, mais elle avait encore moins envie de tomber et d'atterrir la tête la première sur Dieu sait quoi au bas des marches.

Les couloirs du rez-de-chaussée étaient peuplés de chaises roulantes cassées, de petites tables et de sièges avec des ceintures. Au-dessus des portes, des panneaux indiquaient *Maladies chroniques*, *Maladies aiguës*, *Épilepsie*, *Malades et infirmes*. Izzy glissait son faisceau à l'intérieur des pièces, illuminant des cadres de lit, des boîtes moisies, de grands paniers en plastique portant la mention *Linge sale*, des chariots avec des électrocardiographes, des tables d'examen. Elle scannait chaque pièce du regard, en quête d'armoires de classement, en vain. Elle se demanda si Clara avait accouché dans l'une de ces salles. Cela avait dû être absolument horrible de donner naissance à un petit bébé innocent dans un endroit pareil.

Enfin, ils tombèrent sur un panneau qui disait *Sous-sol*, avec une flèche vers la droite. Ils empruntèrent un court couloir jusqu'à une double porte sous un panneau gris portant l'inscription *Morgue*. Josh poussa les portes. Un courant d'air froid leur parvint. Il commença à descendre les marches, suivi d'Izzy, de Luke et d'Alex, avec Dave et Crystal en bout de cortège. Une fois en bas, tout le groupe s'arrêta. Izzy avala péniblement sa salive.

De grands tunnels en ciment partaient dans toutes les directions. À droite, à gauche, tout droit. Des canalisations métalliques qui fuyaient couraient le long des plafonds, près d'un rail en métal qui supportait des câbles électriques. Tous les trois mètres environ, des arches en pierre ornaient les murs, ce qui donnait au lieu des airs de château médiéval. Izzy avait l'impression de se tenir entre deux miroirs, comme si les couloirs se reflétaient des centaines de fois dans toutes les directions. Elle s'imagina se perdre et ne jamais retrouver la sortie. Face à elle, un panneau annonçait *Traitement par électrochocs*, tandis que celui de gauche indiquait la morgue. À droite de l'escalier, la grille rouillée d'un grand ascenseur de service était à moitié ouverte. Dans la cabine, un lit d'hôpital avec une roue cassée et un drap déchiré crasseux était renversé, adossé contre l'une des parois de l'ascenseur.

— C'était sûrement par ici qu'ils faisaient descendre les corps, suggéra Alex.

— Beurk ! dit Crystal.

Josh emprunta l'accès qui menait à la morgue. Son immense silhouette empêchait presque de voir la lumière de la lampe qu'il brandissait devant lui.

— Par ici, ordonna-t-il.

Dave et Crystal le suivirent, mais Alex protesta.

— Attendez ! Allons voir la salle où ils faisaient les électrochocs.

— Il n'y aura rien là-dedans, répondit Josh.

— On va à la morgue, enchérit Dave d'un air irrité.

Izzy se demanda pourquoi il semblait si pressé. Peut-être qu'il utilisait sa mauvaise humeur pour cacher sa peur.

— Eh bien, moi, je vais dans l'autre salle !

Josh grogna et fit demi-tour à contrecœur.

— D'accord, mais on se dépêche.

Ils trouvèrent la salle des électrochocs après la quatrième arche, dans le tunnel de gauche. L'espace, bas de plafond, accueillait des tables d'examen, des chariots rouillés et des boîtes en métal rivetées aux allures de piles géantes, ornées de boutons noirs et dont dépassaient des fils. Plaquées contre le mur du fond se dressaient des armoires à pharmacie aux tiroirs à demi-ouverts qui débordaient de bobines de fil de cuivre, de protège-dents en caoutchouc et de ce qui ressemblait à des manettes de jeu vidéo. Izzy longea les murs, toujours à l'affût de rangements susceptibles de renfermer des documents.

— Ils devaient faire des électrochocs à plus d'une personne à la fois, commenta Dave. Un peu comme s'ils marquaient au fer un troupeau de bétail.

— Ça en a tout l'air, intervint Alex. Tu as dit qu'il y avait eu une inondation ici et que des gens étaient morts ?

— Oui, confirma Josh tout en fouillant dans un tiroir.

— C'est répugnant, dit Crystal.

— Je me demande s'ils effectuaient des lobotomies, s'interrogea Alex.

— Allez ! les pressa Dave. On est censés explorer la morgue, pas perdre notre temps ici.

— Oui. Sortons d'ici, dit Izzy en luttant contre une envie de vomir.

Alors qu'ils se rapprochaient de la morgue, le froid et l'humidité s'intensifièrent. Izzy fourra ses mains dans les poches de son sweat et remonta sa capuche. À côté d'elle, Crystal battait l'air au-dessus de sa tête, terrifiée à l'idée de se retrouver avec une toile d'araignée dans les cheveux ou sur le visage. Sans prévenir, Josh s'arrêta soudainement et braqua sa lampe vers une porte ouverte sur sa gauche. Dave continua à marcher, puis marqua une pause et se tourna vers les autres.

— Allez, on y est presque ! s'agaça-t-il.

— Qu'est-ce que c'est que ça ? demanda Josh avec dégoût.

Dave le rejoignit sur le seuil.

— Putain de merde ! souffla-t-il.

Ils entrèrent et les autres les suivirent.

Les murs de la salle étaient bordés de cages aux barreaux épais, rivetés et entrecroisés. À l'intérieur des cages, des lits de camp étaient boulonnés au sol et des chaînes et des menottes pendaient au mur.

— Qu'est-ce que c'est que cet endroit ? murmura Crystal.

— Ils gardaient des gens là-dedans ! s'exclama Josh avec un rire nerveux.

— Peut-être que c'est ici qu'ils enfermaient les patients violents, suggéra Alex.

— Ou ceux qui avaient la tuberculose ou le typhus, énonça Izzy.

— Qu'est-ce que c'est glauque ! commenta Alex. Pas étonnant que Willard soit hanté !

— Est-ce qu'on peut aller à la morgue et en finir ? demanda Izzy en s'efforçant d'adopter un ton assuré.

— Ouais, on y va. On peut revenir ici une autre fois.

Le groupe sortit de la pièce en file indienne et reprit sa progression. Enfin, ils atteignirent une double porte avec un vieux panneau en métal portant la mention *Morgue* en lettres vertes délavées. Au bout du tunnel, on pouvait apercevoir une autre double porte aux fenêtres cassées. La lumière de la lune filtrait péniblement à travers ce qui restait des carreaux crasseux, leur donnant l'aspect de deux yeux à l'éclat vitreux. Des cercueils étaient entassés contre les murs de part et d'autre de la porte, telles des piles de livres gigantesques.

— Mon Dieu ! C'est horrible, souffla Crystal.

Ils se faufilèrent dans la morgue en avançant lentement, comme s'ils avaient peur de trouver quelqu'un de l'autre côté de la porte. Dave et Josh balayèrent la pièce du faisceau de leurs lampes. Contre le mur du fond se trouvait un profond évier à trois bacs, dont les rebords en porcelaine étaient encombrés de pichets en plastique jaunis et de bouteilles sales. Des poubelles et des caisses jonchaient le sol en ciment taché. Il y avait aussi un chariot corrodé surchargé d'instruments d'autopsie et plusieurs chaises pliantes cassées. Des lampes industrielles pendaient au plafond craquelé, au-dessus d'une table d'autopsie en Inox. De chaque côté de la table se trouvaient des trous de drainage, et une petite bassine était posée à une extrémité. Une grande cuve en plastique, montée sur roulettes, traînait non loin, avec un tuyau qui émergeait du haut de la cuve. On pouvait lire la mention *Fluide d'embaumement*.

Dans un coin, un immense cube avec six portes aux gonds et aux poignées rouillés et abîmés occupait pratiquement un quart de l'espace. La chambre froide. Elle était à côté d'un moteur noir rouillé qui avait dû servir à l'alimenter en électricité. Les deux portes du haut étaient en relativement bon état. En revanche, les quatre du bas étaient tachées de ce qui ressemblait à du goudron, comme si quelque chose à l'intérieur des compartiments du haut avait pourri puis s'était liquéfié avant de couler jusqu'en bas. Une légère odeur de formol et de moisi flottait dans l'air.

Izzy plaqua une main sur sa bouche et lutta contre l'envie de partir en courant pour aller respirer l'air frais de l'extérieur. Soudain, elle aperçut un meuble de rangement à deux tiroirs dans un coin. Elle traversa la pièce à grands pas et ouvrit le tiroir du haut, dont elle éclaira l'intérieur avec sa lampe. Derrière un rideau de toiles d'araignée, une pile de dossiers traînait dans le fond, sous une épaisse couche de poussière. Alex ne tarda pas à la rejoindre.

— Qu'est-ce que c'est ? Qu'est-ce que tu as trouvé ?

— Tiens-moi ça, ordonna Izzy en lui tendant sa lampe.

Alex s'exécuta pendant qu'Izzy ouvrait les dossiers en retenant son souffle. Ils étaient tous vides. Elle ouvrit ensuite le tiroir du bas et trouva un tas de feuilles jaunies. Elle s'empara de la première et prit la lampe des mains d'Alex. C'était un certificat de décès vierge.

— Qu'est-ce que tu cherches, Izzy ?

— On travaille sur un projet en rapport avec Willard au musée. J'essaie juste de voir si je trouve quelque chose qui pourrait nous être utile.

— Et comment expliquerais-tu tes trouvailles à ta mère d'accueil ?

— Ça, je m'en préoccuperai plus tard.

Crystal s'approcha d'elles.

— Venez, dit-elle en attrapant Alex par le bras pour la tirer vers la table d'autopsie. Voyons si on arrive à faire apparaître la femme dont Josh a parlé.

Izzy consulta le reste des papiers. Ce n'étaient que des formulaires vierges de certificat de décès.

— Dépêche-toi, la pressa Alex.

Izzy leva les yeux au ciel et referma le meuble.

— Ramenez-vous, tout le monde, et formez un cercle ! On va faire une séance de spiritisme ! annonça Crystal.

— Génial ! s'enthousiasma Dave. Bonne idée, bébé.

— Eh, Josh, viens t'allonger ! On va te faire un massage que tu n'oublieras jamais ! plaisanta Luke.

Josh rit et se rapprocha de la chambre froide. Il ouvrit une des portes de la rangée du milieu et éclaira l'intérieur.

— Je m'allongerai là…

Il fit sortir une plaque roulante de l'ouverture, avec un grincement de métal.

— Dès que tu te seras allongé là-dessus.

— Combien tu me donnes ? s'enquit Luke.

— Cinq dollars, offrit Josh.

— Je t'en donne dix si tu nous laisses t'enfermer à l'intérieur, répliqua Dave.

— Vous pouvez arrêter ? s'agaça Crystal. Je croyais qu'on était venus ici pour voir si l'endroit était hanté !

Josh revint près de la table, laissant la porte du compartiment de la chambre froide partiellement ouverte.

— D'accord, c'est bon. Pas la peine de piquer une crise.

— Boucle-la, tu veux ? C'est du sérieux.

Crystal sortit une petite bougie épaisse de la poche de sa veste, demanda son briquet à Dave et alluma la mèche. Elle plaça ensuite la bougie au centre de la table, avec des gestes lents et calculés pour ne pas risquer de l'éteindre, mais aussi afin que ses doigts n'entrent pas directement en contact avec la surface métallique.

— Venez tous autour de la table et éteignez vos lampes, dit-elle d'une voix douce.

Tout le monde obéit. Izzy se trouvait entre Dave et Josh, le dos tourné à la chambre froide. Sa lampe était coincée sous son bras et ses poings serrés enfoncés dans les poches de son sweat à capuche. Crystal prit la main de Dave et tendit sa main libre à Alex. La flamme vacillante faisait naître des ombres sous ses yeux.

— Il ne faut pas faire de bruit, signala Crystal. Et on doit se tenir les mains.

Alex se mordit la lèvre et prit les mains de Crystal et de Luke. Dave et Josh tendirent le bras vers Izzy en même temps. Elle garda ses mains dans ses poches pendant une seconde, puis décida de jouer le jeu. Plus vite ils en finiraient avec cette séance idiote, plus vite elle sortirait de là. La main de Josh lui fit l'effet écœurant d'un gant de base-ball mouillé. Puis Luke et Josh se rendirent compte qu'ils étaient côte à côte.

— Hors de question que je tienne la main d'un mec, assena Luke.

— Pareil, dit Josh.

— Ça suffit ! coupa Crystal en les fusillant du regard. Faites ce que je vous dis, autrement ça ne marchera pas !

— Elle a raison, intervint Alex. Il faut qu'on se tienne la main.

— Pourquoi ? demanda Izzy. À quoi ça sert ?

— C'est au cas où les esprits qu'on fait venir seraient maléfiques. Si on se tient les uns les autres, alors l'esprit maléfique ne peut pas s'attacher à l'un de nous.

— Vous voyez ? dit Crystal avec un sourire de triomphe. J'avais raison. Alors magnez-vous.

Josh leva les yeux au ciel et tendit la main vers Luke, qui toucha à contrecœur le bout des doigts de Josh avec les siens.

— Si qui que ce soit lance des rumeurs là-dessus, je…

Dave interrompit Luke.

— Nos lèvres sont scellées, dit-il en lui envoyant des baisers.

Crystal lui écrasa le pied.

— Tu as déjà oublié ce qu'on est venus faire ici ?

— Aïe ! OK, c'est bon !

— Tout le monde est prêt ? s'enquit Crystal avec un regard appuyé en direction de Josh et de Luke.

Ils hochèrent la tête en faisant de leur mieux pour réprimer un sourire moqueur. Crystal attendit encore un instant, puis elle ferma les yeux.

— Y a-t-il quelqu'un ici avec nous ? interrogea-t-elle d'une voix pénétrée et respectueuse.

L'un des garçons émit un petit ricanement.

— Nous ne sommes pas là pour vous faire du mal, continua Crystal.

— Si quelqu'un est ici avec nous, pouvez-vous nous faire signe ? demanda Alex.

Izzy ouvrit les yeux et dévisagea son amie, surprise de son intervention. Alex avait les yeux clos, la tête baissée. À côté d'elle, Luke avait les traits crispés, comme s'il s'attendait à ce que quelqu'un le touche ou le frappe à n'importe quel moment. Izzy referma les yeux. Qu'arriverait-il s'ils invoquaient le nom de Clara ? Elle eut envie de le suggérer, puis changea d'avis. Tout le monde lui demanderait comment elle connaissait le nom d'un patient, et elle était pressée d'en finir.

— Nous vous invitons parmi nous, dit Crystal. Vous pouvez nous toucher les cheveux, taper dans les murs, faire ce que vous voulez pour nous signaler votre présence.

— Si quelqu'un me touche, je me tire ! lança Luke.

— Chut ! souffla Crystal.

Elle prit une profonde inspiration, puis expira lentement avant de reprendre :

— S'il vous plaît, envoyez-nous un signe. Nous voulons comprendre pourquoi vous êtes encore ici, prisonnier de cet asile.

— Nous pouvons vous aider à trouver la paix, ajouta Alex. Partir de cet endroit et rejoindre les êtres chers qui sont déjà passés de l'autre côté.

À cet instant, un bruit sourd retentit dans le dos d'Izzy. *Boum, boum*. Alex poussa un petit cri aigu.

— Chut, murmura de nouveau Crystal. Tout va bien, Alex, détends-toi. Esprit, si vous êtes là, pouvez-vous refaire ce bruit ?

Boum, boum.

La main moite de Josh serra celle d'Izzy. Elle agita les doigts pour qu'il relâche son étreinte, sans succès.

— Nous vous entendons, déclara Crystal.

— Étiez-vous un patient ici ? demanda Alex. Étiez-vous enfermé dans cet endroit ?

Boum, boum. Boum, boum.

Les battements du cœur d'Izzy s'emballèrent. *Est-ce que c'est réel ?* Elle était venue ici pour faire plaisir à Alex, pas pour mourir de trouille.

— Est-ce que vous êtes seul, ou y a-t-il d'autres personnes avec vous ? continua Alex.

— Pouvez-vous faire un autre bruit ? demanda Crystal.

Izzy entendit alors trois petits coups derrière elle, comme si quelqu'un tapait doucement contre le bois de la chambre froide avec ses jointures. Ses bras se couvrirent de chair de poule. Tout à coup, l'air lui parut lourd et brûlant, comme si quelqu'un avait poussé un thermostat au maximum. Elle rentra la tête dans les épaules et serra les mains de Dave et de Josh.

— Pouvez-vous refaire ce bruit ? demanda Alex.

Toc, toc, toc, toc.

— Nous sommes là pour vous aider, reprit Crystal. Pouvez-vous nous dire votre nom ?

Toc, toc, toc, toc, toc, toc, toc, toc.

Alex poussa un cri. Izzy ouvrit les yeux et lâcha les mains de ses voisins. Elle laissa tomber sa lampe torche. Au même moment, la bougie s'éteignit, plongeant la morgue dans le noir. Alex se mit à crier :

— Lâchez-moi ! Laissez-moi tranquille ! Qu'est-ce que vous faites ?

Puis ses cris se transformèrent en marmonnements, comme si quelqu'un lui plaquait une main sur la bouche.

Izzy se rua vers la porte et se cogna dans Josh. À sa surprise, il l'attrapa et lui fit faire demi-tour. L'espace d'une demi-seconde, elle crut qu'elle allait dans la mauvaise direction et qu'il voulait l'aider à trouver la sortie. Josh passa alors ses bras autour de la poitrine d'Izzy et la souleva. Elle sentit son souffle chaud imprégné de bière tout près de son oreille. Elle crut qu'il voulait la porter jusqu'à l'extérieur pour la mettre en sécurité, mais quelqu'un lui attrapa les chevilles et la fit décoller du sol.

— Qu'est-ce que vous faites ? cria Izzy en donnant des coups de pied.

L'un d'eux atteignit la personne qui la tenait et elle parvint à dégager une de ses jambes. Elle entendit quelqu'un jurer. Dave. Elle se débattit comme une diablesse pour tenter de se libérer de l'étreinte de Josh, mais en vain. Dave rattrapa sa cheville et ils la transportèrent à travers la pièce.

Un grincement de métal contre du métal. C'était le bruit d'une table de compartiment de la chambre froide. Izzy atterrit sur la surface froide, l'arrière de sa tête cognant contre l'Inox. Des mains puissantes la maintenaient allongée. Un autre grincement de métal. Elle sentit qu'on la poussait vers l'avant, comme si elle glissait sur un toboggan horizontal, puis la table cogna contre la paroi du fond avec une vibration. Elle tendit les bras derrière elle pour empêcher la porte de se refermer et cria en s'égratignant les coudes et les poignets. Des mains poussèrent brutalement ses bras à l'intérieur. Puis la porte claqua et elle fut plongée dans l'obscurité la plus totale.

CHAPITRE 14

Clara

La maison des pestiférés

Les feuilles se recroquevillaient sur elles-mêmes et tombaient une par une des branches des chênes qui s'élevaient devant la maison des pestiférés. Assise sur son lit, Clara observait Lawrence Lawrence, qui poussait une brouette entre deux rangées de stèles, de l'autre côté de la route. Il travaillait au cimetière au moins trois fois par semaine. Sa routine était toujours la même : d'abord, il s'arrêtait à l'endroit choisi, déboutonnait son manteau et ôtait sa casquette. Il lissait alors ses cheveux gris, une fois sur les côtés et quatre fois sur le dessus. Puis il faisait le signe de croix et baissait la tête, sa casquette serrée contre son cœur. Après une longue minute, il regardait le ciel et remettait sa casquette, s'emparait de sa pelle dans la brouette et commençait à creuser. Il ne s'arrêtait que pour ramasser un caillou et le jeter sur le côté ou remplacer sa pelle par une pioche. Il continuait jusqu'à ce que le trou soit suffisamment profond et le tas de terre débarrassé de tout caillou et de toute racine. Une fois son travail terminé, il retirait sa casquette, se lissait les cheveux et les sourcils, et remettait sa casquette. Les jours où il ramassait les feuilles ou tondait la pelouse, c'était pareil : il besognait sans interruption jusqu'à avoir terminé.

À mesure que les semaines passaient et que Clara se sentait abandonner et s'affaiblir, elle s'émerveillait face à l'énergie du fossoyeur. Même quand la neige alourdissait les branches des cèdres et s'accumulait sur les barreaux des fenêtres, Lawrence se frayait un chemin à travers les allées du cimetière pour creuser la dernière demeure d'un patient. À la fin du mois de décembre, il fut forcé d'arrêter de perforer la terre gelée, mais pas pour longtemps. À peine quelques semaines plus tard, après une longue fonte des neiges inhabituelle pour un mois de janvier, Lawrence Lawrence se remit au travail.

Chaque soir, elle priait pour qu'il creuse bientôt sa tombe. À l'exception des repas et des passages aux toilettes deux fois par jour, elle passait ses journées et ses nuits enchaînée à son lit, à dormir ou à regarder par la fenêtre aux carreaux sales. Comme pour la plupart des femmes qui étaient là, ses fonctions physiologiques ne concordaient pas toujours avec les horaires de pause-pipi. Sa chemise d'hôpital était donc maculée d'urine, de sang et de matières fécales, ses draps et sa fine couverture tachés et nauséabonds. Lorsque ses règles arrivaient, on lui fournissait des chiffons à glisser dans ses sous-vêtements et à rincer lorsqu'elle allait aux toilettes. Si elle avait de la chance, on changeait sa chemise de nuit après son bain glacé hebdomadaire. Mais le plus souvent, il n'y avait pas assez de linge propre pour tout le monde.

Des cris lui parvenaient souvent d'autres endroits du bâtiment, mais, à l'exception de sanglots, de quintes de toux et de femmes qui parlaient toutes seules, la salle où se trouvait Clara était relativement calme. Les employés de la maison des pestiférés étaient souvent des aides-soignants inexpérimentés. Avec une dose quotidienne de laudanum administrée le soir, la plupart des patients erraient entre inconscience onirique et stupeur semi-éveillée.

Clara avait appris à apprécier l'amertume du laudanum. Le liquide avait un goût de réglisse roulée dans du sucre et de la poussière, mais l'engourdissement au bout de sa langue signifiait que la narcose la guettait et qu'elle ne serait bientôt plus sujette au chagrin dévastateur qui lui écrasait la poitrine et l'empêchait presque de respirer. Malgré le médicament, elle faisait le même cauchemar chaque nuit : Beatrice était maigre et criait, vêtue d'une chemise de nuit sale, son berceau en fer perdu au milieu de centaines d'autres identiques, contenant chacun un bébé hurlant et émacié.

Chaque matin, lorsque l'effet du laudanum se dissipait et que Clara ouvrait les yeux, des larmes lui brouillant déjà la vue, le souvenir de Beatrice qu'on lui arrachait faisait toujours naître une sensation vile et ignoble dans son ventre. Elle restait allongée là, prête à mourir. La douleur transformait son sang en plomb, son cœur en pierre, ses muscles en granit. Elle refermait les yeux pour tenter de se rendormir, mais le chagrin la ramenait toujours à la réalité, comme si elle méritait d'être punie. Chaque fois, l'agonie manquait de l'engloutir et de la faire disparaître.

Pendant ses premiers jours à la maison des pestiférés, elle avait tenté de faire entendre raison aux aides-soignants. Elle les avait suppliés de la laisser sortir pour qu'elle retrouve sa fille avant qu'il ne soit trop tard, avant que Beatrice ne soit si loin qu'elle la perdrait à jamais. Indifférents à ses supplications, le visage impassible, ils l'avaient ignorée, la poussant dans les couloirs, la forçant à s'allonger, refermant brusquement les menottes autour de sa cheville. Un jour, après son passage aux toilettes, elle avait poussé et fait tomber un aide-soignant et avait remonté le couloir en courant. Mais elle n'avait trouvé qu'une porte close et un groupe d'aides-soignants l'avaient ramenée à son lit sans ménagement.

Une semaine plus tard, elle tenta d'arrêter de manger. Mais les aides-soignants le remarquèrent et montèrent la garde à côté d'elle, lui ordonnant de manger le gruau déjà desséché dans son assiette. Lorsqu'elle refusa, ils la firent se lever de son tabouret et la giflèrent violemment avant de lui dire que, si elle n'obéissait pas, les choses n'iraient qu'en empirant. La lèvre fendue et ensanglantée, elle prit une bouchée et faillit s'étouffer. Après ça, elle se maudit de ne pas avoir été assez forte pour les laisser la punir davantage. Qu'avait-elle à perdre ? Beatrice n'était plus là et elle était enfermée dans un asile de fous. Elle n'avait plus aucune raison de vivre.

Puis, vers la fin du mois de février, elle rêva qu'elle revoyait Beatrice à l'âge adulte, vêtue d'une robe jaune, avec des cheveux noirs, doux comme de la soie, qui lui tombaient sur les épaules. Beatrice entrait dans ce qui ressemblait à une chambre d'hôpital, puis s'agenouillait et lui souriait, les yeux brillants de larmes. Le lendemain matin, le poids qui pesait sur la poitrine de Clara s'était allégé. Il était toujours là, lourd et douloureux, mais elle n'avait plus le sentiment d'avoir le cœur écrasé. Le rêve était si vif dans son esprit que Clara parvenait presque à sentir le parfum de sa fille et la douceur de sa joue. Cela voulait forcément dire quelque chose. Et elle ne découvrirait jamais quoi si elle restait enfermée dans la maison des pestiférés jusqu'à la fin de ses jours.

Ce soir-là, au lieu d'avaler le comprimé de laudanum, Clara le garda dans sa bouche. L'infirmière passa à la patiente suivante et Clara porta sa couverture à ses lèvres pour recracher le cachet dedans. Pendant les semaines qui suivirent, elle continua à imiter la gestuelle des autres femmes pour ne pas attirer l'attention. Puis, le 1er mars, lorsque le docteur Roach effectua enfin une ronde à la maison des pestiférés, elle le regarda dans les yeux et s'accorda à dire qu'il valait mieux que Beatrice soit élevée par quelqu'un d'autre.

CHAPITRE 15

Izzy

Chapin Hall

À bout de souffle, Izzy bataillait pour se retourner sur la table métallique, mais c'était peine perdue : il n'y avait pas assez de place dans l'étroit compartiment pour qu'elle parvienne à plier les genoux.

— Laissez-moi sortir ! cria-t-elle en donnant force coups de poing et coups de pied dans les parois.

Des bruits sourds et des rires étouffés filtraient à travers les panneaux de bois. Un bruit de double porte qui s'ouvrait et se balançait brièvement sur ses gonds retentit. Puis plus rien.

— Au secours !

Elle tendit les bras derrière sa tête et cogna dans la porte. Le bois grossier arracha la peau de ses jointures. Après quelques secondes, elle s'obligea à rester immobile et à tendre l'oreille au-dessus de sa respiration entrecoupée. Elle ferma les yeux et compta jusqu'à dix afin de lutter contre la panique qui menaçait de la submerger. *Ils vont revenir. C'est juste une blague, ils sont dans le couloir. Ils vont revenir dans une minute*. Soudain, la puanteur pesante et écœurante des chairs en décomposition et du formol envahit ses narines. Elle pinça les lèvres pour faire en sorte de ne pas prendre de profondes respirations, mais le manque d'oxygène ne tarda pas à lui donner le tournis.

— C'est bon, la plaisanterie est finie ! cria-t-elle. Alex ? Josh ?

Toujours rien. Et si ce n'était pas une farce ? Elle se rappela qu'Alex avait crié à quelqu'un de la lâcher. L'avaient-ils mise dans l'un des compartiments, elle aussi ?

— Alex ? Tu es là ?

Pas de réponse. Qu'est-ce qu'il se passait, bon sang ? Peut-être qu'on avait entraîné Alex dehors contre son gré. Puis elle se souvint de l'avertissement d'Alex de se méfier encore plus après les excuses de Shannon et une rage soudaine bouillonna en elle. Est-ce que Shannon avait mis Josh, Crystal et Dave dans le coup ? Une autre pensée l'envahit alors, et les doigts glacés de la peur se refermèrent autour de sa gorge. S'ils avaient emmené Alex à l'extérieur, elle n'aurait pas la moindre idée qu'Izzy manquait à l'appel jusqu'à ce qu'ils la lâchent. Alex ignorait qu'Izzy était enfermée à la morgue !

Elle tenta de se remémorer combien de groupes avaient été constitués et comment il avait été décrété que le sien explorerait la morgue. S'était-elle tellement inquiétée à l'idée de s'introduire dans l'asile de Willard qu'elle était passée à côté des signes qui indiquaient qu'on lui tendait un piège ?

Elle serra les poings, soudain tremblante et à court d'oxygène, submergée par une vague de terreur qui menaçait de la faire s'évanouir. Des larmes de colère et de peur perlèrent au coin de ses yeux.

— Laissez-moi sortir ! hurla-t-elle de toutes ses forces.

Alors, depuis le compartiment situé sous le sien…

Toc, toc, toc, toc.

Le cœur tambourinant comme un fou dans sa poitrine, elle plaqua ses mains sur ses oreilles. *Qu'est-ce que c'est que ce délire ?*

Toc, toc, toc, toc.

— Si vous ne me laissez pas sortir immédiatement, vous allez le regretter !

Néanmoins, elle savait parfaitement que ses menaces étaient vides de sens. Qu'est-ce qu'elle aurait bien pu faire ? Les dénoncer au principal ? Elle donna des coups de pieds dans les parois aussi fort que possible, se faisant mal aux orteils et aux chevilles au passage.

— Dave, Josh ! Je sais que c'est vous qui m'avez mise là !

Elle songea à dire à la personne qui frappait d'arrêter son cirque, qu'elle savait que ça faisait partie de la mise en scène. Mais… Et si ce n'était pas une personne ? Une image se matérialisa dans son esprit : un squelette couvert de poussière allongé dans le compartiment inférieur, sa bouche sans lèvres s'ouvrant et se fermant, ses jointures dépourvues de chair cognant contre le bois humide. Elle imagina une chemise d'hôpital en décomposition qui pendait sur les bras du squelette, des morceaux de tissu déchiré et des lambeaux de chairs décomposées accrochés à ses côtes. *Et si personne ne revient ? Et si on me laisse ici ? Je pourrais mourir sans que personne sache jamais ce qui s'est passé. Personne ne sait où je suis. Non. Alex ne laissera pas une chose pareille se produire. Une fois qu'elle sera débarrassée de Luke et de Crystal, une fois qu'elle comprendra que j'ai disparu, elle se demandera où je suis. Elle reviendra me chercher.*

Izzy ferma les yeux et tenta d'ignorer le bruit et le fait qu'elle était coincée dans la chambre froide d'une morgue. Tout à coup, un souvenir d'enfance flou lui revint, ou peut-être s'agissait-il d'un cauchemar oublié, elle n'en était pas sûre. Elle était dans son lit et sa veilleuse *Mon petit poney* diffusait une lumière rose dans un coin de sa chambre. Le bruit de la porte qui s'ouvrait la tirait de cet état comateux qui précède le sommeil. Elle battait des paupières et se redressait. Puis quelqu'un s'allongeait à côté d'elle. Un homme. L'odeur de la sueur et du whiskey se propageait dans l'air, telle une brume. Au début, elle ne distinguait pas les traits de son visage, mais ensuite, il souriait et son visage se transformait en celui d'un démon enragé. Ses yeux injectés de sang grossissaient jusqu'à atteindre la racine de ses cheveux, son rictus dévoilait ses dents noires pointues. Elle ouvrait la bouche pour crier, mais elle n'y parvenait pas. Le démon l'en empêchait.

Izzy se mordit la lèvre et serra et desserra les poings tandis qu'elle essayait de reprendre son souffle. Sa gorge était sèche et brûlante. Le premier souvenir de son cauchemar d'enfance récurrent venait de lui revenir, sûrement du fait d'être enfermée dans cette chambre froide. À présent, elle se rappelait qu'elle n'arrivait pas à bouger tant elle était terrifiée, incapable d'en parler à sa mère jusqu'à des heures plus tard, lorsqu'elle sortait enfin de ce qui ressemblait à une transe. Ses parents qui la laissaient venir dans leur lit jusqu'au matin, sa mère qui lui répétait sans relâche qu'elle n'avait aucune raison d'avoir peur, que les monstres n'existaient pas et qu'elle serait toujours là pour la protéger. Puis, tout à coup, les cauchemars s'étaient arrêtés. Sa mère s'était excusée, sans qu'Izzy sache jamais vraiment pour quelle raison.

Elle parvint à repousser la terrifiante image, mais le sentiment d'être piégée, de suffoquer, pesait sur elle comme une enclume. Elle baissa la fermeture Éclair de son sweat à capuche et tira sur le col de son tee-shirt. Une pellicule de sueur recouvrait son front et sa lèvre supérieure. Elle remonta ses manches et enfonça ses ongles dans ses avant-bras avec l'envie de s'arracher la peau. Si Shannon voulait la rendre folle, ça fonctionnait. *Non*, songea-t-elle soudain. *Je ne peux pas la laisser gagner.* Elle tenta d'intimer à son corps l'ordre de se détendre, visualisa les muscles de ses pieds, de ses jambes, de ses bras qui se décontractaient. La supercherie fonctionna pendant quelques secondes, mais la panique ne tarda pas à s'emparer d'elle de nouveau. Elle inspira profondément et recommença.

Enfin, elle retrouva ce qui ressemblait à un semblant de self-control. Les coups frappés en dessous d'elle avaient cessé. Peut-être que leur auteur s'était endormi ? Qui que cela puisse être, la personne devait avoir un besoin maladif d'obtenir l'approbation de Shannon. En pensant à elle, la mâchoire d'Izzy se contracta. Et si elle avait eu peur au point d'en avoir une crise cardiaque ou une crise de nerfs ? Et si elle se retrouvait à court d'oxygène avant que quelqu'un ne la retrouve ? Shannon la détestait donc au point de prendre le risque qu'il puisse lui arriver quelque chose ? Et qu'en était-il d'Ethan ? Était-il complice de cette farce ignoble ?

Non. C'était impossible. Il était peut-être suffisamment naïf pour trouver des excuses à Shannon pour ses sales coups au lycée, mais il n'aurait jamais participé à un truc pareil. C'était forcément Shannon, Josh, Crystal et Dave.

Petit à petit, la panique se dissipa et elle commença à sentir l'air frais sur ses poignets et ses chevilles, comme si un fantôme effleurait sa peau de ses doigts glacés. Elle remonta la fermeture de son sweat, remit sa capuche et enroula ses bras autour d'elle pour se tenir chaud. Ses dents s'entrechoquaient. Elle s'imagina coincée là pendant que l'automne laissait place à l'hiver, s'imagina devenir de plus en plus maigre et faible, pour finir par mourir de faim. Elle porta ses mains à son visage. Sa peau était froide, alors qu'elle avait le sentiment de brûler à l'intérieur. Elle repensa à des histoires de personnes enterrées vivantes, qui avaient gratté les couvercles de leurs cercueils dans l'espoir de réussir à sortir. Elle se représenta leurs doigts ensanglantés, leurs ongles arrachés, leur peau meurtrie jusqu'à l'os.

Non, s'admonesta-t-elle. *Tu n'es pas dans un cercueil. Tu es dans une chambre froide, avec une porte. Il y a une sortie. Tu dois simplement attendre que quelqu'un vienne t'ouvrir.* Elle essaya de se concentrer sur autre chose. Elle avait mal à la mâchoire à force de serrer les dents et commençait à avoir également mal à la tête, une douleur acérée qui battait au niveau de ses tempes.

Enfin, elle entendit des voix étouffées, des bruits de pas qui couraient dans le couloir, la double porte qui s'ouvrait à la volée.

— Izzy ? Où es-tu ?

C'était Alex.

— Je suis là ! cria Izzy en donnant des coups de poing dans la paroi.

— Putain de merde ! dit une voix masculine.

— On va te sortir de là, Izzy ! Tiens bon !

Leurs voix étaient basses et assourdies, comme si elle les écoutait à travers un verre collé à un mur.

— Elle est dans lequel ?

Le cœur d'Izzy se mit à battre plus vite. La voix d'homme ressemblait à celle d'Ethan.

— Je n'en sais rien. Ouvre les portes !

Izzy frappa à la porte derrière sa tête.

— Je suis dans celui-ci !

Du métal grinça contre du métal, puis plusieurs coups sonores se firent entendre. Un grand bruit retentit et la chambre froide trembla.

— Pourquoi tu as fait ça ? demanda Ethan d'une voix enragée.

Les sons portaient à croire qu'Ethan venait de plaquer quelqu'un contre la cloison de la chambre froide. Izzy l'imagina, le visage déformé par la colère.

— C'était pas mon idée ! dit une autre voix masculine. Ils m'ont payé !

— Qui t'a payé ? demanda Ethan en projetant à nouveau la personne contre la chambre froide.

— On s'en fiche, de lui ! intervint Alex. Il faut la sortir de là !

— Je te réglerai ton compte plus tard ! lança Ethan.

Un son métallique résonna, comme si quelqu'un s'était écrasé contre la cuve de fluide d'embaumement.

La porte du compartiment en bas à gauche s'ouvrit. Puis celle de celui en dessous du sien. Enfin, ce fut celle derrière sa tête, et des rais de lumière perforèrent l'obscurité. Izzy prit une grande bouffée d'air et poussa sur les côtés pour sortir. Quelqu'un tira d'un coup sec sur la table en métal. Elle battit des paupières et se couvrit les yeux d'une main tremblante, soudain aveuglée par les lampes braquées sur elle. La lumière s'atténua et elle vit Alex qui se tenait près d'elle, une lampe torche dans chaque main, pâle, les yeux écarquillés.

— Mon Dieu ! Izzy, est-ce que ça va ?

— Je crois, dit Izzy en prenant appui sur ses coudes.

Elle fit basculer ses jambes dans le vide, se redressa trop vite et eut aussitôt le tournis. Elle prit une grande inspiration et ferma les yeux en tentant de conserver son équilibre. Une main lui toucha l'épaule. Elle tourna la tête et vit Ethan, les sourcils froncés, les lèvres pincées. Il vint se placer devant elle pour l'aider à se lever. Incapable de maîtriser ses tremblements, elle agrippa son bras et s'approcha du bord de la table. Ethan la prit par la taille pour la soulever, puis la posa délicatement à terre. Tout devint gris et flou autour d'elle et elle se sentit vaciller. Ethan l'attrapa par les épaules pour la retenir.

— Est-ce que tu es sûre que ça va ? demanda-t-il.

Elle hocha la tête. En dépit de l'immense soulagement d'avoir été secourue, elle se demandait ce qu'il faisait là. Elle eut envie de lui demander où était Shannon et s'il était au courant de ce que sa petite amie mijotait. Mais d'abord, elle voulait partir de là.

— Je suis vraiment désolée ! s'exclama Alex. Je n'ai rien compris à ce qui se passait. Quand ils m'ont traînée hors de la morgue, j'ai pensé que tu étais là aussi. Je ne voyais rien et j'ai essayé de me débattre, mais…

Elle pleurait à présent, et les mots sortaient de sa bouche entre deux sanglots.

— Je n'ai pas compris que tu n'étais plus là jusqu'à ce qu'on soit dehors !

— Ça ne fait rien. Ce n'est pas ta faute. Mais fais-moi sortir d'ici.

— Ils ont embarqué toutes les lampes et ils m'ont laissée toute seule dehors. J'ai mis une éternité à trouver de l'aide.

— Allez, dit Ethan en prenant Izzy par la taille. On y va.

Izzy se dirigea vers la porte à pas mal assurés, s'appuyant sur Ethan pour ne pas perdre l'équilibre. Elle claquait des dents et tremblait. De froid, d'épuisement, de soulagement, mais aussi de colère.

— Ça doit être un coup de Shannon ! lança Alex d'un ton furieux. Je parie que c'est elle qui a manigancé tout ça !

— C'est ce que je me suis dit aussi, répondit Izzy.

Ethan s'arrêta au milieu du couloir, retira son sweat et le tendit à Izzy. Elle enfila le vêtement trop grand et s'enroula dedans. L'intérieur du pull était chaud, l'odeur du parfum d'Ethan imprégnée au niveau du cou. Elle eut envie de remonter le col par-dessus sa tête pour faire barrière à l'odeur d'humidité et de moisi du sous-sol, mais elle se retint. Elle se remit en route, remontant le couloir aussi vite que possible, impatiente de remplir ses poumons d'air frais.

— Qui t'a mise dans le compartiment ? Tu les as reconnus ? interrogea Ethan.

— Josh et Dave. J'en suis certaine.

— Je suis vraiment désolé. Je n'arrive pas à croire qu'elle ait pu te faire ça. Ou faire ça à qui que ce soit.

— Ta copine n'est qu'une connasse tordue, assena Alex. Et dire qu'elle est dehors à jouer l'amie inquiète qui se demande ce qui s'est passé… Izzy devrait porter plainte !

Au bout du couloir, Izzy attrapa la rambarde pour monter les marches.

— Elle doit être furax contre toi si elle sait que tu es parti à ma recherche.

Ethan se contenta de hausser les épaules.

— Où est-elle ?

— Tout le monde est au hangar à bateaux, répondit Alex.

— Emmenez-moi là-bas, ordonna Izzy.

Les faisceaux des lampes bondissaient et se croisaient, des rais jaunes de lumière s'attardant sur la pelouse noire et illuminant brièvement les bardeaux décrépits de l'ancien hangar à bateaux. Tout le monde faisait les cent pas ou sautait sur place pour se réchauffer en attendant des nouvelles. Lorsque Crystal vit Izzy descendre la pente, elle se précipita vers elle en courant. Izzy sentit une boule incandescente naître dans sa poitrine.

— Est-ce que ça va ? s'enquit Crystal en feignant l'inquiétude.

Elle tendit les bras vers Izzy, comme pour la serrer contre elle. Izzy la dépassa sans la voir, scannant la foule du regard à la recherche de Shannon.

Enfin, elle l'aperçut qui discutait et riait avec Josh et Luke, une bière dans une main et une cigarette dans l'autre. Izzy se fraya un chemin jusqu'à elle, ignorant le fait que tout le monde la fixait. Plus elle se rapprochait de Shannon, plus sa fureur grandissait, enflait en elle comme un ballon rempli d'air brûlant. En temps normal, elle aurait repoussé les sentiments de colère dès leur apparition mais, cette fois, la rage était trop grande. Elle consumait toutes ses pensées. Elle ne voulait pas faire de mal à Shannon, mais elle n'allait pas la laisser s'en sortir aussi facilement. Elle la rejoignit en faisant de grandes enjambées, contractée des pieds à la tête, les poings serrés.

Au ralenti, elle vit Shannon tourner la tête vers elle, les yeux rendus vitreux par l'alcool et le manque de sommeil. Son sourire disparut lorsqu'elle vit Izzy fondre sur elle. Elle ouvrit la bouche pour parler, mais Josh vint se planter devant elle.

— Qu'est-ce qui s'est passé là-dedans ? Est-ce que tu vas bien ? demanda-t-il.

— Tu sais très bien ce qui s'est passé, rétorqua Izzy.

Elle le contourna. Shannon la dévisageait toujours. Ses lèvres remuaient comme si elle hésitait entre une moue et un sourire. Elle se demandait sûrement si quelqu'un avait découvert la supercherie. Mais pour s'être déjà retrouvée dans cette situation un nombre incalculable de fois, son instinct lui disait quoi faire. Elle sourit et une expression de soulagement aussi intense qu'artificiel anima ses traits.

— Mon Dieu, est-ce que ça va ?

Pendant une fraction de seconde, Izzy se figea et se détourna d'elle. Elle savait pertinemment que Shannon n'en valait pas la peine. Mais ensuite, une sorte de force noire se libéra dans son cerveau et elle se précipita sur Shannon. Elle l'attrapa par le col à deux mains et amena son visage tout près du sien.

— Si tu t'avises de me refaire un sale coup, tu le regretteras !

Des postillons s'échappèrent de ses lèvres pour atterrir sur la joue bronzée de Shannon, qui pâlit et recula. Elle tira sur les bras d'Izzy pour essayer de se libérer.

— Lâche-moi ! cria-t-elle.

— Excuse-toi ! exigea Izzy d'une voix déformée par la fureur.

— Je n'ai rien fait !

— Excuse-toi ou je te démolis ! hurla Izzy.

Avant qu'elle ait le temps de comprendre ce qui se passait, Josh la tira en arrière par la capuche et poussa Shannon du bras pour les séparer.

— Laisse-la tranquille ! Je ne sais pas ce qui s'est passé là-dedans, mais Shannon n'a rien à voir dans cette histoire.

Izzy se dégagea de l'étreinte de Josh.

— N'importe quoi ! Tu sais exactement ce qui s'est passé ! Tu m'as mise dans un compartiment de la morgue et tu m'as laissée là ! Et c'est elle qui est derrière tout ça !

— Moi ? s'étonna Josh en haussant les sourcils. Je ne sais pas ce que tu as fumé, mais je ne t'ai pas touchée ! Alex a commencé à crier et on s'est tous sauvés en courant ! Je croyais que tu étais juste derrière nous !

— Tu mens ! s'écria Izzy.

— Tu n'étais pas avec nous ! dit Alex à Josh. Tu n'es arrivé dehors que plusieurs minutes plus tard, après que Luke et Crystal m'ont lâchée !

Shannon se planta à côté de Josh, les bras croisés sur la poitrine.

— Non mais j'hallucine. Je présente des excuses, je demande une seconde chance, et c'est comme ça qu'on me remercie ? Je ne sais pas si tu essaies de te venger ou ce que tu essaies de faire, mais raconter que j'ai persuadé Josh de t'enfermer dans un compartiment de morgue… C'est grave, comme accusation. Jamais je ne ferais un truc aussi horrible.

Izzy voulut se jeter sur Shannon de nouveau, mais Josh s'interposa entre les deux et la repoussa. Ethan apparut alors comme par magie devant Izzy, serra le poing et frappa Josh en plein visage. Josh chancela en arrière et tomba, le nez en sang.

— Ne t'approche pas d'Izzy, gronda Ethan.

Dave les rejoignit et les regarda chacun leur tour.

— Ethan, qu'est-ce que tu fous ?

Ethan leva le poing, prêt à frapper Dave cette fois, mais Izzy lui attrapa le bras.

— Arrête. Ils n'en valent pas la peine.

Le souffle court, Ethan s'essuya la bouche avec son avant-bras et posa une main sur l'épaule d'Izzy.

— Est-ce que ça va ?

Izzy hocha la tête. Dave aida Josh à se relever et ils dévisagèrent Ethan d'un air plein de reproches.

— Qu'est-ce qui cloche chez toi ? demanda Dave.

— Chez moi ? s'offusqua Ethan. Quand est-ce que vous allez grandir et commencer à réfléchir aux conséquences de vos actes ? Qu'est-ce que vous auriez fait s'il était arrivé quelque chose à Izzy ? Si elle avait été blessée ou si on ne l'avait pas retrouvée ?

— Ethan, qu'est-ce qui te prend ? intervint Shannon. Pourquoi tu prends sa défense ? C'est *moi*, ta copine, tu te souviens ?

Ethan fixa le groupe pendant un long moment, puis il planta son regard dans celui de Shannon.

— Plus maintenant, dit-il en faisant la grimace, comme s'il venait de goûter quelque chose de rance.

— Quoi ? Qu'est-ce que tu viens de dire ?

Ethan inspira profondément et soutint le regard de Shannon.

— C'est fini entre nous. Je ne peux pas sortir avec quelqu'un qui prend du plaisir à faire souffrir les autres. Je ne sais pas ce qui t'arrive ces temps-ci, mais tu es allée trop loin cette fois.

— Je suis allée trop loin ? répéta Shannon. Tu vas te contenter de la croire sur parole ?

— J'ai trouvé ton pote Bryan à la morgue. Il a dit que tu l'avais payé.

— Ce n'est pas vrai, intervint Josh qui se tenait toujours le nez, la main couverte de sang sombre. Elle n'a rien à voir avec tout ça.

— C'est bon, Josh, tu peux arrêter d'essayer de l'impressionner. Elle est tout à toi.

Ethan attrapa Izzy par le bras et tourna les talons. Alex les suivit.

— Est-ce que tu veux aller aux urgences ? demanda-t-il à Izzy.

— Non, ça va aller.

— D'accord. Viens, Alex. On la ramène chez toi.

CHAPITRE 16

Clara

Mars 1931

Une semaine après sa sortie de la maison des pestiférés, Clara reçut l'autorisation de retourner parmi les patients généraux de Willard. On l'envoya dans un autre pavillon et on l'assigna à la blanchisserie. Elle devait trier, amidonner et repasser le linge. C'était épuisant et il régnait une chaleur suffocante dans la buanderie, mais elle était soulagée, reconnaissante d'avoir la chance d'être debout et de travailler, d'utiliser son corps et d'étirer ses muscles. Et surtout, elle était reconnaissante de ne plus être enchaînée à un lit vingt-quatre heures par jour.

À la buanderie, les femmes restaient chacune dans leur coin, à l'exception de Matilda, une femme plus âgée qui parlait à tout le monde. Elle avait un fort accent européen et ses longs cheveux gris étaient attachés en tresses. Elle faisait, au bas mot, une tête de plus que la plupart des autres femmes, avait de puissants bras musclés et des doigts d'une largeur incroyable. C'était elle qui apportait les draps et les taies d'oreiller fraîchement lavés au niveau des bains d'amidon. Elle portait d'énormes panières pleines de linge mouillé sur une épaule et les transportait au ralenti à travers la pièce. Lorsqu'elle n'était pas occupée à soulever des bacs d'un poids impossible, elle poussait des chariots de vêtements troués ou déchirés en direction de l'atelier de couture, de l'autre côté du couloir. À chaque arrêt, elle serrait toutes les femmes présentes dans ses bras et leur récitait la même rengaine.

— Je n'entends pas de voix. Je n'ai pas de visions. Je ne suis pas folle ; je suis nerveuse.

Normalement, les patients n'avaient pas le droit de se toucher, mais personne ne tentait d'empêcher Matilda de distribuer ses embrassades quotidiennes. Clara se surprit à attendre avec impatience la visite de Matilda et le moment où elle sentirait ses bras forts et chauds autour d'elle. Elle avait l'impression que cela faisait une éternité que personne ne l'avait étreinte, alors elle s'accrochait chaque jour un peu plus. Lorsque Clara la remerciait, Matilda souriait de toutes ses dents et lui répondait qu'elle était gentille. Ces instants, cette petite démonstration de douceur dans cet endroit froid et sans cœur illuminaient la journée de Clara.

Au bout de deux semaines, on autorisa Clara à aller en salle de récréation pendant une heure chaque après-midi. C'était une longue pièce étroite, avec du papier peint à rayures, des rideaux en brocard et des lustres victoriens. Les patientes étaient assises sur des divans confortables ou des fauteuils en rotin. Elles discutaient, regardaient dans le vide ou jouaient aux cartes ou à des jeux de société sur des tables en chêne. Dans un coin, une patiente ne cessait de remonter la manivelle d'un gramophone pour diffuser encore et encore une version éraillée d'*America The Beautiful.* Décorée pour être chaleureuse et accueillante afin d'aider les patientes à se relaxer, la pièce produisait l'effet inverse sur Clara. À ses yeux, ce lieu était une caricature, une mascarade destinée à faire croire aux gens qu'on répondait à leurs besoins pendant que les mois et les années passaient. Leurs vies leur échappaient et personne n'essayait de les aider à les récupérer. Derrière les rideaux chics et les beaux meubles, des barreaux obstruaient toujours les fenêtres, les portes étaient toujours verrouillées et les aides-soignants les surveillaient toujours d'un regard vigilant.

Clara se faufilait entre les tables et les fauteuils, à la recherche d'un coin tranquille où on la laisserait seule. Soudain, son cœur bondit dans sa poitrine. Esther et Madeline étaient assises ensemble devant une bibliothèque. Penchée en avant, Madeline faisait la lecture à Esther, installée dans un fauteuil rembourré à l'excès, la tête basculée en arrière et les yeux clos. Clara n'avait pas vu Madeline depuis l'incident dans la cuisine, quand elle s'était cogné la tête avant d'accoucher. Et sa dernière interaction avec Esther remontait à leur promenade quotidienne, lorsqu'elles étaient passées devant la maison des pestiférés. Clara se dépêcha de les rejoindre et s'agenouilla près du fauteuil d'Esther.

— Je suis tellement heureuse de vous voir ! murmura-t-elle.

Madeline laissa tomber son livre sur ses genoux, les yeux écarquillés par la surprise.

— Clara ! Où étais-tu passée ?

Clara se tourna vers Esther pour voir sa réaction, mais elle dormait. De près, elle semblait plus pâle que dans ses souvenirs. Des cernes sombres accentuaient les rides sous ses yeux. Elle semblait avoir vieilli de dix ans, comme si le chagrin et l'angoisse lui avaient volé ses traits de star de cinéma. Tout ça parce qu'elle avait embrassé un autre homme. Clara avala sa salive et tenta de retrouver sa voix.

— J'ai accouché le jour de l'incident dans la cuisine. On nous a gardés à l'infirmerie pendant plusieurs mois, le bébé et moi. Mais ensuite…

Sa voix se brisa. Elle n'arrivait pas à parler avec le nœud qui lui brûlait la gorge.

— Où est ton bébé ? demanda Madeline tout bas.

— Ils l'ont emmené.

Les yeux de Madeline se remplirent de larmes et elle agrippa le livre si fort que ses jointures blanchirent.

— Une femme est venue et m'a pris ma petite fille.

C'était la première fois qu'elle disait ces mots à voix haute. Tout à coup, elle eut le tournis et la nausée. Elle se leva et attrapa une chaise, les joues baignées de larmes.

— Oh non, se désola Madeline. J'espérais qu'ils t'avaient laissée sortir, ou que tes parents étaient venus te chercher après ta chute. C'était ce que j'avais envie de croire, en tout cas. Je ne supportais pas l'idée qu'il t'arrive quelque chose simplement pour m'avoir défendue. Mais maintenant, j'apprends qu'ils ont pris ton bébé…

Elle baissa la tête et renifla. De grosses larmes roulaient sur ses joues. Clara lui serra la main.

— Ne t'inquiète pas. Je reverrai ma fille un jour. Je ne sais pas encore quand ni comment, mais je la reverrai. J'ai réussi à convaincre le docteur Roach que j'étais guérie.

Madeline releva la tête. Elle se mordit la lèvre inférieure et commença à triturer la peau autour de l'ongle de son pouce.

— Quoi ? Qu'est-ce qu'il y a ?

Madeline lança un regard à Esther.

— Fais attention. C'est le docteur Roach qui lui a fait ça.

— Qui lui a fait quoi ? Qu'est-ce qui ne va pas ? Je pensais qu'elle dormait.

— Elle dort, oui. Le problème, c'est qu'elle ne fait plus rien d'autre, désormais. Avant ça, le docteur Roach n'a cessé de lui demander des détails à propos de sa liaison. Son mari prétendait qu'elle se comportait comme une putain et le docteur Roach disait que le seul moyen de la guérir, c'était qu'elle lui raconte tout. Il voulait tout savoir. Au début, elle a refusé, mais le docteur Roach lui a dit qu'elle ne sortirait jamais d'ici si elle n'acceptait pas de coopérer. Elle a fini par céder et tout lui raconter, et c'est là qu'il a voulu qu'elle reproduise ce qu'elle avait fait avec son amant. Il a tenté de la forcer à coucher avec lui.

Clara serra les dents. Une colère sourde et brûlante naquit dans sa poitrine.

— Est-ce qu'il lui a fait du mal ?

Madeline secoua la tête.

— Elle l'a frappé quand il a essayé de la violer. Là, précisa-t-elle en indiquant son bas-ventre. Ensuite, elle a disparu. Quand elle est enfin revenue dans le pavillon, l'infirmière Trench a expliqué qu'elle avait passé une semaine dans un coma induit par l'insuline. Qu'elle allait bien, mais qu'elle était très, très fatiguée. Ils l'ont laissée rester au lit pendant quelques jours. Mais ensuite, il y a eu un incident. Elle dit qu'un homme s'est introduit dans le pavillon. Je crois que ça lui a fait peur.

Clara fronça les sourcils.

— Un homme s'est introduit dans le pavillon des femmes ? Comment est-ce possible ?

— Il était avec les charpentiers. Ils devaient réparer une fuite dans la toiture ou installer une nouvelle porte, je ne sais pas trop.

— Il ne lui a pas fait de mal, si ?

— Non. Enfin, je ne crois pas. Mais après ça, Esther demandait tout le temps où tu étais. Elle n'arrêtait pas. Elle répétait en boucle : « Où est Clara ? Où est Clara ? »

Clara se redressa, étonnée.

— On se demandait toutes les deux où tu étais depuis le début, mais là, c'était différent. Elle était frénétique, à vouloir te retrouver comme si sa vie en dépendait. Suite à ça, le docteur Roach lui a prescrit un traitement qui lui donne envie de dormir à longueur de journée. Quand elle dort, c'est d'un sommeil de plomb, et lorsqu'elle se réveille suffisamment longtemps pour parler, elle refuse de me raconter quoi que ce soit, car elle a peur d'oublier ensuite. C'était il y a plus de deux mois.

Clara regarda Esther.

— Est-ce qu'elle parlera si on la réveille ?

— Peut-être. Parfois elle parle, parfois non. Ça dépend des moments de la journée.

Clara posa la main sur le bras d'Esther et la secoua doucement.

— Esther ? Esther, est-ce que tu m'entends ?

Esther tourna imperceptiblement la tête. Madeline regarda autour d'elle pour s'assurer que personne ne les observait. L'aide-soignant responsable de la salle de récréation était assis à son bureau, plongé dans la lecture d'une revue. Madeline prit la main d'Esther dans la sienne et la tira délicatement.

— Esther. Réveille-toi. Clara est ici et elle veut te parler.

Esther se pencha en avant, mais sa tête bascula en arrière et ses paupières restèrent closes. Madeline la lâcha et Esther retomba contre les coussins du fauteuil.

— Esther, tu m'as entendue ? Clara est ici. Elle est juste à côté de toi.

— Esther, insista Clara en résistant à l'envie de crier.

Elle se rapprocha et se pencha sur l'accoudoir du fauteuil de son amie, de façon à lui parler à l'oreille.

— C'est moi, Clara. Madeline m'a dit que tu voulais me parler. Qu'est-ce qui se passe ? Que veux-tu me dire ?

Les paupières d'Esther frémirent et elle releva la tête.

— Voilà. Réveille-toi, Esther. Clara est là. Tu te souviens de Clara ?

Enfin, Esther ouvrit les yeux. Elle les plissa en regardant Clara, puis prit son visage dans ses mains et inspira profondément.

— Esther. Ouvre les yeux et regarde-moi. Je suis juste ici.

Esther se força à se concentrer sur le visage de Clara. Le blanc de ses yeux était injecté de sang, ses iris vitreux.

— Clara. Un homme est venu dans le pavillon.

— Oui. Madeline me l'a dit.

— Je dormais et il m'a réveillée.

— Qu'est-ce qui s'est passé ? Est-ce qu'il s'en est pris à toi ? T'a-t-il fait du mal ?

Esther secoua la tête.

— Il m'a attrapée par l'épaule et m'a secouée, et ça m'a fait peur. Mais ensuite, il a parlé de toi. Il a demandé si je te connaissais.

Le cœur de Clara se mit à tambouriner violemment dans sa poitrine. Elle enfonça ses ongles dans ses paumes.

— De quoi avait-il l'air ? T'a-t-il donné son nom ?

— Cheveux foncés. Yeux marron.

Esther ferma les yeux une seconde et Clara redouta qu'elle ne s'endorme de nouveau. Puis l'ombre d'un sourire étira les lèvres d'Esther.

— Très beau.

Clara parvenait à peine à respirer.

— Esther… Que t'a dit cet homme ?

Esther avala sa salive et cligna des paupières.

— « Dites à Clara que je travaille avec l'équipe de charpentiers. Dites-lui que je suis venu la chercher. »

— Qui ? demanda Clara, les avant-bras couverts de chair de poule. Qui est venu me chercher ? Comment s'appelait-il, Esther ?

— Bruno. Bruno est venu te chercher.

CHAPITRE 17

Izzy

Le matin suivant sa mésaventure à la morgue, Izzy sortit de son sac de couchage et tituba jusqu'à la salle de bains d'Alex. Elle était pleine de courbatures, comme si elle s'était retrouvée au milieu d'une bagarre. Elle s'aspergea le visage d'eau et observa son reflet dans le miroir. Elle avait les yeux gonflés, les cheveux en bataille. Elle s'assit sur les toilettes pour uriner et remarqua pour la première fois qu'elle avait les genoux égratignés et couverts d'ecchymoses. Des marques sombres couvraient ses coudes et ses avant-bras, et la peau de ses jointures était arrachée. Même ses orteils étaient violacés. Tout à coup, la sensation d'être prise au piège s'empara de nouveau d'elle. Elle se releva et alla à la fenêtre. Il faisait gris et il pleuvait, un temps qui reflétait bien son humeur morose.

Au moins, elles étaient rentrées passer la nuit chez Alex au lieu de rester au lac. Elles auraient été trempées par les averses, sans parler du drame qui s'en serait suivi lorsque Shannon les aurait rejointes. De plus, Izzy n'avait pas arrêté de trembler depuis qu'ils l'avaient sortie du compartiment, et son mince sac de couchage n'aurait pas suffi à la réchauffer. Sur le chemin du retour, elle avait poussé le chauffage à fond dans la voiture, jusqu'à ce qu'Alex et Ethan se plaignent de la chaleur.

Après un rapide petit déjeuner à base de jus d'orange et de céréales au riz soufflé, Alex déposa Izzy chez elle en lui promettant de revenir plus tard pour regarder un film. En dépit de son humeur morose, Izzy était reconnaissante qu'Alex tente de lui changer les idées pour lui faire oublier ce qui s'était passé à Willard. Elle rentra la tête dans les épaules pour se protéger de la pluie et remonta précipitamment l'allée en évitant les flaques. Elle revoyait encore Ethan au bord de la route, lorsqu'elles l'avaient déposé devant chez lui. Quand il avait passé la tête par la fenêtre côté passager, Izzy avait tout d'abord cru qu'il allait tenter de l'embrasser et elle avait reculé. Puis elle avait compris qu'il voulait tout simplement lui dire au revoir et le rouge lui était monté aux joues. Il lui avait demandé pour la centième fois si elle allait bien et avait insisté pour qu'elle garde son sweat et le lui rende au lycée le lundi, mais elle avait refusé. Tout allait trop vite, et elle ne voulait pas qu'il s'imagine qu'elle voulait être sa petite amie maintenant qu'il avait rompu avec Shannon. D'ailleurs, elle avait le sentiment qu'elle ne voudrait jamais l'être. Comment faire confiance à quelqu'un qui avait prêté main-forte à Shannon pour ses sales coups ? Et pourtant, elle avait gardé le pin's Green Bay qu'elle avait trouvé dans la poche de son sweat. À présent, elle l'avait dans la main et l'effleura du bout du pouce en prenant une grande respiration avant d'ouvrir la porte qui menait à la cuisine.

Normalement, les dimanches matin, Harry préparait des pancakes et lui, Peg et Izzy passaient la matinée en pyjama, à lire la bande dessinée du journal et à faire les mots croisés jusqu'à midi. C'était le jour préféré d'Izzy. Ces quelques heures pendant lesquelles ils riaient et discutaient, Peg et Harry qui l'aidaient à faire ses devoirs, tout cela lui donnait l'impression de faire partie d'une vraie famille. Son estomac gargouilla à la pensée du bacon grillé et des pancakes beurrés couverts de sirop d'érable. Mais lorsqu'elle entra dans la cuisine, Peg et Harry étaient habillés et assis à table, un café à la main, le journal du dimanche plié entre les sets de table. Peg leva la tête et sursauta, les lèvres pincées. Harry pivota sur sa chaise et dévisagea Izzy d'un air sérieux.

Le cœur d'Izzy se serra. Ils savaient pour la fête au bord du lac. Ils savaient qu'elle leur avait menti et ils allaient lui dire qu'il fallait qu'elle s'en aille. C'était sûr. Elle laissa son sac de couchage glisser de son épaule et s'assit en retenant son souffle, les yeux rivés sur une photographie du président Clinton et de Monica Lewinski en première page du journal.

— Est-ce que tu t'es bien amusée hier soir ? s'enquit Peg en tentant de sourire.

— Ç'a été.

Était-ce un test ? Dans le doute, elle décida de tout avouer.

— Mais je…

— Nous avons quelque chose à te dire, l'interrompit Harry.

Il rajusta ses lunettes sur l'arête de son nez et essuya les paumes de ses mains sur son pantalon. Peg se tortilla sur sa chaise et ses jointures blanchirent tandis qu'elle resserrait ses doigts autour de son mug.

— Tout d'abord, nous avons de bonnes nouvelles, commença-t-elle.

Sa voix tremblait et elle toussota. Izzy la fixait, un nœud si brûlant dans la gorge qu'elle avait du mal à respirer. Qu'est-ce que Peg pouvait bien trouver à dire pour adoucir le coup qu'ils s'apprêtaient à lui assener ?

— J'ai retrouvé la trace d'une infirmière qui travaillait à Willard. Nous pensons qu'elle s'est peut-être occupée de Clara. Nous pouvons aller la voir pour discuter avec elle, si tu veux.

Le cœur d'Izzy s'emballa. Elle hocha la tête.

— Est-ce que tu crois qu'elle sait ce qui est arrivé à Clara ou à sa fille ?

— Je n'en sais rien, mais nous lui poserons la question. Et si elle n'a pas d'informations, nous tenterons d'en trouver ensemble, je te le promets.

Ensemble. Les yeux d'Izzy se remplirent de larmes. Ils ne la renvoyaient pas en foyer, alors. Elle inspira profondément et expira, submergée par une vague de soulagement. Mais ensuite, Harry lança à Peg un regard qui l'emplit d'inquiétude.

— Il y a autre chose, dit-il, les sourcils froncés. C'est à propos de ta mère.

Izzy se raidit. Harry et Peg mentionnaient rarement sa mère. Quoi que Harry ait à lui annoncer, c'était une mauvaise nouvelle. Très mauvaise. Ça se voyait à sa tête.

— Qu'est-ce qu'elle a ? demanda Izzy, l'estomac noué.

Peg lui prit gentiment la main.

— Elle a fait un AVC cette nuit, expliqua Harry. Elle était dans sa cellule et personne ne s'est rendu compte de rien jusqu'à ce matin.

Izzy avala sa salive.

— Je suis désolée, mais elle est dans le coma, annonça Peg, les yeux brillants de larmes. Les médecins pensent qu'elle ne va pas s'en sortir.

Izzy dévisagea Peg. Elle voulait former des mots, mais sa langue était comme du béton, ses lèvres lourdes et impossibles à remuer. Peg frotta la main d'Izzy. Quand ses doigts rencontrèrent les jointures meurtries de la jeune fille, Peg baissa les yeux et poussa une exclamation de surprise.

— Que s'est-il passé ?

Izzy retira sa main.

— Rien. Je suis juste tombée en essayant les rollers d'Alex.

Elle fut surprise de constater la facilité avec laquelle le mensonge avait franchi ses lèvres. Qu'est-ce qui avait changé depuis la veille ? Elle attrapa son sac et se leva.

— Est-ce que ça va ? demanda Harry. Veux-tu savoir ce qu'ont exactement dit les médecins ?

Izzy secoua la tête. Tout son corps était comme ankylosé.

— Euh… Pas maintenant.

— Nous pouvons t'emmener la voir après l'école demain, si tu veux, proposa Peg.

Izzy enfonça ses ongles dans le dossier de la chaise. *À quoi ça servirait ?*

— Je suis vraiment fatiguée. Si ça ne vous dérange pas, je vais prendre une douche et dormir un peu.

— Veux-tu manger quelque chose d'abord ?

— Je peux te faire des pancakes si tu as faim, offrit Harry.

Izzy secoua la tête et quitta la pièce. Ses jambes la portaient à peine. Arrivée à la moitié de l'escalier, elle ralentit et s'accrocha à la balustrade, le cœur battant. Une fois sur le palier, le couloir tangua devant elle. Elle agrippa le poteau et attendit de retrouver l'équilibre. Après une longue minute, elle alla dans sa chambre, laissa tomber son sac à terre et se précipita dans la salle de bains.

Elle souleva la lunette des toilettes et vomit les céréales qu'elle avait mangées chez Alex. Les haut-le-cœur continuèrent jusqu'à ce qu'elle n'ait même plus de bile à vomir. Enfin, elle parvint à prendre une respiration sans avoir la nausée. Elle cracha à plusieurs reprises, puis s'essuya la bouche et se releva. Une canette de Coca entamée traînait sur le bord du lavabo. Elle but le reste du soda éventé dans l'espoir que le liquide caramélisé lui ferait oublier le goût acide qu'elle avait dans la bouche.

Encore étourdie, elle regagna sa chambre et s'écroula sur son lit. Elle s'allongea sur le côté, son oreiller serré contre sa poitrine, et tenta de retenir ses larmes sans y parvenir. Pendant dix ans, elle avait eu trop peur pour rendre visite à sa mère en prison. Peur que sa mère ait l'air d'une folle, qu'elle se comporte comme telle, ou encore qu'elle ne la reconnaisse pas. Et à présent, elle aurait tout donné pour la voir. Dans un coin de sa tête, elle avait toujours espéré que sa mère guérirait un jour, ou qu'on la relâcherait. Peut-être qu'un miracle se produirait et qu'on découvrirait que le meurtre de son père n'était qu'un énorme et affreux malentendu. Peut-être qu'un cambrioleur lui avait tiré dessus et que la mère d'Izzy, témoin de la mort violente de son mari, avait temporairement perdu l'esprit. Lorsque la vérité verrait le jour, sa mère serait libérée et elles pourraient de nouveau former une famille. Au fil des années, Izzy s'était imaginé des centaines de scénarios différents, tout en se persuadant néanmoins que ce n'était rien d'autre que les divagations improbables d'une petite fille perdue. Mais désormais, c'était définitif : aucun de ces fantasmes ne deviendrait jamais réalité. Izzy allait devenir orpheline. Sa chance, aussi infinitésimale fût-elle, d'avoir de nouveau une mère, venait de voler en éclats.

Des convulsions agitèrent ses épaules et elle mordit son oreiller pour ne pas crier, surprise par la profondeur de ses émotions. Elle avait gardé la tête haute et avait tenu le coup pendant si longtemps qu'elle avait fini par se convaincre qu'elle était invincible. Et à présent, tout s'effondrait, comme un château de cartes. Elle avait toujours su que les choses changeraient un jour, mais pas maintenant, pas comme ça. Elle releva la tête et regarda sa commode à travers ses larmes. Les lettres de sa mère étaient toujours là, entassées dans l'enveloppe en papier kraft, derrière ses chaussettes et ses sous-vêtements.

Elle s'assit et s'essuya les yeux. Lire les lettres pouvait l'aider à se sentir mieux, ou tout le contraire. Elle pensa aux missives dans la malle de Clara. Peut-être que la vie de la jeune fille aurait pris un tour différent si elles avaient été expédiées, si Bruno avait eu une chance de les lire. Peut-être qu'il aurait réussi à la faire sortir de l'hospice de Long Island avant qu'elle ne soit envoyée à Willard ? Peut-être qu'ils se seraient mariés, qu'ils auraient fondé une famille et vécu heureux jusqu'à la fin de leurs jours ?

Si Izzy avait lu les lettres de sa mère, les choses auraient-elles été différentes ? Peut-être que les réponses qu'elle cherchait s'y trouvaient depuis le début. Son estomac se noua. Qu'importait ce qu'elles contenaient, c'était trop tard à présent.

Et pourtant… Elle avait besoin de connaître la vérité. Soit les lettres dresseraient le portrait de la femme tendre et aimante dont elle se souvenait, soit elles prouveraient une bonne fois pour toutes qu'elle était bel et bien cinglée.

Izzy se leva et alla chercher la grosse enveloppe au fond du tiroir. Puis elle s'assit en tailleur sur son lit, ôta la pince métallique, souleva le rabat et vida le contenu sur son couvre-lit. La pile de lettres et de cartes de tailles et de couleurs différentes lui rappela la Saint-Valentin à l'école élémentaire, lorsque tout le monde recevait des cartes de la part de ses camarades de classe. Elle se demandait toujours si elle en aurait autant que les autres enfants et attendait avec impatience de découvrir les signatures au dos des cartes. Serait-ce un simple nom, ou y aurait-il la mention « meilleures amies » ou, mieux encore, « meilleures amies pour la vie » ?

Une par une, elle mit les enveloppes dans le bon sens, le recto vers le dessus, et utilisa les cachets de la poste pour les classer chronologiquement afin de les lire dans l'ordre. Pendant ses premiers mois d'incarcération, sa mère lui écrivait une fois par mois. Puis, avec le temps, la fréquence s'était réduite à trois ou quatre fois par an. Il y avait aussi des cartes d'anniversaire et de Noël. Toutes comportaient la même adresse de retour : Prison d'État de Bedford.

Elle prit une grande inspiration. C'était maintenant ou jamais. Elle attrapa la première enveloppe, dont le cachet indiquait juillet 1986 (le mois suivant la condamnation de sa mère), et l'ouvrit.

Bonjour, ma fille chérie.

Comment vas-tu ? J'espère que tout va bien. Tu me manques tellement ! Je veux que tu saches que je suis vraiment désolée de ce qui est arrivé à ton père. Je sais que tu ne comprends pas ce qui se passe actuellement, mais tu comprendras un jour, je te le promets. Je suis profondément navrée d'avoir été malade pendant si longtemps et de ne pas avoir pu être là pour toi. Lorsque j'ai commencé à aller mieux, il était déjà trop tard. Je sais que tu es triste et perdue, ma chérie, et je m'en excuse. Viens me voir, s'il te plaît. Tu me manques tellement que j'en ai mal au cœur. Sois gentille avec ta grand-mère. Je te vois bientôt.

Je t'aime grand comme l'univers.

Je t'embrasse très fort.

Ta maman.

Les yeux d'Izzy lui brûlaient. *Je t'aime grand comme l'univers*. Sa mère lui disait ça tous les soirs après l'avoir bordée, avant d'éteindre la lumière. Izzy l'avait oublié, mais cela lui revenait à présent. Elle ouvrit l'enveloppe suivante. C'était une carte d'anniversaire.

Le devant disait « Bon anniversaire pour tes 8 ans ». À l'intérieur, sa mère avait écrit : « Tu me manques et je t'aime plus grand que l'univers ! » *Où une détenue peut-elle bien se procurer une carte d'anniversaire ?* La lettre suivante était du même acabit, un message pour une petite fille de 8 ans dont la vie avait été mise sens dessus dessous. Encore des excuses et des demandes de visite. Peu à peu, sa mère arrêta de lui demander de venir. Au lieu de ça, elle lui écrivait les choses qu'elle aurait aimé lui dire en personne, tous les sages conseils qu'elle souhaitait transmettre à sa fille unique. Izzy guettait, jusqu'à en oublier de respirer, la fameuse phrase qui lui confirmerait la maladie mentale de sa mère, sans la trouver. Elle constata également que sa mère ne mentionnait plus son père. C'était comme s'il n'avait jamais existé.

Izzy sentit des épines glacées de regret lui transpercer le cœur. S'était-elle trompée ? Avait-elle perdu tout ce temps à cause d'une peur infondée ? Sur le papier, sa mère semblait parfaitement normale. Plus Izzy lisait, plus elle avait le sentiment de perdre sa mère une deuxième fois. Et pourtant, tout était toujours aussi confus que dix ans plus tôt.

À 15 heures, Izzy avait lu près de quarante lettres. Peg était montée à plusieurs reprises. Elle avait frappé doucement à la porte de sa chambre et lui avait demandé si elle allait bien, si elle désirait quelque chose à boire ou à manger. Chaque fois, Izzy avait refusé et répondu qu'elle avait besoin d'être seule, sans toutefois jamais manquer de remercier Peg. En réalité, elle aurait été bien incapable d'avaler quoi que ce soit. Elle avait l'impression d'avoir l'estomac en bouillie.

Une heure plus tard, les mots devenaient flous et Izzy avait de plus en plus de mal à garder les yeux ouverts. La lettre qu'elle avait à la main avait été pliée et glissée dans une carte d'anniversaire pour ses 13 ans, et les plis compliquaient davantage encore sa lecture. Elle décida de faire une pause pour prendre une douche et faire une sieste. Mais l'instant suivant, elle se redressa brusquement, le souffle coupé. Elle relut le paragraphe qu'elle avait sous les yeux :

J'ai tiré sur ton père parce que je l'ai surpris dans ta chambre, en train de te faire des choses qu'un père ne devrait pas faire à sa fille. Je suis désolée de ne pas te l'avoir dit plus tôt. Simplement, je voulais attendre que tu sois assez grande, que tu aies l'âge de comprendre ce qui est normal entre un homme et une femme et ce qui ne l'est pas. Mais ne t'inquiète pas, ma chérie. Je l'ai stoppé avant qu'il n'aille trop loin.

Izzy laissa tomber la lettre et plaqua ses mains sur sa bouche. De la bile remonta dans sa gorge. Non. Ce n'était pas possible. C'était un mauvais rêve ! Qui annonçait à l'occasion des 13 ans de sa fille que son père l'avait agressée ? Sa mère mentait, c'était sûr ! Elle était bel et bien folle ! Le père d'Izzy ne lui aurait jamais fait une chose aussi horrible, si ? Tremblante, Izzy se roula en boule et fixa une rose sur le papier peint de sa chambre. Les pétales rouges semblaient pulser à travers ses larmes, comme un dessin animé de son cœur brisé et sanglant.

Son cauchemar lui revint alors de plein fouet. La main transpirante du démon entre ses jambes, son bras lourd au-dessus d'elle qui l'empêchait de bouger. Le démon s'asseyait et souriait, dans un étrange mélange de dégoût et d'extase qui déformait ses traits jusqu'à les transformer en un masque terrifiant. Puis le masque se transforma en visage humain et Izzy reconnut le démon. C'était son père.

Izzy se leva, courut jusqu'à la salle de bains et s'agenouilla devant les toilettes. Une série de haut-le-cœur lui vrilla douloureusement la poitrine et l'estomac. Enfin, elle reprit sa respiration et s'adossa contre la baignoire, les mains sur le visage. Des vagues brûlantes de panique montaient le long de sa poitrine et de son cou, pulsaient autour de son cœur, telle une décharge électrique. Chaque centimètre carré de sa peau était couvert de chair de poule, des soubresauts agitaient chacun de ses muscles. Elle tentait d'inspirer à fond et d'expirer lentement, mais elle continuait à avoir le tournis. Tout ce en quoi elle avait cru jusqu'alors était un mensonge. Un mensonge qu'elle avait fabriqué toute seule, de toutes pièces.

Sa mère avait renoncé à sa liberté, à sa vie, pour la protéger. Pendant toutes ces années, Izzy avait cru que sa mère était folle et que son père était un homme aimant qui avait payé le prix ultime pour la folie de sa femme.

Toutes ces années, gaspillées parce qu'elle n'avait pas eu le courage de demander à sa mère sa version de l'histoire !

Puis un déclic eut lieu dans l'esprit d'Izzy, comme une pièce de puzzle géant qui trouvait enfin sa place. Soudain, tout avait du sens. Sa mère qui la couvait continuellement, la panique qui l'envahissait au moindre petit imprévu... Un jour, pendant qu'elles faisaient les courses, Izzy avait lâché le Caddie tandis que sa mère examinait les melons. Elle s'était éloignée et avait contourné le bout du rayon pour regarder des jouets, à quelques mètres à peine. En ne la voyant plus, sa mère avait crié son nom encore et encore, si fort que le responsable du magasin était arrivé en catastrophe. Izzy avait couru pour rejoindre sa mère et lui avait attrapé la main, effrayée et les yeux pleins de larmes. Sa mère était tombée à genoux et avait sangloté en ordonnant à Izzy de ne plus jamais faire une chose pareille.

Voir son mari agresser sexuellement sa petite fille avait facilement pu la faire basculer, à l'instar de la plupart des mères. Certes, d'autres auraient appelé la police au lieu de tirer un coup de fusil de chasse dans la tête de leur mari. Mais au moins, Izzy comprenait ce qui s'était passé désormais.

Dans sa lettre, sa mère reconnaissait qu'elle avait eu tort de lui tirer dessus, qu'elle avait momentanément perdu la raison. Son avocat n'avait pas réussi à convaincre le juge de faire preuve d'indulgence, car il ne disposait d'aucune preuve à l'encontre du père d'Izzy : sa mère avait refusé d'imposer à sa fille le traumatisme d'un examen médical, préférant sacrifier sa liberté, convaincue qu'elle serait libérée sur parole un jour et qu'elle et Izzy seraient enfin réunies.

Izzy se mordit la lèvre. Pendant toutes ces années, la vérité avait été juste là, noir sur blanc, à attendre qu'on ouvre une enveloppe. Mais Izzy avait été trop têtue pour s'en rendre compte. Et désormais, sa mère était dans le coma. Izzy ne serait jamais en mesure de lui dire qu'elle avait enfin compris, jamais elle ne pourrait s'excuser de ne pas lui avoir rendu visite.

Elle pensa à Shannon, à sa mère qui avait ignoré ce que son mari faisait à leur fille. Comment Shannon parvenait-elle à vivre avec sa mère, jour après jour, en sachant que celle-ci ne l'avait pas protégée ? Ça devait être le pire sentiment au monde. En dépit des horreurs perpétrées par Shannon, Izzy avait beaucoup de peine pour elle. Si seulement sa mère avait fait quelque chose pour arrêter son mari, la vie de Shannon aurait pu prendre un tour très différent. Comment Shannon supportait-elle de se retrouver face à sa mère chaque jour ? Parviendrait-elle jamais à lui pardonner ?

Izzy se couvrit le visage de ses mains. Contrairement à la mère de Shannon, la sienne avait passé toutes ces années toute seule, sûrement convaincue que sa fille ne l'aimait plus. Izzy se rappela alors avoir lu quelque part que les gens dans le coma discernaient parfois la voix de leurs proches lorsqu'ils leur parlaient. Sa mère n'était pas morte. Il était encore temps de la voir, de s'excuser, de lui dire au revoir. Peut-être même que sa mère l'entendrait.

Lorsque Izzy eut le sentiment que ses jambes chancelantes étaient de nouveau capables de la porter, elle se mit debout et se déshabilla. Ses genoux, ses coudes et ses pieds étaient encore endoloris et, à présent, elle avait aussi mal à la tête. Elle grimpa dans la baignoire, frissonna au contact de la porcelaine, aussi dure et froide qu'une pierre tombale contre sa peau. Ses mains tremblaient comme celles d'une vieille femme et elle eut du mal à fermer la bonde et à ouvrir le robinet. Tandis que la baignoire se remplissait, elle fixa le trou noir du trop-plein, l'esprit vide de toute pensée, ne sentant que le froid et la chaleur de l'eau qui formait une flaque autour de ses pieds. Lorsqu'elle eut de l'eau jusqu'à la taille, elle arrosa un gant de gel douche et se récura la peau, frottant plus fort que nécessaire, en transe face aux bulles de savon qui se formaient sur ses jambes et ses bras. Elle inspecta les fines cicatrices de ses bras en se demandant si elle s'était mutilée pour refouler les horribles souvenirs de ce que son père lui avait fait. Une fois la baignoire pleine, elle ferma le robinet et s'allongea dans l'eau savonneuse, sans bouger, bercée par le bruissement de l'eau et des bulles.

Après quelques minutes, elle passa ses mains sur son corps, effleurant d'abord les courbes de sa poitrine, puis les poils entre ses jambes. Combien de fois s'était-elle imaginé faire l'amour, un homme embrassant ses seins nus et sa peau chaude, caressant les endroits les plus intimes de son anatomie ? Combien de fois avait-elle imaginé faire l'amour avec Ethan ? Par chance, elle n'avait pas de réel souvenir de ce que son père lui avait fait, mais un homme serait-il capable de le deviner en la touchant ? Cette perspective lui donna la nausée.

Elle se savonna entre les cuisses une seconde fois avant de se rincer soigneusement, laissant le jet chaud dénouer son cou et ses épaules. Enfin, elle coupa l'eau et vida la baignoire. Après s'être séchée, elle enfila un pyjama propre et retourna dans sa chambre pour se glisser sous les couvertures. Elle sentit alors une détermination nouvelle poindre en elle.

Je ne laisserai pas mon passé définir mon avenir. Je refuse de passer le reste de ma vie à payer pour les péchés de mon père.

CHAPITRE 18

Clara

Après sa conversation avec Madeline et Esther, Clara passa les semaines suivantes à tenter de découvrir où Bruno était susceptible de travailler. La nuit, elle ne parvenait pas à trouver le sommeil, et elle était distraite pendant la journée. À la buanderie, elle mélangeait les draps et les serviettes, les chemises d'hôpital et les tabliers. Lorsque le responsable s'aperçut de ses erreurs, il la transféra à l'atelier de couture pour confectionner et réparer des chemises, des pantalons et des chemises de nuit. Assise sur un tabouret, elle effectuait de petits points précis tout en réfléchissant à des moyens de trouver Bruno.

Le jour suivant la révélation d'Esther, Clara avait envisagé de demander à voir le docteur Roach afin de le convaincre une fois pour toutes que Bruno existait. Elle n'aurait eu qu'à insister pour qu'il fasse défiler les ouvriers dans son bureau un par un. Bruno serait parmi eux et il reconnaîtrait Clara, ce qui prouverait qu'elle disait la vérité depuis le début. Mais ensuite, elle avait repensé à Madeline lui racontant que le docteur Roach avait mis Esther sous traitement parce qu'elle était dans tous ses états, parce qu'elle tenait absolument à retrouver Clara. Pourquoi avoir fait cela, si ce n'était pour la faire taire ? Avait-il peur que Clara ne découvre que Bruno était à Willard ? Et si oui, pour quelle raison ? Avant de s'entretenir avec le médecin, il lui fallait des réponses à ses questions.

Cet après-midi-là, dans la salle de récréation, elle avait pris place en face d'Esther et l'avait secouée délicatement pour la réveiller.

— J'ai besoin de te demander quelque chose, avait dit Clara tout bas en se penchant en avant.

Esther avait battu des paupières, puis relevé la tête et adressé un faible sourire à Clara.

— As-tu trouvé Bruno ? avait-elle demandé d'une voix traînante.

— Chut ! Il ne faut pas qu'on nous entende.

— D'accord, avait murmuré Esther.

— Contente-toi de hocher ou de secouer la tête, d'accord ?

Esther avait acquiescé, les lèvres entrouvertes, les yeux mi-clos.

— As-tu mentionné au docteur Roach le nom de l'homme qui est venu au pavillon ?

Esther avait hoché la tête.

— Lui as-tu dit que Bruno me cherchait ?

Elle avait hoché la tête de nouveau.

Le cœur de Clara s'était mis à battre plus vite.

— Qu'a répondu le docteur Roach ?

Une grimace avait déformé la bouche d'Esther.

— Que j'avais des hallucinations.

— Est-ce pour cette raison qu'il t'a mise sous traitement ?

Esther avait secoué la tête.

— J'ai demandé où tu étais. Il a répondu que tu étais très malade. Puis j'ai demandé comment allait ton bébé. J'ai dit que Bruno était le père.

Clara avait retenu son souffle.

— Et ?

— Il était surpris que je sois au courant pour le bébé.

— T'a-t-il dit qu'ils avaient emmené ma fille ?

— Non. Il m'a simplement dit que je ferais mieux de me mêler de mes affaires.

Le cou et le visage de Clara lui brûlaient. Elle ne comprenait pas pourquoi le docteur Roach refusait de croire l'histoire d'Esther. Celle-ci n'avait rien à gagner à raconter que Bruno était réel. Et pourquoi le docteur Roach n'avait-il pas creusé davantage afin de découvrir si Clara disait vrai ? En gardant Clara enfermée et en prenant sa fille, était-il allé trop loin pour reconnaître qu'il avait fait une erreur ? Ou était-ce le père de Clara qui se trouvait derrière tout cela et tirait les ficelles ?

Soudain, une expression angoissée avait déformé les traits d'Esther et elle avait fondu en larmes.

— Je suis désolée. Tout est ma faute. Je n'aurais jamais dû parler de Bruno au docteur Roach.

— Ça ne fait rien, lui avait assuré Clara. Tu essayais simplement de m'aider.

— Et si le docteur Roach s'était débarrassé de lui ?

Clara s'était sentie pâlir et la pièce avait commencé à tourner autour d'elle. Elle n'avait pas pensé à ça. Le docteur Roach pouvait très facilement faire renvoyer Bruno et lui interdire l'accès aux installations. Qu'adviendrait-il ensuite ?

Quelques jours plus tard, elle avait volé un pantalon et une chemise dans l'atelier de couture, mouillé ses cheveux pour les plaquer en arrière et s'était rendue à la buanderie pour essayer de se faufiler parmi les patients qui venaient chercher le linge propre. Le responsable la prit en flagrant délit, ce qui lui valut une semaine à l'isolement avant d'être autorisée à reprendre le travail. Elle demanda aux autres patients s'ils avaient aperçu l'équipe d'ouvriers et, si oui, où. Tous répondirent que non, secouant la tête d'un air inquiet, désireux qu'on les laisse tranquilles. Elle envisagea de raconter l'histoire d'Esther à l'infirmière Trench dans l'espoir que cette dernière la prenne en pitié, mais c'était trop risqué. Parfois, retrouver Bruno lui paraissait une mission impossible. Mais elle devait essayer. Elle n'avait pas le choix.

Les heures du petit matin étaient les pires. Elle passait ses nuits à redouter que Bruno ait été renvoyé et qu'il ne trouve aucun autre moyen de la secourir. Elle avait peur qu'il ne se décourage et ne cesse de la chercher, ou que tout cela n'ait été qu'un rêve dans l'esprit d'Esther. Après tout, Clara avait raconté toute son histoire à Esther et à Madeline : qu'elle et Bruno étaient amoureux, que ses parents n'approuvaient pas leur relation, que son père l'avait fait interner, qu'elle attendait un enfant. Peut-être que le fait d'être enfermée à Willard et plongée dans le coma avait fait perdre la tête à sa pauvre amie et qu'elle avait tout imaginé. Cette pensée pesait sur la poitrine de Clara, tel un immense bloc de granit.

Pendant des nuits entières, les doutes et les questions l'empêchaient de trouver le sommeil. Chaque fois qu'elle était sur le point de s'endormir d'épuisement, l'idée que Bruno n'était pas à Willard la faisait sursauter et elle s'asseyait dans son lit, essoufflée et en sueur, ses draps sales entortillés autour de ses jambes. Ensuite, elle se roulait en boule et pleurait, se demandant si elle retrouverait sa liberté un jour.

Un jour, dans l'atelier de couture, alors qu'elle était assise sur un tabouret avec le dos tourné à la fenêtre, un panier de chemises fraîchement amidonnées à ses pieds, Clara observa la responsable grimper sur un escabeau pour changer une ampoule. C'était une femme menue d'un certain âge, qui boitait, et dont le bas des longues jupes évasées bruissait sur le plancher. Elle appelait les patientes « ma chérie » et s'assurait toujours qu'elles gardaient la tête baissée et les yeux rivés sur leur ouvrage. Parfois, elle se déplaçait à l'aide d'une canne, se plaignait des rhumatismes que lui donnait l'humidité et s'arrêtait fréquemment pour masser sa jambe. Les derniers temps, du fait d'un printemps particulièrement humide, elle utilisait sa canne tous les jours.

Clara rentra la tête dans les épaules quand elle la vit chanceler et presque tomber. Trois ampoules avaient grillé dans l'atelier, y compris celle au-dessus du poste de Clara. Mais il y avait près de quatre mètres de hauteur sous plafond et les ampoules étaient perchées à trois mètres au-dessus du sol. Willard devait bien avoir des employés en mesure d'effectuer ce genre de travaux. Avec sa jambe, pourquoi la responsable prenait-elle le risque de se percher en haut d'un grand escabeau pour s'acquitter elle-même de cette tâche ?

Soudain, Clara eut une illumination.

Si elle ne pouvait pas rejoindre Bruno, peut-être pouvait-elle trouver un moyen de le faire venir jusqu'à elle… Clara inspecta l'atelier de couture en quête de quelque chose à casser et que seul un menuisier pourrait réparer. Au bout d'une minute, le désespoir l'étreignit. Les portes étaient trop épaisses, les moulures trop larges. Les dizaines de tabourets, de tables et de chaises à haut dossier étaient toutes en chêne ou en érable massif. Le diamètre des poutres était plus grand que celui de la tête de Clara. Puis elle se rendit compte que, contrairement à l'extérieur des fenêtres, l'intérieur n'était pas protégé par des barreaux. Et les carreaux étaient séparés par de fines baguettes en bois qui semblaient faciles à casser.

Clara se leva et s'approcha de l'escabeau dont la responsable était en train de descendre. Sur la dernière marche, elle perdit de nouveau l'équilibre et Clara l'attrapa par le bras pour l'empêcher de tomber.

— Puis-je vous aider ? Je peux les changer à votre place, si vous le souhaitez.

La responsable poussa un soupir de soulagement. Le visage empourpré, elle finit de descendre et lissa sa jupe, ses mains noueuses agitées de tremblements.

— Merci, ma chérie. Je veux bien. Je déteste grimper sur l'escabeau.

Elles le déplacèrent ensemble afin de le positionner sous l'ampoule suivante. Clara grimpa et la remplaça sans incident. Puis elles poussèrent l'escabeau pour le mettre sous la dernière ampoule, à côté de la fenêtre près de laquelle Clara travaillait. Elle prit une grande inspiration et grimpa les échelons, en essayant de maîtriser les tremblements de ses jambes. Il fallait qu'elle sorte de Willard. Qu'elle retrouve Bruno et Beatrice. Et il fallait qu'elle fasse quelque chose de drastique immédiatement, avant que son courage ne l'abandonne. C'était la seule solution.

Elle tendit le bras vers la lampe et fit exprès de trop se pencher en avant pour faire osciller l'escabeau vers la fenêtre. Elle feignit de perdre l'équilibre et le haut de l'escabeau s'écrasa contre les carreaux, faisant voler des éclats de verre et de bois à travers la pièce. À la dernière seconde, Clara lâcha prise et se laissa tomber sur le parquet avec un bruit sourd. Puis l'escabeau bascula sur le côté et atterrit sur un placard. Des piles de chemises blanches et de pantalons marron glissèrent des étagères comme au ralenti. L'étagère du haut se fendit en deux et l'escabeau finit par percuter le sol avec un grand bruit.

— Seigneur Dieu ! s'écria la responsable. Est-ce que ça va, ma chérie ?

Deux aides-soignants se précipitèrent dans la pièce et aidèrent Clara à se relever. Plusieurs patientes observaient la scène d'un regard effrayé, pendant que d'autres chuchotaient. Toutes s'étaient levées. Clara se redressa, les jambes mal assurées, et lissa sa robe.

— Je vais bien, assura-t-elle en se frottant le coude.

Sa hanche lui faisait affreusement mal et elle avait l'impression de s'être déboîté l'épaule, mais il était hors de question de se plaindre et de risquer qu'on l'envoie à l'infirmerie.

Agitée et cramoisie, la responsable ordonna à tout le monde de se remettre au travail. Les femmes regagnèrent leur place et recommencèrent à coudre. La responsable s'empara d'un balai et le tendit à Clara. Elle était essoufflée et en appui sur sa canne, comme si c'était elle qui venait de tomber.

— Je suis désolée, dit Clara en attrapant le balai. Je voulais seulement vous aider.

— Ne vous en faites pas pour ça, ma chérie. Nettoyez ce bazar et remettez-vous au travail.

Elle saisit sa canne à deux mains et balaya la pièce du regard, avant de faire claquer sa langue contre son palais.

— Je ferais mieux de faire venir quelqu'un pour effectuer les réparations.

— Quand ça ? s'enquit Clara.

La responsable fronça les sourcils.

— Dès que possible. Même si je me demande bien quelle différence ça fait pour vous, ma chérie.

Le lendemain matin, après le petit déjeuner, Clara se dépêcha de gagner l'atelier de couture, la gorge nouée et le cœur battant. Aussitôt, elle chercha des yeux la fenêtre et le placard cassés, dans l'espoir de voir des ouvriers s'affairer autour. Mais la fenêtre était barricadée avec des planches et le placard avait disparu. Ses épaules s'affaissèrent. Si les menuisiers étaient venus, alors elle les avait ratés. Elle traversa la pièce et trouva un tabouret libre au milieu des autres patientes, entourées de paniers de draps et de chemises de nuit. Elle parvenait à peine à passer son fil dans le chas de son aiguille, sa vue brouillée par les larmes.

C'était vraiment stupide, pensa-t-elle en se mordant la lèvre. *Même si les menuisiers étaient venus pendant que j'étais ici, rien ne garantit que Bruno aurait été parmi eux. Comme l'a dit Esther, le docteur Roach a très bien pu se débarrasser de lui. Peut-être même qu'il y a une autre équipe de menuisiers*. Les tartines de pain dur et les prunes séchées qu'elle avait ingurgitées au petit déjeuner lui étaient restées sur l'estomac et elle eut la nausée. Une des patientes commença à chanter *Bye, Bye, Blackbird* d'une voix de fausset. Une autre se mit à fredonner en chœur, ses fins doigts blancs flottant dans l'air comme si elle dirigeait un orchestre invisible. Clara dut se retenir pour ne pas leur hurler de se taire. Par chance, la responsable arriva pour procéder à sa tournée d'inspection et les femmes arrêtèrent de chanter, au soulagement de Clara.

Elle attrapa une chemise de nuit déchirée dans son panier, puis baissa la tête et se mit à coudre. Elle enfonça la pointe de l'aiguille dans le bout de son doigt, mais continua à travailler sans faire attention à la douleur. La responsable passa près d'elle en claudiquant, sa canne claquant contre le plancher. Une tache rouge se forma sur le tissu de la chemise de nuit. Clara porta son doigt à sa bouche, fourra le vêtement au fond de son panier et se leva en jurant entre ses dents. Sa voisine la dévisagea, la bouche plissée dans une moue désapprobatrice.

Au même moment, Clara entendit une voix masculine dans le couloir. Elle releva brusquement la tête, le cœur battant. Un homme entra dans l'atelier à reculons, courbé en avant. Les lumières du plafond se reflétaient sur son crâne dégarni et il avait un torse court et trapu, comme si son tronc était celui d'un nain en dépit de ses longs bras et de ses longues jambes. Sa salopette était couverte d'une fine couche de sciure jaune. Il transportait un châssis de fenêtre et tentait de ne pas le cogner contre l'encadrement de la porte. Clara retint son souffle en attendant de voir qui était à l'autre bout du châssis, si anxieuse qu'elle craignait de s'évanouir.

Puis ses épaules s'affaissèrent. L'ouvrier qui aidait le premier était grand, mince et blond, avec les cheveux courts. Clara se rassit sur son tabouret, les larmes aux yeux. Les ouvriers passèrent à côté d'elle et adossèrent le châssis contre le mur, près de la fenêtre barricadée.

— Quand allez-vous réparer le placard ? demanda la responsable à l'homme chauve.

— Tout de suite. Les autres arrivent, répondit-il en tournant la tête vers la porte.

Clara l'imita. Un autre homme venait de franchir le seuil à reculons. Il transportait l'extrémité d'un placard en bois. Il était carré d'épaules et ses cheveux noirs étaient plaqués en arrière. Clara poussa une petite exclamation de surprise et bondit sur ses pieds, laissant tomber son ouvrage dans son panier. Elle eut le sentiment que les deux hommes mettaient une éternité à faire entrer le meuble dans la pièce. L'autre ouvrier avait les cheveux gris et des lunettes. Ils posèrent enfin le placard à terre et le regard de Clara se reposa sur l'homme aux cheveux sombres, qui pivota sur lui-même comme au ralenti. Il ôta ses gants et inspecta la pièce comme s'il cherchait quelqu'un. Il avait les cheveux plus longs que dans les souvenirs de Clara et une cicatrice récente au-dessus de l'œil, mais Clara connaissait ce visage.

C'était Bruno.

Un cri de joie naquit dans sa gorge.

— Bruno ! s'écria-t-elle en se précipitant vers lui.

Il écarquilla les yeux, bouche bée. Laissant tomber ses gants, il avança vers Clara.

— Arrêtez ! ordonna la responsable. Aides-soignants !

— Fais ce qu'elle dit, dit Bruno.

Les aides-soignants arrivèrent en courant. Clara éprouvait une envie irrépressible de se jeter dans les bras de Bruno, mais elle se figea. Il avait raison : s'attirer des problèmes ne leur rendrait pas service. Bruno recula, les mains levées en signe de reddition. La responsable de l'atelier fusilla Clara du regard.

— Qu'est-ce que vous fabriquez ?

Elle rejoignit Clara en boitant et lui attrapa le menton.

— Avez-vous fait quelque chose que vous n'auriez pas dû faire ? Attendez un peu que le docteur Roach l'apprenne ! Il y a un pavillon spécial pour les femmes comme vous, ma chérie.

— C'est ma femme, intervint Bruno d'une voix forte.

Elle lâcha Clara et l'examina de la tête aux pieds d'un regard méchant, les lèvres pincées. Puis elle souleva sa canne et agita l'extrémité en direction de l'ouvrier chauve.

— Avez-vous la moindre idée de ce qui se passe ici ?

Il secoua la tête. La responsable fit un geste en direction de la porte.

— Emmenez-les voir le docteur Roach, ordonna-t-elle aux aides-soignants.

Clara et Bruno étaient assis chacun dans un coin de la pièce, flanqués d'aides-soignants. Le docteur Roach était installé à son bureau et l'infirmière Trench se tenait debout près de lui. Ses yeux inquiets allaient de Clara à Bruno et vice versa. Elle tenait un épais dossier contre sa poitrine et avait une camisole de force posée sur l'avant-bras, comme s'il s'agissait d'un simple torchon. L'infirmière May entra dans la pièce, tendit un dossier au praticien et vint sagement se placer sur le côté du bureau. Le docteur Roach ouvrit le dossier, le posa sur le sous-main et inspecta son contenu, serrant et desserrant la mâchoire. Clara parvenait à peine à respirer. Au bout de quelques instants, il releva les yeux.

— Je ne suis pas sûr de comprendre ce qui se passe ici. Cela vous dérangerait-il de m'éclairer, Clara ?

— C'est Bruno ! L'homme qui n'existait pas, d'après vous. Je vous ai bien dit que je n'étais pas folle ! C'est…

Elle déglutit. Elle avait la gorge douloureusement nouée et les yeux remplis de larmes. Elle détestait que Bruno l'apprenne de cette façon, mais il n'existait aucun autre moyen de le lui annoncer.

— C'est le père de mon bébé. La petite fille que vous m'avez prise.

Bruno se raidit. Son visage vira au cramoisi. Il ferma les yeux et baissa la tête, les doigts enfoncés dans les accoudoirs de sa chaise, la mâchoire serrée.

— Dans ce cas, peut-être peut-il nous expliquer pourquoi son contrat de travail est au nom de Joseph Russo, et non pas de Bruno Moretti ?

Bruno releva la tête et s'éclaircit la gorge, les yeux brillants.

— Joseph est le prénom de mon père, dit-il d'une voix où perçait la colère. Et Russo est le nom de jeune fille de ma mère.

— Pourquoi ne pas avoir utilisé votre vrai nom lorsque vous avez postulé ce travail de menuisier ?

— Parce que Clara m'avait averti dans une lettre que les médecins de l'hospice de Long Island étaient au courant de mon existence. Son père leur avait donné l'ordre de me maintenir à distance, allant jusqu'à intercepter ses lettres afin de m'empêcher de découvrir où elle était. J'ai adopté un nom d'emprunt, car j'ai pensé que vous aviez peut-être reçu les mêmes instructions.

— Alors vous avez cherché un travail à Willard afin de retrouver votre fiancée ?

— Oui. Je me doutais que vous refuseriez de m'écouter si je me présentais à l'accueil et vous demandais de la laisser sortir. Henry Cartwright est un homme puissant et je sais qu'on garde Clara ici contre sa volonté. Et pour que les choses soient claires, Clara n'est pas ma fiancée. C'est ma femme.

— Henry Cartwright se préoccupe du bien-être de sa fille, corrigea le docteur Roach. Il l'a envoyée à Willard parce qu'elle ne va pas bien.

— Foutaises ! Elle n'a pas le moindre problème ! S'il l'a envoyée ici, c'est uniquement pour l'éloigner de moi !

— Je crains que vous ne soyez pas qualifié pour juger de son état mental. Tandis que moi, si. Clara, pouvez-vous m'expliquer pourquoi vous n'avez jamais mentionné que vous étiez mariée ?

Clara se tourna vers Bruno. Elle ne savait pas quoi répondre. Bruno fixait le docteur Roach d'un regard mauvais. Il semblait avoir envie de se jeter sur lui et de l'étrangler. Il finit par remarquer l'hésitation de Clara et sortit une feuille de papier pliée de son portefeuille.

— Voici notre certificat de mariage, annonça Bruno en le tendant au médecin.

L'infirmière May fit le tour du bureau pour s'emparer du document et le donna au docteur Roach, qui l'examina de près.

— Comment vous êtes-vous connus ?

— Au *Cotton Club*, indiqua Clara. Mon père l'ignorait, mais j'y allais régulièrement avec mes amies. Un soir, Bruno était…

Le docteur Roach agita la main.

— Arrêtez de me raconter des histoires. Je veux savoir comment vous vous êtes rencontrés ici, à Willard. Clairement, notre système supposé empêcher les employés de se mêler aux patients présente de sérieuses failles.

— Ce ne sont pas des histoires ! protesta Clara. Nous…

Bruno l'interrompit d'une voix crispée.

— Clara travaillait dans l'atelier de couture quand je suis arrivé pour apporter un placard depuis l'atelier de menuiserie.

Il était perché sur le bord de son siège, comme s'il était prêt à bondir. Un aide-soignant posa une main sur son épaule et lui intima l'ordre de rester assis. Bruno lui lança un regard hostile avant de reprendre son explication.

— C'est la première fois que je la voyais ici, bien que je la cherche depuis des mois.

— Vous n'avez pas démarré une relation avec Clara alors qu'elle était une patiente ici ?

— Non, assura Bruno en soutenant le regard du médecin. Comme elle vient de vous le dire, nous nous sommes rencontrés il y a deux ans au *Cotton Club*.

— Pourquoi refusez-vous de croire ce que nous nous tuons à vous répéter ? s'indigna Clara. Depuis le début, je vous ai dit que mon père m'avait envoyée ici pour me tenir éloignée de l'homme que j'aime. Et maintenant que cet homme est devant vous, vous vous entêtez à ne pas écouter !

— Vous délirez depuis votre arrivée, répondit le docteur Roach.

— Ce n'est pas vrai ! protesta Clara en serrant les poings.

— Clara, cet homme essaie de tirer avantage de votre maladie en se faisant passer pour une personne qu'il n'est pas.

— Dans ce cas, comment expliquez-vous les noms sur le certificat de mariage ?

Le médecin alluma sa pipe, tira une longue bouffée, puis examina encore une fois le document, en recrachant un nuage de fumée.

— Cela ne prouve rien. Autant que je sache, il peut très bien s'agir d'un faux.

— Et Beatrice ? insista Clara, le cœur serré sous l'effet de la panique. Si Bruno n'est pas le père, alors qui l'est ?

Le docteur Roach secoua la tête.

— Ça, je l'ignore. En revanche, ce que je sais, c'est que votre père m'a prévenu que vous étiez de nature disons… très libre avant d'être internée à l'hospice de Long Island. D'après lui, cela ne vous ressemblait pas et c'est là qu'il a commencé à soupçonner l'existence d'un problème.

Le docteur Roach hocha la tête à l'intention de l'infirmière May, qui partit dans la salle d'examen.

— C'est un mensonge ! J'étais avec Bruno, c'est pour cette raison que mes parents m'ont envoyée ici ! Vous ne comprenez donc pas ? Tout cela est parfaitement logique !

— Où est notre fille ? demanda Bruno à travers ses dents serrées. J'exige que vous nous la rendiez.

Il inspira profondément et retint son souffle, dans une tentative évidente de garder son calme.

— Je suis navré, répondit platement le médecin. Je sais que vous pensez aider Clara, mais elle n'est pas apte à élever un enfant. Croyez-moi, sa fille a été placée dans un foyer aimant où l'on s'occupe très bien d'elle.

Au même moment, l'infirmière May réapparut avec une seringue hypodermique sur un plateau. Le cœur de Clara s'emballa dans sa poitrine. Bruno regarda le plateau et se leva, les poings serrés. Les aides-soignants l'attrapèrent par les bras.

— C'est illégal ! lança Bruno d'une voix éraillée par la fureur. Vous ne pouvez pas enfermer les gens comme bon vous semble et faire ce que vous voulez de leurs enfants !

— Le père de Clara m'a confié le soin de m'en occuper. Je me contente de faire ce qu'il y a de mieux pour toutes les personnes concernées.

— Je vais aller voir la police ! cria Bruno. Je vais leur dire que vous avez kidnappé notre bébé ! Je vais revenir ici avec eux et vous serez obligé de me rendre ma fille et de libérer Clara !

Le docteur Roach dévisagea longuement Bruno, comme s'il essayait de déterminer s'il bluffait ou non. Bruno le fusillait du regard, le souffle court.

— Si vous vous entêtez à refuser de me dire où est ma fille, je vous ferai jeter en prison !

Le médecin posa sa pipe dans un cendrier. Il se tortilla sur son fauteuil, puis inscrivit quelque chose dans le dossier posé devant lui. Des gouttes de sueur perlaient à son front.

Clara se leva.

— Pourquoi êtes-vous si nerveux ? Mon père vous paie-t-il pour me garder ici ? Est-ce lui qui vous a ordonné de faire adopter mon bébé ?

Les aides-soignants la forcèrent à se rasseoir avec des gestes brusques.

Le docteur Roach l'ignora et se tourna vers l'infirmière Trench, le bras tendu. Elle se mordit la lèvre inférieure et lui donna le dossier qu'elle avait dans les mains. Il l'ouvrit à la dernière page et y nota quelque chose. Puis il referma les deux dossiers et fit un petit geste de la main, comme pour chasser une mouche. Les aides-soignants obligèrent Bruno à se rasseoir également. Il se débattit pour tenter de se relever, sans succès.

Le médecin se mit debout, s'empara du manteau posé sur le dossier de sa chaise et l'enfila.

— Infirmière Trench, insulinothérapie pour Clara, indiqua-t-il en boutonnant le manteau.

L'infirmière hocha la tête, les yeux humides. Il se tourna alors vers Bruno.

— Je souhaite vous faire admettre pour une évaluation, Joseph ou Bruno ou qui que vous soyez.

— Pour qui vous prenez-vous ? Vous n'avez aucune autorité sur moi ! Je ne suis pas l'un de vos patients !

Bruno tenta encore de se lever, les poings serrés, les traits déformés par la colère.

— Alors c'est tout ? aboya-t-il. Vous avez tout simplement le droit de décider que nous mentons, ou que nous sommes fous, ou que sais-je encore ? Vous allez nous enfermer, ni plus ni moins ?

— Je ne fais que mon travail. Je suis ici pour aider Clara, et à présent, j'essaie de vous aider vous aussi.

— À d'autres ! cria Bruno. De quoi avez-vous peur ? Que tentez-vous de cacher ?

Clara s'avachit sur son siège, accablée. L'un des aides-soignants l'attrapa par le bras et la fit se mettre debout sans ménagement. Enfin, Bruno parvint à se dégager. Il traversa la pièce en trombe, attrapa Clara au passage et l'entraîna vers la porte.

— Arrêtez-les ! s'écria le docteur Roach.

Un aide-soignant prit Clara par la taille et la tira en arrière, la faisant décoller du sol. Elle le griffa, mais cela ne suffit pas à lui faire lâcher prise. Suspendue dans le vide, Clara regarda les autres plaquer Bruno au sol.

Le docteur Roach se précipita sur lui, armé d'une camisole de force, et les aides-soignants le remirent debout. Bruno se débattit de toutes ses forces pour s'échapper, mais les employés lui tordirent violemment les bras dans le dos. Il se pencha en avant sous le coup de la douleur, les yeux écarquillés, puis releva la tête vers Clara.

— Ne t'en fais pas, je trouverai un moyen de te faire sortir d'ici !

Le docteur Roach enfonça une aiguille dans le bras de Bruno, puis recula pour observer les aides-soignants lui enfiler la camisole. Clara ferma les yeux. Elle ne voulait pas voir ça.

CHAPITRE 19

Izzy

Prison d'État de Bedford

Le vent d'octobre faisait voler les cheveux d'Izzy dans son visage tandis qu'elle se tenait devant la grille métallique de l'établissement pénitentiaire de Bedford Hills. Tremblante, elle tourna le dos aux rafales glacées et remonta son manteau sous son menton en attendant que le gardien la laisse entrer. Les bâtiments en brique, les barreaux aux fenêtres et les cheminées lui rappelaient Willard State. La seule différence entre l'asile et la prison était les miradors et les fils de fer barbelés enroulés au-dessus des palissades métalliques.

Elle lança un regard en direction du parking. Peg était dans la voiture. Elle avait appelé pour organiser la visite et offert de l'accompagner à l'intérieur, mais Izzy avait insisté pour dire au revoir à sa mère seule. À présent, son estomac faisait les montagnes russes et elle se demandait s'il était trop tard pour changer d'avis. Pile au moment où elle se disait qu'elle préférait que Peg vienne avec elle, un gardien vint ouvrir la grille. Il traînait les pieds sur le bitume et avait l'air de s'ennuyer ferme.

— Laissez-passer de visiteur, demanda-t-il d'un air indifférent.

— Je… euh… C'est la première fois que je viens. Ma mère est à l'infirmerie. Ma mère d'accueil a appelé le directeur et il a dit que je pouvais lui rendre visite.

— Votre nom ?

— Isabelle Stone.

— Un instant.

Il ouvrit une boîte noire fixée à un poteau, composa un numéro et exposa la situation à son interlocuteur.

— Oui. Isa… Redites-moi votre nom ?

— Isabelle Stone.

— Isabelle Stone, répéta le gardien. Oui. D'accord.

Il raccrocha et se tourna vers Izzy.

— Vous avez une pièce d'identité ?

Elle sortit son certificat de naissance et sa carte de lycéenne de son sac. Il les examina, scruta le visage d'Izzy pour le comparer aux photos, puis déverrouilla la grille.

— Vous devez aller à l'accueil et demander un laissez-passer.

Elle fourra ses papiers dans son sac, regarda par-dessus son épaule pour faire un petit signe de la main à Peg, puis entra dans l'enceinte de la prison. Le gardien montra du doigt un bâtiment sur sa droite.

— Suivez le trottoir jusqu'au hall d'entrée avec la pancarte bleue qui dit « Tous visiteurs », puis appuyez sur le bouton de l'Interphone et répétez ce que vous m'avez expliqué.

— D'accord.

Elle baissa la tête et marcha dans le vent. Elle devait tenir le bas de sa robe pour qu'elle ne remonte pas et se maudit d'avoir choisi de porter ça. Quand elle était petite, sa mère insistait pour qu'elle porte des robes faites maison. Elle lui bouclait les cheveux et les attachait avec de petits rubans roses. À l'âge de 6 ans, Izzy avait commencé à se rebeller contre toutes ces fanfreluches, suppliant sa mère de la laisser porter des jeans et des tee-shirts comme ses amies, comme si c'était la chose la plus importante au monde. Sa mère avait cédé, mais Izzy n'avait jamais oublié son regard triste en comprenant que sa petite fille grandissait. Ce jour-là, porter une robe lui avait semblé être la moindre des choses. Mais, désormais, avec le vent qui s'enroulait autour de ses jambes nues, elle se rendait compte à quel point c'était idiot. Après tout, sa mère ne la verrait même pas.

La gorge nouée, Izzy appuya sur le bouton de l'Interphone. On lui ouvrit aussitôt. Une réceptionniste était installée derrière une vitre coulissante. Sans lever le nez de son bureau, elle tendit trois formulaires à Izzy et lui ordonna de les compléter. Izzy alla s'asseoir sur une chaise, en essayant de ne pas regarder les enfants qui jouaient et lisaient autour de petites tables au milieu de la pièce. Il y avait des bébés et des enfants en bas âge, des petites filles et des petits garçons en âge d'aller à l'école. Ils souriaient et riaient, comme si c'était la chose la plus naturelle au monde de jouer dans un accueil de prison.

Au début, Izzy ne saisit pas ce qu'ils fabriquaient ici, avant de comprendre qu'ils étaient là pour voir leurs mères. Leurs mères enfermées en prison. Elle se mordit la lèvre inférieure. *Arrivait-il aux plus grands de refuser de venir ? Ou étaient-ils d'une loyauté sans faille, contrairement à elle ?* Elle remplit les formulaires, une enclume de culpabilité sur l'estomac.

Enfin, une gardienne vint la chercher pour la conduire à l'infirmerie. Izzy la suivit au-delà d'une porte rivetée en métal qui donnait sur un court couloir en ciment. Il y régnait une odeur de pierre mouillée, de fer, d'urine et de quelque chose qui lui rappelait le curry. De grandes fenêtres étaient habillées de barreaux et trois portes se succédaient le long du mur d'en face. La gardienne s'arrêta et montra la première porte à Izzy. De l'autre côté, dans une petite pièce, une autre gardienne attendait près d'une table blanche.

— Je dois fouiller votre sac, indiqua-t-elle.

Izzy fit glisser son sac de son épaule et le lui tendit. La femme en renversa le contenu sur la table.

— Levez les bras et écartez les pieds, ordonna la première gardienne.

Izzy déglutit péniblement et s'exécuta. Après l'avoir palpée des pieds à la tête, la première gardienne la ramena dans le couloir et la conduisit jusqu'à une grille. Les jambes mal assurées, Izzy resta en arrière en attendant qu'elle l'ouvre. Le seul bruit qu'elle percevait était celui de son cœur qui cognait dans sa poitrine, ses battements pulsant dans ses tempes. C'était déjà assez dur d'être dans une prison pour la première fois, mais plus le moment de voir sa mère approchait, plus elle avait du mal à mettre un pied devant l'autre. Elle suivit la surveillante dans un couloir en béton aux plafonniers grillagés, puis elles franchirent une autre porte qui débouchait sur une petite salle. La gardienne lui dit de s'asseoir et d'attendre qu'on vienne la chercher. Izzy s'exécuta et la femme quitta la pièce par une autre porte.

Une infirmière était assise de l'autre côté d'une paroi en verre. Derrière elle, une porte ouverte menait à une autre pièce. *Peut-être que c'est une erreur*, songea Izzy alors qu'elle essayait de retenir ses larmes. L'image de sa mère allongée sur un lit d'hôpital psychiatrique assaillit son esprit et elle faillit éclater en sanglots. Non seulement elle se demandait à quoi ressemblait sa mère désormais, après dix ans passés enfermée en prison, mais l'imaginer dans le coma lui brisait le cœur et lui donnait envie de vomir. La dernière image qu'elle avait de sa mère avait hanté ses rêves pendant des années. Par quelle vision d'horreur s'apprêtait-elle à la remplacer ?

Elle repensa à un livre de Stephen King intitulé *Dead Zone*, dans lequel un homme, victime d'un accident de voiture, passait cinq ans dans le coma. Après avoir lu ce roman, Izzy avait été incapable de trouver le sommeil pendant des semaines. Et à présent, elle était sur le point de voir sa mère dans cet état. Face à la culpabilité qu'elle éprouvait d'avoir refusé de lui rendre visite pendant toutes ces années, au chagrin à la perspective d'être orpheline, et à la peur de voir sa mère reliée à des machines, elle avait envie de crier. Mais il fallait qu'elle s'excuse et qu'elle lui dise au revoir. Il fallait qu'elle dise à sa mère qu'elle n'avait jamais cessé de l'aimer. Elle lui devait au moins ça.

Lorsqu'une des portes s'ouvrit, Izzy sursauta. Une gardienne appela son nom et lui fit signe de la suivre. Izzy obéit, les ongles enfoncés dans ses paumes. Une infirmière apparut et l'escorta dans un long couloir vert. Ses semelles crissaient sur le carrelage. L'infirmière s'arrêta devant une porte à double battant et sourit à Izzy.

— Est-ce que ça va ?

Izzy hocha la tête.

— Il faut que vous sachiez que nous autorisons rarement les membres de la famille à venir ici, expliqua l'infirmière. En temps normal, on envoie les détenus malades à l'hôpital mais, dans le cas de votre mère, nous pensons qu'elle ne survivrait pas au transfert. Pardonnez-moi d'être aussi directe. Votre mère d'accueil nous a appelés et nous a suppliés de la garder ici jusqu'à ce que vous puissiez venir la voir. Vous ne disposez que de quelques minutes.

Izzy acquiesça et tenta de la remercier, mais elle avait la bouche si sèche qu'elle ne parvenait pas à parler.

— Ne vous en faites pas, continua l'infirmière en posant une main sur l'épaule d'Izzy. En la voyant, on dirait simplement qu'elle dort.

Elle ouvrit la porte et s'écarta pour la laisser entrer. Une dizaine de lits étaient alignés contre les murs blancs, chacun occupé par une détenue. Certaines dormaient, d'autres parlaient à leur voisine, d'autres lisaient. Une surveillante était assise à un bureau, près de la porte. À l'arrivée d'Izzy, toutes arrêtèrent ce qu'elles étaient en train de faire et la dévisagèrent, l'air perplexe et les sourcils froncés. L'infirmière conduisit Izzy jusqu'au premier lit, tira un rideau entre celui-ci et le lit voisin et approcha une chaise. Des moniteurs bipaient et un respirateur émettait de petits sifflements.

— Votre fille est venue vous voir, Joyce, dit l'infirmière à la femme allongée sur le lit.

Izzy se figea, l'estomac noué. Elle avait le sentiment que ses organes allaient être pris d'un spasme et cesser de fonctionner d'une seconde à l'autre. Ses doigts sur sa bouche tremblante, elle se pencha sur le lit et regarda la femme qui s'y trouvait.

Lorsqu'elle reconnut les traits familiers de sa mère, ses pommettes hautes et son nez aquilin, la petite cicatrice au-dessus de son sourcil droit datant de la fois où elle avait glissé sur une plaque de verglas dans l'allée, la respiration d'Izzy s'emballa. À l'exception des rides qui marquaient le contour de ses yeux et des fils argentés qui parsemaient ses cheveux noirs, elle n'avait pas changé. Quand Izzy était petite, sa mère était la plus belle femme du monde à ses yeux. Plus tard, elle s'était demandé si chaque petite fille trouvait sa maman belle, ou si l'image qu'elle avait d'elle n'avait pas été magnifiée par le temps. Mais non. Sa mère était splendide. Elle posa son sac sur la chaise et s'approcha plus près.

— Y a-t-il la moindre chance qu'elle se réveille ? demanda-t-elle à l'infirmière.

Celle-ci secoua la tête.

— Hélas, non. Lorsque nous l'avons trouvée, le mal était fait. Je suis vraiment désolée, dit-elle en posant une main sur le bras d'Izzy. Puis-je faire quelque chose pour vous ? Est-ce que vous aimeriez un verre d'eau ou un soda ?

— Non, merci. J'aimerais juste passer quelques minutes seule avec…

Elle ne parvint pas à achever sa phrase.

— Est-ce que ça va ? Vous êtes un peu pâle.

Izzy hocha la tête. L'infirmière lui tapota l'épaule.

— Bien. Je vous laisse seule avec elle. Soyez sage, d'accord ? dit-elle avec un gentil sourire en regardant dans la direction de la surveillante.

Izzy lui sourit faiblement en retour et l'infirmière s'éloigna. Izzy agrippa la barrière du lit pour ne pas tomber. Elle ne savait pas par où commencer. Une lourde chaîne boulonnée au pied du lit courait sous la couverture, au niveau des chevilles de sa mère. Elle sc fit la réflexion que c'était totalement absurde d'enchaîner une personne dans le coma. À moins d'un miracle, sa mère n'irait nulle part. Elle était aussi immobile qu'une statue, les bras le long du corps, les mains à plat. La pâleur diaphane de ses doigts contrastait avec le bleu de sa couverture. La grand-mère d'Izzy se plaisait à répéter que sa fille avait des mains de pianiste. Izzy eut envie de prendre la main de sa mère dans la sienne, mais elle n'en eut pas la force. Non seulement elle ignorait si elle en avait le droit, mais elle avait peur d'être au contact de sa peau. Elle se détestait de ressentir ça, mais elle n'y pouvait rien.

Elle s'essuya les joues et inspira profondément avant de se lancer.

— Je suis vraiment désolée, murmura-t-elle d'une voix étranglée. J'ai fait une erreur. Je n'ai pas lu tes lettres, et quand je l'ai fait, il était trop tard.

Elle ravala ses sanglots. À certains moments, elle avait envie de pleurer, et la seconde suivante, elle avait envie de cogner dans quelque chose, furieuse que la vie ait pris cette direction. Pendant un instant, elle se demanda si les autres prisonnières pouvaient l'entendre. Puis elle décida que cela lui était égal.

— S'il te plaît, maman, pardonne-moi de ne pas être venue te voir. J'ai été bête et têtue, et j'avais peur. Je pensais que quelque chose n'allait pas chez toi. J'avais oublié ce que papa m'avait fait. Maintenant, je connais la vérité. Je sais que tu as sacrifié ta vie pour moi. Et je veux juste que tu saches que je n'ai jamais cessé de t'aimer.

Elle se laissa tomber sur la chaise, les épaules secouées par des sanglots. C'était trop dur. Si seulement elle avait lu les lettres plus tôt, si seulement elle lui avait rendu visite, elle aurait constaté que sa mère n'était pas folle. Pendant toutes ces années, elle aurait eu quelqu'un à qui parler, quelqu'un qui l'aimait, même si cette personne se trouvait derrière des barreaux. La seule fois où Izzy avait tenté de demander à sa grand-mère ce qui s'était passé, celle-ci avait fondu en larmes. Et la petite fille qu'elle était n'avait plus jamais abordé le sujet, désireuse de ne surtout pas contrarier la seule personne qui lui restait.

Alors, Izzy pensa à la fille de Clara. Si elle avait survécu, elle avait sûrement pensé la même chose pendant toute sa vie : que sa mère était enfermée parce qu'elle était folle. Si la fille de Clara était vivante, elle méritait de connaître la vérité ; il fallait qu'elle lise le journal intime de Clara. Izzy se leva, plus déterminée que jamais à découvrir ce qui lui était arrivé.

Tout ce qui restait à faire à présent, c'était dire au revoir à sa propre mère. Elle aurait tout donné pour sentir les bras de sa mère autour d'elle, pour la serrer fort et lui dire qu'elle l'aimait. Mais c'était impossible. Izzy lança un coup d'œil à la surveillante pour voir si elle la regardait. Elle était confortablement installée sur son siège, plongée dans la lecture d'un magazine. Izzy prit une grande respiration, embrassa le bout de ses doigts et les posa délicatement sur la joue de Joyce.

— Je veux que tu saches que tout ira bien pour moi. Je suis forte et entourée de gens qui veillent sur moi. Je t'aime, maman. Je t'ai toujours aimée et je t'aimerai toujours. Je suis désolée de ne pas te l'avoir dit plus tôt.

Elle tenta de trouver quelque chose d'autre à ajouter, mais au même moment, l'infirmière entra dans la pièce et agita la main pour indiquer à Izzy que la visite était terminée. Il n'y avait plus qu'une seule chose à dire.

— Au revoir, maman.

CHAPITRE 20

Clara

Willard
Saint-Valentin, 1932

Des banderoles blanches en spirale et des cœurs rouges en papier étaient accrochés au plafond de Hadley Hall et oscillaient légèrement, tandis que les patients dansaient en dessous. Les dernières notes éraillées de la chanson *All Alone* flottaient dans l'air. Debout à côté du phonographe, l'infirmière May ondulait et chantonnait, tout en surveillant les couples qui dansaient. Plusieurs dizaines de patients regardaient depuis les côtés, attachés à des chaises en bois avec plateau intégré, avachis dans des fauteuils roulants, appuyés sur des béquilles et des cannes. L'infirmière Trench patrouillait parmi les danseurs, pour s'assurer qu'ils respectaient la distance de rigueur entre partenaires. Les aides-soignants occupaient des chaises pliantes tout autour de la salle, prêts à bondir si quiconque sortait du rang. Les patients, les aides-soignants et les infirmières portaient tous des boutonnières et des petits bouquets en tissu rouge, confectionnés par les pensionnaires lors d'ateliers de travaux manuels.

Assise sur un banc au pied de la scène, Clara gardait les yeux rivés sur l'entrée principale, priant pour que davantage de patients arrivent et que Bruno se trouve parmi eux. Cela ne faisait qu'un mois qu'on lui avait accordé des privilèges supplémentaires (elle pouvait à présent participer aux ateliers de travaux manuels et assister aux concerts et aux films à Hadley Hall), mais c'était la première fois qu'elle se rendait à un événement où se retrouvaient des patients des deux sexes. Étant donné que les hommes et les femmes étaient toujours séparés pendant les concerts et les films, Clara avait été abasourdie d'apprendre que les hommes et les femmes seraient autorisés à danser ensemble lors de la soirée.

Envers et contre tout, elle ne perdait pas espoir de revoir Bruno. Elle voulait croire qu'il avait fait de son mieux pour coopérer afin de gagner et de conserver le peu de liberté qu'on accordait aux patients exemplaires de Willard. Autrement, leurs chances de se retrouver et de s'enfuir étaient presque nulles.

La seule chose qui avait permis à Clara de tenir au cours des dix derniers mois, qui l'avait empêchée de devenir réellement folle, c'était de savoir que Bruno était là, quelque part. C'était raisonnable de croire que, à ce stade, on l'avait affecté au chemin de fer ou à l'atelier du forgeron, dans les vergers ou les champs de blé, les étables ou la crémerie, ou l'un des magasins de chaussures, de balais ou de savon. Avec un peu de chance, il travaillait dehors. Si elle parvenait à récupérer son travail à la cuisine, ils pourraient peut-être se retrouver au compost. Alors, ils ouvriraient la porte et ils se sauveraient dans les bois.

Pendant chaque promenade, lors de chaque passage aux toilettes, dès qu'elle pouvait regarder par une fenêtre, elle le cherchait. Lorsqu'elle voyait un groupe d'hommes qui marchaient le long de la rive du lac, travaillaient sur l'embarcadère ou déchargeaient des wagons de marchandises, elle examinait chaque silhouette, en espérant reconnaître une démarche ou des cheveux noirs familiers. Jusqu'à maintenant, elle ne l'avait jamais aperçu, mais il fallait qu'elle continue à croire que ce jour viendrait. Autrement, à quoi bon ?

Elle avait, depuis longtemps, abandonné tout espoir que son père autorise sa sortie. Sept mois plus tôt, le docteur Roach l'avait informé que Henry et lui étaient du même avis : elle ne serait peut-être jamais prête à regagner la société. Après cela, ses séances avec le docteur Roach avaient pris fin. Néanmoins, elle refusait de croire qu'elle allait passer le restant de ses jours enfermée à Willard, au milieu des fous. Elle refusait d'être un numéro au milieu de cette foule de femmes, de mères, de sœurs et d'épouses dont on s'était débarrassé. Bruno avait promis qu'ils parviendraient à sortir de là et elle devait le croire. Il le fallait. C'était la seule alternative. Et pourtant, à certains moments, elle avait envie de tout abandonner. Envie d'arrêter de réfléchir de manière rationnelle, de se laisser tomber au fond d'un abîme de désespoir, afin de ne plus rien ressentir. Mais elle ne pouvait pas se le permettre. Elle devait garder la tête froide. Elle le devait à Beatrice et à Bruno.

Elle frémissait à l'idée de ce qui se serait passé si Bruno n'avait jamais reçu sa lettre, s'il n'avait pas essayé de la secourir. Elle aurait perdu l'esprit, c'était certain. D'un côté, elle était éperdue de reconnaissance. De l'autre, la culpabilité de le savoir enfermé là à cause d'elle la rongeait. Chaque fois qu'elle songeait qu'il lui était peut-être arrivé quelque chose d'horrible (peut-être qu'il était mort de la tuberculose, ou qu'il était enchaîné à un lit dans la maison des pestiférés), un pic glacé s'enfonçait dans sa poitrine.

Elle n'avait pas la moindre idée de ce qu'il était advenu de lui, après cette scène affreuse dans le bureau du docteur Roach, mais elle espérait que ce n'était pas pire que ce qu'elle avait eu à endurer. On l'avait emmenée dans un pavillon spécial ; là, tous les jours pendant deux mois, elle avait reçu des injections d'insuline jusqu'à tomber dans le coma. Elle se rappelait avoir sué à profusion, agitée et gémissante, jusqu'à perdre connaissance. Ensuite, les infirmières la réveillaient avec une perfusion de glucose, pour la distraire avec des jeux de société, afin d'empêcher une crise d'hypoglycémie. À la fin de ces deux mois, on l'avait envoyée se rétablir à l'infirmerie.

Trois semaines plus tard, elle avait repris son travail à l'atelier de couture. Parfois, elle voyait encore trouble et ses pensées étaient embrouillées. Elle avait du mal à se concentrer. Suivant les conseils de l'infirmière d'utiliser son cerveau autant que possible afin de se débarrasser des effets secondaires de l'insuline, elle se chantait des chansons jusqu'à avoir les idées plus claires.

Son regard se posa sur Esther. Huit mois plus tôt, le docteur Roach avait décrété qu'Esther ne montrait plus de « tendances hostiles » et lui avait accordé des privilèges. Elle valsait avec un homme trapu vêtu d'un pantalon taille haute tenu par des bretelles. Tous deux regardaient leurs pieds. Esther portait sa robe d'intérieur à fleurs, et semblait mener la danse.

De l'autre côté de la salle, Madeline se tenait près de la table des rafraîchissements. Alors qu'elle allait se servir un verre de punch, une infirmière lui donna une tape sur le poignet pour l'arrêter. Esther avait raconté à Clara que le grand-oncle de Madeline avait offert de la prendre chez lui pendant sa cure d'insuline. Madeline avait donc quitté Willard. Mais elle était revenue quelques semaines plus tard, incapable de se rappeler son nom ou l'endroit d'où elle venait. Elle ne parlait plus, à part pour déplorer la perte de ses enfants avec des cris et des pleurs. Un patient s'approcha en claudiquant de Madeline et l'entraîna sur la piste de danse. Madeline passa ses bras autour de lui et blottit son visage dans son cou. L'infirmière Trench se précipita aussitôt sur eux pour les séparer.

Clara agrippa le bord du banc où elle était assise, enfonçant ses ongles dans le bois pendant que Gene Austin chantait *My Blue Heaven*, « Mon paradis bleu ». *Ce n'est pas le paradis*, songea Clara. *C'est l'enfer.* Certes, après avoir été enfermée, elle était contente de bénéficier de certains privilèges, mais assister à cette fête lui était presque insupportable. Voir les patients de Willard danser et s'amuser, comme s'ils menaient une vie normale, comme s'ils avaient une réelle chance de trouver l'amour ou le bonheur, lui donnait envie de hurler.

Pour chaque patient souriant sur la piste, deux autres avaient le regard perdu dans le vide, un filet de bave s'échappant de leur bouche ouverte, les poignets pliés vers l'intérieur, les mains pendantes, comme des marionnettes inanimées. Le nombre de patients en chaise roulante dépassait celui de ceux qui tenaient debout sur leurs pieds. Certains clopinaient et faisaient des gestes brusques, incapables de danser en rythme avec la musique. Voilà ce qu'était devenue leur vie. Ce qu'était devenue la vie de Clara. Il y avait largement de quoi devenir fou en assistant à un tel spectacle.

Elle était sur le point de se lever pour aller chercher quelque chose à boire lorsqu'on lui tapota sur l'épaule. Elle se raidit. Un homme l'avait déjà invitée deux fois à danser, et elle avait refusé. Était-ce encore lui ? Elle se força à sourire et se retourna, prête à l'éconduire de nouveau. Mais ensuite, sa respiration s'emballa.

L'homme arborait une épaisse moustache et une barbe sombre. Quelques cheveux gris parsemaient ses tempes. Son nez était légèrement tordu, comme s'il avait été cassé plusieurs fois. Il ressemblait à un homme des montagnes, sauvage et ébouriffé. Quand il voulut lui prendre la main, elle se leva et commença à s'éloigner, effrayée.

— Bonjour, bella Clara, dit-il alors avec un accent.

Clara se mordit la lèvre pour étouffer un cri et tendit aussitôt les bras vers Bruno.

— Arrête. Ils vont se demander ce qui se passe, autrement.

Elle laissa retomber ses bras et regarda autour d'elle pour voir si quelqu'un avait remarqué quelque chose. L'infirmière Trench, grimaçante, était occupée à séparer deux femmes en train de danser. L'infirmière May examinait les disques du gramophone pour décider quelle musique passer ensuite. Elle sortit un disque noir de son étui en papier, le plaça sur le phonographe et mit l'aiguille en place. La voix d'Ethel Water, qui chantait *Am I Blue*, remplit la salle. Le cœur de Clara battait si vite qu'elle arrivait à peine à parler.

— Et si les infirmières te reconnaissent ? parvint-elle à articuler.

— Elles ne me reconnaîtront pas.

— Tu en es sûr ?

— Certain. Je suis assis de l'autre côté de la salle depuis le début. J'ai attendu pour ne pas éveiller les soupçons. Comme tous les autres patients, je suis invisible tant que je ne cause pas de problèmes.

Il l'entraîna sur la piste et mit une main sur sa taille. Ses doigts lui firent l'effet d'un fer brûlant à travers sa robe en coton. Même s'ils respectaient la distance réglementaire, c'était comme si elle se réchauffait enfin à son contact, après des mois passés à avoir si froid qu'elle avait l'impression de s'être ratatinée. Elle plongea ses yeux dans les siens, un sourire tremblant aux lèvres.

— Je t'ai cherché partout. Tous les jours.

Elle le dévisagea à travers ses larmes, se délectant de ses iris noisette familiers, de ses longs cils noirs.

— Ne me regarde pas, dit-il tout bas. Tu ne me connais pas, tu te souviens ?

Elle détourna la tête et se mit en devoir de regarder les murs, les autres patients, les aides-soignants… Tout était flou.

— Je suis désolée. Simplement, c'est…

— Je sais, murmura-t-il en lui serrant la main. Moi aussi, je suis heureux de te voir.

— Qu'est-ce qui t'est arrivé après qu'ils t'ont emmené ?

— J'ai été à l'isolement pendant trois mois.

— Mon Dieu !

Elle baissa la tête et pinça les lèvres.

— Ça n'a pas d'importance. Ce qui importe, c'est que nous sommes ensemble, ici et maintenant. Et ce que nous allons faire pour sortir d'ici.

Soudain, elle eut le sentiment d'être prise de vertiges.

— Quand ? demanda-t-elle sans réussir à s'empêcher de lever les yeux.

— Bientôt.

Il pressa légèrement sa taille pour l'encourager à garder son calme.

— Écoute attentivement ce que je vais te dire. Je travaille avec le fossoyeur ; je construis des cercueils et je forge des stèles. On conserve les cercueils dans une remise près de la morgue, dans les tunnels sous l'infirmerie de Chapin Hall. Une fois que nous aurons arrêté une date, il faudra que tu te rendes dans cette remise. Il y a une pancarte qui…

— Comment suis-je supposée aller là-bas ? l'interrompit-elle, en proie à une vague de panique.

— Je ne sais pas encore, mais je trouverai. Pour le moment, laisse-moi simplement t'exposer mon plan. Ensuite, on réglera les détails. Quand tu seras dans les tunnels, tu suivras les pancartes qui indiquent la direction de la morgue. La remise est en face. Tu te cacheras dans un des cercueils, et on te fera sortir avec Lawrence.

— Le fossoyeur ?

— Oui.

Ils décrivaient des cercles lents, et pourtant, les visages qui défilaient derrière la tête de Bruno lui donnaient le tournis. Elle serra plus fort l'épaule de Bruno.

— Il ne va pas nous dénoncer ? s'inquiéta-t-elle.

— Non.

Au même moment, l'infirmière Trench passa à côté d'eux, ses lèvres rouges pincées avec détermination. Clara baissa la tête, persuadée que l'infirmière la démasquerait si leurs regards se croisaient. Elle sentit des gouttes de sueur se former dans son dos et ses jambes se mirent à trembler. L'infirmière vérifia l'espace entre eux et fronça les sourcils.

— Trop près, décréta-t-elle en les forçant à s'écarter davantage.

Lorsqu'elle se dirigea vers le couple voisin, Clara retint un soupir de soulagement. Alors l'infirmière Trench se figea et les dévisagea tour à tour pendant ce qui lui parut une éternité, les yeux plissés. Clara retint son souffle. L'infirmière allait reconnaître Bruno, c'était certain. L'espace d'une seconde, tout devint noir. Puis Clara avala sa salive et leva la tête.

— Joyeuse Saint-Valentin ! dit-elle en s'efforçant de sourire. Merci d'avoir organisé cette jolie fête.

Les sourcils froncés, l'infirmière examina attentivement Bruno, qui continuait à danser tout en fixant benoîtement un cœur en papier au-dessus de la tête de Clara.

— Hum… marmonna l'infirmière en faisant la moue.

Elle lança un regard sévère à Clara, hocha la tête et tourna les talons.

— Faites attention, lança-t-elle par-dessus son épaule.

Clara exhala en tremblant.

— Est-ce que ça va ?

— Elle t'a reconnu ! murmura-t-elle.

Bruno secoua la tête.

— Elle aurait aussitôt appelé les aides-soignants dans ce cas, tu ne crois pas ?

— Je ne sais pas. C'était plutôt comme si… comme si elle nous avertissait d'être prudents, ou quelque chose comme ça.

— Elle nous a avertis de garder nos distances pendant que nous dansons, c'est tout. À présent, écoute-moi. Il faut que je t'explique la fin du plan.

Clara inspira profondément. Peut-être que Bruno avait raison. L'infirmière aurait prévenu les aides-soignants ou elle aurait emmené Bruno chez le docteur Roach. Au lieu de ça, elle continuait à surveiller les couples sur la piste, comme si tout était normal.

— D'accord, dit Clara en tentant de maîtriser ses tremblements. Je t'écoute.

— Lawrence vit dans une vieille cabane de l'autre côté de la forêt de cèdres.

Elle hocha la tête.

— Je sais. Je l'ai vue.

— Nous nous cacherons là jusqu'à la tombée de la nuit, puis nous irons jusqu'au lac, où un bateau nous attendra.

— Un bateau ?

— Oui. Il y a quelques années, Lawrence a trouvé un vieux bateau à rames dans la forêt. Il était à moitié pourri, mais j'ai réparé la coque et fabriqué des rames avec le bois qu'on utilise pour faire les cercueils.

— Est-ce que c'est solide ?

— On le découvrira bien assez vite, tu ne crois pas ?

Clara acquiesça. Puis son estomac se noua quand elle se rappela qu'ils n'étaient qu'en février. Le lac était gelé, ce qui signifiait qu'il leur faudrait attendre jusqu'au printemps. Mais à présent que Bruno avait planté dans son esprit la graine de la possibilité de s'enfuir, elle doutait d'être en mesure de patienter aussi longtemps. Elle ne supportait pas l'idée de passer une journée de plus enfermée ici, alors deux mois… Si elle l'avait pu, elle se serait échappée à l'instant même. D'ici à ce que le lac dégèle, l'anxiété risquait de la rendre folle. Sans compter qu'il pouvait très bien leur arriver quelque chose d'ici là. Et si l'un d'eux tombait malade, ou était envoyé à l'isolement ? Que se passerait-il alors ?

— Quand ?

— Bientôt.

— Mais le lac est gelé !

— La glace est fine en ce moment. Il fait exceptionnellement doux depuis deux semaines. On devrait réussir à la casser facilement.

Clara prit une grande respiration, releva le menton et se redressa. Enfin, ils tenaient leur chance. Leur chance d'être libres, d'être ensemble, de retrouver Beatrice. Mais d'abord, elle devait trouver un moyen d'atteindre les tunnels sous l'infirmerie. Cela semblait mission impossible, compte tenu du fait que son emploi du temps quotidien ne l'amenait jamais dans les environs de Chapin Hall. Tout à coup, elle eut une idée.

— Demain. Il faut qu'on le fasse demain.

Bruno fronça les sourcils.

— Pourquoi ?

— Fais-moi confiance.

— Comment comptes-tu t'y prendre ?

— Je vais me faire emmener à l'infirmerie. Puis je trouverai un moyen de gagner les tunnels avant la tombée de la nuit. Est-ce possible de les emprunter tous les jours ?

— Oui. On a justement un patient à enterrer demain.

— D'accord. Alors c'est parti pour demain.

À cet instant, le morceau toucha à sa fin et l'infirmière changea de disque. Quand Gertrude Lawrence commença à chanter *Someone to Watch Over Me*, Clara sentit sa gorge se nouer en repensant à sa première danse avec Bruno au *Cotton Club*. À présent, ils dansaient sur la même chanson, enfermés dans un asile de fous. Elle manqua tomber à genoux.

Le lendemain après-midi, après avoir tressé des paniers avec Esther et Madeline dans la salle de récréation, Clara demanda à l'une des infirmières si elle pouvait regagner le pavillon plus tôt que d'habitude. Elle avait mal au ventre et souhaitait s'allonger. D'un ton indifférent, l'infirmière ordonna à un aide-soignant de l'accompagner. Clara lança un regard en direction d'Esther et de Madeline par-dessus son épaule, le cœur serré. Elles étaient assises côte à côte sur un banc et travaillaient, la tête baissée. Clara avait décidé de n'informer personne de ses projets d'évasion, pensant qu'il valait mieux pour ses amies qu'elles ne soient pas au courant. C'était trop risqué. Qui savait ce qu'elles étaient susceptibles de révéler si on les menaçait de les mettre à l'isolement, de les plonger dans le coma ou de les enfermer dans la maison des pestiférés ? Au lieu de leur dire au revoir, elle récita une prière silencieuse pour qu'Esther et Madeline sortent de Willard un jour, elles aussi.

Une demi-heure plus tard, juste avant que les infirmières ne regagnent le pavillon avec les autres patientes, Clara prit la protection hygiénique qu'elle avait entre les jambes et macula de sang ses draps sales, ainsi que l'intérieur de ses cuisses. Elle n'avait pas changé sa protection de la journée et, étant donné que c'était son deuxième jour de règles (là où son flux était le plus important), le sang était sombre et abondant. Elle se roula ensuite en boule sur son lit et attendit. Lorsqu'elle entendit des clés dans la serrure, elle commença à pleurer et à gémir en se tenant le ventre. Les patientes entrèrent en file indienne et se rassemblèrent autour de son lit. Elles l'observaient en murmurant, oscillant d'avant en arrière. L'une des femmes écarta délicatement ses cheveux de son visage et lui caressa le front. Une infirmière approcha et ordonna aux patientes de s'écarter.

— Qu'est-ce qui ne va pas ?

Clara fit la grimace et remonta ses jambes contre sa poitrine.

— Je ne sais pas, répondit-elle d'une voix tendue.

— Allongez-vous et laissez-moi voir.

Clara roula sur le dos avec un grognement, les genoux pliés, les yeux fermés. L'infirmière repoussa ses mains et lui palpa l'abdomen. Clara hurla et roula à nouveau sur le côté, retenant son souffle afin que son visage devienne rouge.

— Allez chercher un fauteuil roulant, lança l'infirmière à une de ses collègues.

Vingt minutes plus tard, Clara était étendue sur la table d'examen du cabinet du docteur Slade qui l'examinait, les sourcils froncés. Une infirmière avait aidé Clara à se nettoyer et lui avait fourni une protection et une chemise de nuit propres. Elle observait désormais la scène avec un désintérêt notoire.

— Je ne vois rien d'anormal. Pouvez-vous me dire où est localisée la douleur exactement ? Montrez-moi.

Clara porta sa main au niveau de son os iliaque.

— Juste là.

— Est-ce plus douloureux que la gêne que vous éprouvez normalement lors de cette période du mois ?

— Oui. Mais j'ai l'impression que ça va mieux.

— Appelez le docteur King, dit le médecin à l'infirmière. La patiente a besoin d'un examen gynécologique.

Clara secoua la tête et s'assit.

— Je crois que j'ai juste besoin de marcher un peu.

— Que faites-vous ? Je ne vous ai pas dit de vous lever.

— Ça s'améliore. Je pense qu'il faut juste que je bouge.

Le docteur Slade la fusilla du regard par-dessus ses lunettes.

— Êtes-vous en train de me dire que vous avez fait toute une histoire pour de simples gaz ?

Clara haussa les épaules.

— Je n'en sais rien. C'est vous le médecin, pas moi.

Elle porta ses mains à son ventre et grimaça.

— Ça recommence.

— Allongez-vous et voyons si ça empire de nouveau.

Il se tourna vers l'infirmière, les sourcils froncés.

— Je ne vais pas commander d'autres examens ou une radio s'il s'avère qu'elle est simplement ballonnée ou que son cycle est plus douloureux que d'habitude.

— S'il vous plaît, j'aimerais simplement marcher un peu, insista Clara. Si ça ne m'aide pas, alors je ferai tout ce que vous m'ordonnerez.

Le médecin la dévisagea, puis il secoua la tête et fit un geste agacé en direction de la porte.

— Faites-lui faire l'aller-retour jusqu'au bout du couloir, ordonna-t-il à l'infirmière.

Clara suivit l'infirmière hors de la salle d'examen, le cœur battant à toute vitesse. Elle savait que ce ne serait pas si simple, mais elle espérait que, pour une fois, le destin jouerait en sa faveur. Elle balaya le couloir du regard en quête d'un escalier menant au sous-sol. En constatant que chaque extrémité du couloir était connectée à d'autres couloirs, la panique l'envahit. Elle longea le mur derrière l'infirmière, une main sur le ventre. Si elle ne trouvait pas d'escalier tout de suite et qu'elle retournât à l'infirmerie, elle devrait trouver un moyen de se faufiler hors de l'infirmerie plus tard, ce qui était quasiment impossible.

Lorsqu'elles atteignirent le bout du couloir, l'infirmière fit demi-tour et repartit en sens inverse. Clara s'arrêta et inspecta le couloir qui partait sur la gauche. Il était peuplé de patients arrimés à des fauteuils roulants, des sangles en cuir serrées autour de leur taille. Certains pleuraient, d'autres gémissaient, d'autres encore regardaient dans le vide. Le couloir sur la droite, lui, était quasiment vide, à l'exception d'une chaise roulante abandonnée et d'un chariot métallique rempli de flacons en verre. Les portes des chambres des patients étaient fermées. Au bout du couloir se trouvait un ascenseur de service près d'une porte à double battant surmontée d'une pancarte qui disait *Sous-sol*. Des gouttes de sueur se formèrent sur le front de Clara. Elle tourna à droite, en direction des marches.

— Où allez-vous ? Faites demi-tour ! commanda l'infirmière.

Clara continua à avancer, résistant à l'envie de courir.

— J'ai juste besoin de marcher encore un peu. Je pense que ça me fait du bien.

— Revenez ici ! Le docteur Slade vous attend !

Clara l'ignora et continua à marcher. L'infirmière soupira et ses semelles crissèrent tandis qu'elle se lançait à la poursuite de Clara. Celle-ci la regarda par-dessus son épaule.

— Seulement jusqu'à la fin de ce couloir. Ensuite, je reviens.

L'infirmière la dépassa, les lèvres pincées et les poings serrés. Clara la laissa la devancer. Il fallait que ça fonctionne. Lorsque l'infirmière voulut la forcer à tourner les talons devant la porte à double battant, Clara s'effondra au sol, ses bras et ses jambes agités de spasmes aussi raides que violents. Elle fit rouler ses yeux dans ses orbites et tira la langue en se tordant sur le carrelage froid. L'infirmière poussa un cri de surprise. Les yeux écarquillés, elle s'agenouilla et posa les mains sur les épaules de Clara, mais elle continua à s'agiter en tous sens, tout en feignant de s'étrangler. L'infirmière se leva et partit en courant chercher de l'aide. Dès qu'elle disparut de sa vue, Clara bondit sur ses pieds, passa la porte à double battant et dévala l'escalier qui menait au sous-sol.

Elle s'arrêta au bas des marches, sans savoir où aller. De longs tunnels en béton partaient dans toutes les directions, à droite, à gauche et tout droit. Une odeur de renfermé, de moisi et de pierre mouillée flottait dans l'air. Des canalisations de différents diamètres couraient au plafond, et des plafonniers grillagés émettaient une faible lumière vacillante, les ampoules couvertes de saleté et de toiles d'araignées. Tous les trois mètres, des arches bordaient les couloirs, leur donnant des airs de cloître sous une forteresse médiévale. Le couloir de gauche comportait une pancarte avec la mention *Morgue*.

Derrière Clara, des éclats de voix retentirent dans la cage d'escalier et le moteur de l'ascenseur se mit en marche avec un grincement métallique. Clara se précipita dans le couloir de gauche, soudain ravie que le sous-sol soit un immense labyrinthe : les personnes lancées à sa recherche ne sauraient pas quelle direction elle avait prise. Il ne lui restait qu'à espérer ne croiser personne d'autre.

Le bruit de ses pas résonnait dans le tunnel vide. Elle s'arrêta pour retirer ses chaussures, puis se figea, certaine d'avoir entendu des voix. Une voix d'homme flotta le long du couloir, suivie par ce qui ressemblait à des pleurs ou à des gémissements. Elle se pencha en avant et se colla au mur, prête à tourner les talons et à partir en courant. Mais plus elle tendait l'oreille, plus la voix semblait répéter la même phrase en boucle. Des cliquetis de métal lui parvinrent, ainsi qu'un bruit de chaîne qu'on traînait sur de la pierre. Un peu plus loin, une porte aux épais barreaux en fer se détachait dans le mur d'en face. Un verrou et une chaîne bloquaient la poignée. Clara traversa le tunnel pour s'approcher de la porte, ses chaussures serrées contre sa poitrine.

Plus elle se rapprochait de la porte, plus une odeur d'urine et d'excréments se faisait sentir. Elle plaqua une main sur sa bouche et regarda à travers les barreaux, le cœur battant. La pièce était bordée de cages dans lesquelles étaient enfermés des patients. Certains étaient nus, d'autres vêtus de chemises d'hôpital crasseuses, assis sur des lits de camp ou allongés à même le sol. Presque tous étaient enchaînés au mur. Les yeux brûlants de larmes, Clara retint une exclamation d'horreur. Pourquoi ces patients étaient-ils parqués dans des cages au sous-sol ? C'était de la barbarie pure et simple ! Comment les médecins pouvaient-ils se livrer à de tels actes en toute impunité ? Elle se fit la promesse que, une fois sortie de là, elle informerait la police des mauvais traitements pratiqués à Willard. Elle s'essuya les joues, prononça une prière silencieuse et reprit sa progression à pas rapides.

Enfin, elle vit la pancarte de la morgue au-dessus de deux portes battantes en métal. Plus loin, une double porte marquait la fin du tunnel. Une faible lumière filtrait par les panneaux vitrés crasseux encastrés dans la partie supérieure de chaque porte. Pendant une seconde, elle envisagea de courir jusqu'au bout du tunnel et d'appuyer sur les poignées. Peut-être qu'elle pouvait sortir ? Puis elle se rappela que les aides-soignants et les infirmières étaient déjà à sa recherche. Même si les portes n'étaient pas fermées à clé, elle ne savait pas dans quelle direction aller. Et s'ils étaient déjà en train de fouiller le périmètre extérieur ? Mieux valait s'en tenir au plan de Bruno.

Elle entra dans la remise en face de la morgue. La porte grinça sur ses gonds, tel un chat hurlant. Clara la retint pour faire cesser le bruit, puis avança à pas de loup dans la pièce sombre. Une odeur de sève et de sciure flottait dans l'air et de grandes formes rectangulaires bordaient les murs. Elle remit ses chaussures et reprit sa lente progression à tâtons dans le noir. Lorsque son mollet cogna dans quelque chose de dur, elle se baissa. Le bout de ses doigts rencontra du bois brut. Un cercueil. Elle poussa le couvercle sur le côté, monta dans la boîte, puis s'allongea et replaça le couvercle au-dessus d'elle, les battements de son cœur résonnant dans ses oreilles.

Rassurée de savoir qu'on ne la verrait pas si quelqu'un entrait et allumait la lumière, elle ferma les yeux. Sa respiration était entrecoupée et, au bout de quelques secondes, elle mourait déjà d'envie de ressortir, de quitter la pièce en trombe et de courir vers la lumière. Elle avait toutes les peines du monde à ne pas bouger, à résister au besoin de s'étirer, de s'asseoir. De temps à autre, des cris lointains et des claquements de porte résonnaient. Qui la trouverait en premier ? Bruno ou les aides-soignants ?

Le bruit d'un mouvement tout proche dans le tunnel la fit se figer. Une lourde porte s'ouvrit et se referma, suivie d'un raclement étouffé et d'un bruit sourd devant la remise. Une clé tourna dans une serrure et la porte de la remise s'ouvrit. Clara retint son souffle. Quelle serait la punition pour une tentative d'évasion ? L'isolement ? Le coma forcé ? La maison des pestiférés ? La porte se referma. On actionna un interrupteur. Des rais de lumière entrèrent à travers les fentes du couvercle et des pas lourds résonnèrent dans la pièce. Elle ferma les yeux.

— Est-ce qu'on attend ici jusqu'à ce qu'elle arrive ? demanda une voix d'homme.

— C'est ça le plan, tu te souviens ? dit un autre homme.

Les bras de Clara se couvrirent de chair de poule. La seconde voix ressemblait à celle de Bruno. Mais elle devait en être sûre. Elle attendit en retenant son souffle.

Après ce qui lui parut une éternité, la même voix demanda :

— As-tu verrouillé la morgue ?

— Oui, dit le premier. Ça oui, j'ai verrouillé la morgue.

L'autre semblait plus âgé. Sa voix était rauque et grave et il énonçait ses mots lentement, comme s'il les choisissait avec soin.

— Et si quelqu'un vient ? reprit la première voix.

— Nous enterrons Miss Annie Blumberg aujourd'hui, répondit la seconde voix.

Clara inspira. C'étaient Bruno et le fossoyeur. Elle commençait à repousser le couvercle, quand elle entendit quelqu'un courir dans le tunnel. Elle s'immobilisa. La porte de la remise s'ouvrit en grinçant.

— As-tu vu quelqu'un par ici ? demanda un homme essoufflé.

— Nous enterrons Miss Annie Blumberg aujourd'hui, dit le fossoyeur. Elle va au paradis pour être avec Jésus.

— Je ne t'ai pas demandé ce que tu faisais, Lawrence, je t'ai demandé si tu avais aperçu quelqu'un dans les tunnels. Une patiente a disparu.

— Nous n'avons vu personne, dit Bruno.

Sa voix était plus forte qu'auparavant, comme s'il se tenait tout près du cercueil.

— Ce n'est pas à vous que j'ai posé la question, c'est à Lawrence. Lawrence, as-tu croisé quelqu'un, oui ou non ?

Une éternité s'écoula. Clara avait envie de hurler.

— Non, répondit enfin le fossoyeur. Je n'ai pas croisé de patiente dans les tunnels. Nous enterrons Miss Annie Blumberg aujourd'hui. Elle va au paradis pour être avec Jésus.

— Bien. Si tu vois quoi que ce soit, surtout, tu nous préviens. Tu m'as bien compris, Lawrence ?

— Oui. Je vous préviens si je vois une femme qui n'est pas Miss Annie Blumberg.

La porte se referma et Clara soupira, tremblante de soulagement. Son premier réflexe fut de pousser le couvercle et de sortir du cercueil, mais elle attendit. Elle devait être sûre que l'aide-soignant était bel et bien parti. Elle enfonça ses ongles dans ses paumes.

— Tu es là, Clara ? souffla Bruno au bout d'un moment.

Elle déglutit et tenta de répondre, mais sa gorge était si nouée qu'aucun son n'en sortit.

— Clara ? insista Bruno.

Elle tapa sur le bois.

— Oui, parvint-elle à articuler. Je suis là.

Un bruit sonore la fit sursauter et le cercueil vibra, comme si quelqu'un avait donné un coup de pied dedans.

Puis le couvercle glissa sur le côté. Elle aperçut d'abord des doigts, puis un bout du visage de Bruno. Les traits crispés par l'inquiétude, il finit de pousser le couvercle.

— Est-ce que ça va ?

Elle hocha la tête et se força à sourire.

— On va te sortir de là, murmura-t-il. Et on va s'échapper ce soir. Lawrence va nous aider.

Le long visage barbu du fossoyeur apparut au-dessus d'elle. Il ôta sa casquette, passa une main dans ses cheveux gris en bataille et la salua d'un hochement de tête. La peau fine autour de ses yeux donnait à ses paupières une couleur rosâtre, et les plis de son cou étaient pleins de crasse.

— Ce n'est pas bien, ce qu'ils ont fait, dit Lawrence en secouant la tête. Ce n'est pas bien qu'ils aient pris votre bébé.

Les yeux de Clara se remplirent de larmes. Elle inspira profondément et acquiesça en lui offrant un faible sourire. Mais en voyant l'expression de Bruno s'assombrir, son sourire disparut.

— Il faut qu'on te fasse sortir du tunnel, chuchota-t-il. On va monter les marches avec le cercueil, le charger sur un chariot et l'emmener jusqu'au cimetière. On a emporté le corps d'Annie tôt ce matin pour le cacher dans la forêt de cèdres près de la cabane de Lawrence. On procédera à l'échange dans le bois, mais il faudra qu'on se dépêche. On a encore deux heures de jour avant le coucher du soleil. Quand ils ne te trouveront pas dans les bâtiments, ils commenceront à fouiller le reste du périmètre.

Il se redressa, tourna la tête et se gratta la nuque. Il soupira, puis plongea son regard dans le sien.

— Il faut qu'on ferme le cercueil, Clara. On ne va pas mettre tous les clous, mais il faut qu'on scelle en partie le couvercle, au cas où on croiserait quelqu'un sur la route du cimetière.

Elle acquiesça et tenta de sourire, mais une froideur creuse la fit frissonner. Bruno s'agenouilla, mit son bras dans le cercueil et glissa sa main chaude derrière la nuque de Clara. Il se pencha sur elle et l'embrassa avec fougue.

— Je te promets qu'il ne t'arrivera rien, murmura-t-il, les yeux brillants. Tout va bien se passer.

Il la lâcha et attrapa le couvercle, blanc comme un linge. Puis il échangea un dernier regard avec elle avant de mettre le couvercle en place. Plongée dans l'obscurité, Clara ferma les yeux. Les poings serrés, elle tenta de continuer à respirer normalement. Un petit bruit métallique résonna, puis un petit coup contre le couvercle.

— Je vais planter le premier clou, prévint Bruno.

En dépit de l'avertissement, le coup sonore la fit sursauter. Il y eut une pause, comme si Bruno la laissait s'habituer au bruit, puis plusieurs coups successifs. Elle se crispait un peu plus chaque fois, des larmes roulant sur ses tempes. Elle fit remonter ses mains le long de sa poitrine et les plaqua contre ses oreilles. C'était comme si les claquements métalliques lui transperçaient le cerveau. L'estomac noué, elle se mordit la lèvre et tenta de ne pas penser à ce qui se passerait si, d'aventure, quelque chose empêchait Bruno de la laisser ressortir.

— C'était le dernier clou, finit par annoncer Bruno. On t'emmène dehors, à présent. Essaie de ne pas bouger.

Le cercueil oscilla légèrement, comme si on le soulevait. Pendant une seconde, Clara ne sentit plus le poids de son corps. Elle commença à avoir le tournis et plaqua ses mains contre les planches de bois. De petites échardes se glissèrent sous sa peau. Bruno et Lawrence marchèrent un moment, puis montèrent des marches et posèrent le cercueil sur un chariot. Clara avait beau tenter de rester parfaitement immobile, son corps roulait et se cognait dans les parois. Elle eut toutes les peines du monde à ne pas crier.

Près du fond du cimetière, Bruno et Lawrence déchargèrent le cercueil du chariot et l'emmenèrent dans la forêt de cèdres pour le cacher entre les arbres. Bruno utilisa un pied-de-biche pour ouvrir le couvercle, en prenant bien soin de ne pas abîmer le bois afin de pouvoir se resservir du cercueil pour Annie Blumberg. Clara tentait de respirer lentement en attendant d'être libérée. Enfin, Bruno ôta le couvercle et Clara bondit hors du cercueil, inspirant de grandes bouffées d'air frais à pleins poumons, comme si on venait de la sauver de la noyade. Bruno la serra de toutes ses forces contre sa poitrine, son visage enfoui dans son cou, son souffle tiède et entrecoupé contre sa peau. Elle se pressa contre lui, bercée par sa chaleur, incapable de maîtriser ses tremblements. Cela faisait une éternité qu'elle n'avait pas senti ses bras autour d'elle. Elle ne voulait pas le lâcher. Bruno prit son visage dans ses mains et l'embrassa à pleine bouche avec fougue. Puis il recula et l'examina, les yeux brillants.

— Tu m'as tellement manqué.

— Toi aussi, tu m'as manqué, répondit-elle en claquant des dents. Je ne sais pas ce que je serais devenue si tu n'avais pas…

Il l'interrompit en posant son index sur ses lèvres.

— Tout va bien, maintenant. On va sortir d'ici et retrouver notre fille.

Il l'embrassa de nouveau.

— Mais pour le moment, il faut que tu te sauves et que tu ailles te cacher sous le lit de Lawrence jusqu'à ce que je vienne te chercher.

Elle hocha la tête et se jeta à son cou une dernière fois, la tête pressée contre son torse.

— Je t'aime.

— Moi aussi, je t'aime. File, maintenant !

Clara se mit à courir. Son souffle formait des volutes dans l'air froid de la fin d'après-midi. Elle regarda par-dessus son épaule et vit Bruno et Lawrence retirer les branches d'arbres qui recouvraient le drap enveloppant le corps d'Annie Blumberg. Ils la soulevèrent, l'allongèrent dans le cercueil et remirent le couvercle en place. Clara adressa une prière de remerciements silencieuse à la femme qui lui avait donné une chance de s'échapper, puis elle s'enfonça dans les bois sans regarder derrière elle.

Une fois arrivée à la cabane de Lawrence, elle grimpa sur le porche délabré et ouvrit la vieille porte à la volée, le cœur battant à tout rompre. À l'intérieur, elle plaqua une main sur son nez et sa bouche, assaillie par une odeur nauséabonde de matières fécales et de rongeurs en décomposition. Ses yeux lui brûlaient et elle pouvait à peine respirer sans avoir un haut-le-cœur. C'était si horrible qu'elle fut tentée de rester cachée dehors, allongée sur le toit ou accroupie dans un renfoncement à l'abri des regards. Mais elle ne pouvait pas risquer d'être vue. Il fallait s'en tenir au plan. Elle regarda autour d'elle pour se repérer.

La cabane, en bien piteux état, se constituait de deux petites pièces : une pièce à vivre dotée d'un coin cuisine et une chambre. Le sol de la salle était en argile, et une cheminée croulante en brique dominait un mur à colombages. Un placard se trouvait sous une fenêtre crasseuse ornée d'un rideau déchiré. Le rebord de fenêtre en bois accueillait une pompe à eau et un évier rouillé. Au centre de la pièce trônait un fauteuil en rotin dont un des pieds manquait à l'appel, remplacé par une pile de briques cassées. Une vieille porte avait été transformée en table à manger, recouverte de boîtes de conserve vides et de vieux journaux. Un poêle à bois occupait un coin de la pièce, et des flammes orange crépitaient derrière la grille en métal.

Résistant à l'envie de s'asseoir près du poêle pour se réchauffer, Clara traversa la salle et se rendit dans la chambre au sol en terre battue. Un lit en bois avec un matelas en crin de cheval était installé contre un mur, et une commode branlante se trouvait sous une fenêtre à demi barricadée. Les carreaux du haut laissaient entrer la lumière en déclin, dont les rayons tombaient sur un tapis élimé posé devant la commode. Les motifs persans géométriques rappelèrent à Clara le tapis devant le bureau de son père.

Elle repoussa cette image et se glissa sous le lit. Elle avança aussi loin que possible, jusqu'à avoir le dos collé au mur. Elle tentait de ne pas respirer trop profondément, tant les relents de matières fécales étaient insupportables. Un seau en métal traînait dans un coin, près de la commode, maculé d'éclaboussures et de coulées brunes. Clara tira sur un coin de la couverture en laine qui pendait au bord du matelas, afin de ne plus voir les toilettes de fortune de Lawrence. Des toiles d'araignée restèrent accrochées à son poignet. Elle s'en débarrassa et attendit, en essayant de ne pas penser au froid qui émanait du sol.

Pendant qu'elle se demandait quand Bruno viendrait la chercher, elle essaya de se rappeler combien de temps il fallait à Lawrence pour enterrer quelqu'un, lorsqu'elle l'observait depuis la fenêtre de la maison des pestiférés. Mais elle était consumée par le chagrin et droguée au laudanum à l'époque, et ses souvenirs étaient flous. Avec un peu de chance, ils se dépêcheraient et, à eux deux, la tâche leur prendrait deux fois moins de temps. La nuit commençait déjà à tomber dehors.

Après une éternité, la porte d'entrée s'ouvrit. Clara n'y voyait presque plus rien dans la pièce sombre. Elle commença à ramper pour sortir de sa cachette, mais battit soudain en retraite. Et si ce n'étaient pas Bruno et Lawrence ? Et même si c'étaient eux, peut-être qu'ils n'étaient pas seuls. Elle se figea et tendit l'oreille en retenant son souffle. Quelque chose siffla et s'alluma. Une paire de bottes couvertes de boue apparurent sur le seuil de la chambre et une lueur jaunâtre illumina la pièce. Les bottes traversèrent la chambre et s'arrêtèrent.

Leur propriétaire posa une lampe à huile rouillée sur le sol, puis retira ses chaussures, révélant des pieds nus crasseux. Une veste qui ressemblait à celle de Lawrence tomba en boule à terre.

Que ferait Lawrence ici sans Bruno ? songea-t-elle. Avait-t-il dénoncé Bruno aux médecins ? Attendait-il que les aides-soignants viennent la chercher ? Et si Bruno avait été forcé de regagner son pavillon parce qu'une patiente avait disparu ? Lawrence avait-il oublié qu'elle était cachée sous son lit ? Après tout, peut-être que ce n'était même pas lui…

Les pieds sales marchèrent jusqu'au seau. Des bretelles claquèrent et le pantalon de l'homme lui tomba sur les chevilles. Un jet d'urine atterrit contre les parois du seau. L'homme grogna et attendit un moment avant de remonter son pantalon, puis il se dirigea vers elle. Arrivé au bord du lit, il se mit à quatre pattes, ses doigts noueux enfoncés dans la terre. Clara arrêta de respirer et se plaqua contre le mur. Son cœur cognait si fort qu'elle avait peur qu'il n'explose. Puis le visage ridé de Lawrence apparut.

— Ils vous cherchent, annonça-t-il, les yeux plissés sous ses paupières roses.

— Je sais. Où est Bruno ?

— Il enterre Miss Annie Blumberg. Il m'a dit de dire que j'étais malade quand ils viendraient chez moi.

— Quand va-t-il venir me chercher ?

— Quand ce sera sûr. Quand ce sera sûr, vous et Bruno pourrez aller chercher votre petit bébé. Mais je dois mieux vous cacher en attendant.

Clara se sentit pâlir.

— Où ça ?

Lawrence sourit. Ses dents tordues ressemblaient à des grains de maïs entre ses lèvres gercées. Il lui fit signe de sortir et se leva. Elle rampa sur le sol et se mit debout, époussetant la saleté et les toiles d'araignée de ses coudes et de ses genoux. Lawrence s'approcha de la commode, se pencha et tira sur le tapis, révélant une petite trappe. Il attrapa l'anneau en fer et tira dessus. Des marches apparurent, qui disparaissaient dans ce qui semblait un puits sans fond.

— Est-ce que vous avez une bougie ou une autre lampe pour que je ne sois pas plongée dans le noir ? Je l'éteindrai si j'entends quelqu'un.

Lawrence fit la grimace. Pensif, il se gratta derrière l'oreille, les yeux rivés sur ses pieds. Puis il se précipita dans la cuisine. Clara resta sur le seuil, le regard fixé sur la fenêtre au cas où quelqu'un arriverait. Il faisait presque nuit et les silhouettes des arbres, au-dehors, devenaient de plus en plus sombres. Lawrence attrapa une par une les boîtes de conserve qui traînaient sur sa table improvisée, regardant à l'intérieur avant de les laisser tomber à terre. Des insectes et des asticots s'échappaient des boîtes renversées et Clara plaqua une main sur sa bouche. Enfin, Lawrence trouva ce qu'il cherchait. Il se dirigea vers le tas de bûches près du poêle à bois, cassa du petit bois qu'il mit dans la boîte vide, et s'empara d'une boîte d'allumettes sur le rebord de la fenêtre.

De retour dans la chambre, Lawrence tint la main de Clara tandis qu'elle descendait dans l'ancienne cave à légumes, puis lui tendit la boîte de conserve et les allumettes. Elle s'agenouilla, posa la boîte à terre et alluma sa lampe de fortune. Lorsque la flamme vacillante illumina les murs de pierre, Clara eut un mouvement de recul : des libellules et des mantes religieuses séchées étaient attachées par des ficelles accrochées à des clous, telle une immense collection d'insectes. Mais en y regardant de plus près, elle comprit qu'il s'agissait de petites croix en bois et en ficelle. Il y en avait des milliers, couvrant le moindre centimètre carré de la surface des murs.

— Qu'est-ce que c'est, Lawrence ?

— C'est mal.

Clara secoua la tête, perplexe.

— Qu'est-ce qui est mal ?

Lawrence fit la grimace. Il semblait bouleversé.

— Les gens. C'est mal d'inscrire uniquement un numéro sur leur tombe.

Clara rapprocha la flamme du mur afin d'examiner les croix de plus près. Sur chacune étaient gravés trois initiales et un numéro, en caractères si minuscules qu'elle parvenait à peine à les lire. Ses yeux se remplirent de larmes. Comment quelqu'un d'aussi gentil et d'aussi attentionné que Lawrence pouvait-il être enfermé à Willard pour le restant de ses jours ? C'était injuste. Elle porta une main à son cœur et le regarda.

— Vous êtes un homme bon, Lawrence.

Ses joues rosirent légèrement. Il sourit, les yeux embués, et hocha brièvement la tête.

— Je ferais mieux de refermer la trappe, maintenant.

— Oui. Merci, Lawrence.

Clara s'assit sur le sol froid en terre, les jambes pliées sous le jupon de sa robe, faisant de son mieux pour ignorer la sensation de claustrophobie qui menaçait de nouveau de s'emparer d'elle. Lawrence ferma la trappe et elle fut plongée dans le noir, à l'exception de la lueur dans la boîte de conserve. La flamme projetait des ombres sur les croix et donnait l'impression que des ailes avaient poussé sur les bouts de bois et frémissaient tandis qu'elles tentaient de prendre leur envol.

Elle entendit Lawrence ramener le tapis sur la trappe, puis le lit en bois craqua. Vingt minutes plus tard, Lawrence ronflait. Clara se mordit la lèvre et ferma les yeux pour ne pas pleurer. *Il fera bientôt nuit. Alors Bruno viendra me chercher*, songea-t-elle. *Il faut juste que j'attende encore un peu.* Puis une autre pensée lui glaça le sang.

Normalement, les patients devaient être de retour dans leurs pavillons à la tombée de la nuit. Certes, Bruno occupait un poste particulier, mais ne risquait-on pas de se demander où il était passé ? Qui était responsable de s'assurer qu'il rentrait à temps ? Ou alors disposait-il, à l'instar de Lawrence, de davantage de liberté que la plupart des autres pensionnaires ? Les battements de son cœur s'emballèrent et une vague de panique brûlante monta en elle. Soudain, la porte de la cabane s'ouvrit avec fracas. Elle éteignit la flamme dans la boîte et retint son souffle.

— Lawrence ! cria une voix d'homme.

Clara se raidit. Ce n'était pas Bruno.

— Lawrence ! beugla l'inconnu à nouveau.

Des pas lourds traversèrent la pièce principale, jusqu'à la chambre. Le lit se mit à grincer, comme si quelqu'un en secouait le cadre.

— Réveille-toi ! ordonna une autre voix. Allez, debout, bon sang !

Le lit grinça à nouveau, cette fois comme si Lawrence roulait sur le côté ou qu'il s'asseyait.

— Qu'est-ce que tu fabriques ? s'enquit la première voix. Tu n'as donc pas de travail à faire ?

— Je suis malade. Bruno a enterré Miss Annie Blumberg.

— Tu n'as pas l'air malade, dit le second homme. Tu as surtout l'air paresseux.

— Je suis malade. Bruno a enterré Miss Annie Blumberg.

Clara grimaça, inquiète à l'idée qu'il éveille les soupçons s'il continuait à se répéter.

— Tu dors depuis combien de temps ? demanda le second homme.

— Je ne sais pas.

— Viens, lança le premier. On perd notre temps ici. Ça ne nous mènera nulle part de parler avec ce débile mental.

— Tu n'as vu personne traîner dans les bois ? insista le second. Est-ce qu'une patiente est venue ici ? Quelqu'un a-t-il frappé à ta porte ou regardé par ta fenêtre ?

— Je suis malade. J'ai dormi pendant que Bruno enterrait Miss Annie Blumberg.

— Allons-y, ordonna le second.

— Attends. Qu'est-ce que c'est que ça ?

— Quoi ?

— Il y a de la fumée qui monte de ce tapis !

Le cœur de Clara s'arrêta. Elle plaqua sa main sur le dessus de la boîte de conserve, mais c'était trop tard.

Alors qu'elle se mordait la lèvre pour ne pas crier à cause du métal qui lui brûlait la paume, quelqu'un tira sur le tapis au-dessus d'elle. Elle se blottit dans un coin, le cœur battant si fort qu'elle parvenait à peine à respirer. Quelqu'un attrapa l'anneau et commença à soulever la trappe. Un rai de lumière entra par l'ouverture. Puis la trappe se referma, et quelque chose de lourd tomba, comme un corps qui s'effondrait au sol.

Un des hommes cria et des bruits de bagarre s'ensuivirent. Des respirations entrecoupées, des poings contre de la chair et des os, des grognements, des craquements, des meubles qui se renversaient. Puis des voix étouffées et le bruit de quelque chose de lourd qu'on traînait sur le sol. La trappe s'ouvrit d'un coup et Clara poussa une exclamation de surprise et de soulagement en reconnaissant Bruno.

— Clara, est-ce que ça va ?

Elle hocha la tête, se mit debout et monta les marches d'un pas mal assuré. Lawrence était assis sur son lit, la bouche ensanglantée, les mains tremblantes. Deux aides-soignants étaient étendus au sol, l'un sur le ventre et l'autre sur le dos.

— Est-ce qu'ils sont morts ? demanda Clara d'une voix éraillée.

— Non, juste K.-O. Viens ! Il faut qu'on sorte d'ici !

Elle s'approcha de Lawrence.

— Est-ce que vous allez bien ?

Il acquiesça et se leva. Puis il attrapa sa veste et la tendit à Clara.

— Il va faire très froid sur le lac.

Elle hésita, puis mit le vêtement et serra Lawrence dans ses bras.

— Merci pour votre aide.

Lawrence sourit en dépit de sa lèvre fendue.

— J'espère que vous retrouverez bientôt votre bébé, dit-il avec les yeux brillants de larmes.

— Allez ! insista Bruno d'une voix tendue. Il faut qu'on y aille !

Ils sortirent en trombe de la cabane et s'élancèrent à travers la forêt, Lawrence en tête de cortège. La lune montante conférait à la nuit une lueur bleutée et leur offrait juste assez de lumière pour voir où ils allaient. Clara courait main dans la main avec Bruno, évitant les branches basses, contournant les troncs et les buissons. Au loin, des lanternes bondissaient autour de la forme noire de Chapin Hall et les lampes à pétrole brillaient dans les pavillons. Des faisceaux de lumière parcouraient les pelouses pendant que des ombres erraient autour du hangar à bateaux et de l'embarcadère. Il avait commencé à neiger : d'épais flocons tombaient lentement du ciel. Pour une raison étrange, la scène évoqua à Clara des souvenirs de chants de Noël avec sa famille. Elle faillit éclater de rire tant cette pensée était absurde et trébucha sur une branche dans sa distraction.

— Attention ! murmura Bruno en la rattrapant.

Elle s'arrêta un instant pour reprendre son souffle.

— Comment allons-nous arriver jusqu'à la barque sans qu'on nous remarque ?

— La barque est cachée dans le bois, sur le côté d'une petite route. Personne ne nous verra, mais il faut qu'on se dépêche.

Elle hocha la tête et ils se remirent à courir. Lorsqu'ils parvinrent à l'orée de la forêt, ils marquèrent une pause pour inspecter la route. Il n'y avait personne. Lawrence la traversa à la hâte, escalada un talus rocailleux et disparut. Puis sa tête émergea et il indiqua à Bruno et à Clara de le suivre. Ils regardèrent de chaque côté, traversèrent la route en courant, puis montèrent la pente pour ensuite descendre en direction du rivage.

Lawrence et Bruno tirèrent la barque de sous des arbustes de chèvrefeuille et la traînèrent jusqu'à la rive, la coque en bois raclant contre les cailloux, pour, ensuite, la pousser dans l'eau. Clara observa le lac. La lumière de la lune se reflétait à la surface de ses douces ondulations et la neige tombait sans bruit dans l'air froid nocturne. Des morceaux de glace flottaient encore ici et là et se percutaient parfois avec un craquement. Elle inspira une grande bouffée d'oxygène et la garda dans ses poumons, avec l'impression de sentir le goût de la liberté.

— Viens ! lui lança Bruno par-dessus son épaule.

Des vaguelettes se brisaient contre la coque et faisaient se balancer la barque, tel un berceau. Lawrence agrippa la poupe pendant que Bruno aidait Clara à monter sur un rocher, puis à l'intérieur. Elle s'assit près de la poupe, le souffle court. Les hommes avancèrent dans l'eau jusqu'à mi-cuisse, le dos courbé par l'effort et le froid. Au moment où Bruno se hissait à l'arrière du bateau, Clara aperçut des lumières au bout de l'embarcadère. Le docteur Roach et deux aides-soignants apparurent, chacun une lanterne à la main. L'un des aides-soignants donna un coup de sifflet, et lui et son collègue se mirent à courir en direction du rivage. Bruno se laissa retomber dans l'eau et voulut aider Lawrence à grimper, mais ce dernier refusa.

— Tu dois venir avec nous. Autrement, ils vont t'enfermer !

— Non, dit Lawrence en secouant vigoureusement la tête. Je ne monte pas dans les bateaux.

— S'il vous plaît, implora Clara. Montez ! Il faut qu'on parte !

— Non, répéta Lawrence en tentant de soulever Bruno pour le faire monter dans la barque. Je reste ici.

— Arrêtez-vous ! cria le docteur Roach.

Il descendit la berge au pas de course et manqua de tomber en glissant sur un rocher.

Les aides-soignants traversèrent la rive au pas de charge et se précipitèrent dans l'eau, avançant aussi vite que possible, les bras levés en l'air. L'un d'eux attrapa Lawrence par les cheveux et lui mit la tête sous l'eau. Bruno laissa la barque et lui décocha un coup de poing pour le faire lâcher prise. Le second aide-soignant ceintura Bruno afin de l'écarter de son collègue et l'embarcation commença à dériver. Clara se leva, s'assit au milieu et attrapa les rames. Elle tira sur les poignées, ce qui eut pour effet d'éloigner la barque de la rive. Faisant de son mieux pour ne pas céder à la panique, elle remit les rames dans l'eau et poussa. Cette fois, la barque avança en direction des hommes.

Un troisième aide-soignant arriva. Il rejoignit les autres dans l'eau et frappa Bruno à la tête avec une matraque. Le deuxième aide-soignant lâcha Bruno qui disparut sous la surface, jusqu'à ce que le troisième plonge pour le remonter. Il avait les yeux clos, les cheveux plaqués sur le front, comme des algues mouillées, et une plaie sanglante à la tête. L'aide-soignant le traîna jusqu'au bord et le laissa sur les cailloux, le bas du corps encore dans l'eau, avant de revenir prêter main-forte à ses collègues. L'un des aides-soignants attrapa le rebord de la barque et tenta de se hisser sur le tableau arrière. Clara se leva, sortit une rame de sa dame de nage et lui en assena un coup sur la tête. L'homme retomba dans l'eau, la tête dodelinante, le front en sang. Mais il ne tarda pas à reprendre ses esprits et se jeta de nouveau sur le bateau, en dépit du sang qui lui coulait dans les yeux. Clara releva la rame, prête à le frapper de toutes ses forces.

Un coup de feu claqua dans l'air. Clara se figea et leva les yeux, la rame brandie au-dessus de la tête. Le docteur Roach se tenait au bord de l'eau, un pistolet fumant à la main, le bras tendu vers le ciel.

— J'ai dit « Arrêtez-vous ! », cria-t-il.

Clara lâcha la rame, qui s'écrasa avec fracas contre la barque. Trois autres aides-soignants apparurent au bout de l'embarcadère, armés de chaînes et de camisoles de force. L'aide-soignant qui tenait Lawrence lui sortit la tête de l'eau. Lawrence avait les yeux fermés, la bouche grande ouverte. L'aide-soignant le traîna jusqu'au bord et le laissa tomber à côté de Bruno. Clara sauta du bateau et avança péniblement dans l'eau glacée, les jambes lourdes comme des pierres, les poumons transpercés par l'air froid. Elle tomba à genoux entre Lawrence et Bruno, la gorge nouée par la peur, et se mit à les secouer vivement par les épaules pour essayer de les réveiller. En vain.

Lawrence avait la tête tournée sur le côté. Le visage livide, les lèvres violettes, il ne respirait pas. Clara fit rouler Bruno sur le dos et écarta ses cheveux de ses yeux. Elle prit sa tête entre ses mains tremblantes, criant son nom encore et encore. Sa peau était glacée, ses mains inertes. Elle colla son oreille à sa poitrine et retint son souffle pour écouter son cœur, mais les seuls battements qui lui parvinrent étaient les siens. Elle hurla et s'affala au-dessus de lui, agitée par des tremblements et des convulsions incontrôlables. De violents sanglots s'échappèrent de sa gorge, vidant ses poumons de tout oxygène. Une paire de chaussures apparut devant elle. Elle utilisa le peu de forces qui lui restaient pour lever la tête. Le docteur Roach la fixait froidement.

— Regardez ce que vous avez fait, lui assena-t-il.

CHAPITRE 21

Izzy

Tremblante malgré son manteau d'hiver, Izzy était sur la terrasse en bois de Peg et de Harry, sa capuche relevée, les mains enfouies dans ses poches. Il neigeait et des bourrasques d'un vent glacial lui donnaient les larmes aux yeux, mais cela lui était égal. Elle avait besoin d'être dehors. Un peu plus tôt, elle s'était rendue aux pompes funèbres avec Peg, afin d'organiser l'inhumation de sa mère. La lumière tamisée, les lourds rideaux en damas et un soupçon d'odeur de formol lui avaient rappelé l'enterrement de son père. Assise devant le bureau du directeur de la maison funéraire, elle avait de nouveau eu l'impression d'avoir 7 ans, perdue dans un océan de costumes et de robes noires, cherchant du regard sa grand-mère, suppliant de rentrer à la maison. Elle avait eu toutes les peines du monde à choisir un cercueil et une épitaphe pour sa mère, et à expliquer pourquoi il n'y aurait pas de service religieux. Ce qu'elle avait vraiment envie de faire, c'était sauter à bas du fauteuil de style

Reine Anne, ouvrir une fenêtre et demander pourquoi cet endroit était aussi déprimant.

En visualisant sa mère allongée sur un plateau métallique à l'intérieur d'une morgue glaciale, les muscles raides, les yeux cousus, Izzy eut soudain du mal à respirer. Elle se leva et marcha sur la pelouse, en tentant de se remplir les poumons d'air frais, l'herbe glacée craquant sous ses pieds. *Alors voilà ce que ça fait d'être orpheline*, songea-t-elle, les yeux brûlants et la gorge serrée. *À partir de maintenant, il n'y aura plus jamais personne au monde qui pense à moi chaque jour et m'aime inconditionnellement. Je suis réellement toute seule.*

Pendant des années, elle s'était répété que, après avoir été seule pendant si longtemps, la mort de sa mère ne l'affecterait pas tant que ça. Mais elle avait tort. Lorsque Peg lui avait annoncé la nouvelle, elle s'était écroulée, secouée par de violents sanglots qui avaient vidé ses poumons de leur oxygène. Les larmes aux yeux, Peg s'était agenouillée près d'elle sur le tapis et l'avait serrée contre elle, lui caressant doucement les cheveux pendant qu'elle pleurait. Près d'une heure s'était écoulée avant qu'Izzy ne trouve la force de se relever.

Entre le décès de sa mère, l'inquiétude que générait son dix-huitième anniversaire et l'incident à Willard, son envie de se mutiler grandissait d'heure en heure. Elle n'avait pas encore cédé, mais elle n'arrêtait pas de s'imaginer casser le miroir dans son sac et se servir des morceaux pour se taillader la peau des bras. Mais elle se répétait que le soulagement ne durerait qu'une minute, et que la douleur physique ne lui ramènerait pas sa mère.

Elle devait apprendre à se comporter en adulte sans se laisser aller à l'auto-apitoiement.

Heureusement, après l'incident à Willard, Shannon et ses amis l'avaient laissée tranquille. Lorsqu'elles se croisaient dans les couloirs, au lycée, Shannon baissait les yeux. Izzy se demandait si Shannon avait peur qu'elle ne porte plainte. Shannon et Ethan n'étaient plus ensemble, mais Izzy ignorait les tentatives de conversation d'Ethan. Il lui avait fait parvenir un message par le biais d'Alex, dans lequel il lui demandait pardon et la suppliait de venir lui parler. Izzy avait jeté son mot à la poubelle. Lorsqu'il appelait à la maison, elle avait donné comme consigne à Peg et à Harry de répondre qu'elle était sortie ou sous la douche. Elle avait besoin de temps pour mettre de l'ordre dans sa vie et réfléchir à ce qu'elle ferait ensuite. La dernière chose dont elle avait besoin, c'était de risquer une peine de cœur. De plus, qui aurait voulu sortir avec une fille sans famille et au futur des plus incertains ?

— Izzy ? appela Peg depuis la porte de la cuisine. Tu rentres ? Le dîner sera bientôt prêt.

Izzy soupira, s'essuya les yeux et se dirigea vers la maison. Elle n'arriverait sûrement à rien avaler, mais Peg et Harry avaient été incroyablement gentils et elle se devait au moins d'être polie. Dans la cuisine, Harry était en train de découper de la salade sur le plan de travail.

— Je prépare des tacos, annonça-t-il en souriant. C'est ton plat préféré, pas vrai ?

Izzy hocha la tête. Des larmes lui montèrent aux yeux. Elle ne se rappelait pas la dernière fois que quelqu'un avait su quel était son plat préféré, et encore moins pris le temps de le lui cuisiner. Mais Peg et Harry avaient fait bien plus que ça. Ils avaient payé le cercueil et l'enterrement de sa mère, la sauvant d'une éternité passée dans un cimetière de prison. Elle serait inhumée près de ses parents, à Geneva. Jamais Izzy n'avait rencontré des gens aussi généreux. Elle réfléchissait encore à un moyen de les remercier mais, chaque fois que les mots se formaient dans son esprit, sa gorge se verrouillait et elle n'arrivait pas à parler.

Izzy accrocha son manteau et s'approcha de l'îlot central. Peg sortit le lait du réfrigérateur et en versa dans une casserole qu'elle plaça sur la gazinière.

— Je vais te faire un chocolat chaud, et tu vas le boire. Tu n'as rien avalé depuis ce matin.

— Merci, dit Izzy en esquissant un petit sourire.

La sonnette retentit au même moment. Harry alla dans l'entrée pour ouvrir. Une minute plus tard, il revint, accompagné d'Alex et d'Ethan. En dépit de la décision d'Izzy de garder ses distances avec lui, son cœur bondit dans sa poitrine en le voyant. Il portait une veste et un jean noir et avait les joues rougies par le froid. Izzy se mordit la lèvre et résista à l'envie de se jeter dans ses bras. Alex la rejoignit à pas précipités, les yeux brillants.

— Est-ce que ça va ?

Izzy hocha la tête et laissa Alex la serrer contre elle, les yeux pleins de larmes. Quand Alex s'écarta, ce fut au tour d'Ethan de la prendre dans ses bras. Il sentait l'hiver et un parfum épicé. En sentant sa joue froide pressée contre sa tempe, elle eut toutes les peines du monde à ne pas nicher son visage dans son cou.

— Je suis vraiment désolé pour ta mère.

— Merci.

Elle l'étreignit brièvement puis voulut reculer, incapable de le regarder dans les yeux. Mais il ne la lâcha pas et l'attira plus près.

— Je suis là pour toi, murmura-t-il à son oreille. Que ça te plaise ou non.

Elle ferma les yeux pour ne pas pleurer, en vain. De grosses larmes brûlantes roulèrent sur ses joues.

— Pourquoi vous ne resteriez pas dîner avec nous ? proposa Peg. Harry prépare des tacos et il en fait toujours pour un régiment.

Ethan essuya la joue d'Izzy et sourit.

— J'adore les tacos.

— Moi aussi, dit Alex en pressant l'épaule d'Izzy.

Izzy sourit. Peut-être qu'elle n'était pas seule, en fin de compte.

CHAPITRE 22

Clara

Mars 1946

Du fait du déluge ininterrompu au cours de la dernière semaine, de l'eau boueuse coulait sous les grilles de drainage, le long des murs du tunnel sous Chapin Hall. Les sols en pierre étaient couverts de condensation. En file indienne derrière Esther, Clara se demandait si quelqu'un le remarquerait si jamais elle quittait la queue et remontait le tunnel vers la morgue, vers la double porte qui donnait sur l'extérieur. Si elle cassait la fenêtre et se faufilait par l'ouverture, puis courait aussi vite que possible en direction du lac, elle pourrait atteindre l'eau avant qu'on la rattrape. Elle pourrait mettre fin à tout cela.

Elle pourrait mettre fin aux nuits passées sur un lit dur et crasseux dans un pavillon glacé, au milieu des marmonnements et des sanglots d'autres femmes. Elle pourrait mettre fin aux matins interminables, lorsqu'elle devait déployer toutes les forces qu'elle avait en réserve pour sortir de son lit et affronter une nouvelle journée de regards perdus dans le vide, de femmes qui se cognaient la tête contre les murs, qui hurlaient qu'elles voulaient rentrer chez elles. Elle pourrait mettre fin à une vie passée à coudre, à jouer aux dames et à manger une nourriture sans saveur. Elle pourrait mettre fin aux visions de personnes maltraitées et droguées. Elle pourrait mettre fin à la douleur noire dans sa poitrine, où chaque battement de son cœur lui faisait l'effet d'un coup de couteau entre les côtes.

Elle regarda ses mains : le bout de ses doigts était craquelé, sa peau fendue par des années passées à tirer sur des fils ; des centaines de dés à coudre avaient aplati le bout de son majeur ; elle avait les ongles rongés jusqu'au sang, les paumes sèches et calleuses. Des mains de vieille femme, en somme. Elle pensa à celles de sa mère : parfumées par sa crème hydratante à la lavande, douces et manucurées, les ongles vernis de rouge. Elle essaya d'imaginer à quoi sa mère devait ressembler à présent, avec des cheveux gris et des rides, assise sur un divan en velours, à boire du thé dans une tasse en porcelaine. Elle se demanda si son père était toujours vivant, si ses parents vivaient heureux ensemble, bien au chaud dans le confort sécurisant de leur belle demeure. Leur arrivait-il de penser à elle ? De se demander si elle allait bien, si elle était encore en vie ? Avaient-ils jamais songé à venir à Willard et à la supplier de leur pardonner, ou à dire aux médecins de la laisser partir ? Remettaient-ils parfois en question leur décision de s'être débarrassés de leur fille, comme si elle n'était qu'un vulgaire détritus ? Ou étaient-ils sans cœur au point de l'avoir rayée de leur mémoire ?

L'odeur froide et métallique du ciment mouillé rappela à Clara la nuit où Bruno et elle avaient tenté de s'échapper. Après toutes ces années, elle revoyait encore Bruno penché sur le cercueil, son regard triste alors qu'il s'apprêtait à refermer le couvercle pour le clouer. Si elle avait su, à l'époque, ce qu'elle savait désormais, elle aurait demandé à Bruno et à Lawrence de l'enterrer elle, au lieu de Miss Annie Blumberg.

Ses yeux se mirent à lui brûler. Comme elle l'avait fait à d'innombrables reprises au fil des ans, elle repoussa ces douloureux souvenirs et tenta de penser à autre chose. Elle se souvint qu'on projetait un film à Hadley Hall ce soir-là et que la date du pique-nique du jour de l'Indépendance approchait. Ce n'étaient que de petites distractions, mais cela lui changeait les idées. C'était quelque chose de différent, qui l'empêchait de devenir folle pour de bon. Chaque jour, elle se répétait qu'il n'était jamais trop tard pour qu'un miracle se produise ; peut-être qu'un jour, elle serait libre. Si elle se laissait aller à l'auto-apitoiement, elle perdrait l'esprit à coup sûr. Et c'était hors de question. Elle devait garder les idées claires si elle voulait survivre et retrouver Beatrice un jour.

La file avança devant elle.

— Comment s'appelle ce nouveau traitement, déjà ? demanda-t-elle à Esther.

— La thérapie par électrochocs, répondit Esther. Mais j'ai entendu des aides-soignants le surnommer « le bombardement ».

— Qu'est-ce que ça signifie ?

Esther haussa les épaules. Au même moment, deux aides-soignants transportèrent une femme inconsciente sur un brancard hors de la salle de traitement, un drap enroulé autour d'elle. Le drap glissa au sol, dévoilant le corps nu de la patiente. Les aides-soignants l'emmenèrent dans une pièce de l'autre côté du couloir. Une infirmière ramassa le drap et les suivit, les lèvres pincées. Les aides-soignants retournèrent ensuite dans la salle de traitement, et en émergèrent à nouveau une minute plus tard avec une autre femme, qu'ils soutenaient tandis qu'elle avançait en trébuchant vers une chaise alignée contre le mur. La femme derrière Clara se mit à geindre. Clara eut envie de lui ordonner d'arrêter. La file avança de nouveau.

Le docteur Roach fit son apparition pour passer les patientes en revue, inscrivant leurs noms sur un porte-bloc. Juste avant qu'il n'arrive au niveau d'Esther, les aides-soignants sortirent de la salle en portant un autre brancard, auquel une femme était attachée. Elle se tordait et hurlait de douleur. L'infirmière Trench courut jusqu'au médecin, son visage rouge déformé par une grimace.

— Docteur Roach ! cria-t-elle. Je crois qu'elle s'est cassé la colonne vertébrale !

Le praticien glissa le porte-bloc sous son bras et se précipita vers la patiente. Les aides-soignants s'arrêtèrent afin qu'il puisse l'examiner. Il fit courir sa main gantée de caoutchouc le long de son dos et fit un geste en direction de l'ascenseur de service.

— Emmenez-la à l'infirmerie, ordonna-t-il.

Les aides-soignants prirent le chemin de l'ascenseur. La femme était si agitée qu'ils avaient du mal à maintenir le brancard droit. L'infirmière Trench fixa le docteur Roach, une moue désapprobatrice aux lèvres.

— Je vous avais dit que c'était trop haut.

Le docteur Roach l'attrapa par le bras sans ménagement et l'entraîna vers la salle de traitement en lui marmonnant quelque chose à l'oreille. Clara serra les dents. Sa respiration était de plus en plus rapide. Que se passait-il dans cette salle ? Elle regarda derrière elle. Peut-être qu'elle pouvait encore se sauver, se retrouver dehors avant qu'on ne remarque son absence. Puis elle se rappela ce qui s'était passé la dernière fois qu'elle avait tenté de s'enfuir et frémit en repensant aux dix mois passés à l'isolement. Elle ne pouvait pas revivre ça. Elle avait failli en mourir.

La file avança encore. Clara regarda la femme assise sur la chaise. Elle était affalée contre le dossier, la tête contre le mur, les yeux clos comme si elle dormait. On amena deux autres femmes pour les asseoir à côté d'elle. Peut-être que le traitement n'était pas si terrible. Peut-être que les effets n'étaient violents que sur certaines personnes uniquement, celles qui avaient d'autres problèmes. Puis, avant qu'elle ait le temps de comprendre ce qui se passait, un aide-soignant les entraîna dans la salle avec Esther.

À l'intérieur, l'infirmière May et sept autres infirmières étaient en faction. Quatre lits étaient alignés au centre de la pièce, chaque matelas recouvert d'un drap propre. À côté de chaque lit se trouvait une boîte en bois posée sur un chariot en métal et contenant une machine avec des boutons, des jauges et des fils qui partaient en tous sens. Les appareils ressemblaient à des piles géantes, branchées à des prises électriques dans les murs par le biais de gros câbles noirs. Deux câbles supplémentaires connectaient chaque appareil à des électrodes. Les aides-soignants guidèrent Esther et Clara jusqu'à des lits où les infirmières leur ordonnèrent de s'allonger.

Clara s'exécuta, les jambes et les bras tremblants. Elle sentit une pellicule de sueur se former sur son front et au-dessus de sa lèvre supérieure. L'infirmière Trench lui appuya sur le menton pour la forcer à écarter les lèvres, et plaça un morceau de bois rond dans sa bouche. La boule épaisse et humide sentait les dents pourries et le vomi. L'infirmière May apparut à la tête du lit. Elle maintint le mors en place et ordonna à Clara de mordre dedans. Clara s'efforça de respirer par le nez pour ne pas vomir, le cœur battant à toute vitesse dans sa poitrine. L'infirmière Trench sangla ses chevilles et ses poignets au lit et le docteur Roach attrapa les électrodes connectées à l'appareil.

— Vous êtes sur le point de recevoir une thérapie par électrochocs. Je vais placer ces électrodes sur vos tempes, puis vous ressentirez une petite décharge. Vous n'avez rien à craindre. Mes collègues m'assurent qu'ils ont obtenu des résultats positifs avec les patients souffrant de schizophrénie et de délire. Ce traitement va vous aider, Clara.

Deux infirmières appuyèrent sur ses épaules. Tout à coup, elle fut submergée par la certitude absolue qu'elle devait sortir de ce lit. Elle ne pouvait pas les laisser lui faire ça, elle ne pouvait pas les laisser lui envoyer des décharges électriques dans le cerveau. Elle se débattit et se tordit en tous sens pour se libérer et tenta de pousser le mors hors de sa bouche avec sa langue. L'infirmière May appuya dessus et Clara eut un haut-le-cœur. À ce moment-là, du remue-ménage retentit dans le couloir. Un grondement résonna, comme un coup de tonnerre lointain, puis un autre bruit, semblable à des éclaboussures d'eau.

Des femmes se précipitèrent dans la pièce, hurlant et se bousculant. Leur empressement était tel que celles qui tombaient se faisaient piétiner. Certaines tentèrent de fermer la porte, agglutinées contre le bois, pendant que d'autres essayaient de forcer le passage pour entrer. Quelqu'un cria « Inondation ! » et la porte s'ouvrit à la volée, claquant contre le mur et projetant plusieurs femmes au sol. Un torrent d'eau brune envahit la pièce, si puissant qu'il fit tomber les patientes, les infirmières et les aides-soignants. Clara dévisagea le docteur Roach et l'infirmière May, les suppliant du regard de la détacher. L'infirmière fixait la porte, paralysée, la main toujours sur le mors. Clara secoua la tête d'avant en arrière et l'infirmière lâcha enfin prise. Clara cracha le morceau de bois et se redressa.

— Détachez-moi !

Tout à coup, l'infirmière May disparut, emportée par l'eau. Le docteur Roach la regarda tomber, le visage déformé par la peur. Mais au lieu de l'aider, il partit dans la direction opposée, avançant difficilement vers le fond de la pièce, poussant les infirmières et les aides-soignants qui se trouvaient sur son passage. Il grimpa sur une armoire, retira une de ses chaussures et leva le bras au niveau d'un soupirail. Le niveau de l'eau montait rapidement. La tête de l'infirmière May apparut au pied du lit de Clara. Ses cheveux mouillés étaient collés à son visage, sa coiffe d'infirmière trempée et chiffonnée, retenue par une seule pince noire. Elle se redressa et agrippa le matelas d'une main, l'autre tendue en direction du docteur Roach.

— Victor ! dit-elle entre deux quintes de toux. Aide-moi ! Mon pied est coincé !

Il lui jeta un bref regard, puis se détourna et cassa le carreau avec sa chaussure. Sans se retourner, il se hissa et rampa à l'extérieur. L'infirmière May disparut de nouveau, ses mains pâles accrochées au matelas. L'eau envahissait la pièce à toute vitesse et générait un courant puissant. Elle ne tarda pas à monter le long des jambes de Clara, qui s'ankylosa aussitôt à son contact glacé. Elle tira de toutes ses forces sur les sangles, mais cela ne servait à rien. Le cuir était trop épais. Elle avait déjà de l'eau jusqu'à la taille.

L'infirmière Trench fit surface à droite de Clara, telle une baleine qui émergeait des profondeurs. Elle cracha puis suffoqua, les cheveux dans les yeux. Elle regarda autour d'elle, puis se pencha en avant et avança vers Clara, grognant sous l'effort. L'eau lui arrivait à la poitrine. Enfin, elle atteignit le lit et entreprit de défaire les sangles qui emprisonnaient Clara à tâtons sous l'eau sombre. Clara retint son souffle en attendant qu'elle détache la dernière sangle, avec de l'eau jusqu'au menton, puis jusqu'à la bouche, puis jusqu'en dessous du nez. Soudain, l'infirmière disparut, poussée par le courant. Les lumières vacillèrent puis s'éteignirent, et Clara fut emportée à son tour, la sangle se détachant à la dernière seconde. Sa tête toucha le plafond. Puis l'eau lui recouvrit le cou, le nez, les yeux. Elle remplit ses narines et ses oreilles.

Clara retint son souffle et nagea sous l'eau en direction du soupirail, parmi les corps, les draps et les oreillers. Son pouls battait au niveau de ses tempes. Soudain, elle se sentit désorientée, incapable de savoir si elle avançait dans la bonne direction. Elle ouvrit les yeux et aperçut une faible lueur qui ondulait sous l'eau, tel le mirage d'un soleil. Puis le mirage disparut derrière quelque chose de sombre, comme si une éclipse soudaine masquait la lumière. Elle tenta de contourner l'obstacle, mais quelqu'un lui saisit le bras et l'entraîna dans la direction opposée. Alors qu'elle se débattait pour se libérer, elle inhala sans le vouloir et avala de l'eau. Quelqu'un l'attrapa par les épaules, comme pour monter sur elle afin d'atteindre la surface. Puis elle se sentit flotter. La douleur avait enfin disparu.

CHAPITRE 23

Izzy

Deux jours après l'enterrement de sa mère, Izzy se tenait sous le porche d'une maison victorienne à la façade verte, le cœur battant la chamade. Peg l'accompagnait. Après une longue hésitation, elle inspira profondément, appuya sur la sonnette et recula d'un pas. De l'autre côté de la porte, un bruit de pas précipités résonna. Une main écarta le rideau en dentelle qui habillait le vasistas, puis le tissu retomba. La porte s'ouvrit, et une jeune femme à lunettes et aux cheveux courts leur sourit. Izzy se demanda si elles étaient à la bonne adresse.

— Puis-je vous aider ?

Peg lui rendit son sourire.

— Est-ce bien la maison de Miss Rita Trench ?

— Oui. Puis-je vous demander qui vous êtes ?

— Je vous présente Isabelle. Je suis Peg Barrows, sa mère d'accueil, et également la conservatrice du musée d'État. J'ai appelé un peu plus tôt pour savoir si

Miss Trench accepterait de répondre à quelques questions sur l'époque où elle travaillait à Willard State.

La femme sourit de nouveau et tendit la main.

— Je m'appelle Renee, je suis l'infirmière de Rita. Entrez, je vous en prie.

Renee referma la porte derrière elles et offrit de les débarrasser de leurs manteaux. Plusieurs chats de toutes les couleurs vinrent se frotter à ses chevilles. Ils miaulaient, s'étiraient, enfonçaient leurs griffes dans un paillasson tressé. D'autres étaient roulés en boule sur les marches de l'escalier, ou endormis sur le canapé de l'entrée.

— J'espère que vous n'êtes pas allergiques !

Peg et Izzy sourirent et secouèrent la tête. Elles la suivirent le long d'un couloir étroit qui menait vers l'arrière de la maison. De chaque côté, des portes ouvertes donnaient sur une salle à manger et un salon peuplés de meubles anciens. Chaque surface, chaque étagère était couverte de vases en céramique, de figurines en verre, d'horloges, de bibelots, de tasses en porcelaine, et de bien plus de livres qu'Izzy en avait jamais vu dans une maison. Chaque mur était tapissé de peintures à l'huile, de portraits en noir et blanc et de miroirs dorés. Même les lampes étaient ornées de rubans ou couvertes de foulards.

— Est-ce que Miss Trench vit seule ? demanda Peg.

— Oui, depuis toujours, répondit Renee tout bas. Elle n'a pas de famille. C'est très triste. Mais ne vous laissez pas berner par son âge. À 95 ans, elle est encore maligne comme un singe.

— Se rappelle-t-elle son passage à Willard ? s'enquit Izzy.

— Oh oui ! assura Renee. Beaucoup de gens viennent ici pour l'interroger sur des membres de leur famille qui y étaient internés. Elle se souvient presque toujours des personnes dont ils parlent.

Peg se tourna vers Izzy, dont le cœur se mit à battre plus vite. Elles entrèrent dans une grande véranda qui donnait sur une cuisine d'un côté et sur une pièce à vivre de l'autre. Les rayons du soleil entraient à travers trois portes vitrées et se reflétaient sur les murs blancs, remplissant la pièce d'une lumière chaleureuse. Une femme aux cheveux gris était étendue sur une méridienne, une couverture et un chat blanc sur les genoux. Ses pieds, glissés dans des pantoufles, dépassaient et ses épaules occupaient toute la largeur du dossier. Son visage aux bajoues prononcées semblait appartenir à un ancien joueur de football américain ou à un ancien boxeur poids lourd. Izzy n'avait jamais vu une femme âgée à la carrure aussi imposante. Apparemment, l'idée selon laquelle on rapetissait avec l'âge ne s'appliquait pas à Miss Trench.

La vieille dame sourit et se redressa, puis leur fit signe de s'asseoir.

— Bienvenue. Aimeriez-vous du thé ou du café ?

Peg et Izzy prirent place sur un canapé crème en face de la méridienne.

— Non, merci, répondit Peg. C'est gentil.

— Ne faites pas tant de manières. Je ne reçois pas beaucoup de visiteurs. Prenez donc une tasse de thé avec moi. Renee, avons-nous encore du gâteau au chocolat ?

— Je crains bien que non, dit Renee avec un grand sourire. Vous avez mangé le dernier morceau au petit déjeuner ce matin.

— La barbe !

Miss Trench rit, se redressa davantage et poussa le chat sur ses genoux.

— Bon, il nous reste toujours le thé. À présent, dites-moi ce que je peux faire pour vous, mesdames.

— Nous espérions que vous pourriez nous renseigner sur quelqu'un qui était pensionnaire à Willard.

— C'est possible. Comment s'appelait la personne ?

— Clara Elizabeth Cartwright, indiqua Izzy.

Miss Trench se rappuya contre le dossier, les sourcils froncés.

— Êtes-vous de sa famille ?

Izzy secoua la tête.

— Non. Mais nous avons retrouvé la malle de Clara, celle qu'elle avait lorsqu'elle est arrivée à Willard.

Elle se sentit rougir sous le regard appuyé de la vieille dame. Et si Miss Trench refusait de les aider ?

— Nous essayons de retracer les vies de plusieurs patients dans le cadre d'un projet avec le musée, expliqua Peg. L'État ne nous a accordé qu'un accès limité aux dossiers des patients, car ils sont scellés, même pour les membres de la famille. Clara est l'un des patients sur lesquels nous aimerions en savoir plus, mais plusieurs éléments manquent à son dossier. Par exemple, nous n'avons pas trouvé son certificat de décès.

Miss Trench renifla et ferma les yeux.

— Ça… Je suis sûre qu'il manque tout un tas de choses à son dossier.

Elle fit revenir le chat sur ses genoux et le caressa de sa grande main noueuse. Elle inclina la tête et le mouvement de sa main ralentit, jusqu'à s'arrêter. Clara eut peur qu'elle ne se soit endormie, mais Miss Trench releva la tête, les yeux vitreux.

— Je me souviens de Clara. Une très jolie jeune fille.

Izzy retint son souffle. Renee apparut avec, dans les mains, un plateau d'argent qu'elle posa sur la table basse. Elle servit le thé, tendit une tasse en porcelaine à chacune et s'assit dans un fauteuil à oreilles, près de Miss Trench.

— Il y a aussi du sucre et du citron, indiqua-t-elle.

Peg mit deux morceaux de sucre dans sa tasse et deux dans celle d'Izzy, dont la main tremblait fortement. Elle but une gorgée pour être bien élevée, puis reposa son thé sur le plateau.

— Le dossier de Clara indique qu'elle a donné naissance à une petite fille alors qu'elle était à Willard, commença Izzy. Savez-vous quelque chose à ce sujet ?

Miss Trench hocha la tête, la mâchoire serrée.

— Oui, dit-elle dans un filet de voix. Clara était complètement bouleversée quand sa fille lui a été retirée.

Izzy se raidit. Un poids froid et dur écrasait sa poitrine. Pauvre Clara ! Non seulement elle avait perdu sa liberté et l'amour de sa vie, mais elle avait aussi perdu son enfant. Comment était-il possible de survivre à un tel chagrin ?

— La fille de Clara a donc été adoptée ? demanda Peg.

Mille pensées traversèrent l'esprit d'Izzy. Si la fille de Clara avait été adoptée, avait-elle grandi dans une famille heureuse, ou était-elle passée de famille d'accueil en famille d'accueil ? Avait-elle grandi en croyant qu'elle était orpheline, ou que sa mère n'avait que faire d'elle ?

Savait-elle qui était sa mère ? Et si oui, sa vie était-elle entachée à jamais par le fait que sa mère était dans un hôpital psychiatrique ? Avait-elle jamais envisagé de lui rendre visite ou avait-elle effacé sa mère de son esprit et choisi de prétendre qu'elle n'existait pas ? Avait-elle vécu avec la même peur qu'Izzy que les gènes de la folie ne se soient immiscés dans son cerveau, sans qu'elle puisse rien faire pour les empêcher de prendre le contrôle ?

Miss Trench secoua la tête.

— La plupart des bébés nés à Willard étaient confiés aux membres de la famille si ces derniers souhaitaient les recueillir, ou alors ils étaient adoptés. Mais pas la fille de Clara.

Peg fronça les sourcils.

— Pourquoi pas ? Que lui est-il arrivé ?

Miss Trench soupira et passa ses doigts osseux dans la fourrure du chat.

— Pourquoi me posez-vous des questions à ce sujet ? Je croyais que c'était sur Clara que vous vouliez en savoir plus, pas sur sa fille.

D'une main tremblante, Izzy sortit le journal intime de Clara de son sac.

— Parce que nous avons trouvé le journal intime de Clara dans sa malle. Elle y parle de sa vie avant son admission à Willard. J'aimerais retrouver la fille de Clara afin de le lui donner. Si elle est toujours en vie, je veux qu'elle connaisse la vérité sur ce qui est réellement arrivé à sa mère.

Notablement plus pâle qu'à l'instant précédent, Miss Trench dévisagea Renee.

— Il va me falloir quelque chose de plus fort que du thé sur ce coup-là, ma chérie. Allez me chercher le brandy, voulez-vous ?

— Il est trop tôt, protesta Renee. Vous n'avez pas encore déjeuné.

— Je me fiche de l'heure qu'il est ! s'emporta Miss Trench en faisant claquer sa main aux veines bleutées sur sa jambe. Faites ce pour quoi je vous paie !

Renee secoua la tête.

— Comme vous voudrez.

Elle se leva et prit le chemin de la cuisine.

— Mais vous n'aurez pas les félicitations du médecin lorsqu'il l'apprendra ! lança-t-elle par-dessus son épaule.

— Il n'apprendra rien du tout si vous ne le lui dites pas ! cria Miss Trench d'une voix éraillée.

Lorsque Renee disparut dans la pièce voisine, Miss Trench sourit faiblement à Peg et à Izzy.

— La petite fille de Clara n'a pas été adoptée parce qu'elle était spéciale.

— Spéciale, c'est-à-dire ? demanda Peg.

— Elle était née d'une mère saine d'esprit. Le médecin responsable savait que ce bébé deviendrait un adulte en parfaite santé. Il était fort probable que cette enfant ne développe jamais le moindre trouble mental.

— Vous êtes donc en train de nous dire que Clara n'était pas malade ? Qu'elle n'avait rien à faire dans un asile ?

— C'est exact, confirma Miss Trench.

— Et le médecin le savait.

Miss Trench hocha la tête.

— Dans ce cas, pourquoi l'avoir gardée là-bas ? intervint Izzy. Pourquoi le médecin ne l'a-t-il pas laissée sortir ?

— C'était différent, à l'époque. Beaucoup de gens n'avaient pas leur place en hôpital psychiatrique, surtout des femmes. Mais nous ne savions pas quoi faire d'autre.

— Mais vous venez de nous dire que le médecin responsable savait que Clara n'était pas malade, insista Peg.

— Il croyait qu'elle l'était, au début. Nous le pensions tous. Mais il y avait d'autres éléments, d'autres personnes impliquées. Lorsque le docteur Roach a compris que Clara n'était qu'une jeune fille un peu rebelle avec une vie de famille difficile, il était trop tard. Son destin était scellé.

— Pourquoi ? demanda Izzy avec une colère qui la surprit elle-même.

— La femme du docteur Roach ne pouvait pas avoir d'enfant. La pauvre ne cessait de faire des fausses couches.

Izzy porta une main à son ventre. Elle avait envie de vomir.

— Vous voulez dire que le médecin a pris le bébé de Clara ? demanda Peg.

Au même moment, Renee revint avec le brandy. Elle en versa un peu dans le thé de Miss Trench et laissa la bouteille sur la table basse. Miss Trench but une longue gorgée.

— C'est ça. Le docteur Roach l'a ramenée chez lui et élevée comme sa propre fille.

— Savez-vous où il est désormais ?

— Enterré au cimetière d'Ithaca, à côté de sa femme. Je n'ai jamais compris pourquoi elle était restée avec lui, ajouta Miss Trench, le regard perdu dans le vide.

— Et la fille de Clara ? interrogea Izzy. Où est-elle ?

— Aux dernières nouvelles, elle vivait à Ithaca. Elle était institutrice en maternelle, je crois.

L'estomac d'Izzy se noua.

— Était ?

— Je suppose qu'elle doit être à la retraite, désormais. Elle a plus de 60 ans.

Izzy poussa un soupir de soulagement.

— Susan. La femme du docteur Roach l'a amenée à Willard un jour. Elle devait avoir dans les 4 ans. Le docteur Roach n'a pas apprécié. Il a dit à sa femme de ne jamais recommencer. J'ai bien failli défaillir quand j'ai compris qui était la petite.

— Est-ce que vous avez fait quelque chose ? Avez-vous dit au docteur Roach que vous connaissiez la vérité ?

Miss Trench secoua la tête.

— Ça n'aurait rien changé.

— Ont-ils dit à Susan qu'elle était adoptée ? demanda Peg.

Elle posa une main sur le genou d'Izzy et plongea son regard dans le sien.

— Je sais que tu penses bien faire en donnant le journal intime à Susan, mais si elle ignore qu'elle a été adoptée, il vaut peut-être mieux laisser les choses comme elles sont.

— Oh, elle est au courant ! intervint Miss Trench. La femme du docteur Roach était adoptée, elle aussi.

Lorsqu'elle m'a présenté Susan, elle m'a dit qu'elle ne voulait surtout pas que la petite découvre son adoption par erreur, comme cela avait été le cas pour elle. Elle voulait que Susan grandisse en comprenant que Dieu avait décidé qu'elle pouvait choisir sa fille, et qu'elle l'avait choisie elle.

— L'avez-vous vue souvent après son adoption ?

— Non. Juste ce jour-là. C'était une belle petite fille, comme sa mère, mais avec des cheveux sombres et des yeux marron.

— Comme son père Bruno, fit remarquer Izzy.

— C'est exact.

Izzy se redressa.

— Attendez une seconde. Comment savez-vous à quoi ressemblait Bruno ?

Miss Trench pinça les lèvres, puis avala une autre longue gorgée de thé au brandy. Lorsqu'elle se pencha pour poser la tasse et la sous-tasse sur la table, ses mains tremblaient tellement qu'elle faillit les faire tomber.

— Peut-être que nous devrions faire une pause, suggéra Renee. Tout cela semble vous contrarier.

Miss Trench secoua la tête et agita la main.

— Non. Je me tais depuis trop longtemps. Il faut que je m'ôte ce poids de la conscience avant de mourir.

Elle inspira profondément et expira avec lenteur.

— Bruno est venu à Willard pour secourir Clara.

Izzy poussa une exclamation de surprise.

— Est-ce qu'il a réussi ?

— Non, répondit Miss Trench, les yeux brillants de larmes. Le docteur Roach l'a fait enfermer, lui aussi.

Un frisson glacé parcourut l'échine d'Izzy, telle une main glacée qui l'effleurait. Elle déglutit péniblement, la gorge nouée et brûlante.

— En êtes-vous sûre ? demanda Peg, les yeux écarquillés.

— Certaine. J'étais là le jour de son admission.

— Était-ce avant ou après la naissance de Susan ?

— Après.

— Donc, le docteur Roach avait déjà pris le bébé, fit remarquer Izzy.

Miss Trench acquiesça, les lèvres pincées.

— J'ignorais où était la petite à ce moment-là. Je croyais qu'elle avait été envoyée à l'Association d'aide à l'enfance pour être adoptée.

— Est-ce que Clara et Bruno se sont vus après son admission ? demanda Izzy.

— Presque un an plus tard. Je ne les oublierai jamais dansant ensemble le jour de la Saint-Valentin. Ça se voyait qu'ils étaient faits l'un pour l'autre. Ils croyaient que personne ne savait qu'ils s'étaient retrouvés, mais, moi, je le savais.

— Pourquoi n'avoir rien dit ? s'offusqua Izzy. Pourquoi ne pas avoir tenté de les aider ?

— Ça n'aurait servi à rien. Je n'avais aucune autorité à Willard. De plus, ni Clara ni Bruno n'avait de famille qui se préoccupait de leur sort. Qui étais-je censée prévenir ? Au moins, ils pouvaient se voir lors des fêtes et des événements spéciaux lors desquels les patients et les patientes avaient l'autorisation de se mélanger. J'ai pensé qu'ils avaient au moins une chance de construire un semblant de vie à deux à Willard, aussi triste que cela puisse paraître.

— Susan est-elle au courant que ses parents étaient tous les deux à Willard ? demanda Izzy.

Miss Trench baissa les yeux.

— Elle sait que sa mère y était, mais le docteur Roach a fait croire à sa femme que Clara était morte en couches. Je suis sûre qu'elle a dû raconter la même histoire à Susan.

— Alors Susan pensait que sa mère était morte. Et folle, ajouta platement Izzy.

Miss Trench haussa les épaules.

— Je suppose que oui.

— Ne croyez-vous pas qu'elle avait le droit de savoir que sa mère n'avait rien à faire dans un asile ? insista Izzy, incapable de dissimuler sa colère.

Miss Trench secoua la tête. Elle sortit un mouchoir chiffonné de sa manche. Ses mains tremblaient toujours.

— Je vous l'ai dit, je n'ai vu Susan qu'une seule fois. J'ai gardé un œil sur elle de loin, mais j'ai estimé que ce n'était pas mon rôle de m'en mêler.

— Connaissez-vous son nom de famille ? demanda Izzy.

— Non.

— Savez-vous si elle s'est mariée ?

— Je l'ignore. Je suis désolée.

— Et son deuxième prénom ? tenta Izzy.

— Clara. La femme du docteur Roach tenait absolument à ce qu'elle ait quelque chose qui vienne de sa mère.

— Mais alors qu'est-il arrivé à Bruno et à Clara après leurs retrouvailles lors de la Saint-Valentin ? Ont-ils passé le restant de leurs jours à Willard ? Ont-ils trouvé un moyen d'être ensemble ?

Miss Trench s'essuya les yeux avec son mouchoir.

— Il vaudrait sans doute mieux que vous posiez la question à Clara. Si son certificat de décès ne figure pas dans son dossier, c'est parce qu'elle est toujours vivante.

CHAPITRE 24

Izzy

Une semaine après avoir rencontré Miss Trench, Izzy était assise en face de Peg au café Ithaca Diner, baignée dans la lumière fluorescente des néons, le genou tressautant sous la table en Formica. Il était midi et l'endroit était bondé de lycéens, de couples de personnes âgées et de familles avec de jeunes enfants. Des serveuses annonçaient les commandes à voix haute et traversaient la salle en tous sens avec des plateaux chargés de biscuits, de tartes aux pommes, de sodas à la crème glacée et de cafés. La clochette au-dessus de la porte tinta et, pour la énième fois, Izzy se tordit le cou pour voir qui entrait. C'étaient un homme de petite taille avec une casquette bleue de vétéran et une femme dont le manteau jaune lui donnait l'air d'un canari géant. Izzy soupira et recommença à jouer avec la salière.

— Connais-tu l'expression « Tout vient à point à qui sait attendre » ? lui dit Peg en souriant.

— Peut-être qu'elle a changé d'avis.

— Ça m'étonnerait.

Peg consulta sa montre.

— De plus, je lui ai dit entre midi et midi et demi, et il n'est que midi dix.

Au même moment, une jeune serveuse apparut, essoufflée et les joues rouges. Elle devait avoir deux ans de plus qu'Izzy, peut-être. Elle ramena derrière son oreille une mèche de cheveux qui s'était échappée de sa queue de cheval blonde, sortit son bloc-notes de son tablier et sourit.

— Qu'est-ce que je vous sers ?

— Nous attendons quelqu'un, répondit Peg. Nous allons simplement commander les boissons pour le moment, si ça ne vous dérange pas.

La serveuse regarda par-dessus son épaule.

— D'accord, mais est-ce que l'autre personne va beaucoup tarder ? Mon patron n'aime pas quand les clients occupent les tables trop longtemps sans manger à l'heure du déjeuner.

Peg sourit.

— Elle devrait être là d'une minute à l'autre. Mais vous savez quoi, la prochaine fois que vous viendrez, nous commanderons les plats, même si elle n'est pas là.

— D'accord. Qu'est-ce que vous voulez boire ?

Peg demanda un café et Izzy un Coca. La serveuse nota les boissons sur son carnet puis s'éloigna, sa queue de cheval bondissant derrière elle. Izzy allait ouvrir la bouche pour dire qu'elle trouvait ça impoli de la part du propriétaire de presser les clients, quand une femme d'un certain âge s'approcha de leur table. Elle était grande et mince, avec des yeux couleur ébène et des cheveux gris coupés en un carré élégant. Son long manteau noir et ses bottes en cuir lui conféraient une allure sophistiquée, et l'écharpe lavande autour de son cou était assortie à la couleur de son ombre à paupières. La respiration d'Izzy s'accéléra. La femme était le portrait craché de Clara, avec des yeux plus sombres et une peau plus mate.

— Peg ? demanda la femme en haussant ses sourcils à l'arche parfaite.

Peg se leva et lui serra la main, un sourire aux lèvres.

— Vous devez être Susan. Merci d'être venue.

Elle désigna la banquette qu'elle occupait un instant plus tôt.

— Asseyez-vous, je vous en prie. Je vais me mettre à côté d'Izzy.

Susan se glissa sur la banquette et retira son écharpe avant de sourire à Izzy.

— Tu es Isabelle, c'est ça ?

Izzy hocha la tête et serra la main de Susan.

— Je suis ravie de vous rencontrer, dit-elle d'une voix que la nervosité faisait vaciller un peu.

Elle toucha le sac posé à côté d'elle et visualisa le journal intime de Clara rangé à l'intérieur. Les battements de son cœur s'emballèrent.

— Alors, de quoi souhaitais-tu me parler, Isabelle ? Ta mère m'a dit que tu avais quelque chose à me montrer. Quelque chose en lien avec Willard State, là où travaillait mon père ?

Izzy déglutit et se redressa.

— Oui, je…

Au même moment, la serveuse revint avec les boissons de Peg et d'Izzy. Elle les plaça sur la table et se tourna vers Susan.

— Souhaitez-vous que je vous apporte quelque chose à boire pendant que vous consultez le menu ?

— Avec plaisir. Une tasse de thé, s'il vous plaît. Avec du citron.

— Ça arrive tout de suite, lança aimablement la serveuse avant de tourner les talons.

Ce fut Peg qui reprit la parole.

— Si ça ne vous dérange pas, j'aimerais vous dire quelques petites choses avant de commencer, afin qu'il n'y ait pas de malentendus.

Susan sourit à nouveau.

— Certainement.

Peg s'éclaircit la gorge.

— Je suis la mère d'accueil d'Isabelle. Est-ce que je l'ai mentionné ?

Susan fronça les sourcils, l'air perplexe. Puis elle reprit son expression avenante.

— Oui, vous me l'avez dit au téléphone.

— Malheureusement, Izzy a perdu sa mère biologique récemment.

— Oh non ! Je suis vraiment désolée, Izzy. J'ai perdu ma mère, moi aussi. Elle est morte après ma naissance.

— Je sais, répondit Izzy. Et ensuite, vous avez été adoptée.

Peg grimaça et lança un regard en coin à Izzy. C'était trop tôt. Mais Izzy n'arrivait pas à se retenir : le besoin de dire la vérité à Susan concernant Clara et Bruno lui donnait l'impression d'avoir les doigts dans une prise électrique. Elle s'essuya les paumes sur son jean et glissa ses mains sous ses cuisses.

— Comment le sais-tu ?

Susan dévisagea Peg, les lèvres pincées.

— Que se passe-t-il ?

— Je suis désolée, Susan. Izzy est un peu anxieuse. Mais comme je l'espérais, en vous parlant de la mort de la mère d'Izzy, vous avez confirmé celle de la vôtre.

— Pourquoi ne pas avoir posé la question, tout simplement ? Je croyais que vous vouliez en savoir plus sur Willard et sur mon père, le docteur Roach.

— Nous allons tout vous expliquer, je vous le promets. J'ai juste besoin de recueillir quelques informations d'abord.

Susan soupira.

— Très bien. Que souhaitez-vous savoir ?

— Que savez-vous sur votre mère biologique ?

— Rien de plus que ce que m'a raconté ma mère adoptive. Que c'était une patiente à Willard.

— C'est tout ? Que vous a dit votre père ?

— Mon père refusait d'en parler. Ma mère biologique était l'une de ses patientes et elle est morte en me donnant naissance, c'est tout ce que je sais. Il y a environ quinze ans, après la mort de ma mère adoptive, j'ai essayé de consulter le dossier de ma mère biologique, même si je ne connaissais pas son nom complet. Mais on m'en a refusé l'accès et ce même si j'étais une descendante de patiente.

Susan secoua la tête, les sourcils froncés.

— Ils ne veulent même pas me dire où ma mère est enterrée afin que j'aille me recueillir sur sa tombe. Ça n'a pas de sens.

Izzy se pencha en avant, des papillons dans le ventre.

— Est-ce que vous vous entendiez bien avec votre père adoptif ? demanda-t-elle.

Susan pencha la tête sur le côté, intriguée.

— Quel est le rapport ?

Peg tapota la table devant Izzy pour l'inciter à se retenir.

— Je crois que je sais où Izzy veut en venir, mais rembobinons un instant.

Elle lança un regard d'avertissement à Izzy, comme pour lui dire *Sois patiente !* avant de continuer.

— Donc, vous avez toujours voulu en savoir plus sur votre mère biologique ?

Susan haussa les épaules.

— Bien sûr. Tout le monde veut savoir d'où il vient, vous ne croyez pas ?

Elle croisa ses doigts manucurés sur la table et soupira.

— Je dois admettre que, lorsque j'étais plus jeune, je ne voulais rien savoir sur ma vraie mère. L'idée qu'elle était atteinte d'une maladie mentale me terrifiait. En grandissant, je me suis rendu compte à quel point cette peur influençait mes choix de vie. Ma mère adoptive n'a jamais compris pourquoi je ne voulais pas me marier ni avoir d'enfants. Je ne savais pas comment lui expliquer que c'était parce que j'avais peur de…

— De transmettre les gènes de votre mère, intervint Izzy.

Susan la scruta, incrédule.

— C'est exactement ça. Je n'ai pas la moindre idée de ce dont est constitué mon ADN et j'avais peur d'interroger mon père à ce sujet. Dans l'ensemble, il était très attentionné, mais il pouvait se montrer soupe au lait, parfois. La seule fois où j'ai posé des questions, il est entré dans une rage folle et m'a interdit de reparler de ma vraie mère. Et je ne pouvais pas me tourner vers ma mère adoptive dans l'espoir d'obtenir des réponses, car elle obéissait toujours à mon père. Sans compter que je ne voulais pas la contrarier ni la blesser. Elle a toujours été très fragile, aussi bien sur le plan physique qu'émotionnel.

— Avez-vous toujours envie d'en savoir plus sur votre mère biologique ? Même si ce que vous découvrez ne correspond pas tout à fait à ce que votre père vous a raconté ?

Susan pâlit. À cet instant, la serveuse lui apporta un mug blanc, une petite théière argentée et une coupelle pleine de rondelles de citron. Elle sortit ensuite son carnet et son stylo de son tablier, et Izzy grogna en son for intérieur.

— Pouvez-vous nous accorder quelques minutes de plus, s'il vous plaît ? demanda Peg.

La serveuse leva les yeux au ciel et s'éloigna.

— Je ne comprends pas, dit alors Susan. Comment pouvez-vous savoir quoi que ce soit sur ma mère biologique ?

Peg lui parla alors de son travail au musée. Elle lui exposa le projet Willard et lui expliqua que le travail d'Izzy consistait à faire l'inventaire du contenu des valises et des malles. Lorsque Peg mentionna que les employés du musée avaient reçu l'autorisation d'accéder à des dossiers d'anciens patients, Susan écarquilla grand les yeux. Penchée en avant, elle buvait les paroles de Peg avec la plus grande attention.

— Izzy sait beaucoup de choses sur votre mère. Plus que moi, d'ailleurs. Elle tenait absolument à vous rencontrer pour vous dire la vérité sur ce qui est arrivé à vos parents.

Susan se décomposa et se laissa aller contre le dossier de la banquette.

— Mes parents ? Mon père ignorait qui était mon père biologique.

Izzy inspira profondément avant de répondre :

— Je suis désolée, mais ce n'est pas vrai. Le docteur Roach était au courant de tout.

— Comment ça, tout ? Je t'en prie, dis-moi ce que tu sais.

— Tout d'abord, je veux que vous sachiez que je ne pense pas que votre père adoptif avait l'intention de vous faire du mal, à vous ou à votre mère biologique. Les maladies mentales étaient traitées différemment à l'époque, et leur définition même était différente de celle d'aujourd'hui. Il s'est contenté de faire ce qu'on attendait de lui à ce moment-là. En revanche, je ne sais pas trop quelles ont pu être les raisons qui l'ont poussé à faire admettre votre père à Willard.

— Es-tu en train de me dire que mon père aussi était interné ?

Le menton de Susan se mit à trembloter et elle pinça les lèvres pour retenir ses larmes.

— Heureusement que j'ai écouté mon instinct et que je n'ai jamais eu d'enfants !

Izzy secoua la tête.

— Non. Ce n'est pas ça.

Elle tendit le bras et posa sa main sur celle de Susan, surprise d'éprouver le besoin de réconforter une personne qu'elle connaissait à peine.

— J'ai quelque chose à vous montrer.

De sa main libre, Izzy sortit une photographie de son sac et fit glisser le cliché en noir et blanc sur la table.

— Voici Clara Elizabeth Cartwright et Bruno Moretti, annonça-t-elle d'une voix étranglée. Vos parents. Et croyez-moi, ils n'étaient absolument pas fous.

Susan s'empara de la photo d'une main tremblante.

— Comme ils sont beaux, murmura-t-elle d'une voix où perçait l'admiration.

— Vous leur ressemblez beaucoup, dit Peg.

— Bruno a essayé de faire sortir Clara de Willard, reprit Izzy. C'est pour ça qu'ils l'ont enfermé.

— Pourquoi auraient-ils fait une chose pareille ?

Peg lança un regard en coin à Izzy. Elles avaient décidé de ne pas partager avec Susan leur théorie selon laquelle le docteur Roach avait fait interner Bruno pour l'empêcher de découvrir qu'il avait adopté Susan. C'était trop lourd, et il était trop tôt. De plus, ce n'était qu'une hypothèse.

— Nous n'en sommes pas certaines, dit Peg.

— A-t-il été relâché ?

— Nous ne sommes pas sûres de ce qui lui est arrivé, car nous n'avons pas compris tout de suite que c'était un patient, expliqua Izzy. Autrement, lorsque nous avons eu accès aux archives, nous aurions cherché son dossier.

— Peut-être que nous recevrons la permission de consulter de nouveau les dossiers des anciens patients, mais j'en doute fort, déplora Peg.

— Cartwright, dit soudain Susan en se tapotant le menton. Ce nom me dit quelque chose. Henry Cartwright et sa femme ont été tués dans l'incendie du Holland Tunnel. Je n'avais même pas 20 ans, mais je m'en souviens. Tous les journaux en ont parlé, du fait que c'était un célèbre banquier.

— C'étaient vos grands-parents, annonça Izzy.

Susan haussa les sourcils.

— Comment peux-tu être aussi catégorique ?

Izzy prit une profonde inspiration, sortit le journal de son sac et le posa sur la table.

— Parce que tout est là. C'est le journal intime de votre mère.

Susan poussa une petite exclamation de surprise et effleura délicatement le cuir vert du bout des doigts. Elle ouvrit la première page et scanna rapidement les premières lignes.

— Nous aimerions que vous le gardiez, dit Peg.

Après un long moment, Susan prit le journal et le serra contre sa poitrine.

— Merci mille fois, dit-elle en souriant à travers ses larmes. Jamais je ne pourrai vous remercier assez.

Elle attrapa de nouveau la photographie, les lèvres tremblantes.

Izzy s'éclaircit la gorge. Son cœur semblait sur le point d'exploser.

— Il y a encore une chose. Votre mère n'est pas morte en couches. Lorsque Willard a fermé, l'année dernière, elle a été transférée dans une maison de retraite, ici, à Ithaca.

Susan laissa tomber la photo et plaqua une main sur sa bouche, les yeux ronds comme des soucoupes.

— Et nous nous demandions si vous aimeriez aller la voir, une fois que vous aurez lu son journal.

CHAPITRE 25

Izzy et Clara

Des dindes orange et des pèlerins aux chapeaux noirs décoraient les fenêtres et les murs de la maison de retraite d'Ithaca, et ce, même si Thanksgiving était plus de trois semaines plus tard. Izzy suivait Peg et Susan à travers les couloirs où régnait une chaleur d'étuve, derrière une jeune infirmière en blouse rose. Le front en sueur, elle retira son manteau et regretta de ne pas porter un pull plus fin. Une odeur prononcée de soupe de poulet, de pommes de terre bouillies, de désinfectant et d'urine flottait dans l'air. Un vieil homme avançait lentement vers elles, agrippé à un déambulateur, sa tête parsemée de taches de vieillesse dodelinant au bout de son cou à la peau fine. Izzy garda les yeux rivés droit devant elle, en faisant en sorte d'ignorer les lits médicalisés, les déambulateurs, les femmes aux cheveux blancs assises dans des chaises roulantes, les yeux fixés à la télévision qui beuglait.

Elle jura entre ses dents, perturbée de constater à quel point la maison de retraite lui rappelait sa mère, allongée dans l'infirmerie de la prison. Elle humecta ses lèvres desséchées par la chaleur et la nervosité. Le monde était peuplé de personnes brisées, et tous les hôpitaux et toutes les prisons du monde ne parviendraient jamais à réparer leurs cœurs fracturés et leurs âmes meurtries. Izzy prit une profonde inspiration et tenta d'occulter cette pensée, pour se concentrer sur Clara et Susan. Au moins, elle pouvait se réjouir et s'enorgueillir d'avoir réparé ce mal, d'avoir tenté de recoller ces cœurs brisés.

Si, toutefois, la femme qu'elles s'apprêtaient à voir était bel et bien Clara Elizabeth Cartwright.

Jusqu'à ce qu'elles arrivent sur le parking de la maison de retraite et que Susan avoue qu'elle n'était pas entièrement convaincue que cette femme était sa mère, Izzy avait eu l'absolue conviction que Miss Trench était certaine de ce qu'elle avançait. Mais à présent, elle commençait à avoir des doutes. Les archives de Willard avaient pu être mélangées, des noms mal épelés. Cela arrivait souvent, après tout. Ce n'était pas parce qu'une ancienne infirmière affirmait que cette femme était Clara Elizabeth Cartwright que c'était la vérité. Des milliers de femmes étaient passées par Willard au cours des soixante dernières années, et il était tout à fait possible que deux patientes aient le même nom. Les possibilités d'erreur sur la personne étaient trop nombreuses pour partir du principe qu'elles avaient bien trouvé la mère de Susan. Celle-ci avait confié qu'elle avait du mal à ne pas se faire de faux espoirs. Et elle voulait être sûre d'elle avant d'en parler à qui que ce soit, y compris au personnel de la maison de retraite.

Enfin, l'infirmière s'arrêta devant une porte. Izzy tira sur le col de son pull, au bord de l'étouffement.

— Clara est adorable, vous allez voir. Je suis sûre qu'elle sera agréablement surprise et ravie de recevoir de la visite. Néanmoins, je préfère vous prévenir que, parfois, sa mémoire lui joue des tours et, lorsqu'elle s'emmêle les idées, cela peut la mettre de méchante humeur. Les médecins pensent que ce sont les signes annonciateurs de la maladie d'Alzheimer. Je sais que vous êtes là pour lui poser des questions sur son séjour à Willard. Si cela devient trop intense pour elle, je devrai vous demander de partir. Si elle vous dit qu'elle a une fille, contentez-vous d'acquiescer. Elle se fâche dès que quiconque tente de la convaincre du contraire.

Susan porta une main à sa poitrine. L'infirmière leur sourit, ouvrit la porte et les invita à entrer.

Dans la petite chambre, deux lits d'hôpital faisaient face à des télévisions fixées au mur. Une vieille femme dormait dans le premier lit, la bouche ouverte, des mèches de cheveux gris masquant en partie son visage ridé. L'infirmière dépassa le premier lit et s'arrêta au pied du second. Une femme, ratatinée sur elle-même, était assise dans un fauteuil devant la fenêtre, les paupières closes.

Dans la lumière du soleil, ses cheveux fins formaient comme un nuage brumeux autour de sa tête rejetée en arrière. Ses doigts crochus étaient refermés autour de l'extrémité des accoudoirs. Les os fins de ses mains parsemées de taches de vieillesse ressemblaient à un éventail.

Elle avait une couverture rouge sur les genoux, en dépit de la chaleur étouffante qui régnait dans la pièce.

— Est-ce qu'elle dort ? demanda Peg.

— Non, répondit l'infirmière. Elle est juste un peu sourde. Clara, regardez ! Vous avez de la visite !

Clara ouvrit les yeux, tourna la tête vers elles, agrippant l'accoudoir de son fauteuil à deux mains pour se redresser. Ses lèvres disparaissaient dans sa bouche et sa peau pâle semblait flétrie par des décennies de douleur et de chagrin. Elle les examina une par une, sa tête oscillant très légèrement.

L'infirmière vint près d'elle. Elle s'empara du dentier posé sur la table de chevet et le tendit à Clara, qui le mit dans sa bouche. Ses lèvres réapparurent comme par magie.

— Je vais tourner votre fauteuil pour que vous puissiez discuter avec ces dames, annonça-t-elle d'une voix forte. Elles aimeraient vous poser des questions à propos de Willard. Vous vous souvenez de Willard, n'est-ce pas ?

Clara ôta la couverture de ses genoux, se leva et s'écarta pour laisser l'infirmière changer son fauteuil de place. Puis elle se rassit, replaça la couverture et examina de nouveau Izzy, Susan et Peg. Son regard vitreux s'attarda sur le visage de Susan une fraction de seconde de plus que sur les autres. Rougissante, Susan baissa les yeux et batailla maladroitement avec son écharpe pour la retirer. L'infirmière tira le rideau entre les deux lits.

— Puis-je faire autre chose pour vous en attendant ?

— Non, merci, répondit Peg.

— Très bien. Alors je vous laisse, lança-t-elle gaiement. À tout à l'heure.

Une fois l'infirmière partie, Susan se laissa tomber sur une chaise dans un coin de la pièce. Izzy posa son sac à dos à terre et effleura l'épaule de Susan.

— Est-ce que ça va ?

— Oui, répondit Susan d'une petite voix.

— Vous êtes sûre de vouloir faire ça ? Peut-être que c'est trop tôt, suggéra Peg.

— Ça va, je vous assure.

Peg alla s'agenouiller près de Clara, qui observait la scène d'un air curieux.

— Bonjour, Clara. Comment allez-vous ?

Clara lui offrit un petit sourire.

— Aussi bien que possible, je suppose.

À la surprise d'Izzy, sa voix était grave et rauque. Pour elle ne savait quelle raison, elle s'était attendue à une voix fluette et haut perchée.

— Je m'appelle Peg. Je vous présente Isabelle, dont je suis la mère d'accueil, et notre amie Susan. Nous aimerions vous parler de votre séjour à Willard, si vous êtes d'accord.

Clara hocha la tête.

— Je suis d'accord.

— Avec Isabelle, nous sommes allées à Willard dans le cadre d'un projet avec le musée, et nous avons trouvé de vieux bagages. Parmi ces bagages se trouvait une grande malle de voyage. Nous pensons qu'elle vous appartenait.

Clara fixait Peg, immobile comme une statue.

— Est-ce que vous comprenez ce que je suis en train de vous dire ?

Clara acquiesça.

— Nous aimerions vous montrer quelques-uns des objets que contenait la malle, pour voir si vous les reconnaissez. Vous voulez bien ?

Clara acquiesça de nouveau et croisa les mains sur ses genoux, son pouce noueux caressant la jointure de son autre pouce.

Izzy sortit de son sac à dos une partition jaunie qu'elle tendit à Clara. Des cœurs dessinés à la main, à l'encre rouge passée, entouraient le titre du morceau, *Someone to Watch Over Me*. Clara poussa une exclamation de surprise. Elle attrapa la partition d'une main tremblante et la posa sur ses genoux pour l'étudier, tête baissée. Au bout de quelques instants, elle releva la tête. Ses yeux étaient pleins de larmes.

— C'est bien à moi. Quelqu'un de très spécial me l'a donnée. J'ai toujours voulu apprendre à jouer du piano, mais mon père n'était pas d'accord.

Dans le coin de la chambre, Susan assistait à la scène avec des yeux ronds, une main sur la bouche.

— Et ça ? demanda Izzy en lui tendant une carte postale de Paris.

Clara la prit, un sourire aux lèvres.

— Je l'ai achetée pendant un voyage à Paris quand j'avais 16 ans.

Elle rit doucement.

— J'avais prévu de l'envoyer à une amie, mais j'ai finalement décidé de la garder en souvenir.

Izzy inspira profondément et lui présenta la photo de Clara et Bruno. Clara la fixa et ses joues pâles rosirent.

— On était beaux, n'est-ce pas ?

Elle tendit le bras pour prendre la photo, puis porta sa main à sa bouche tremblotante, comme si elle avait peur de toucher le cliché. Elle se mordit la lèvre, les yeux brillants.

— Vous souvenez-vous de qui il s'agit ? demanda Peg.

Clara renifla.

— Bien sûr, dit-elle d'une voix étranglée. Voilà bien longtemps que je n'avais pas vu cette photo. Très, très longtemps.

Enfin, elle osa s'en emparer et la pressa contre son cœur. Puis elle inspira profondément avant de la regarder à nouveau.

— Merci mille fois de me l'avoir apportée.

La gorge nouée, Izzy sortit le journal intime de son sac et s'agenouilla devant Clara.

— Je suis désolée, mais je l'ai lu, avoua-t-elle en posant le carnet sur les genoux de la vieille dame. J'ignorais que vous étiez encore vivante, autrement je n'aurais jamais…

Elle s'interrompit et avala sa salive.

— Mais c'est grâce à ça que nous sommes là. C'est comme ça que nous vous avons retrouvée.

Tremblante, Clara effleura la couverture en cuir du bout des doigts. Pendant quelques instants, elle garda le silence. Puis elle se laissa aller contre le dossier de son fauteuil et soupira.

— Alors vous savez tout. Vous savez pourquoi mon père m'a fait enfermer.

Avec des gestes lents, Clara tapota la main d'Izzy, glissa la photo dans son journal intime, puis posa le carnet sur la table près de son fauteuil. Elle repoussa sa couverture et plaça les mains sur les accoudoirs. Izzy se redressa et recula d'un pas, le cœur battant à tout rompre. Elle avait peur que Clara ne leur dise de sortir, de s'en aller et de la laisser tranquille. Clara se leva. Son corps frêle oscilla légèrement. Elle lissa le devant de sa veste, passa une main dans ses cheveux et prit une grande respiration. Puis elle posa les yeux sur Susan.

— Et tu es ma fille, n'est-ce pas ?

Susan se leva à son tour. Des larmes roulaient sur ses joues.

— Je crois que oui.

Clara plaqua ses mains sur sa bouche, puis s'approcha de Susan. Celle-ci franchit la distance qui les séparait et elles se serrèrent dans les bras l'une de l'autre, souriant et pleurant à la fois.

— Je l'ai su à la seconde où je t'ai vue, dit Clara. Tu as les yeux de Bruno et mon nez.

Susan rit.

— Vraiment ?

— Dans ma tête, je n'en étais pas tout à fait sûre. Mais dans mon cœur, j'en étais convaincue.

Au bout d'une longue minute, Clara lâcha Susan. Elle sécha ses larmes et regagna son fauteuil.

— Viens près de moi, dit-elle à Susan.

Celle-ci amena une chaise près du fauteuil, s'assit et prit la main de Clara dans la sienne.

— J'ai essayé d'en savoir plus sur toi, mais c'était mission impossible. Je n'avais pas la moindre idée que tu étais encore en vie, autrement je…

Clara caressa la joue de Susan.

— Ne t'en fais pas. Nous sommes ensemble, à présent, et c'est tout ce qui compte. Je savais que ce jour viendrait. C'est la seule chose qui m'a fait tenir pendant toutes ces années.

— Et mon père ? Est-ce qu'il est encore vivant ?

Clara secoua la tête, au bord des larmes.

— Bruno a essayé de me secourir. Nous avions un plan pour nous évader et nous lancer à ta recherche. Nous avons failli réussir, mais ils nous ont rattrapés au dernier moment. Bruno est retourné sur ses pas pour tenter de sauver l'homme qui nous avait aidés à prendre la fuite, et un aide-soignant l'a frappé à la tête. Il… Il n'a pas survécu.

— Je suis vraiment désolée, souffla Susan.

— Non, c'est moi qui suis désolée. Si j'avais obéi à mes parents, Bruno n'aurait pas été tué, et toi et moi aurions pu être ensemble pendant toutes ces années.

Susan lui serra la main.

— Ce n'est pas ta faute. Tu ne pouvais pas savoir que les choses prendraient cette tournure.

— Je veux que tu saches que, si j'avais pu, je t'aurais gardée. Mais ils… Willard n'était pas un endroit adapté pour un bébé. Mais je pensais à toi tous les jours. Je n'arrêtais pas de me répéter que, un jour, je sortirais, et que je te retrouverais. Si j'avais su, je t'aurais cherchée sans relâche, j'aurais retourné la terre entière…

Elle baissa la tête, les joues baignées de larmes. Susan la prit dans ses bras.

— Je sais, assura-t-elle en lui frottant le dos. Ce n'était pas ta faute. Maintenant que nous sommes réunies, nous allons rattraper le temps perdu et regarder vers l'avenir.

— Oui, tu as raison.

Puis Clara s'écarta et scruta le visage de sa fille.

— J'ai juste besoin de savoir une chose. As-tu été adoptée ? As-tu eu une vie heureuse ?

Susan hocha la tête et sourit à travers ses larmes.

— Oui, j'ai été adoptée. Et dans l'ensemble, j'ai été très heureuse.

Susan lança un regard à Peg. Un peu plus tôt, elle avait expliqué à Peg et Izzy que, si la femme de la maison de retraite était effectivement sa mère, elle ne voulait pas lui parler du docteur Roach. Cela n'avait aucun intérêt de remuer le passé. Cela ferait trop de mal à Clara et elle avait suffisamment souffert.

— Et ils t'ont appelée Susan.

— Susan Clara.

— Je t'avais appelée Beatrice. Beatrice Elizabeth Moretti.

— C'est très beau.

Clara se tourna vers Izzy.

— Comment pourrai-je te remercier un jour de m'avoir ramené ma fille ?

Izzy haussa les épaules et sourit.

— Il fallait que je le fasse, c'est tout.

— Vous devez être incroyablement fière d'elle, dit Clara à Peg.

— Je le suis, confirma Peg en passant un bras autour des épaules d'Izzy.

Au même moment, l'infirmière revint dans la chambre. En voyant combien Clara était émue, elle fronça les sourcils.

— Que se passe-t-il ? Tout va bien, Clara ?

— Tout va très bien. Mieux que ça n'a été depuis très, très longtemps. Infirmière Jennie, j'aimerais vous présenter ma fille, Susan.

L'infirmière resta bouche bée, les yeux ronds comme des billes.

Susan se leva et serra la main de la jeune femme.

— Enchantée de faire votre connaissance.

— Je vous avais bien dit que j'avais une fille, reprit Clara. Mais personne ne m'écoute jamais. C'est l'histoire de ma vie.

Elle rit doucement, une étincelle dans les yeux.

Pendant qu'Izzy lui donnait le reste des photos et des lettres de Bruno, Susan s'entretint avec l'infirmière de la santé de Clara. Après quelques minutes, elle vint s'agenouiller à côté de sa mère.

— Jennie me dit que tu es plutôt en bonne santé.

— Je suppose, oui. À part le fait que je suis vieille et raide comme un piquet, et parfois un peu distraite.

— Que dirais-tu de venir vivre avec moi ? J'habite une grande et vieille maison pas loin d'ici, avec un énorme jardin et deux chiens. Ce n'est pas un palace, mais tu serais chez toi.

Les lèvres de Clara tremblèrent.

— Je n'ai pas eu de chez-moi depuis soixante-six ans, murmura-t-elle.

— Dans ce cas, mon chez-moi peut aussi être le tien si tu le souhaites. Et je suis à la retraite à présent, alors je serai toujours là pour m'occuper de toi.

Clara sourit.

— Rien au monde ne pourrait me faire plus plaisir.

CHAPITRE 26

Izzy

Le jeudi après-midi, Izzy déboula en trombe dans la cuisine après l'école. Elle avait l'eau à la bouche d'imaginer les fameux cookies aux pépites de chocolat de Harry sur le comptoir. Elle mourait d'impatience d'en dévorer trois ou quatre d'affilée, trempés dans un grand verre de lait. Harry faisait des cookies tous les quinze jours, et elle n'en avait jamais goûté d'aussi délicieux. Elle posa ses livres, accrocha son manteau et se figea. Avec tout ce qui s'était passé au cours des deux dernières semaines (l'enterrement de sa mère, la rencontre avec Miss Trench, les retrouvailles de Clara avec sa fille, et son premier rendez-vous avec Ethan), elle avait oublié quel jour on était.

Peg et Harry étaient autour de l'îlot central de la cuisine, un grand sourire aux lèvres. Au lieu des cookies habituels, un gâteau au chocolat, décoré de roses roses et blanches, trônait sur le comptoir, avec dix-huit bougies allumées. Des dizaines de ballons roses et violets flottaient près du plafond, leurs ficelles torsadées formant une pluie pastel. Peg et Harry se mirent à chanter « Bon anniversaire » et Izzy dut retenir ses larmes. Elle ne se rappelait pas la dernière fois que quelqu'un avait organisé quoi que ce soit pour elle, et encore moins chanté « Bon anniversaire ». Et dire que c'était précisément l'anniversaire qu'elle redoutait le plus… Quelle ironie !

— Fais un vœu ! dit Peg.

— D'accord, répondit Izzy en rougissant.

Elle ramena ses cheveux en arrière et souffla les bougies.

— J'ai pourtant dit à Peg qu'on devrait attendre jusqu'après le dîner pour la chanson et le gâteau, mais elle n'a pas résisté, expliqua Harry. Elle voulait te faire la surprise.

— Merci. Mais ce n'était pas la peine d'acheter un gâteau.

— Bien sûr que si ! protesta Peg en contournant l'îlot pour la serrer dans ses bras. Et ce n'est pas tout. Nous avons d'autres surprises. Mais d'abord, est-ce que tu peux t'asseoir ? Nous aimerions discuter de quelque chose avec toi.

Izzy s'exécuta, le cœur battant. Peg croisa les mains sur la table de la cuisine et inspira profondément. Elle s'éclaircit la gorge, comme si elle ne savait pas par où commencer. Une chape glacée de tristesse étreignit la poitrine d'Izzy. *On y est*, songea-t-elle. *Elle va me dire qu'il faut que je m'en aille parce qu'ils n'ont pas les moyens de me garder avec eux. Elle va s'excuser et me dire qu'ils tenaient à m'organiser une fête d'anniversaire pour me laisser un bon souvenir.*

Enfin, Peg se lança :

— C'est sûrement trop tôt après la mort de ta mère, mais Harry et moi en parlions déjà depuis un moment. Tous les papiers sont en ordre et… enfin… ça dépend de toi, mais…

Elle regarda Harry en quête d'encouragements, et il continua :

— Nous savons que tu es une adulte à compter d'aujourd'hui, alors tu vas peut-être penser que ce n'est pas une bonne idée, mais…

Il vint s'asseoir près de Peg et lui serra la main.

— Nous aimerions t'adopter, Izzy. Tu penses probablement que tu n'as pas besoin de… Enfin, ce que j'essaie de dire, c'est que nous aimerions vraiment être tes parents.

Izzy resta bouche bée. Aucun mot ne lui venait. Peg prit ses mains dans les siennes.

— Nous t'aimons et nous voulons être là pour toi. Tu as encore beaucoup de décisions à prendre dans ta vie, des décisions parfois difficiles à prendre seule. Nous aimerions t'aider, te permettre d'exploiter ton potentiel, quelle que soit la voie que tu choisisses. Et quand tu te marieras… Harry serait honoré de te donner le bras. Et nous adorerions être grands-parents un jour.

Izzy ouvrit la bouche pour leur dire oui, leur répondre qu'elle aimerait plus que tout au monde être leur fille, mais sa gorge était si nouée qu'aucun son n'en sortait.

— Qu'est-ce que tu en dis, petite ? demanda Harry.

Izzy hocha la tête en souriant. Peg poussa un cri de joie et plaqua ses mains sur sa bouche. Ils se levèrent et se prirent dans les bras. Émue aux larmes, Izzy ferma les yeux, se demandant comment son cœur pouvait contenir autant de joie après avoir renfermé un tel chagrin. Elle serra Peg et Harry plus fort et laissa leur étreinte chasser ses inquiétudes et ses peurs.

— Tu nous rends tellement heureux, chuchota Peg.

À ce moment-là, on frappa à la porte de la cuisine.

— Entrez ! lança Harry.

Alex et Ethan firent irruption dans la pièce, les bras chargés de paquets cadeaux.

— Bon anniversaire ! s'exclamèrent-ils de concert.

Derrière eux, Clara et Susan entrèrent bras dessus, bras dessous, aussi rayonnantes l'une que l'autre.

Note de l'autrice

Lors de l'écriture de *Ce qu'elle a laissé derrière elle*, je me suis appuyée sur les ouvrages suivants : *The Lives They Left Behind: Suitcases from a State Hospital Attic*[1], de Darby Penney et Peter Stastny ; *10 jours dans un asile*, de Nellie Bly (éditions du Sous-sol, 2015) ; et *Women of the Asylum: Voices from Behind the Walls 1840-1945*[2], de Jeffery L. Geller et Maxine Harris.

Même si les volumes susmentionnés ont été d'une grande aide au moment d'imaginer quelles devaient être les conditions de vie dans les asiles de fous, mon roman n'est pas un témoignage historique et n'a pas la prétention de l'être. Il s'agit de mon interprétation de ce qu'une personne devait ressentir en étant internée contre son gré. Les personnages de cette histoire sont entièrement fictifs,

1. « Les vies qu'ils ont laissées derrière eux : valises en provenance d'un grenier d'hôpital public. » (*N.d.T.*)

2. « Femmes à l'asile : les voix derrière les murs, 1840-1945. » (*N.d.T.*)

mais plusieurs des endroits décrits, y compris l'hospice de Long Island et Willard State, sont réels. Chapin Hall, de même que ses dépendances et les pavillons attenants, ont bel et bien existé. Plusieurs pavillons de patients étaient détachés des bâtiments principaux : les Pins, les Érables, Sunnycroft et l'Edgemere, qui avaient chacun leurs propres salle à manger, cuisine, bureau de responsable, appartements et chaufferie. Il est également important de noter que, dans l'intérêt du récit, les traitements et thérapies ont parfois été décrits comme étant utilisés plus tôt ou plus tard qu'ils ne le furent en réalité. La cage d'Utica, une cage en bois fermée par un verrou, a cessé d'être utilisée en 1887. Les cures de Sakel (des comas insuliniques provoqués par injection) ont vu le jour en 1935. Le premier traitement par électrochocs remonte à 1938. Enfin, la plupart des asiles d'État ne commencèrent à faire appel à des psychologues qu'à partir des années 1960.

Remerciements

Une fois de plus, c'est avec une grande joie que je tiens à rendre hommage aux personnes qui m'ont aidée, soutenue et qui ont cru en moi au cours de cet incroyable voyage.

Tout d'abord, ce roman ne se serait pas concrétisé sans le travail de Darby Penney et Peter Stastny, auteurs de *The Life They Left Behind: Suitcases from a State Hospital Attic*. C'est votre livre qui a fait germer l'idée et m'a ouvert les yeux sur le monde souvent déchirant des asiles de fous au siècle dernier. Je suis particulièrement redevable à Darby Penney d'avoir pris le temps de répondre à mes questions concernant l'asile de Willard et la vie qu'y menaient ses patientes dans les années 1930. J'espère que vous voudrez bien me pardonner les inexactitudes historiques ainsi que les libertés artistiques que je me suis autorisée à prendre.

Je remercie Deborah Jiang Steing, autrice et fondatrice de *The unPrison Project*, d'avoir répondu à mes questions portant sur les femmes en prison. Merci également à Andrew Thompson d'avoir partagé ses connaissances concernant les gardiens de prison.

Merci à ma famille et à mes amis d'avoir composé avec mon emploi du temps de folie, de m'avoir pardonné lorsque je devais dire non et de m'avoir offert le temps et l'espace dont j'avais besoin pour respecter mes dates butoirs. Je vous suis infiniment reconnaissante de croire en moi. Merci pour votre patience et votre compréhension pendant cette traversée parfois mouvementée. Et surtout, merci pour votre amour inconditionnel.

Ce serait un euphémisme que de dire que je suis reconnaissante à ma bande chez BP. Je suis incapable de m'imaginer vivre cette expérience, aussi folle qu'exaltante, sans votre amitié et vos précieux conseils. Ensemble, nous allons conquérir le monde, un livre à la fois !

C'est avec beaucoup de plaisir que j'adresse mon amour et ma gratitude à mon amie et sœur cosmique, Barbara Titterington. Merci d'être l'une de mes plus grandes sources de soutien et d'avoir lu un brouillon du manuscrit. Cela m'aide de savoir que je brille toujours dans tes yeux.

Une fois de plus, je suis éternellement redevable à mon éditeur, John Scognamiglio, pour la foi qu'il place en moi, et à mon agent, aussi patient que clairvoyant, Michael Carr. Je ne te remercierai jamais assez pour ton soutien indéfectible, tes excellents conseils, et ta contribution à améliorer cette histoire. Merci également à ma publicitaire, Vida Engstrand, de faire parler de mes romans, et à Meryl Earl, directrice des droits subsidiaires, de garantir les droits de mes livres à l'étranger.

Merci également à Kristine Mills-Noble pour ses superbes couvertures. Et une fois de plus, mille mercis au reste de l'équipe de Kensington pour tout le travail fourni en coulisses.

Je ne peux pas écrire des remerciements sans m'adresser aux personnes qui vivent dans et autour de ma communauté. Que vous soyez un·e bibliothécaire m'ayant invitée à présenter mon livre, un·e journaliste ayant rédigé un article à mon sujet, un·e membre de club de lecture qui m'a invitée chez vous, un·e fan sur les réseaux sociaux, ou un·e lecteur·rice m'ayant dit combien vous aviez aimé un de mes livres, je ne sais pas comment exprimer ce que vos encouragements et votre gentillesse représentent à mes yeux. Vos visages souriants et enthousiastes ont rempli mes yeux de larmes et mon cœur de fierté. Cela constitue réellement un des temps forts de cette expérience et je ne l'oublierai jamais.

Comme toujours, merci du fond du cœur à ma mère adorée et à mon point de repère, Sigrid, ainsi qu'à mon cher mari Bill, qui m'aide toujours à m'en sortir. Les mots me manquent pour exprimer à quel point tu comptes pour moi. Enfin et surtout, je tiens à déclarer mon amour et ma gratitude immenses à mes enfants, Ben, Jessica et Shanae, et à mes superbes petits-enfants, Rylee, Harper et Lincoln. Vous êtes ma plus grande réussite et je vous aime de toutes les fibres de mon être. La vie mérite d'être vécue grâce à vous.

Questions-réponses avec Ellen Marie Wiseman

Où avez-vous trouvé l'inspiration pour *Ce qu'elle a laissé derrière elle* ?

J'ai toujours été curieuse en ce qui concerne les asiles de fous, notamment la façon dont les patients souffrant de maladies mentales étaient traités dans le passé et l'évolution de notre compréhension de ces troubles et celle des traitements au fil des années. Je me suis souvent demandé ce que cela devait faire d'être interné et retenu contre son gré dans une institution. Lorsque j'ai appris l'existence de l'exposition des valises de Willard, une collection de bagages de patients retrouvés dans le grenier de l'ancien asile, j'ai aussitôt été intriguée. C'est ainsi que j'ai découvert *The Lives They Left Behind: Suitcases from a State Hospital Attic*, de Darby Penney et Peter Stastny. La mission des auteurs était d'examiner les contenus des bagages, afin de tenter de retracer les vies de ces patients qui avaient été admis à l'asile et n'en étaient jamais ressortis. Le livre est fascinant et troublant, car il est très facile de s'identifier aux photographies et aux histoires qu'il dévoile. Après l'avoir lu, j'ai su que j'avais envie d'écrire sur la découverte de ces valises, et ce à quoi devait ressembler la vie d'un patient.

Qu'avez-vous ressenti en effectuant vos recherches sur les asiles ?

C'était difficile de lire les histoires de personnes internées à l'époque, bien souvent pour le restant de leurs jours, souvent du fait d'une simple mauvaise passe émotionnelle ou financière. Certains patients étaient réellement malades, mais nombre d'entre eux étaient envoyés à l'asile pour des raisons qui n'auraient plus cours aujourd'hui : pauvreté, absence de domicile, dépression, homosexualité, alcoolisme, et détresse émotionnelle due à un divorce, à des disputes de famille, à de la maltraitance ou à la perte d'un enfant. Une personne pouvait être internée pour une raison aussi simple que son incapacité à trouver du travail, ou à cause d'un accès de colère en public. À la fin des années 1800, le docteur Judson B. Andrews écrivit un article intitulé « Les premiers signes de la folie », suggérant aux familles de faire attention aux « rêves morbides, troubles du sommeil, maux de tête constants, exagérations émotionnelles, scrupules religieux excessifs et changements dans les habitudes vestimentaires et la propreté ».

Les femmes étaient particulièrement vulnérables et sujettes à l'internement de longue durée. Les maris pouvaient faire admettre leurs épouses « problématiques », et les médecins étaient plus que disposés à leur donner satisfaction. Pour les nombreuses femmes qui travaillaient en tant que domestiques au contact rapproché de leurs employeurs, tout acte de mauvaise conduite ou toute dispute pouvait être étiquetés comme une maladie mentale. À la fin de sa première année de fonctionnement, Willard accueillait quatre fois plus de femmes que d'hommes. On recensa même le cas d'une femme envoyée à Willard pour dépression et qui y passa les soixante-quinze années suivantes, jusqu'à sa mort à l'âge de 101 ans. Les immigrants qui n'avaient que peu de relations dans leur communauté étaient envoyés à l'asile pendant que leurs familles, restées dans leur pays d'origine, n'avaient pas la moindre idée de ce qu'ils étaient devenus. Beaucoup de patients « fous » étaient envoyés dans des asiles publics depuis d'autres hôpitaux publics et arrivaient par centaines ou plus, entassés dans des trains ou des bus, sans savoir où on les emmenait. Près de la moitié des cinquante-quatre mille personnes qui ont été admises à Willard y sont mortes.

Qu'est-ce qui vous a le plus surprise pendant vos recherches ?

Ce qui m'a le plus surprise fut d'apprendre que la stérilisation forcée était très répandue dans les hôpitaux psychiatriques publics, depuis 1910 environ jusqu'à la fin de la Seconde Guerre mondiale. Cette pratique prit fin à ce moment-là, en grande partie du fait de comparaisons gênantes avec les politiques nazies. Néanmoins, elle continua à être pratiquée dans certains États du Sud jusque dans les années 1960. C'est ainsi que j'ai découvert que les États-Unis étaient le premier pays à avoir mis en place des programmes de stérilisation obligatoire à visée eugénique (une science qui porte sur l'amélioration des qualités héréditaires d'une race ou d'une espèce par le biais de reproduction sélective et de stérilisation) ; les cibles principales étaient les malades mentaux. Entre 1907 et 1963, plus de soixante-quatre mille personnes (y compris des individus ne souffrant d'aucun trouble mental) ont été stérilisées de force, conformément à la loi sur l'eugénisme en vigueur aux États-Unis. D'après Edwin Black, auteur primé de *War Against the Weak: Eugenics and America's Campaign to Create a Master Race*, l'une des méthodes communément suggérées pour se débarrasser des populations « inférieures » était l'euthanasie. Un rapport de 1911 de l'Institut Carnegie a mentionné l'euthanasie comme l'une des solutions « recommandées » afin de nettoyer la société de ses attributs génétiques inadéquats. La méthode la plus communément suggérée était l'installation de chambres à gaz. Néanmoins, un grand nombre des partisans du mouvement eugénique estimaient que les Américains n'étaient pas prêts à mettre en place un programme d'euthanasie à grande échelle. Par conséquent, de nombreux médecins ont dû trouver des moyens subtils de pratiquer l'euthanasie eugénique dans diverses institutions médicales. Par exemple, un hôpital psychiatrique donnait à ses nouveaux patients du lait infecté par la tuberculose (selon un raisonnement suivant lequel les individus en bonne santé seraient résistants), une technique responsable de trente à quarante pour cent des taux de décès annuels. D'autres médecins se livraient à l'eugénicide par le biais de diverses formes de négligence.

Qu'avez-vous appris sur le traitement des patients dans les asiles ?

Étant donné que les substances psychotropes n'ont été découvertes qu'au milieu des années 1950, les seuls médicaments disponibles pour traiter les patients étaient des sédatifs. Les personnes qui souffraient de symptômes psychiatriques provoqués par la syphilis étaient traitées à l'arsenic et contractaient la malaria ! À Willard, les patients rencontraient rarement un médecin et il fallut attendre les années 1960 pour que des psychologues commencent à y exercer. D'après Darby Penney, co-autrice de *The Lives They Left Behind*, certains patients passaient des décennies sans voir de médecin. Dans les années 1930, période à laquelle se déroule l'histoire de Clara, les traitements comportaient des bains de glace, des travaux manuels et de l'exercice. Des années plus tard, ils comprenaient également les cures de Sakel et le traitement par électrochocs. Au cours de mes recherches, je n'ai trouvé aucune preuve que des lobotomies aient été réalisées à Willard. Les patients bien portants qui n'étaient ni dangereux ni délirants étaient dans l'obligation de travailler, ce qui était considéré comme thérapeutique.

Que pouvez-vous nous dire d'autre sur l'asile de Willard ?

Comme la plupart des hôpitaux psychiatriques publics, Willard dépendait de la main-d'œuvre gratuite fournie par les patients pour assurer son fonctionnement. Willard comptait trois cents hectares de terres arables, une serre, une laiterie, des étables, des poulaillers, des porcheries et des granges où pratiquement toute la nourriture était produite et transformée. Des ateliers industriels produisaient des vêtements, des chaussures, des paniers, du savon et des cercueils. Il y avait des blanchisseries, des boulangeries, des cuisines, un abattoir, des ateliers de menuiserie, de briqueterie, une forge et une centrale à charbon dont les chaudières étaient alimentées par les patients qui transportaient des brouettes de charbon depuis la gare de triage de l'hôpital. Les infrastructures étaient mises en place par des salariés, mais la plupart du labeur était effectué par les patients, qui travaillaient par équipes, creusaient les trous des fondations de nouveaux bâtiments, nettoyaient les pavillons et les bureaux, servaient les repas et faisaient office de domestiques dans les quartiers luxueux du directeur.

Cet ouvrage a été composé par
Fr&co - 61290 Longny-au-Perche

Imprimé en France par

MAURY IMPRIMEUR
à Malesherbes (Loiret)
en janvier 2024

#lisez engagé!
www.lisez.com

Pour plus d'information :

Imprimé sur du papier issu de forêts gérées durablement.

POCKET - 92 avenue de France, 75013 PARIS

N° d'impression : 275605
S32969/05